DE CHIRURG

Tess Gerritsen

DE CHIRURG

Uitgeverij Areopagus

Oorspronkelijke titel
The Surgeon
Uitgave
Ballantine Books, New York
Copyright © 2001 by Tess Gerritsen
Copyright voor het Nederlandse taalgebied © 2002 by The House of Books, Vianen/Antwerpen

Vertaling
E. Braspenning
Omslagontwerp
Studio Jan de Boer BNO, Amsterdam
Omslagontwerp
Image Store
Foto auteur
Brian Velenchenko

All rights reserved.
Niets uit deze uitgave mag worden verveelvoudigd en/of openbaar gemaakt door middel van druk, fotokopie, microfilm of op welke andere wijze ook, zonder voorafgaande schriftelijke toestemming van de uitgever.

ISBN 90 5108 707 1
NUR 332

DANKBETUIGING

Ik ben heel bijzondere dank verschuldigd aan:

Bruce Blake en rechercheur Wayne R. Rock van het politiekorps van Boston, en dokter Chris Michalakes, voor hun technische hulp.

Jane Berkey, Don Cleary en Andrea Cirillo voor hun behulpzame commentaar op de eerste versie van dit boek.

Mijn redactrice, Linda Marrow, die me zachtjes in de juiste richting heeft geduwd.

Mijn beschermengel, Meg Ruley. (Iedere auteur moet een Meg Ruley hebben!)

En mijn man, Jacob. Altijd ben ik dank verschuldigd aan Jacob.

PROLOOG

Vandaag zullen ze haar lijk vinden.
   Ik weet hoe het zal gaan. Ik kan me de opeenvolging van gebeurtenissen die tot de ontdekking zal leiden, levendig voorstellen. Om negen uur zullen al die verwaande dames van het reisbureau Kendall & Lord achter hun bureaus gaan zitten en met hun sierlijk gemanicuurde vingers op de toetsenborden van hun computers tikken om voor mevrouw Smith een cruise op de Middellandse Zee te boeken en voor meneer Jones een skivakantie in Klosters. En voor meneer en mevrouw Brown iets heel anders dit jaar, iets exotisch, misschien Chiang Mai of Madagaskar, maar niet te ruig, hoor; nee, nee, avontuur moet bovenal comfortabel zijn. Dat is het motto van Kendall & Lord: 'Comfortabele avonturen.' Het is een goedlopend reisbureau en de telefoon rinkelt vaak.
   Het zal niet lang duren tot het de dames opvalt dat Diana niet achter haar bureau zit.
   Een van hen zal naar haar huis in Back Bay bellen, maar de telefoon zal niet opgenomen worden. Misschien staat Diana onder de douche en kan ze de telefoon niet horen. Of ze is al onderweg naar haar werk, maar is wat aan de late kant. Talloze onschuldige mogelijkheden zullen door het hoofd van de vrouw gaan. Maar naarmate de dag vordert en er nog steeds niet wordt opgenomen, dienen andere, angstaanjagender mogelijkheden zich aan.
   Het zal de huismeester wel zijn die Diana's collega toegang zal verschaffen tot haar appartement. Ik zie hem nerveus met zijn sleutelbos rammelen wanneer hij zegt: 'U bent echt een vriendin van haar? En u weet zeker dat ze het niet erg zal vinden? Ik zal aan haar moeten vertellen dat ik u heb binnengelaten, hoor.'

Ze gaan naar binnen en de collega roept: 'Diana? Ben je thuis?' Ze lopen de hal door, langs de smaakvol ingelijste posters van vakantieoorden, de huismeester vlak achter de collega om erop te letten dat ze niets steelt.

Dan kijkt hij door de open deur de slaapkamer in. Hij ziet Diana Sterling en maakt zich meteen geen zorgen meer over zoiets onbeduidends als diefstal. Hij wil alleen nog maar weg, de flat uit, voordat hij gaat kotsen.

Ik zou er graag bij willen zijn wanneer de politie komt, maar ik ben niet achterlijk. Ik weet dat ze op iedere auto die langzaam langsrijdt, ieder starend gezicht in de groep toeschouwers op straat zullen letten. Ze weten dat ik een sterke aandrang heb om terug te keren. Zelfs nu, terwijl ik in Starbuck's zit en buiten de dag lichter zie worden, voel ik hoe die kamer me roept. Maar ik ben als Odysseus, veilig vastgebonden aan de mast van mijn schip, hunkerend naar het lied van de sirene. Ik zal me niet op de rotsen gooien. Ik zal die fout niet maken.

In plaats daarvan zit ik in het café en drink ik mijn koffie terwijl buiten Boston wakker wordt. Ik doe drie schepjes suiker in mijn koffie en roer; ik heb mijn koffie graag zoet. Ik heb alles graag precies zoals ik het wil. Perfect.

Een sirene loeit in de verte, roept me. Ik voel me weer als Odysseus die aan de touwen rukt, maar ze houden me stevig vast.

Vandaag zullen ze haar lijk vinden.

Vandaag zullen ze weten dat we terug zijn.

I

Een jaar later

Rechercheur Thomas Moore had een hekel aan de geur van latex en toen hij de handschoenen aantrok en er een wolkje talk opsteeg, voelde hij zoals altijd een lichte misselijkheid in zich opkomen. De geur hoorde bij het onaangenaamste onderdeel van zijn werk, en net zoals een van Pavlovs honden had geleerd op een teken te gaan kwijlen, was hij de rubberachtige geur gaan associëren met bloed en lichaamssappen. Een seintje van zijn reukorgaan dat hij zich schrap moest zetten.

En dat deed hij, toen hij voor de deur van de autopsiekamer stond. Hij was vanuit de hitte buiten regelrecht doorgelopen en nu voelde het zweet op zijn huid koud aan. Het was twaalf juli, een drukkend warme, klamme vrijdagmiddag. In heel Boston ratelden en drupten de airconditioners en iedereen was kortaangebonden. Op de Tobin Bridge stond vast al een langzaam rijdende file; veel mensen namen hun toevlucht tot de koelere bossen van Maine. Moore zou daar niet bij zijn. Hij was teruggeroepen van vakantie om een afgrijselijk tafereel te aanschouwen dat hij liever niet zou zien.

Hij droeg een chirurgenpak dat hij van het karretje in het lijkenhuis had gepakt; nu zette hij een papieren muts op waar hij zijn haar onder duwde en trok papieren overschoenen aan, omdat hij wist wat er soms van de tafel op de vloer gleed. Bloed, stukjes vlees. Hij werd niet geobsedeerd door hygiëne, maar wenste geen enkele molecule van de dingen in de lijkenkamer aan zijn schoenen gekleefd mee naar huis te nemen. Hij bleef nog een paar seconden voor de deur staan, diep ademhalend. Toen, erin berustend dat de beproeving onvermijdelijk was, duwde hij de deur open.

Het toegedekte lijk lag op de tafel – een vrouw, naar de vorm te oordelen. Moore keek met opzet niet al te lang naar het slachtoffer en concentreerde zich in plaats daarvan op de levende mensen in de kamer. Dokter Ashford Tierney, de lijkschouwer, was samen met een assistent bezig instrumenten op een blad te leggen. Aan de andere kant van de tafel stond Jane Rizzoli, die net als hij op de afdeling Moordzaken van de politie van Boston werkte. Rizzoli was drieëndertig, een kleine vrouw met een vierkante kin. Haar ontembare krullen waren weggestopt onder een papieren chirurgenmutsje en nu haar gelaatstrekken niet verzacht werden door haar donkere haar, leek haar gezicht geheel uit harde lijnen te bestaan. Haar donkere ogen hadden een intense, onderzoekende blik. Ze was een halfjaar geleden overgeplaatst van Zedendelicten naar Moordzaken. Ze was de enige vrouw in het team en er waren nu al problemen gerezen tussen haar en een andere rechercheur, met aantijgingen van haar kant over seksuele intimidatie en beschuldigingen van zijn kant over onophoudelijk gekat. Moore wist nog steeds niet of hij Rizzoli nu mocht of niet, en dat was wederkerig. Tot nu toe hadden ze hun interactie puur zakelijk gehouden en hij had de indruk dat ze dat ook het liefste had.

Naast Rizzoli stond haar partner, Barry Frost, een immer opgewekte rechercheur die er met zijn vriendelijke, baardloze gezicht veel jonger uitzag dan zijn dertig jaren. Frost had zich gedurende de twee maanden dat hij nu met Rizzoli werkte, niet één keer over haar beklaagd en was de enige in het team die evenwichtig genoeg was om haar chagrijnige buien te kunnen verdragen.

Toen Moore naar de tafel liep, zei Rizzoli: 'We vroegen ons al af wanneer je zou komen.'

'Ik zat op de Maine Turnpike toen je me piepte.'

'We zitten al vanaf vijf uur te wachten.'

'Ik ga nu beginnen met het onderzoek van de organen,' zei dokter Tierney, 'dus zou ik zeggen dat rechercheur Moore precies op tijd is.' Mannen die voor elkaar opkwamen. De arts deed een kastdeurtje met een klap dicht, wat een blikkerige echo veroorzaakte. Het gebeurde zelden dat hij uiting gaf aan ergernis. Dokter Tierney kwam van oorsprong uit Georgia en was een hoffelijke man die vond dat dames zich als dames behoorden te gedragen. Hij vond het niet prettig om met de prikkelbare Jane Rizzoli te moeten werken.

De assistent-lijkschouwer duwde het karretje met de instrumenten naar de tafel en keek Moore aan met een blik van *Zou je dat kreng niet?*

'Het spijt me van je visvakantie,' zei Tierney tegen Moore. 'Ik vrees dat je de rest van je vakantie ook vaarwel moet zeggen.'

'Weet je zeker dat het om onze jongen gaat?'

Als antwoord stak Tierney zijn hand uit naar het laken en trok het van het lijk. 'Haar naam is Elena Ortiz.'

Hoewel Moore zich schrap had gezet voor wat hij te zien zou krijgen, kwam de eerste aanblik van het slachtoffer toch aan als een stomp in zijn maag. Het zwarte haar van de vrouw stond stijf van het bloed en piekte, als de stekels van een stekelvarken, rond een gezicht dat de kleur had van blauwgeaderd marmer. Haar lippen waren half geopend, alsof ze midden in een kreet waren bevroren. Het bloed was al van het lichaam gewassen en haar wonden gaapten als paarse scheuren in het grijze canvas van de huid. Er waren twee zichtbare wonden. De ene was een diepe snee in de hals, die begon onder het linkeroor, dwars door de linker slagader heen ging en de kraakbeenderen van het strottenhoofd had opengelegd. De *coup de grâce*. De tweede wond zat in de buik. Deze wond was niet bedoeld om te doden; deze wond had een heel ander doel gehad.

Moore slikte moeizaam. 'Nu begrijp ik waarom je me van mijn vakantie hebt teruggeroepen.'

'Ik heb de leiding over deze zaak,' zei Rizzoli.

Hij hoorde de waarschuwende ondertoon in haar stem; ze beschermde haar zaak. Hij begreep best waarom. Vanwege de voortdurende pesterijen en de scepsis die vrouwelijke agenten moesten verduren, sloegen die snel van zich af. Eerlijk gezegd voelde hij geen enkele behoefte tegen haar in te gaan. Ze moesten samen aan deze zaak werken en het was nog veel te vroeg om nu al om de leidersrol te gaan vechten.

Hij sloeg met opzet een respectvolle toon aan. 'Zou je me willen vertellen wat we weten?'

Rizzoli knikte kort. 'Het slachtoffer is om negen uur vanochtend aangetroffen in haar flat in Worcester Street, in South End. Ze werkt bij Celebration Florists, een paar straten bij haar huis vandaan, en begint meestal om zes uur 's ochtends. Het is een familiebedrijf. Toen ze niet kwam opdagen, werd de familie ongerust. Haar broer is gaan kijken en heeft haar in de slaapkamer aangetroffen. Volgens dokter Tierney is ze tussen middernacht en vier uur vanochtend gestorven. Volgens haar familieleden had ze geen vaste vriend, en niemand in het gebouw waar ze woont kan zich herinneren mannelijke bezoekers te hebben gezien. Ze was een doodgewoon, hardwerkend, katholiek meisje.'

Moore keek naar de polsen van het slachtoffer. 'Ze was vastgebonden.'

'Ja. Met tape. Polsen en enkels. Ze was naakt. Droeg alleen wat sieraden.'

'Wat voor soort sieraden?'

'Een halsketting. Een ring. Oorknopjes. Uit het juwelenkistje in de slaapkamer ontbreekt niets. Diefstal was niet het motief.'

Moore keek naar de horizontale blauwige streep ter hoogte van de heupen van het slachtoffer. 'Haar torso was ook vastgebonden.'

'Tape over haar middel en dijbenen. En haar mond.'

Moore haalde diep adem en blies die uit. 'Jezus.' Hij staarde naar Elena Ortiz en ervoer een verwarrende flashback van een andere jonge vrouw. Een ander lijk – een blond meisje met vleesrode steekwonden in haar hals en buik.

'Diana Sterling,' mompelde hij.

'Ik heb Sterlings autopsierapport al opgevraagd,' zei Tierney. 'Voor het geval je het nog een keer wilt bekijken.'

Maar dat was niet nodig; de zaak-Sterling, waar Moore de leiding over had gehad, was nooit echt uit zijn gedachten geweest.

Een jaar geleden was de dertigjarige Diana Sterling, die op het reisbureau Kendall & Lord werkte, dood aangetroffen op haar bed, naakt en vastgebonden met tape. Haar keel en buik waren opengereten. De moord was nooit opgelost.

Dokter Tierney richtte de onderzoekslamp op de buik van Elena Ortiz. Het bloed was al eerder weggewassen en de randen van de snee waren lichtroze.

'Bewijsmateriaal?' vroeg Moore.

'We hebben een paar vezels uit de wond gehaald voordat ze werd gewassen. En aan de rand van de wond zat een haar geplakt.'

Moore keek belangstellend op. 'Van het slachtoffer?'

'Veel korter. En lichtbruin.'

Elena Ortiz had zwart haar.

Rizzoli zei: 'We hebben de haren opgevraagd van iedereen die met het lijk in aanraking is geweest.'

Tierney richtte hun aandacht op de wond. 'Wat we hier hebben, is een incisie overdwars. Chirurgen noemen die een *Maylard*-incisie. De buikwand is laag voor laag opengesneden. Eerst de huid, daarna het onderhuidse vet, vervolgens de spieren en tot slot het buikvlies van de pelvis.'

'Net als bij Sterling,' zei Moore.

'Ja. Net als bij Sterling. Maar er zijn verschillen.'

'Wat voor verschillen?'

'Bij Diana Sterling zaten er een paar schulpen in de snee, die wezen op aarzeling of onzekerheid. Daar is hier geen sprake van. Zie je hoe gladjes de huid is opengesneden? Zonder ook maar één schulpje.' Tierney keek op naar Moore. 'Onze moordenaar heeft het een en ander geleerd. Hij heeft zijn techniek verbeterd.'

'Als het om dezelfde dader gaat,' zei Rizzoli.

'Er zijn nog meer overeenkomsten. Zie je de vierkante begrenzing aan deze kant van de wond? Dat duidt erop dat de snee van rechts naar links is gemaakt. Net als bij Sterling. Het mes dat bij deze wond is gebruikt, heeft één snijkant en is niet getand. Net als het mes dat bij Sterling is gebruikt.'

'Een scalpel?'

'Of iets dat erg op een scalpel lijkt. Dat de incisie zo zuiver is, vertelt me dat het lemmet niet is uitgeweken. Het is mogelijk dat het slachtoffer bewusteloos was of zo strak vastgebonden dat ze zich niet kon bewegen, zich niet kon verzetten. Ze was in ieder geval niet in staat het mes van zijn pad te laten afwijken.'

Barry Frost zag eruit alsof hij moest overgeven. 'Jezus. Zeg alsjeblieft dat ze al dood was toen hij dit heeft gedaan.'

'Ik vrees dat deze wond niet is aangebracht nadat de dood was ingetreden.' Alleen Tierney's groene ogen waren boven het chirurgenmasker te zien en ze stonden boos.

'Was er sprake van bloeding?' vroeg Moore.

'Opeenhoping van bloed in de buikholte. Dat wil zeggen dat haar hart nog klopte. Ze leefde nog toen deze... operatie is uitgevoerd.'

Moore keek naar de polsen met de blauwe striemen. Er zaten soortgelijke blauwe plekken op beide enkels en er liep een streep petechiae, kleine, puntvormige huidbloedingen, over haar heupen. Elena Ortiz had zich wel degelijk tegen haar boeien verzet.

'Er is nog meer bewijs dat ze nog leefde toen er in haar is gesneden,' zei Tierney. 'Stop je hand even in de wond, Thomas. Ik geloof dat je al weet wat je daar zult vinden.'

Met tegenzin stak Moore zijn gehandschoende hand in de wond. Het vlees was koud, gekoeld na een aantal uren in de koelcel. Het deed hem eraan denken hoe het voelde om je hand in een uitgeholde kalkoen te steken om het pakketje inwendige organen eruit te halen. Hij stak zijn hand tot aan de pols naar binnen en tastte met zijn vingers de holte af. Het was een intieme geweldpleging, dit graven in het meest persoonlijke onderdeel van de anatomie van een vrouw. Hij vermeed zorgvuldig naar Elena Ortiz' gezicht te kijken. Het was de enige manier waarop hij haar stoffelijke overschot afstandelijk kon beschouwen, de enige manier waarop hij zich kon concentreren op de kille techniek waarmee haar lichaam was bewerkt.

'De baarmoeder ontbreekt.' Moore keek Tierney aan.

De lijkschouwer knikte. 'Die is verwijderd.'

Moore haalde zijn hand uit het lijk en staarde naar de wond, gapend als een open mond. Nu stak Rizzoli haar gehandschoende hand erin en tastte met haar korte vingers de wanden af.

'Is er nog meer verwijderd?' vroeg ze.

'Nee, alleen de baarmoeder,' zei Tierney. 'Hij heeft de blaas en darmen intact gelaten.'

'Ik voel hier iets hards. Een soort knoop, aan de linkerkant. Wat is dat?' vroeg ze.

'Hechtdraad. Hij heeft het gebruikt om de bloedvaten af te binden.'

Rizzoli keek geschrokken op. 'Is dit een *chirurgische* knoop?'

'Kattendarm van het type 2-O,' veronderstelde Moore en hij keek naar Tierney om te zien of hij gelijk had.

Tierney knikte. 'Dezelfde hechtdraad die we in Diana Sterling hebben aangetroffen.'

'Kattendarm?' vroeg Frost met een zwakke stem. Hij was bij de tafel weggelopen en stond nu in een hoek van de kamer, gereed om zich over de gootsteen te buigen. 'Is dat een... merknaam of zoiets?'

'Nee,' zei Tierney. 'Kattendarm is een type hechtdraad dat wordt gemaakt van de darmen van katten of schapen. In de chirurgie wordt dit soort hechtdraad gebruikt om diepe lagen steunweefsel aan elkaar te naaien. De hechtdraad lost uiteindelijk in het lichaam op en wordt erdoor opgenomen.'

'En hoe kan hij daaraan zijn gekomen?' Rizzoli keek naar Moore. 'Heb je in de zaak-Sterling de bron ontdekt?'

'Het is bijna onmogelijk om een specifieke bron te ontdekken,' zei Moore. 'Kattendarm wordt gemaakt door wel twaalf fabrieken, waarvan de meeste zich in Azië en India bevinden. Het wordt in een aantal ziekenhuizen in het buitenland nog steeds gebruikt.'

'Alleen in ziekenhuizen in het buitenland?'

Tierney zei: 'Er zijn nu betere alternatieven. Kattendarm is lang niet zo sterk en duurzaam als synthetisch hechtdraad. Ik denk niet dat er in Amerika veel chirurgen zijn die het nog gebruiken.'

'Waarom heeft de verdachte het eigenlijk gebruikt?'

'Om overzicht te houden. Om het bloeden te stelpen zolang als nodig is om te kunnen zien wat hij doet. Onze verdachte is een goed georganiseerd type.'

Rizzoli trok haar hand uit de wond. In haar gehandschoende handpalm lag een klein klontje bloed, als een helderrode kraal.

'Hoe vakkundig is hij? Hebben we te maken met een arts? Of met een slager?'

'Het is duidelijk dat hij iets van anatomie weet,' zei Tierney. 'Ik twijfel er geen moment aan dat hij dit eerder heeft gedaan.'

Moore deed een stap achteruit, bij de tafel vandaan, terugdeinzend voor de gedachte hoe Elena Ortiz geleden moest hebben, maar zonder in staat te zijn die beelden van zich af te zetten. Het resultaat lag hier voor hem en staarde met open ogen naar boven.

Hij draaide zich geschrokken om toen de instrumenten op het metalen blad rammelden. De assistent-lijkschouwer duwde het karretje naar dokter Tierney toe, zodat die de Y-incisie kon maken. De assistent leunde naar voren en keek in de buikwond.

'En waar is de baarmoeder gebleven?' vroeg hij. 'Wat doet hij ermee nadat hij die eruit heeft gehaald?'

'Dat weten we niet,' zei Tierney. 'De organen zijn nooit gevonden.'

2

Moore stond in de straat in South End waar Elena Ortiz was gestorven. Ooit was dit een wijk geweest vol bouwvallige pensions, een sjofele achterbuurt, door de spoorlijn gescheiden van de meer in trek zijnde noordelijke helft van Boston. Maar een groeiende stad is een vraatzuchtig wezen, altijd op zoek naar nieuw land, en een spoorlijn vormt geen barrière voor de hongerige blik van projectontwikkelaars. Een nieuwe generatie had South End ontdekt en langzaam naar zeker waren de oude pensions vervangen door flatgebouwen.

In zo'n gebouw had Elena Ortiz gewoond. Hoewel het uitzicht uit haar ramen op de tweede verdieping nogal troosteloos was – aan de overkant van de straat was een wasserette – bood het gebouw een felbegeerde voorziening die je in Boston zelden aantrof: parkeerplaatsen voor de bewoners, in het nauwe steegje naast het gebouw.

Moore liep nu dat steegje in en keek op naar de ramen van de flats. Hij vroeg zich af wie er op hem neerkeek. Er bewoog niets achter de glazen ogen van de ramen. De bewoners van de flats die ramen aan de steegkant hadden, waren allemaal al ondervraagd; geen van hen had bruikbare informatie geleverd.

Hij bleef staan onder het badkamerraam van Elena Ortiz en staarde naar de brandtrap die erlangs liep. De trap was opgetrokken en vastgezet. In de nacht dat Elena Ortiz was gestorven, had een van de bewoners zijn auto onder de brandtrap gezet. Later hadden ze daarop schoenafdrukken in maat 42 gevonden. De dader had de auto gebruikt als opstapje om bij de brandtrap te komen.

Hij zag dat het raam van de badkamer dichtzat. Het had niet

dichtgezeten op de avond dat haar moordenaar was gekomen.

Hij liep de steeg weer uit, terug naar de voorkant van het gebouw, en stak de sleutel in het slot van de voordeur.

Politielint hing als slappe serpentines voor de deur van Elena Ortiz' flat. Hij maakte de deur open. Vingerafdrukpoeder bleef als roet op zijn hand achter. Het slappe lint gleed glibberend langs zijn schouder toen hij naar binnen stapte.

De woonkamer zag er nog net zo uit als hij zich van gisteren herinnerde, toen hij er met Rizzoli was geweest. Het was een onaangenaam bezoek geweest, waarin onderstromen van concurrentie voortdurend onder de oppervlakte hadden gevloeid. Rizzoli had officieel de leiding over de zaak-Ortiz maar was nog zo onzeker dat ze zich bedreigd voelde door iedereen die haar gezag betwistte, vooral als dat een oudere mannelijke collega was. Hoewel ze nu in hetzelfde team zaten, een team dat inmiddels was gegroeid tot vijf rechercheurs, voelde Moore zich een indringer op haar gebied. Hij had zijn suggesties dan ook steeds in zo diplomatiek mogelijke bewoordingen ingekleed. Hij wilde geenszins verwikkeld raken in een egostrijd, maar het was toch een strijd geworden. Gisteren had hij geprobeerd zich volledig op de flat te concentreren, maar haar weerzin had keer op keer zijn zeepbel van concentratie doorgeprikt.

Nu pas, nu hij hier helemaal alleen was, kon hij zich in alle rust concentreren op de plaats waar Elena Ortiz was gestorven. In de woonkamer zag hij een ratjetoe aan meubilair rond een lage rotantafel. Een computer op een bureautje in de hoek. Een beige vloerkleed met een patroon van bladerrijke takken en roze bloemen. Rizzoli had gezegd dat er sinds de moord niets was verzet, niets veranderd. Het laatste daglicht verbleekte achter het raam, maar hij deed geen lamp aan. Hij bleef lange tijd staan, zonder zelfs maar zijn hoofd te bewegen, wachtend tot een volledige stilte over de kamer was neergedaald. Dit was de eerste kans die hij had gekregen om hier in zijn eentje naartoe te komen, de eerste keer dat hij in deze kamer stond zonder afgeleid te worden door de stemmen en de gezichten van de levenden. Hij beeldde zich moleculen van lucht in, die waren gestoord door zijn binnenkomst en nu langzaam rondzweefden. Hij wilde dat de kamer tegen hem zou praten.

Hij voelde niets. Geen zweem van kwaadaardigheid, geen achtergebleven trillingen van doodsangst.

De dader was niet via de deur binnengekomen. Hij had ook niet door zijn pas veroverde koninkrijk van de dood rondgezworven. Hij had al zijn tijd, al zijn aandacht gericht op de slaapkamer.

Moore liep langzaam langs de kleine keuken naar de gang. Hij voelde de haartjes in zijn nek overeind komen. Bij de eerste deur bleef hij staan en keek naar de badkamer. Hij deed het licht aan.

Het is warm deze donderdagavond. Het is zo warm dat iedereen in de stad de ramen open laat om ieder zuchtje wind, ieder koel briesje te kunnen opvangen. Je hurkt op de brandtrap, zwetend in je donkere kleren, en staart naar de badkamer. Er is binnen geen geluid te horen; de vrouw ligt in de slaapkamer te slapen. Ze moet vroeg op voor haar werk in de bloemenwinkel en op dit uur glijdt haar slaapcyclus naar het diepste punt, het punt waarop wakker worden het moeilijkst is.

Ze hoort het krassen van je korte mes niet, het mes waarmee je de hor losschroeft.

Moore keek naar het behang, gesierd met kleine rozenknopjes. Een typisch vrouwenpatroon; een man zou zoiets nooit kiezen. Het was ook in alle andere opzichten een vrouwenbadkamer, van de shampoo met aardbeiengeur tot de doos Tampax in het kastje onder de wastafel en de cosmetica in het medicijnkastje. Van een jonge vrouw die van blauwe oogschaduw hield.

Je klimt door het raam naar binnen. Vezels van je donkerblauwe overhemd blijven hangen aan de hor. Polyester. Je gymschoenen, maat 42, laten afdrukken achter op het witte zeil. Ze laten sporen achter van zand, gemengd met korreltjes gips. Een typerende mengeling voor wie gewend is door de straten van Boston te lopen.

Misschien blijf je staan, luisterend in de duisternis. Snuif je de zoete onbekendheid van een vrouwenvertrek op. Of misschien verkwist je geen tijd, maar loop je meteen door naar je doelwit.

De slaapkamer.

De lucht leek smeriger, dikker, toen hij het pad van de indringer volgde. Het was méér dan alleen een ingebeeld gevoel van kwaad; het was de geur.

Hij bleef staan voor de slaapkamerdeur. Nu kwamen de haartjes in zijn nek rechtovereind. Hij wist al wat hij in de kamer zou zien; hij had gedacht dat hij erop was voorbereid. Maar toen hij het licht aandeed, vloog het afgrijzen hem aan, precies zoals de eerste keer dat hij de kamer had gezien.

Het bloed was nu meer dan twee dagen oud. De mensen van de schoonmaakdienst waren nog niet geweest. Maar zelfs die zouden met al hun reinigingsmiddelen en stoomapparaten en potten witte verf nooit volledig kunnen uitwissen wat hier was gebeurd, omdat de lucht voor eeuwig was doordrongen van angst.

Je stapt over de drempel, deze kamer in. De gordijnen zijn dun, ongevoerde katoenen lapjes, en het licht van de lantaarnpalen schijnt door de stof heen op het bed. Op de slapende vrouw. Je hebt vast even stilgestaan, naar haar gekeken. Met plezier gedacht aan de taak die je wachtte. Want het deed je plezier, nietwaar? Je opwinding stijgt, stroomt door je aderen als een drug, maakt iedere zenuw wakker tot zelfs je vingertoppen tintelen van anticipatie.

Elena Ortiz kreeg geen gelegenheid om te schreeuwen. In ieder geval had niemand haar gehoord. Niet het gezin in de flat naast haar, niet het echtpaar beneden.

De indringer had zijn gereedschap meegebracht. Een rol tape. Een lap die met chloroform was doordrenkt. Een verzameling chirurgische instrumenten. Hij had zich goed voorbereid.

De verschrikkingen hadden meer dan een uur geduurd. Een deel van die tijd was Elena Ortiz bij bewustzijn geweest. De huid van haar polsen en enkels was geschaafd, een teken dat ze zich verzet had. Van angst, van pijn had ze geplast en de urine was door het matras opgezogen en had zich gemengd met haar bloed. Het was een moeilijke operatie en hij had er de tijd voor genomen om alleen datgene te pakken wat hij hebben wilde, en niet méér.

Hij had haar niet verkracht; misschien was hij daar niet toe in staat.

Toen hij klaar was met de afgrijselijke verminking, had ze nog geleefd. De buikwond bloedde door, het hart klopte nog steeds. Hoe lang was het blijven kloppen? Volgens dokter Tierney minstens een halfuur. Dertig minuten die voor Elena Ortiz een eeuwigheid moeten hebben geleken.

Wat deed jij in die tijd? Je gereedschap opbergen? Je trofee in een potje stoppen? Of heb je er gewoon bijgestaan, genietend van het tafereel?

De laatste daad was snel en zakelijk verricht. Elena Ortiz' beul had genomen wat hij wilde en nu was het tijd om de zaak af te ronden. Hij was naar het hoofdeinde van het bed gelopen. Met zijn linkerhand had hij een handvol van haar haar gepakt en er zo hard aan getrokken dat hij meer dan twee dozijn haren uit haar schedel had gerukt. Deze werden later gevonden, verspreid over het kussen en de vloer. De bloedspatten maakten schrijnend duidelijk hoe de laatste gebeurtenissen waren verlopen. Met haar hoofd onwrikbaar achterover, haar hals bloot, had hij één lange, diepe snee gemaakt, van links naar rechts, dwars over de keel heen. Hij had de linker halsslagader en de luchtpijp doorgesneden. Bloed was naar buiten gespoten. Op de muur links van het bed zaten groepjes kleine, ronde druppels die naar beneden waren gegleden, karakteristiek voor een slagaderlijke bloeding en het uitstoten van bloed via de luchtpijp. Het kussen en het laken waren doorweekt door het bloed dat naar beneden was gestroomd. Een paar druppels, weggeslingerd toen de indringer het mes had opgeheven, waren tegen de vensterbank gespat.

Elena Ortiz was lang genoeg in leven gebleven om te kunnen zien hoe haar bloed uit haar hals spoot en in een machinegeweersalvo van rood tegen de muur was gespat. Ze was lang genoeg in leven gebleven om bloed in haar doorgesneden luchtpijp te zuigen, het te horen gorgelen in haar longen, het uit te hoesten in explosies van rood slijm.

Ze was lang genoeg in leven gebleven om te weten dat ze ging sterven.

En toen het voorbij was, toen er een eind was gekomen aan haar folterende strijd, heb je een visitekaartje voor ons achtergelaten. Je hebt het nachthemd van het slachtoffer netjes opgevouwen en op het nachtkastje achtergelaten. Waarom? Een krankzinnig teken van respect voor de vrouw die je zojuist hebt geslacht? Of is het jouw manier om de spot met ons te drijven? Jouw manier om ons te vertellen dat jij de baas bent?

Moore keerde terug naar de woonkamer en liet zich in een fauteuil zakken. Het was warm en benauwd in de flat, maar hij rilde. Hij wist niet of het gevoel van kilte lichamelijk of emotioneel was. Zijn dijen en schouders deden pijn; misschien had hij gewoon iets onder de leden. Een zomergriep, het ergste soort. Hij dacht aan alle plaatsen waar hij op dat moment zou willen zijn. In een bootje op een meer in Maine, zijn vishengel zoevend door de lucht. Of staande aan de rand van de zee om naar de aanrollende mist te kijken. Het maakte niet uit, alles was beter dan deze plaats des doods.

Hij schrok toen zijn pieper schril afging. Hij zette hem af en besefte dat zijn hart bonkte. Hij wachtte tot hij iets gekalmeerd was, pakte toen zijn mobieltje en drukte het nummer in.

'Rizzoli,' zei ze toen de telefoon nog maar één keer was overgegaan, als een afgevuurde kogel.

'Je hebt me opgepiept.'

'Je hebt me niet verteld dat je bij VICAP iets had gevonden,' zei ze.

'Waar heb je het over?'

'Over Diana Sterling. Ik heb haar dossier voor me liggen.'

VICAP, het *Violent Criminals Apprehension Program*, was een nationale database met informatie over moorden en geweldplegingen, verzameld uit zaken in het hele land. Moordenaars pasten vaak herhaaldelijk dezelfde werkwijze toe en met behulp van deze gegevens konden rechercheurs misdaden die door één en dezelfde dader gepleegd waren, met elkaar in verband brengen. Moore en zijn toenmalige partner, Rusty Stivack, hadden VICAP indertijd doorgespit.

'We hebben in New England geen gelijksoortige zaken gevonden,' zei Moore. 'We hebben iedere moord waar verminking, nachtelijke inbraak en tape aan te pas was gekomen, bekeken. Niet één ervan klopte met Sterlings profilering.'

'En die reeks in Georgia dan? Drie jaar geleden, vier slachtoffers. Eén in Atlanta, drie in Savannah. Ze staan allemaal in de database van VICAP.'

'Ik heb die zaken bekeken. Die dader is niet onze verdachte.'

'Luister. Dora Ciccone, tweeëntwintig jaar, studente aan Emory. Het slachtoffer is eerst verdoofd met Rohypnol, toen aan het bed vastgebonden met nylonkoord –'

'Onze moordenaar gebruikt chloroform en tape.'

'Hij heeft haar buik opengesneden. Haar baarmoeder eruit gehaald. Een coup de grâce toegebracht – door haar keel in één haal door te snijden. En tot slot – let op – heeft hij haar nachtkleding opgevouwen en op een stoel bij het bed gelegd. Als je het mij vraagt, lijkt het er verdacht veel op.'

'De Georgia-zaken zijn afgesloten,' zei Moore. 'Twee jaar geleden al. De dader is dood.'

'Stel dat de politie in Savannah een blunder heeft gemaakt? Stel dat hij *niet* de moordenaar was?'

'Ze hadden DNA als bewijs. Vezels, haren. En een getuige. Een slachtoffer dat het heeft overleefd.'

'O ja. De enige overlevende. Slachtoffer nummer vijf.' Er lag een eigenaardig honende klank in Rizzoli's stem.

'Ze heeft de identiteit van de dader bevestigd,' zei Moore.

'En ze is zo vriendelijk geweest hem dood te schieten.'

'Wat wil je nu eigenlijk? Zijn geest arresteren?'

'Heb je met het overlevende slachtoffer gesproken?' vroeg Rizzoli.

'Nee.'

'Waarom niet?'

'Wat zou dat voor zin gehad hebben?'

'Je zou misschien iets interessants gehoord hebben. Zoals het feit dat ze niet lang nadat ze is aangevallen, Savannah heeft verlaten. Drie keer raden waar ze nu woont.'

Boven het gekraak van het mobieltje uit kon hij zijn eigen hartslag horen. 'Boston?' vroeg hij zachtjes.

'En je zult steil achteroverslaan als ik je vertel wat voor werk ze doet.'

3

De zolen van dokter Catherine Cordells sportschoenen piepten op het linoleum toen ze door de gang van het ziekenhuis sprintte en de dubbele deur van de eerstehulpzaal opengooide.

Een verpleegster riep: 'Ze zijn in Trauma Twee, dokter Cordell!'

'Ik ben al onderweg,' zei Catherine en ze vloog als een geleid projectiel naar Trauma Twee.

Zes gezichten draaiden zich opgelucht naar haar toe toen ze de ruimte inkwam. Met één blik nam ze de situatie in zich op, zag blinkende instrumenten dwars door elkaar op een blad liggen, de infuusstangen met de zakjes zoutoplossing als stalen bomen met trossen fruit, bebloede gaasjes en opengescheurde pakketjes op de vloer. Een snel sinusritme vloog over het scherm van de hartmonitor – het elektrische patroon van een hart dat zijn uiterste best doet de dood vóór te blijven.

'Wat hebben we hier?' vroeg ze, terwijl het verplegend personeel opzij stapte om haar erdoor te laten.

Ron Littman, chirurg in opleiding, gaf haar in staccato de gegevens. 'Onbekende voetganger, aangereden, dader doorgereden. Bewusteloos hier binnengebracht. Pupillen zijn gelijkwaardig en reageren, longen schoon, maar de buik is gezwollen. Geen darmgeluiden. Bloeddruk gezakt tot zestig op nul. Ik heb een paracentese gedaan. Hij heeft bloed in zijn buik. We hebben een centraal infuus aangebracht maar slagen er niet in zijn bloeddruk op peil te houden.'

'O negatief en plasma onderweg?'

'Moet ieder moment hier zijn.'

De man op de tafel was geheel ontkleed, ieder intiem detail

meedogenloos aan haar blik blootgesteld. Hij leek begin zestig, had al een buisje in zijn keel en lag aan het beademingsapparaat. Slappe spieren hingen in rollen aan zijn magere ledematen en zijn ribben staken uit als gebogen messen. Hij leed vermoedelijk aan een chronische ziekte, dacht ze; kanker was haar eerste gok. Zijn rechterarm en -heup waren tot bloedens toe geschaafd toen hij over de straat werd gesleurd. Zijn borst toonde rechtsonder een kneuzing, als een paars continent op het witte perkament van huid. Er waren geen penetratiewonden.

Ze deed haar stethoscoop in om zich ervan te verzekeren dat wat de chirurg in opleiding haar had verteld, juist was. Ze hoorde geen geluiden in de buik. Geen geborrel, zelfs geen piepje. De stilte van gewonde darmen. Ze verplaatste de stethoscoop naar de borst en luisterde naar de ademhaling voor een bevestiging dat het buisje juist was ingebracht en beide longen lucht kregen. Het hart klopte als een vuist tegen de borstwand. Haar onderzoek nam slechts enkele seconden in beslag, maar ze voelde zich alsof ze zich in slow motion bewoog, alsof rondom haar de kamer vol personeel in de tijd bevroren was en wachtte op wat zij zou doen.

Een verpleegster riep: 'De systole is amper vijftig!'

De tijd maakte een sprong vooruit, met een angstaanjagende snelheid.

'Breng me een schort en handschoenen,' zei Catherine. 'En zet een blad voor buikoperaties klaar.'

'Moeten we hem niet naar een operatiekamer brengen?' vroeg Littman.

'Die zijn allemaal bezet. We kunnen niet wachten.' Iemand gooide haar een papieren muts toe. Ze duwde snel haar halflange rode haar eronder en deed een masker voor. Een verpleegster hield een steriel chirurgenschort voor haar op. Catherine stak haar armen in de mouwen en haar handen in de handschoenen. Ze had geen tijd om haar handen en armen te schrobben, geen tijd om te aarzelen. Ze had de leiding en de onbekende man was stervende.

Snel werden steriele lakens uitgespreid op de borst en het bekken van de patiënt. Ze greep wat klemmetjes van het blad om de lakens vast te zetten, de stalen tanden met een bevredigend *klak, klak* vastdrukkend.

'Waar blijft dat bloed?' vroeg ze.

'Ik ben net het lab aan het bellen,' zei een verpleegster.

'Ron, jij bent eerste assistent,' zei Catherine tegen Littman. Ze keek om zich heen en liet haar blik vallen op een bleke jongeman die bij de deur stond. Op zijn naamkaartje stond: 'Jeremy Barrows, medisch student.' 'Jij,' zei ze. 'Jij bent tweede assistent!'

Paniek flitste op in de ogen van de jongeman. 'Maar – ik ben nog maar tweedejaars. Ik ben hier alleen om –'

'Kunnen we een andere chirurg in opleiding hierheen krijgen?'

Littman schudde zijn hoofd. 'De spoeling is dun. Ze hebben een hoofdwond in Trauma Een en een hartstilstand op de zaal.'

'Goed.' Ze keek weer naar de student. 'Dan zul jij ons moeten helpen, Barrows. Zuster, geef hem een schort en handschoenen.'

'Wat moet ik dan doen? Ik weet nog helemaal niet –'

'Wil je arts worden of niet? Trek die spullen dan aan!'

De jongen kreeg een kop als een boei en draaide zich om om een schort aan te trekken. Hij was bang, maar in veel opzichten had Catherine liever een bange student als Barrows dan een arrogante. Ze had al te veel patiënten zien doodgaan vanwege overdadig zelfvertrouwen van artsen.

Een stem kraakte door de intercom: 'Hallo, Trauma Twee? Dit is het lab. Ik heb een hematocriet voor jullie patiënt. Het is vijftien.'

Hij bloedt dood, dacht Catherine. 'We hebben onmiddellijk O negatief nodig!'

'Het komt eraan.'

Catherine pakte een scalpel. Het gewicht van de handgreep en de vorm van het staal voelden prettig aan in haar greep. Het was als een verlengstuk van haar eigen hand, haar eigen vlees. Ze haalde diep adem, snoof de geur van alcohol en van de talk van de handschoenen op. Toen drukte ze het lemmet tegen de huid en maakte een incisie, kaarsrecht over het centrum van de buik.

De scalpel trok een helderrode, bloederige streep op het canvas van witte huid.

'Hou de afzuiging en laparotomiegaasjes gereed,' zei ze. 'We hebben een buik vol bloed.'

'Bloeddruk amper voelbaar op vijftig.'

'O negatief en plasma zijn er! Ik hang ze nu op.'

'Laat iemand het ritme in de gaten houden. Laat me weten hoe het ermee staat,' zei Catherine.

'Sinustach gestegen tot honderdvijftig.'

Ze sneed door de huid en het onderhuidse vet, negeerde het bloed uit de buikwand. Ze verkwistte geen tijd aan kleine bloedingen; de belangrijkste bloeding zat in de buik zelf en die moest gestopt worden. De oorzaak was waarschijnlijk een gescheurde milt of lever.

Het buikvlies stond bol van het bloed.

'Dit zal rommel geven,' waarschuwde ze, haar scalpel in gereedheid om de incisie te maken. Hoewel ze op een stroom bloed had gerekend, veroorzaakte de eerste snede van het mes zo'n explosieve straal dat ze heel even een paniekgevoel door zich heen voelde trekken. Bloed stroomde over de lakens en lekte op de grond. Het spatte tegen haar schort en de warmte drong als een naar koper geurend bad door haar mouwen heen. En nog steeds vloeide het uit de wond, als een satijnen rivier.

Ze bracht retractors aan in de wond om die wijder te maken en het werkterrein te kunnen overzien. Littman legde de suctiecatheter erin. Bloed gorgelde door het slangetje. Een helderrode stroom spatte in de glazen pot.

'Meer laparotomiegaasjes!' riep Catherine boven het geraas van de suctie uit. Ze had een half dozijn gaasjes in de wond geduwd en zag ze als op magische wijze rood kleuren. Binnen een paar seconden waren ze verzadigd. Ze haalde ze eruit en stopte er nieuwe in, in alle vier de kwadranten.

Een verpleegster zei: 'Ik zie PVC's op de monitor!'

'Jemig, er zit al twee liter in de pot,' zei Littman.

Catherine keek op en zag dat O-negatief bloed en plasma met grote snelheid uit de infuuszakjes door de slangetjes drupten. Het was als bloed in een zeef gieten. Naar binnen via de aderen, naar buiten via de wond. Ze konden het niet bijbenen. Ze kon geen aderen afklemmen wanneer die ondergedompeld waren in een plas bloed; ze kon niet op de tast opereren.

Ze haalde de lapgaasjes eruit, zwaar en druipend, en stopte er nieuwe in. Een paar ogenblikken kon ze weer iets zien. Het bloed stroomde uit de lever, maar er was geen duidelijke beschadiging te zien. Het leek uit de hele oppervlakte van het orgaan te lekken.

'Zijn bloeddruk zakt!' riep een verpleegster.

'Klem!' zei Catherine en het instrument werd meteen in haar hand gelegd. 'Ik ga een Pringle-manoeuvre proberen. Barrows, stop nog wat gaasjes in de wond!'

De medische student schrok op, stak zijn hand uit naar het blad en stootte het stapeltje laparotomiegaasjes omver. Hij keek vol afgrijzen toe hoe ze van het blad vielen.

Een verpleegster scheurde een nieuw pakketje open. 'Ze moeten in de patiënt terechtkomen, niet op de grond,' beet ze de jongen toe. En toen ze Catherine aankeek, werd in hun ogen dezelfde gedachte weerspiegeld.
Moet dat arts worden?
'Aan welke kant moeten ze?' vroeg Barrows.
'Zuig er maar gewoon zo veel mogelijk bloed mee op. Ik kan niets zien.'
Ze gaf hem een paar seconden om de wond met de gaasjes leeg te zuigen, stak toen haar hand erin en trok het omentum minus los. Ze verschoof de klem van links naar het centrum en zag de vaatstam van de lever, waar de hoofdader van de lever en de poortader doorheen vloeiden. Het was slechts een tijdelijke oplossing, maar als ze de stroom bloed op dat punt kon afknijpen, zou ze de bloeding misschien onder controle kunnen krijgen. Dat zou hun de broodnodige tijd geven om de bloeddruk te stabiliseren en meer bloed en plasma in zijn bloedsomloop te pompen.
Ze kneep met de klem de aderen in het steeltje dicht.
Onthutst zag ze dat het bloed bleef vloeien, met nog net zoveel kracht.
'Weet je zeker dat je het steeltje te pakken hebt?' vroeg Littman.
'Ja, heel zeker. En ik weet dat het niet uit het retroperitoneum komt.'
'Misschien de leverader?'
Ze griste twee gaasjes van het blad. Deze procedure was een laatste strohalm. Ze spreidde de gaasjes uit op de lever en klemde beide handen om het orgaan.
'Wat doet ze?' vroeg Barrows.
'Levercompressie,' zei Littman. 'Soms kun je daarmee de randen van verborgen scheurtjes dichten. Om leegbloeden te voorkomen.'
Alle spieren in haar schouders en armen kwamen strak te staan toen ze zo hard mogelijk kneep in een poging de stroom te stoppen.
'Hij loopt weer vol,' zei Littman. 'Het helpt niet.'
Ze staarde naar de wond en zag hoe de buikholte opnieuw gestaag volliep met bloed. Waar bloedt hij dan, vroeg ze zich af. En opeens zag ze dat er ook uit andere plaatsen bloed vloeide. Niet alleen uit de lever, maar ook uit de buikwand en het mesenterium. Uit de wondrandjes van de opengesneden huid.

Ze keek naar de linkerarm van de patiënt, die onder de steriele lakens uitstak. Het gaas dat over de infuusnaald lag, was doordrenkt met bloed.

'Ik wil onmiddellijk zes eenheden trombocyten en plasma,' beval ze. 'En leg een heparine-infusie aan. Tienduizend eenheden IV bolus, daarna ieder uur tienduizend.'

'Heparine?' zei Barrows verbijsterd. 'Maar hij bloedt leeg...'

'Het is DIC,' zei Catherine. 'We moeten hem antistollingsmiddelen geven.'

Littman staarde naar haar. 'We hebben de labrapporten nog niet. Hoe weet je dat het DIC is?'

'Tegen de tijd dat we de stollingsrapporten krijgen, zal het te laat zijn. We moeten onmiddellijk handelen.' Ze knikte tegen de verpleegster. 'Doe het.'

De verpleegster stak de naald in het dopje van de infusieslang. Heparine was een wanhopige gooi met de dobbelstenen. Als Catherines diagnose correct was, als de patiënt aan DIC leed, vormden zich in zijn hele bloedsomloop grote aantallen trombocyten, als een microscopische hagelstorm, die al zijn broodnodige stollingsfactoren en bloedplaatjes opvraten. Een zwaar trauma, verborgen kanker of een infectie kon een niet te overziene lawine van trombusformatie veroorzaken. Omdat DIC de stollingsfactoren en bloedplaatjes opvrat die beide noodzakelijk waren om bloed te laten stollen, zou de patiënt ernstige bloedingen krijgen. Om de DIC tegen te gaan, moesten ze heparine toedienen, een antistollingsmiddel. Het was een eigenaardig paradoxale behandeling. Het was tevens een gok. Als Catherines diagnose fout was, zou de heparine de bloeding nog erger maken.

Alsof het nog erger kan worden. Ze had pijn in haar rug en haar armen trilden van de kracht waarmee ze de lever omklemd hield. Een zweetdruppel gleed over haar wang en werd opgezogen door haar masker.

Een stem uit het lab klonk weer door de intercom. 'Trauma Twee, ik heb uitslagen over uw patiënt.'

'Gaat uw gang,' zei de verpleegster.

'Het aantal bloedplaatjes is gezakt tot duizend. Trombinogeen zit hoog, op dertig, en hij heeft verwilderende fibrineproducten. Zo te zien lijdt uw patiënt aan een ernstig geval van DIC.'

Catherina zag Barrows verblufte gezicht. *Wat was het toch eenvoudig om indruk te maken op medische studenten.*

'V-tach! Hij is in V-tach!'

Catherine keek snel op naar de monitor. Een scherp getande streep joeg over het scherm. 'Bloeddruk?'

'Geen. Ik ben hem kwijt.'

'Begin met kunstmatige ademhaling. Littman, jij hebt de leiding over de hartstilstand.'

De chaos zwol aan als een storm, wervelde met steeds meer geweld om haar heen. Een koerier stormde binnen met plasma en bloedplaatjes. Catherine hoorde Littman iemand opdracht geven hartmedicijnen klaar te leggen, zag dat een verpleegster haar handen op het borstbeen zette en begon te drukken, waarbij haar hoofd op en neer ging als een mechanische drinkvogel. Met iedere druk op het hart joeg ze bloed naar de hersenen om die in leven te houden. Ze voedde er ook de bloeding mee.

Catherine keek weer neer op de buikholte van de patiënt. Ze kneep nog steeds in de lever, hield nog steeds de vloedgolf van bloed tegen. Verbeeldde ze het zich of begon de kracht waarmee het bloed, dat als glanzende linten tussen haar vingers door stroomde, af te nemen?

'Laten we hem een schok geven,' zei Littman. 'Honderd joules –'

'Nee, wacht. De hartslag is terug!'

Catherine keek naar de monitor. Sinustachycardie! Het hart pompte weer, maar het joeg ook bloed door de aderen.

'Hebben we doorstroming?' riep ze. 'Wat is de bloeddruk?'

'De bloeddruk is... negentig op veertig!'

'Het ritme is stabiel.'

Catherine keek in de open buik. Het bloeden was afgezwakt tot een nauwelijks zichtbaar sijpelen. Ze had de lever nog steeds in haar handen en luisterde naar het gestage piepen van de monitor. Muziek in haar oren.

'Mensen,' zei ze. 'Ik geloof dat we hem gered hebben.'

Catherine stroopte haar bebloede schort en handschoenen af en liep achter de brancard met de patiënt aan Trauma Twee uit. De spieren in haar schouders trilden van vermoeidheid, maar het was een aangename vermoeidheid. De uitputting van de victorie. De verpleegsters duwden de brancard naar de lift om hun patiënt af te leveren op de chirurgische intensive care-afdeling. Catherine wilde net samen met hen in de lift stappen toen ze iemand haar naam hoorde zeggen.

Ze draaide zich om en zag een man en een vrouw op zich afkomen. De vrouw was klein en zag eruit als een fel type, een brunette met zwarte ogen die als laserstralen op je gericht werden. Ze was gekleed in een sober blauw broekpak dat een bijna militaire indruk maakte. Haar metgezel torende boven haar uit. De man was midden veertig. Hij had zilveren draden in zijn donkere haar en de jaren hadden diepe rimpels in zijn nog steeds opvallend knappe gezicht geëtst. Maar het waren zijn ogen waarop Catherine haar volledige aandacht richtte. Die hadden een zachtgrijze tint en waren ondoorgrondelijk.

'Dokter Cordell?' vroeg hij.

'Ja.'

'Ik ben rechercheur Thomas Moore. Dit is rechercheur Rizzoli. We zijn van de afdeling Moordzaken.' Hij hield zijn identiteitskaart omhoog, maar dat had net zo goed een speelkaart kunnen zijn. Ze keek er amper naar; haar aandacht was volledig op Moore gericht.

'Kunnen we u even onder vier ogen spreken?' vroeg hij.

Ze keek naar de verpleegsters die samen met de patiënt in de lift op haar wachtten. 'Ga maar vast,' zei ze tegen hen. 'Dokter Littman zal zijn kaart bijschrijven.'

Pas toen de liftdeur dicht was, vroeg ze aan rechercheur Moore: 'Gaat het om dat verkeersslachtoffer dat zojuist is binnengebracht? Het ziet ernaar uit dat hij het zal overleven.'

'Nee, het gaat niet over een patiënt.'

'Zei u dat u van de afdeling Moordzaken was?'

'Ja.' Het was de toon die haar aan het schrikken bracht. Een zachte waarschuwing dat ze zich moest voorbereiden op slecht nieuws.

'Gaat het dan – o god, ik hoop dat het niet gaat over iemand die ik ken.'

'Het gaat over Andrew Capra. En over wat er met u is gebeurd in Savannah.'

Meteen kon ze niets meer zeggen. Haar benen voelden opeens verdoofd aan en ze stak haar hand uit naar de muur, alsof ze steun zocht zodat ze niet zou vallen.

'Dokter Cordell?' zei hij, opeens ongerust. 'Voelt u zich niet goed?'

'Ik geloof... ik geloof dat we beter even naar mijn kantoor kunnen gaan,' fluisterde ze. Ze draaide zich abrupt om en liep de zaal uit. Ze keek niet om of de rechercheurs achter haar aankwamen; ze liep maar door, vluchtte naar de veiligheid van haar kantoor dat zich in het aangrenzende administratiegebouw bevond. Ze hoorde hun voetstappen achter zich toen ze door het enorme gebouwencomplex van het Pilgrim Medical Center liep.

Ze wilde er niet over praten. Ze had gehoopt dat ze nooit meer met iemand over Savannah hoefde te praten. Maar dit waren politiemensen en hun vragen kon ze niet ontlopen.

Eindelijk bereikten ze een kantoorsuite met op de deur:
Peter Falco, M.D.
Catherine Cordell, M.D.
Algemene chirurgie en vasculaire chirurgie.

Ze liep het voorkantoor in. De receptioniste keek op met een automatische glimlach die op haar lippen bevroor toen ze Catherines lijkbleke gezicht zag en naar de twee onbekenden keek die achter haar aan naar binnen kwamen.

'Dokter Cordell? Is er iets mis?'

'We gaan naar mijn kantoor, Helen. Verbind voorlopig niemand door.'

'Uw eerste patiënt komt om tien uur. Meneer Tsang, die voor controle komt na zijn splenectomie.'

'Annuleer het.'

'Maar hij komt helemaal uit Newbury. Hij is waarschijnlijk al onderweg.'

'Laat hem dan maar wachten. Maar verbind alsjeblieft niemand door als er voor me wordt gebeld.'

Catherine negeerde Helens verbijsterde blik en liep door naar haar kantoor, met Moore en Rizzoli vlak achter zich aan. Ze stak meteen haar hand uit naar haar witte doktersjas. Maar die hing niet aan de haak aan de deur, waar ze hem altijd ophing. Het was slechts een kleine ergernis, maar toegevoegd aan de verwarring die in haar woedde, werd het haar bijna te veel. Ze keek om zich heen, speurend naar de witte jas alsof haar leven ervan afhing. Ze zag hem op de dossierkast liggen en voelde zich belachelijk opgelucht toen ze hem ervanaf griste en ermee om haar bureau heen liep. Daar voelde ze zich veiliger, gebarricadeerd achter het glanzende rozenhouten bureaublad. Veiliger en beheerst.

Het kantoor was zorgvuldig ingericht, zoals alles in haar leven zorgvuldig was ingericht. Ze had geen talent voor slordigheid en haar dossiers lagen in twee keurige stapeltjes op haar bureau. Haar boeken stonden alfabetisch gerangschikt op naam van de auteurs. Haar computer zoemde zachtjes, en de screensaver liet geometrische patronen over het scherm dansen. Ze deed de witte jas aan om haar met bloedvlekken besmeurde chirurgenhemd te verbergen. De extra laag kleding voelde als een extra schild dat haar beschermde, een extra barrière tegen de smerige, gevaarlijke trucjes van het leven.

Vanachter haar bureau zag ze Moore en Rizzoli een blik om zich heen werpen, ongetwijfeld om een indruk te krijgen van degene aan wie het kantoor toebehoorde. Was dat voor politiemensen iets vanzelfsprekends, dat snelle visuele onderzoek, het taxeren van iemands karakter? Het gaf Catherine een naakt, kwetsbaar gevoel.

'Ik weet dat het een pijnlijk onderwerp is om weer te moeten aansnijden,' zei Moore, terwijl hij ging zitten.

'U hebt geen idee hoe pijnlijk. Het is twee jaar geleden gebeurd. Waarom wordt dit nu weer overhoop gehaald?'

'Vanwege twee onopgeloste moorden hier in Boston.'

Catherine fronste. 'Maar ik ben in Savannah aangevallen.'

'Ja, dat weten we. Er bestaat een nationale misdaad-database die VICAP heet. Toen we op VICAP naar geweldplegingen zochten die leken op de moorden hier, kwam de naam Andrew Capra naar boven.'

Catherine zweeg om die informatie in zich op te nemen. Om voldoende moed te verzamelen om de volgende logische vraag te stellen. Ze slaagde erin dat op een kalme manier te doen. 'Over welke overeenkomsten hebben we het?'

'De manier waarop de vrouwen zijn vastgebonden zodat ze zich niet meer kunnen bewegen. Het type snij-instrument dat is gebruikt. Het...' Moore zweeg, zocht naar woorden om zijn zin zo tactvol mogelijk in te kleden. 'Het type verminking,' zei hij toen snel.

Catherine greep met beide handen het bureau vast, vechtend tegen een plotseling opkomende misselijkheid. Haar blik viel op de dossiers die zo netjes opgestapeld lagen. Ze zag een streep blauwe inkt op de mouw van haar witte jas. *Hoe je ook je best doet je leven op orde te houden, hoe goed je er ook voor oppast geen fouten te maken, je voor onvolkomenheden te hoeden, er is altijd een vlek, een smet die je over het hoofd ziet. Die op de loer ligt om je te bespringen.*

'Vertel me eens,' zei ze. 'Over die twee vrouwen.'

'We mogen er niet te veel over vrijgeven.'
'Wat kunt u me vertellen?'
'Niet meer dan wat in de *Globe* van afgelopen zondag heeft gestaan.'

Het duurde een paar seconden tot ze had verwerkt wat hij had gezegd. Ze verstijfde van ongeloof. 'Zijn die moorden in Boston dan – *recentelijk* gepleegd?'

'De laatste was afgelopen vrijdag.'

'Dan heeft dit niets te maken met Andrew Capra! En ook niet met mij.'

'Er zijn opvallende overeenkomsten.'

'Die zijn dan puur toeval. Dat moet wel. Ik dacht dat u het over oude misdaden had. Iets dat Capra jaren geleden heeft gedaan. Niet vorige week.' Ze schoof abrupt haar stoel naar achteren. 'Ik zie niet in hoe ik u kan helpen.'

'Dokter Cordell, deze moordenaar kent details die nooit aan het publiek bekend zijn gemaakt. Hij heeft informatie over Capra's moorden die niemand kent, behalve degenen die aan het onderzoek in Savannah hebben gewerkt.'

'Dan moet u misschien die mensen onder de loep nemen. Degenen die ervan af weten.'

'U bent er daar één van, dokter Cordell.'

'Voor het geval u het bent vergeten, ik was een *slachtoffer*.'

'Hebt u met iemand over uw geval gesproken?'

'Alleen met de politie van Savannah.'

'U hebt het er niet over gehad met uw vrienden?'

'Nee.'

'Familie?'

'Nee.'

'Er moet toch wel iemand zijn die u in vertrouwen hebt genomen.'

'Ik praat er niet over. Ik praat er nooit over.'

Hij bekeek haar met een ongelovige blik. 'Nooit?'

Ze keek van hem weg. 'Nooit,' fluisterde ze.

Er bleef een stilte hangen. Toen vroeg Moore op rustige toon: 'Zegt de naam Elena Ortiz u iets?'

'Nee.'

'Diana Sterling?'

'Nee. Zijn dat de vrouwen...'

'Ja. Dat zijn de slachtoffers.'

Ze slikte moeizaam. 'Hun namen zeggen me niets.'

'U hebt niets over deze moorden gehoord?'

'Ik lees met opzet nooit iets over tragedies. Daar kan ik niet tegen.' Ze slaakte een vermoeide zucht. 'Ik zie op de eerstehulpafdeling al zoveel afgrijselijke dingen. Wanneer ik aan het eind van de dag thuiskom, wil ik rust. Dan wil ik me veilig voelen. Wat er in de wereld gebeurt – al het geweld – daar wil ik niets over lezen.'

Moore stak zijn hand in zijn zak en haalde er twee foto's uit, die hij over het bureau naar haar toe schoof. 'Herkent u deze vrouwen?'

Catherine staarde naar de gezichten. De vrouw op de linkerfoto had donkere ogen en een lach op haar lippen, de wind in haar haar. De andere was een ijl blondje met een dromerige, verre blik in haar ogen.

'De donkere is Elena Ortiz,' zei Moore. 'De andere Diana Sterling. Diana is een jaar geleden vermoord. Komen deze gezichten u niet bekend voor?'

Ze schudde haar hoofd.

'Diana Sterling woonde in Back Bay, slechts een paar honderd meter bij u vandaan. De flat van Elena Ortiz is twee straten bij dit ziekenhuis vandaan. Het is heel goed mogelijk dat u hen hebt gezien. Weet u zeker dat u geen van beide vrouwen herkent?'

'Ik heb ze nog nooit gezien.' Ze gaf de foto's terug aan Moore en zag opeens dat haar hand beefde. En dat zag hij natuurlijk ook, toen hij de foto's aanpakte en zijn vingers de hare raakten. Ze vermoedde dat hij veel opmerkte; dat doet een politieman nu eenmaal altijd. Ze was zo bezig geweest met de beroeringen in haar binnenste dat ze amper iets had geregistreerd over deze man. Hij had zich kalm en vriendelijk gedragen en ze had zich niet bedreigd gevoeld. Ze besefte nu pas dat hij haar aandachtig had bekeken, wachtend op een glimp van de innerlijke Catherine Cordell. Niet de bekwame traumachirurge, niet de koele, elegante arts met het rode haar, maar de vrouw onder de oppervlakte.

Nu sprak rechercheur Rizzoli. In tegenstelling tot Moore deed ze geen pogingen haar vragen te verzachten. Ze wilde antwoorden en verkwistte geen tijd aan het verkrijgen daarvan. 'Wanneer bent u hiernaartoe verhuisd, dokter Cordell?'

'Ik heb Savannah een maand na de aanval verlaten,' zei Catherine op dezelfde zakelijke toon.

'Waarom hebt u toen voor Boston gekozen?'

'Waarom niet?'

'Het ligt ver van het Zuiden.'

'Mijn moeder is opgegroeid in Massachusetts. Ze ging iedere zomer met ons naar New England. Het was... alsof ik thuiskwam.'

'U woont hier nu iets meer dan twee jaar.'

'Ja.'

'En wat hebt u in die twee jaar gedaan?'

Catherine fronste haar wenkbrauwen, verbaasd over de vraag. 'Ik werk hier in het Pilgrim, samen met dokter Falco. Op de trauma-afdeling.'

'Dan had de *Globe* het dus fout.'

'Pardon?'

'Ik heb een paar weken geleden dat artikel over u gelezen. Over vrouwelijke chirurgen. Mooie foto van u, trouwens. Er stond in dat u pas een jaar hier in het Pilgrim werkt.'

Catherine zweeg. Ze zei toen, rustig: 'Het artikel was correct. Na Savannah heeft het even geduurd tot ik...' Ze schraapte haar keel. 'Ik werk pas sinds vorig jaar juli met dokter Falco samen.'

'En uw eerste jaar in Boston dan?'

'Toen heb ik niet gewerkt.'

'Wat hebt u dan gedaan?'

'Niets.' Dat antwoord, zo vlak en afdoende, was het enige wat ze erover zou zeggen. Ze was niet van plan de vernederende waarheid te onthullen over hoe dat eerste jaar was verlopen. De dagen, die zich aaneen hadden geregen tot weken, dat ze niet uit haar flat had durven komen. De nachten dat het zwakste geluid haar van angst had doen beven. De trage, pijnlijke reis terug naar de wereld, toen ze al haar moed had moeten verzamelen om in een lift te stappen of 's avonds naar haar auto te lopen. Ze had zich geschaamd voor haar kwetsbaarheid; ze schaamde zich nog steeds en was te trots om daar ooit iets van te laten blijken.

Ze keek op haar horloge. 'Ik heb afspraken met patiënten. Ik heb hier verder niets aan toe te voegen.'

'Laat me mijn feiten nog even controleren.' Rizzoli deed een klein notitieboekje met een spiraalrug open. 'Iets meer dan twee jaar geleden, op de avond van de vijftiende juni, bent u in uw eigen woning aangevallen door dokter Andrew Capra. Een man die u kende. Een co-assistent uit het ziekenhuis waar u werkte.' Ze keek op naar Catherine.

'U weet blijkbaar alles al.'

'Hij heeft u verdoofd. Ontkleed. U aan uw bed vastgebonden. U geterroriseerd.'

'Ik zie niet in wat dit –'

'U verkracht.' De woorden werden rustig uitgesproken, maar hadden het effect van een klap in haar gezicht.

Catherine zei niets.

'En dat is niet het enige wat hij in de zin had,' vervolgde Rizzoli.

Lieve god, laat haar ophouden.

'Hij was van plan u op een afgrijselijke manier te verminken. Net zoals hij vier andere vrouwen in Georgia had verminkt. Hij heeft ze opengesneden. Datgene vernietigd dat hen tot vrouw maakte.'

'Zo is het wel genoeg,' zei Moore.

Maar Rizzoli wist niet van ophouden. 'Het had ook met u kunnen gebeuren, dokter Cordell.'

Catherine schudde haar hoofd. 'Waarom doet u dit?'

'Dokter Cordell, ik wil niets liever dan deze man te pakken krijgen en ik zou denken dat u ons wel zou willen helpen. Dat u zou willen dat het andere vrouwen niet zal overkomen.'

'Dit heeft niets met mij te maken! Andrew Capra is *dood*. Hij is al twee jaar dood.'

'Ja, ik heb het autopsierapport gelezen.'

'Nou, ik kan u garanderen dat hij dood is,' beet Catherine haar toe. 'Omdat ik degene ben die die schoft heeft doodgeschoten.'

4

Moore en Rizzoli zaten zwetend in de auto. De airconditioning blies warme lucht door de roostertjes. Ze stonden nu al tien minuten in een file en het werd niet koeler in de wagen.

'Belastingbetalers krijgen waar ze voor betalen,' zei Rizzoli.
'En deze auto is goed voor de schroothoop.'

Moore zette de airco af en draaide zijn raampje open. De geur van heet asfalt en uitlaatgassen woei naar binnen. Hij was kletsnat van het zweet. Hij snapte niet hoe Rizzoli het kon verdragen haar jasje aan te houden; hij had het zijne meteen uitgetrokken toen ze het Pilgrim Medical Center uit waren gekomen en omhuld werden door een dikke deken van luchtvochtigheid. Hij wist dat zij het ook warm had, want hij zag zweet glinsteren op haar bovenlip, een lip die waarschijnlijk nooit kennis had gemaakt met lippenstift. Rizzoli was niet lelijk, maar terwijl andere vrouwen zich opmaakten of oorbellen droegen, leek Rizzoli vastbesloten haar aantrekkelijkheid zoveel mogelijk af te zwakken. Ze droeg sombere donkere pakjes die niet flatteus waren voor haar kleine gestalte en haar haar was een onverzorgde bos zwarte krullen. Ze was zoals ze was en wie dat niet wilde accepteren, kon naar de maan lopen. Hij begreep wel waarom ze die houding van jullie-kunnen-me-wat had aangenomen; ze had die waarschijnlijk nodig om als vrouwelijke agent stand te kunnen houden. Rizzoli was bovenal iemand die zich niet liet kisten.

Net zoals Catherine Cordell zich niet liet kisten. Maar dokter Cordell had een andere strategie ontwikkeld: terugtrekking. Afstand. Tijdens het gesprek had hij het gevoel gehad dat hij naar haar keek door melkglas, zo afstandelijk was ze overgekomen.

Het was die afstandelijkheid die Rizzoli dwarszat. 'Er is iets mis met haar,' zei ze. 'Er ontbreekt iets op de afdeling emoties.'

'Ze is een traumachirurg. Ze is erop getraind het hoofd koel te houden.'

'Je hebt koel en je hebt kil. Twee jaar geleden is ze vastgebonden, verkracht en bijna opengesneden en uitgehold. En nu praat ze daar verrekte kalm over. Dat zet je aan het denken.'

Moore remde voor een stoplicht en bleef naar het kruispunt zitten staren. Zweet droop over zijn rug. Hij functioneerde niet goed wanneer het warm was; dan voelde hij zich dom en traag van begrip. Het deed hem verlangen naar het einde van de zomer, naar de reinheid van de eerste sneeuw...

'Hé,' zei Rizzoli. 'Luister je?'

'Ze heeft veel zelfbeheersing,' gaf hij toe. Maar ze is niet kil, dacht hij toen hij zich herinnerde hoe Catherine Cordells hand had gebeefd toen ze hem de foto's van de twee vrouwen had teruggegeven.

Terug achter zijn bureau dronk hij langzaam een lauwe cola en las het artikel nog een keer dat een paar weken daarvoor in de *Boston Globe* was afgedrukt: 'Vrouwen die het mes hanteren.' Het ging over drie vrouwelijke chirurgen in Boston – hun triomfen en moeilijkheden, de specifieke problemen waar ze op hun werkterrein mee te maken kregen. Van de drie foto's was die van Cordell het opvallendst. Niet alleen omdat ze een aantrekkelijke vrouw was; het zat 'm in haar blik, zo trots en open dat ze de camera ermee leek uit te dagen. Net als het artikel zelf versterkte de foto de indruk dat deze vrouw baas over haar leven was.

Hij legde het artikel opzij en bedacht hoe bedrieglijk eerste indrukken konden zijn. Hoe makkelijk leed kon worden gemaskeerd met een glimlach, een opgeheven kin.

Hij opende een dossier, haalde diep adem en las het rapport van de politie van Savannah over dokter Andrew Capra nog een keer door.

Capra had voorzover ze wisten zijn eerste moord gepleegd toen hij een laatstejaars student was aan de Emory University in Atlanta. Het slachtoffer was Dora Ciccone, een 22-jarige studente aan Emory. Haar lichaam was aangetroffen in haar nabij de campus gelegen flat, vastgebonden op het bed. Bij de lijkschouwing waren sporen van het verdovende middel Rohypnol aangetroffen, dat de beruchte naam had een *date-rape drug* te zijn. In haar flat waren geen sporen gevonden van insluiping.

Het slachtoffer had de moordenaar bij zich thuis uitgenodigd.

Eenmaal verdoofd, was Dora Ciccone met nylonkoord aan haar bed vastgebonden. Gillen was haar onmogelijk gemaakt met een breed stuk tape. Eerst had de moordenaar haar verkracht. Toen had hij haar opengesneden.

Ze was tijdens de operatie in leven geweest.

Toen de verkrachter de operatie had voltooid en zijn souvenir te pakken had, had hij de genadeslag toegediend: de hals was met één diepe haal van een mes doorgesneden, van links naar rechts. Hoewel de politie DNA had uit het sperma van de moordenaar, hadden ze verder geen enkele aanwijzing. Het onderzoek werd nog eens bemoeilijkt door het feit dat Dora bekend had gestaan als een fuifnummer. Ze hing graag rond in de plaatselijke cafés en nam vaak mannen mee naar huis die ze nog maar net had ontmoet.

De man die ze op de avond dat ze was gestorven, mee naar huis had genomen, was een medische student, Andrew Capra. Maar Capra's naam trok pas de aandacht van de politie toen er in Savannah, een driehonderd kilometer verderop gelegen stad, drie vrouwen waren afgeslacht.

Op een benauwde avond in juni was er een eind gekomen aan de reeks moorden.

De eenendertigjarige Catherine Cordell, die als chirurg werkte in het Riverland Hospital in Savannah, was opgeschrokken toen er iemand op haar deur had geklopt. Toen ze opendeed, zag ze Andrew Capra, een van de co-assistenten, op haar veranda staan. Eerder die dag, in het ziekenhuis, had ze hem een standje gegeven omdat hij een fout had gemaakt en nu wilde hij graag weten hoe hij het goed kon maken. Mocht hij even binnenkomen om erover te praten?

Ze hadden ieder een biertje gedronken en Capra's werk als co-assistent in beschouwing genomen: alle fouten die hij had gemaakt, de patiënten die hij schade had kunnen toebrengen vanwege zijn slordigheid. Ze verbloemde de waarheid niet: dat Capra zou zakken en niet in staat zou worden gesteld zijn opleiding af te ronden. Op een gegeven moment had Catherine de kamer verlaten om naar de wc te gaan. Even later was ze teruggekomen om het gesprek voort te zetten en de rest van haar bier op te drinken.

Toen ze weer bij bewustzijn kwam, lag ze naakt op het bed, vastgebonden met nylonkoord.

Het politierapport beschreef tot in de afgrijselijkste details de nachtmerrie die daarop was gevolgd.

Op de foto's die in het ziekenhuis van haar waren gemaakt, stond een vrouw met doodse, holle ogen en een dikke, blauwe wang. Wat hij op die foto's zag, kon worden samengevat in één woord: *slachtoffer*.

Dat was geen woord dat van toepassing was op de griezelig beheerste vrouw die hij vandaag had ontmoet.

Terwijl hij Cordells verklaring las, kon hij haar stem in zijn hoofd horen. De woorden behoorden niet meer toe aan een anoniem slachtoffer, maar aan een vrouw wier gezicht hij kende.

Ik weet niet hoe ik mijn hand los heb gekregen. Mijn pols is helemaal geschaafd, dus moet ik hem uit de lus getrokken hebben. Het spijt me, maar ik weet het allemaal niet precies. Het enige wat ik me herinner, is dat ik probeerde de scalpel te pakken te krijgen. Ik wist dat ik de scalpel van het blad moest pakken. Dat ik de koorden moest doorsnijden voordat Andrew terugkwam...

Ik herinner me dat ik ben omgerold naar de rand van het bed. Dat ik half op de vloer ben gevallen en mijn hoofd heb gestoten. Ik zocht naar het pistool. Het is mijn vaders pistool. Toen in Savannah een derde vrouw was vermoord, wilde hij dat ik het bij me zou houden.

Ik herinner me dat ik mijn hand onder het bed stak. Dat ik het pistool vastgreep. Ik herinner me voetstappen die de kamer inkwamen. Daarna – weet ik het niet meer precies. Toen heb ik hem waarschijnlijk doodgeschoten. Ja, dat zal het zijn geweest. Ze hebben gezegd dat ik twee keer op hem heb geschoten. Dat zal dan wel zo zijn.

Moore stopte, dacht na over de verklaring. Onderzoek had uitgewezen dat beide kogels afgevuurd waren met het wapen dat op naam stond van Catherines vader en dat naast het bed op de vloer was gevonden. Bloedproeven in het ziekenhuis bevestigden de aanwezigheid van Rohypnol, een geneesmiddel dat geheugenverlies kon veroorzaken, in haar bloedsomloop, zodat het heel goed mogelijk was dat ze zich bepaalde dingen niet kon herinneren. Toen Cordell op de eerstehulpafdeling was binnengebracht, was ze door de artsen beschreven als in de war, vanwege het geneesmiddel of vanwege een mogelijke hersenschudding. Alleen een zware klap tegen het hoofd kon zo'n zwelling hebben veroorzaakt. Ze kon zich niet herinneren hoe of wanneer ze die klap had gekregen.

Moore pakte de foto's van de slaapkamer waar het was gebeurd. Andrew Capra lag dood op de grond, plat op zijn rug. Hij was door twee kogels geraakt, één in zijn buik, één in zijn oog, beide van korte afstand afgevuurd.

Hij bestudeerde de foto's lange tijd, keek naar de positie van Capra's lijk, het patroon van de bloedvlekken.

Hij nam het rapport over de lijkschouwing voor zich. Las het twee keer.

Keek weer naar de foto's.

Er is iets mis mee, dacht hij. Cordells verklaring klopt niet.

Opeens werd er een dossier op zijn bureau gegooid. Hij keek geschrokken op en zag Rizzoli staan.

'Moet je dit zien,' zei ze.

'Wat is dit?'

'Het rapport over de haar die aan de rand van Elena Ortiz' wond geplakt zat.'

Moore liet zijn ogen naar de laatste regel glijden. En zei: 'Ik heb geen idee wat dit wil zeggen.'

In 1997 waren de afzonderlijke afdelingen van het politiekorps van Boston onder één dak bijeengebracht in een splinternieuw gebouw in de ruwe wijk Roxbury. De agenten noemden hun nieuwe onderkomen 'Het Marmeren Paleis' vanwege het overdadige gebruik van graniet in de hal. 'Geef ons een paar jaar om er een bende van te maken, dan voelen we ons weer thuis,' werd er gegrapt. Schroeder Plaza had weinig gemeen met de armoedige politiebureaus die je in politieseries op tv zag. Het was een gestroomlijnd, modern gebouw, waar veel licht binnenkwam dankzij grote ramen en dakramen. De afdeling Moordzaken, met haar vaste vloerbedekking en een computer op elk bureau, had kunnen doorgaan voor een bedrijfskantoor. Wat de agenten het fijnste vonden aan Schroeder Plaza, was dat alle afdelingen van het korps er samengebracht waren.

Voor de rechercheurs betekende een bezoekje aan het misdaadlaboratorium dat ze alleen maar naar de zuidelijke vleugel van het gebouw hoefden te lopen.

Op de onderafdeling Haar en Vezels keken Moore en Rizzoli toe terwijl Erin Volchko, een van de laboranten, haar verzameling bewijsenveloppen doornam. 'Ik had alleen die ene haar om mee te werken,' zei Erin. 'Maar het is niet te geloven wat één enkele haar je kan vertellen. Ah, hier heb ik hem.' Ze had de envelop over de zaak-Ortiz gevonden en haalde er een microscoopplaatje uit. 'Ik zal jullie even laten zien hoe het eruitziet onder de lens. De numerieke waarden staan in het rapport.'

'Deze cijfers?' vroeg Rizzoli en ze keek naar de lange reeks cijfercodes op de pagina.

'Ja. Ieder getal staat voor een afzonderlijk gegeven over de haar, van de kleur en krulling tot microscopische bijzonderheden. Dit exemplaar is een A01 – donkerblond. De krulling is B01. Gebogen met een kruldiameter van minder dan tachtig. Bijna steil, maar niet volkomen. De lengte is zes centimeter. Helaas zit deze haar in de telogeenfase, zodat er geen epitheel weefsel aan zit.'

'Wat wil zeggen dat er geen DNA is.'

'Juist. Telogeen is de eindfase van de wortelgroei. Deze haar is op natuurlijke wijze uitgevallen, als onderdeel van het afscheidingsproces. Met andere woorden, hij is niet uitgerukt. Als er in de wortel epitheelcellen hadden gezeten, hadden we hun kern kunnen gebruiken voor een DNA-analyse, maar deze haar bevat niet van zulke cellen.'

Rizzolo en Moore wisselden een teleurgestelde blik.

'Maar,' zei Erin nu, 'we hebben wel iets anders, dat verdomd mooi is. Niet zo mooi als DNA, maar het is overlegbaar bij een rechtszaak als je een verdachte hebt. Het is alleen jammer dat we geen haren uit de Sterling-zaak hebben ter vergelijking.' Ze zette de lens van de microscoop op scherp en stapte opzij. 'Kijk maar.'

De microscoop had een extra ooglens voor studenten, zodat Rizzoli en Moore de dia gelijktijdig konden bekijken. Wat Moore zag, toen hij door de lens keek, was één enkele haar bedekt met kleine knobbeltjes.

'Wat zijn dat voor bobbeltjes?' vroeg Rizzoli. 'Dat is niet normaal.'

'Het is niet alleen abnormaal, maar ook zeldzaam,' zei Erin. 'Het is een afwijking die *Trichorrhexis invaginata* heet, ook wel bekend als "bamboehaar". Jullie zien zelf hoe die bijnaam is ontstaan. Vanwege die knobbeltjes ziet het er een beetje uit als een bamboestok.'

'En wat zijn die knobbeltjes?' vroeg Moore.

'Het zijn brandpuntdefecten in de haarvezel. Zwakke plekken die het haar in de gelegenheid stellen op die punten naar binnen te klappen, waardoor er een soort bolte en holte ontstaat. Ieder bobbeltje duidt een zwakke plek aan, waar de haar in zijn eigen holle vezel is gedrongen en er een uitstulpende vergroeiing is gevormd.'

'Hoe krijg je die afwijking?'

'Soms is het het gevolg van te veel knoeien met je haar. Verven, permanentjes, dat soort dingen. Maar aangezien we waarschijnlijk te maken hebben met een mannelijke verdachte en ik geen sporen heb gevonden van kunstmatig blonderen, ben ik geneigd te zeggen dat dit niet het resultaat is van geknoei, maar van een of andere genetische afwijking.'

'Zoals?'

'Het kan het Netherton's Syndroom zijn. Dat is een autosomale erfelijke afwijking die invloed heeft op de ontwikkeling van keratine. Keratine is een hard, vezelig proteïne dat voorkomt in haren en nagels. Het zit ook in de buitenste laag van onze huid.'

'Als iemand een genetische afwijking heeft en de keratine zich niet op normale wijze ontwikkelt, raakt het haar verzwakt?'

Erin knikte. 'En het is niet alleen het haar dat erdoor wordt beïnvloed. Mensen met Netherton's Syndroom kunnen ook huidziekten krijgen. Uitslag en schilfering.'

'Zijn we op zoek naar een verdachte met roos?' vroeg Rizzoli.

'Het kan zelfs iets veel opvallenders zijn. Sommige van deze patiënten lijden aan een ernstige vorm van de ziekte die *icthyosis* heet. Hun huid kan zo droog zijn dat hij eruitziet als die van een krokodil.'

Rizzoli lachte. 'We zijn dus op zoek naar een *reptielmens*! Dat maakt het zoeken een stuk makkelijker.'

'Niet noodzakelijkerwijs. Het is zomer.'

'Wat heeft dat ermee te maken?'

'De warmte en hoge vochtigheidsgraad doen een droge huid goed. Hij kan er in deze tijd van het jaar volkomen normaal uitzien.'

Rizzoli en Moore keken elkaar aan en werden gelijktijdig getroffen door dezelfde gedachte.

Beide slachtoffers zijn in de zomer vermoord.

'Zolang het zo warm blijft,' zei Erin, 'valt hij waarschijnlijk helemaal niet op.'

'Het is pas juli,' zei Rizzoli.

Moore knikte. 'Zijn jachtseizoen is net geopend.'

De patiënt had nu een naam. De verpleegsters van de eerstehulpafdeling hadden aan zijn sleutelring een identiteitsplaatje gevonden.

Hij heette Herman Gwadowski en hij was negenenzestig jaar.

Catherine stond in het open kamertje op de chirurgische intensive care-afdeling waar haar patiënt nu lag en keek naar de monitors en andere instrumenten rond zijn bed. Een normaal ECG-ritme bliepte over de oscilloscoop. De slagadergolven piekten op 110/70 en de weergave van zijn bloeddruk rees en daalde als lange golven op een winderige zee. Naar de cijfers te oordelen was de operatie op meneer Gwadowski een succes geweest.

Maar hij wordt niet wakker, dacht Catherine toen ze haar potloodzaklantaarn eerst in zijn linkerpupil liet schijnen en toen in de rechter. Bijna acht uur na de operatie lag hij in een diepe coma.

Ze richtte zich op en keek naar zijn borst, die op en neer ging op het ritme van het beademingstoestel. Ze had voorkomen dat hij zou doodbloeden, maar wat had ze gered? Een lichaam met een kloppend hart en een niet-functionerend brein.

Ze hoorde iemand op de ruit tikken. Door het raampje zag ze haar partner, dokter Peter Falco, naar zich wuiven, een bezorgde uitdrukking op zijn gewoonlijk zo opgewekte gezicht.

Er waren chirurgen die in de operatiekamer woedeaanvallen kregen. Anderen zeilden arrogant binnen en lieten zich hun operatieschort aandoen alsof het een hermelijnen mantel was. Sommigen waren onaangedane, efficiënte technici voor wie de patiënt niets meer was dan een opeenhoping van mechanische onderdelen die gerepareerd moesten worden.

En dan had je Peter. Grappige, uitbundige Peter, die in de operatiekamer luidkeels nummers van Elvis zong zonder op toon te kunnen blijven, die op kantoor wedstrijdjes met papieren vliegtuigjes organiseerde en doodgemoedereerd op de grond ging zitten om met zijn jongste patiëntjes iets van lego te bouwen. Ze was eraan gewend Peter met een vrolijk gezicht te zien. Nu ze hem achter het raampje zag fronsen, liep ze meteen het kamertje uit.

'Is alles in orde?' vroeg hij.

'Ja, mijn laatste ronde zit erop.'

Peter keek naar de slangetjes en de apparatuur die rond het bed van meneer Gwadowski piepte en gonsde. 'Ik heb gehoord dat je deze man op spectaculaire wijze hebt gered. Met twaalf zakjes bloed.'

'Ik weet niet of ik hem wel gered heb.' Ze keek weer naar haar patiënt. 'Alles werkt behalve de grijze cellen.'

Ze zwegen een ogenblik terwijl ze allebei toekeken hoe de

borst van meneer Gwadowski omhoog- en omlaagging.

'Helen zei dat er vandaag twee politiemensen met je zijn komen praten,' zei Peter. 'Wat is er aan de hand?'

'Het was niet belangrijk.'

'Vergeten parkeerboetes te betalen?'

Ze dwong zichzelf te lachen. 'Ja, en ik reken erop dat jij dat voor me kunt regelen.'

Ze verlieten de intensive care en liepen de gang door, de slungelige Peter met zijn zorgeloze manier van lopen naast haar. Toen ze bij de lift waren aangekomen, vroeg hij:

'Is er iets mis, Catherine?'

'Hoezo? Zie ik eruit alsof er iets mis is?'

'Mag ik het eerlijk zeggen?' Hij bekeek haar aandachtig, de blik in zijn blauwe ogen zo intens dat ze het gevoel kreeg dat hij dwars door haar heen keek. 'Je ziet eruit alsof je hard toe bent aan een glas wijn en een lekker dineetje. Misschien samen met mij?'

'Een verleidelijke uitnodiging.'

'Maar?'

'Maar ik denk dat ik vanavond thuisblijf.'

Peter greep naar zijn borst, alsof hij dodelijk gewond was. 'Alweer mislukt! Er is niets waarmee ik je kan verleiden?'

Ze glimlachte. 'Daar moet je zelf maar achter zien te komen.'

'Wat dacht je hiervan? Ik heb gehoord dat je zaterdag jarig bent. Laten we een tochtje maken in mijn vliegtuig.'

'Ik kan niet. Ik heb zaterdag dienst.'

'Je kunt met Ames ruilen. Ik vraag het hem wel.'

'Ach, Peter, je weet best dat ik niet graag vlieg.'

'Ga me niet vertellen dat je bang bent om te vliegen.'

'Nee, ik geef alleen niet graag het roer uit handen.'

Hij knikte met een ernstig gezicht. 'Een klassiek chirurgentrekje.'

'Dat is een aardige manier om te zeggen dat ik een lastpost ben.'

'We gaan dus niet vliegen? Ik kan je niet van gedachten laten veranderen?'

'Dat denk ik niet.'

Hij zuchtte. 'Nou, meer dingen zou ik niet weten te verzinnen. Ik heb mijn hele repertoire afgewerkt.'

'Ik weet het. Je begint in herhaling te vallen.'

'Dat zei Helen ook al.'

Ze keek hem verbaasd aan. 'Geeft Helen je tips over hoe je kunt proberen een afspraakje met me te maken?'

'Ze zei dat ze het niet kan aanzien dat een volwassen man met zijn hoofd tegen een ondoordringbare muur blijft bonken.'

Ze lachten allebei toen ze uit de lift stapten en naar hun kantoor liepen. Het was de ongedwongen lach van twee collega's die wisten dat het allemaal speels bedoeld was. Als ze het op dat niveau hielden, zouden er geen gevoelens gekrenkt worden, geen emoties op het spel komen te staan. Veilig flirten dat hen beiden beschermde tegen echte verwikkelingen. Hij vroeg speels of ze met hem uit wilde; net zo speels wees ze hem af, en al hun collega's wisten ervan.

Het was al halfzes en het kantoorpersoneel was naar huis. Peter liep naar zijn kantoor en zij naar het hare om haar witte jas op te hangen en haar tas te halen. Toen ze haar jas aan de haak aan de deur hing, schoot haar opeens iets te binnen.

Ze liep de hal door en stak haar hoofd om de hoek van Peters deur. Hij was bezig patiëntenkaarten door te nemen, zijn leesbril op de punt van zijn neus. In tegenstelling tot haar eigen geordende kantoor, zag dat van Peter eruit als een chaoscentrum. De prullenbak zat vol papieren vliegtuigjes. Boeken en medische tijdschriften lagen opgestapeld op stoelen. Eén muur ging bijna geheel schuil achter een uit zijn krachten gegroeide filodendron. Verborgen in het oerwoud van gebladerte hingen Peters diploma's: een graad in vliegtuigbouwkunde van MIT; een M.D. van Harvard Medical School.

'Peter? Dit is een domme vraag...'

Hij keek haar over de rand van zijn bril aan. 'Dan ben je op het juiste adres.'

'Ben jij in mijn kantoor geweest?'

'Moet ik mijn advocaat bellen voordat ik daarop antwoord geef?'

'Toe nou. Het is een serieuze vraag.'

Hij ging rechtop zitten en keek haar nu scherp aan. 'Nee. Hoezo?'

'Laat maar zitten. Het is niks.' Ze draaide zich om en hoorde het piepen van zijn stoel toen hij opstond. Hij liep achter haar aan naar haar kantoor.

'Wat is niks?' vroeg hij.

'Ik ben gewoon obsessief dwangmatig, dat is alles. Het irriteert me wanneer dingen op een verkeerde plek liggen.'

'Zoals?'

'Mijn doktersjas. Ik hang die altijd aan de deur, maar soms ligt hij opeens op de kast of een stoel. Ik weet dat Helen en de andere secretaresses er niet aan hebben gezeten. Ik heb het ze gevraagd.'

'Dan heeft de schoonmaakster het waarschijnlijk gedaan.'

'En ik kan het niet uitstaan dat ik mijn stethoscoop niet kan vinden.'

'Heb je die nog steeds niet terug?'

'Ik heb er een moeten lenen van de hoofdverpleegkundige.'

Fronsend keek hij om zich heen. 'Daar ligt hij. Op de boekenplank.' Hij liep naar de plank waarop haar stethoscoop opgerold naast een boekensteun lag.

Ze pakte hem zwijgend aan, ernaar kijkend alsof het een uitheems voorwerp was. Een zwarte slang, gedrapeerd over haar hand.

'Hé, wat heb je toch?'

Ze haalde diep adem. 'Ik denk dat ik gewoon moe ben.' Ze stopte de stethoscoop in de linkerzak van haar doktersjas – waar ze hem altijd instopte.

'Weet je het zeker? Is er verder echt niets?'

'Ik moet nodig naar huis.' Ze liep haar kantoor uit en hij volgde haar tot in de gang.

'Heeft het iets te maken met die politiemensen? Zeg, als je soms in moeilijkheden verkeert – als ik je soms ergens mee kan helpen –'

'Ik heb geen hulp *nodig*, dank je.' Haar antwoord kwam er killer uit dan haar bedoeling was geweest en ze had er meteen spijt van. Dit had Peter niet verdiend.

'Weet je, ik zou het helemaal niet erg vinden als je me af en toe zou vragen je ergens mee te helpen,' zei hij rustig. 'Dat mag tussen mensen die met elkaar samenwerken. Tussen collega's. Vind je zelf ook niet?'

Ze gaf geen antwoord.

Hij keerde terug naar zijn kantoor. 'Tot morgen dan.'

'Peter?'

'Ja?'

'Over die twee politiemensen. En de reden waarom ze bij me zijn gekomen –'

'Je hoeft het me niet te vertellen.'

'Jawel. Anders ga je er toch maar over zitten piekeren. Ze zijn

me iets komen vragen over een moord. Donderdagavond is er een vrouw vermoord. Ze dachten dat ik haar misschien had gekend.'
'En is dat zo?'
'Nee. Het was een vergissing.' Ze zuchtte. 'Het was gewoon een vergissing.'

Catherine draaide de sleutel om, voelde de grendel met een bevredigend plofje op zijn plek komen en deed de ketting op de deur. Nóg een verdedigingslinie tegen de naamloze verschrikkingen die buiten haar muren op de loer lagen. Veilig en wel gebarricadeerd in haar flat deed ze haar schoenen uit, legde haar tas en autosleuteltjes op het kersenhouten gangkastje en liep op kousenvoeten over de dikke, witte vloerbedekking van haar woonkamer. Het was aangenaam koel in de flat, dankzij het wonder van de centrale airconditioning. Buiten was het dertig graden, maar hier kwam de temperatuur in de zomer nooit boven de tweeëntwintig en in de winter nooit onder de twintig. Er was zo weinig in het leven dat je vooraf kon instellen, vooraf bepalen, en ze deed haar uiterste best binnen de afgebakende grenzen van haar leven zo veel mogelijk orde te houden. Ze had dit flatgebouw aan Commonwealth Avenue gekozen omdat het gloednieuw was en een beveiligde parkeergarage had. Het was niet zo pittoresk als de historische, uit rode baksteen opgetrokken huizen in Back Bay, maar het uit twaalf appartementen bestaande gebouw werd tenminste niet geplaagd door problemen met de riolering of elektrische onzekerheden, zoals bij oudere huizen vaak het geval was. Onzekerheid was iets waar Catherine slecht tegen kon. Haar flat was altijd smetteloos en afgezien van een paar opvallende kleurplekken, had ze ervoor gekozen hem vrijwel geheel in het wit in te richten. Witte bank, witte vloerbedekking, witte tegels. De kleur van reinheid. Onaangeraakt, maagdelijk.

In haar slaapkamer kleedde ze zich uit, hing haar rok op en legde de blouse opzij om hem naar de stomerij te brengen. Ze trok een makkelijke broek aan en een mouwloze zijden blouse. Tegen de tijd dat ze op haar blote voeten naar de keuken liep, voelde ze zich kalm en beheerst.

Zo had ze zich eerder op de dag niet gevoeld. Het bezoek van de twee rechercheurs had haar danig van haar stuk gebracht en de hele middag had ze zichzelf betrapt op domme fouten. Ze had een verkeerd labrapport gepakt, de verkeerde gegevens op een patiëntenkaart genoteerd. Kleine foutjes, maar die waren als zwakke rimpelingen op de oppervlakte van water waarin zich iets roerde. Twee jaar lang was ze erin geslaagd alle gedachten aan wat er in Savannah met haar was gebeurd, te onderdrukken. Af en toe, zonder enige waarschuwing, dook een beeld in haar herinnering op, zo scherp als een messnee, maar daar sprong ze dan snel bij vandaan door zich op andere dingen te concentreren. Maar vandaag kon ze niet aan de herinneringen ontsnappen. Vandaag kon ze niet doen alsof er in Savannah niets was gebeurd.

De vloertegels van de keuken voelden koel aan onder haar blote voeten. Ze maakte een *screwdriver* voor zichzelf, met niet al te veel wodka, en nam er kleine teugjes van terwijl ze parmezaanse kaas raspte en tomaten, uien en kruiden fijnsneed. Ze had sinds haar ontbijt niets gegeten en de alcohol werd regelrecht naar haar bloedsomloop gesluisd. De wodkaroes was aangenaam en verdovend. Ze vond soelaas in het gestage tikken van haar mes op de snijplank, de geur van vers basilicum en knoflook. Koken als therapie.

Buiten haar keukenraam lag Boston erbij als een oververhitte kookpot van verkeersopstoppingen en opvliegende mensen, maar hier, weggesloten achter glas, fruitte ze rustig de tomaten in olijfolie, schonk een glas Chianti in, en zette een pan water op voor de verse engelenhaarpasta. Koele lucht stroomde zacht sissend uit het rooster van de airconditioning.

Ze ging met haar pasta, salade en wijn zitten en begon te eten, met op de achtergrond fragmenten van Debussy op de cd-speler. Hoewel ze honger had en haar maaltijd zo zorgvuldig had bereid, kwam het op haar over als een smakeloze hap. Ze dwong zichzelf te eten, maar haar keel voelde vol aan, alsof ze iets diks en geleiachtigs probeerde door te slikken. Zelfs een tweede glas wijn kon het brok in haar keel niet los krijgen. Ze legde haar vork neer en staarde naar haar halfvolle bord. De muziek zwol aan en spoelde in buitelende golven over haar heen.

Ze sloeg haar handen voor haar gezicht. Eerst kwam er geen enkel geluid naar buiten. Het was alsof haar leed zo lang opgesloten had gezeten, dat het zegel voor altijd was dichtgevroren. Toen ontsnapte een ijle weeklacht aan haar keel, een lange, dunne draad van geluid. Ze hapte naar adem en opeens stootte ze een gebrul uit waarin twee jaar aan verdriet in één keer naar buiten stroomde. Ze werd bang van de kracht van haar emoties, omdat ze ze niet kon inhouden, geen idee had hoe diep haar leed zat en of er ooit een einde aan zou komen. Ze huilde tot haar keel rauw was, tot haar longen spastisch stotterden, het geluid van haar snikken gevangen in die hermetisch afgesloten flat.

Toen al haar tranen op waren, ging ze op de bank liggen en viel bijna meteen in een diepe slaap.

Ze schrok wakker in volkomen duisternis. Haar hart bonkte, haar blouse was doorweekt van het zweet. Had ze een geluid gehoord? Het kraken van glas, een zachte voetstap? Was ze daarom wakker geschrokken? Ze durfde geen vin te verroeren, uit angst dat ze een geluidje zou missen dat haar zou vertellen dat er een indringer in haar flat was.

Bewegend licht gleed over het raam, de koplampen van een passerende auto. Haar woonkamer werd even verlicht en gleed toen weer weg in de duisternis. Ze luisterde naar het ruisen van de koele lucht uit de airco, het brommen van de koelkast in de keuken. Niets onbekends. Niets dat dit verpletterende angstgevoel had kunnen opwekken.

Ze ging rechtop zitten en vatte voldoende moed om de lamp aan te doen. Ingebeelde verschrikkingen verdwenen meteen in de warme gloed van licht. Ze stond op en liep bewust van de ene kamer naar de andere, deed overal het licht aan, keek in alle kasten. Op een rationeel niveau wist ze dat er geen indringer was, dat haar huis, met het moderne alarmsysteem, grendels en secuur gesloten ramen onmogelijk nóg beter beschermd kon worden. Maar ze had geen rust tot ze het hele ritueel had afgewerkt en ieder donker hoekje was bekeken. Pas toen ze zeker wist dat haar veiligheid niet in gevaar was, stond ze zichzelf toe weer normaal adem te halen.

Het was halfelf. Een woensdag. *Ik moet met iemand praten. Vanavond kan ik dit niet in mijn eentje aan.*

Ze ging achter haar bureau zitten, zette haar computer aan en zag het scherm tot leven komen. Het was haar reddingsboei, haar therapeut, deze bundel elektronische snufjes, draadjes en plastic, de enige veilige plek ter wereld waar ze haar leed kwijt kon.

Ze typte haar codenaam in, CCORD, maakte de verbinding met het internet en navigeerde met een paar klikjes op de muis, een paar getypte woorden, naar de chatroom die eenvoudig *womanhelp* heette.

Op het scherm stonden al wat bekende codenamen. Gezichtloze, naamloze vrouwen, allemaal aangetrokken tot deze veilige en anonieme haven in cyberspace. Ze keek een paar ogenblikken naar de berichten die over het scherm rolden. Hoorde in gedachten de gewonde stemmen van vrouwen die ze nooit had ontmoet, behalve in deze virtuele kamer.

LAURIE45: Wat heb je toen gedaan?

VOTIVE: Ik heb tegen hem gezegd dat ik er nog niet klaar voor was. Dat ik nog steeds flashbacks heb. Ik heb gezegd dat hij zou wachten als hij echt om me gaf.

HBREAKER: Goed zo.

WINKY98: Laat je niet door hem opjagen.

LAURIE45: Hoe heeft hij gereageerd?

VOTIVE: Hij zei dat ik het nu maar eens *van me af moest zetten*. Alsof ik alleen maar een zeurpiet ben.

WINKY98: Mannen zouden eens verkracht moeten worden!!!!

HBREAKER: Het heeft twee jaar geduurd voordat ik er klaar voor was.

LAURIE: Bij mij iets meer dan een jaar.

WINKEY98: Het enige waar die kerels aan denken, is hun lul. Daar gaat het allemaal om. Ze willen alleen maar hun *dinges* bevredigen.

LAURIE45: Ai. Wat ben je boos vanavond, Wink.

WINKY98: Misschien. Soms vind ik dat Lorena Bobbitt gelijk had.

HBREAKER: Wink gaat haar bijl halen!

VOTIVE: Ik geloof niet dat hij bereid is te wachten. Ik geloof dat hij me heeft opgegeven.

WINKEY98: Je bent het wachten waard. Je bent *het waard*!

Een paar seconden verstreken zonder dat er iets nieuws in het berichtenhokje kwam te staan. Toen:

LAURIE45: Hallo, CCord. Leuk je weer eens te zien.

Catherine typte:

CCORD: Ik zie dat we het weer over mannen hebben.

LAURIE45: Ja. Hoe komt het toch dat we dit onderwerp nooit moe worden?

VOTIVE: Omdat zij degenen zijn die ons pijn doen.

Weer een lange pauze. Catherine haalde diep adem en typte:

CCORD: Ik heb een slechte dag gehad.

LAURIE45: Vertel eens, CC. Wat is er gebeurd?

Catherine kon het murmelen van vrouwelijke stemmen bijna horen, zachte, troostende geluidjes over de ether.

CCORD: Ik heb vanavond een paniekaanval gehad. Ik zit hier, opgesloten in mijn huis, waar niemand bij me kan komen en toch gebeurt het.
WINKY98: Laat hem niet winnen. Zorg dat hij geen gevangene van je maakt.
CCORD: Het is te laat. Ik ben al een gevangene. Omdat er vanavond iets afschuwelijks tot me is doorgedrongen.
WINKY98: Wat dan?
CCORD: Het kwaad sterft niet. Het sterft nooit. Het krijgt alleen een ander gezicht, een nieuwe naam. Dat we er één keer door geraakt zijn, wil nog niet zeggen dat we er immuun voor zijn geworden, dat niemand ons nog pijn kan doen. De bliksem kan wél twee keer in dezelfde boom slaan.

Niemand typte iets. Niemand gaf antwoord.

Ongeacht hoe voorzichtig we zijn, het kwaad weet waar we wonen, dacht ze. Het weet waar het ons kan vinden.

Een druppel zweet gleed over haar rug.

En ik voel het nu. Het komt dichterbij.

Nina Peyton gaat nergens naartoe, gaat naar niemand toe. Ze is al wekenlang niet op haar werk verschenen. Vandaag heb ik het kantoor in Brooklyn gebeld waar ze werkt als vertegenwoordigster, en haar collega zei dat hij niet wist wanneer ze terugkomt. Ze is als een gewond dier, leeft diep in haar grot, durft zelfs 's nachts geen stap buiten de deur te zetten. Ze weet wat de nacht voor haar in petto heeft, omdat het kwaad haar al eens heeft geraakt. Ze voelt het ook op dit moment door de muren van haar huis sijpelen, als mist. De gordijnen zitten stijf dicht, maar de stof is dun en ik kan haar binnen heen en weer zien lopen. Haar silhouet heeft een ineengedoken vorm, haar armen zijn tegen haar borst gedrukt, alsof haar hele lichaam binnenwaarts wordt gevouwen. Ze ijsbeert met schokkerige, mechanische bewegingen.

Ze controleert de sloten op de deuren en de ramen. Probeert de duisternis buiten te houden.

Het moet snikheet zijn in dat kleine huis. De nacht is als stoom en in geen van haar ramen zit een airconditioner ingebouwd. Ze is de hele avond binnengebleven, met de ramen dicht, ondanks de hitte. Ik zie haar in gedachten, kletsnat van het zweet. Ze heeft de hele lange, hete dag al doorstaan, maar de nacht is al even warm.

Ze wil wanhopig graag wat frisse lucht binnenlaten, maar is bang voor wat ze nog meer zal binnenlaten.

Ze loopt weer langs het raam. Stopt. Blijft staan, in de rechthoek van licht. Opeens verschijnt er een kier tussen de gordijnen en steekt ze haar hand uit naar het slot van het raam. Ze schuift het raam omhoog. Staat voor het raam en zuigt grote teugen frisse lucht in haar longen. Eindelijk is ze voor de hitte bezweken.

Er is voor een jager niets zo opwindend als de geur van een gewonde prooi. Ik kan die bijna ruiken, de geur van een bloedend beest, van beschadigd vlees. Net zoals zij de nachtelijke lucht inademt, adem ik haar geur in. Haar angst.

Mijn hartslag versnelt. Ik steek mijn hand in mijn tas om de instrumenten te strelen. Zelfs het staal voelt warm aan.

Ze doet het raam met een klap weer dicht. Een paar teugen frisse adem is het enige wat ze zichzelf toestaat en nu trekt ze zich weer terug in de misère van haar benauwde huisje.

Na een poosje aanvaard ik de teleurstelling en loop weg. De hele nacht zal ze zweten in die oven van een slaapkamer.

Ze zeggen dat het morgen nog warmer wordt.

5

'De dader is een klassieke picquerist,' zei dr. Lawrence Zucker. 'Iemand die een mes gebruikt om tot secundaire of indirecte seksuele bevrediging te komen. *Picquerisme* is steken of snijden, iedere vorm van herhaalde penetratie van de huid met een scherp voorwerp. Het mes is een fallussymbool – een vervanging voor het mannelijke geslachtsorgaan. In plaats van normale geslachtsgemeenschap te bedrijven, vindt de verdachte bevrediging in het blootstellen van zijn slachtoffers aan pijn en doodsangst. Het is de macht die hem opwindt. Ultieme macht over leven en dood.'

Rechercheur Jane Rizzoli was niet gauw bang, maar dr. Zucker bezorgde haar kippenvel. Hij zag eruit als een bleke, broedende John Malkovich en had een fluisterende, bijna vrouwelijke stem. Wanneer hij sprak, bewogen zijn vingers zich met slangachtige sierlijkheid. Hij was geen politieman, maar een forensisch psycholoog van de Northeastern University en raadgever voor het politiekorps van Boston. Rizzoli had ooit eerder met hem samengewerkt aan een moordzaak en ook toen had ze hem een griezel gevonden. Dat lag niet alleen aan zijn uiterlijk, maar ook aan de manier waarop hij zich zo volledig inleefde in de geestelijke wereld van de verdachten en het duidelijke plezier dat hij ontlokte aan zijn zwerftochten in die duivelse dimensie. Hij *genoot* ervan. Ze kon het bijna subliminale gonzen van opwinding in zijn stem horen.

Ze keek naar de andere vier rechercheurs in de vergaderkamer en vroeg zich af of die ook benauwd werden van de griezel, maar het enige wat ze zag waren vermoeide gezichten en diverse gradaties van stoppelbaarden.

Ze waren allemaal moe. Zijzelf had de afgelopen nacht maar

vier uur geslapen en toen ze in de duisternis vlak voor de dageraad wakker was geworden, was haar geest meteen in de vierde versnelling geschoten terwijl ze een caleidoscoop aan beelden en stemmen de revue had laten passeren. Ze had de zaak-Elena Ortiz zo diep in haar onderbewustzijn opgenomen dat ze in haar dromen een gesprek had gevoerd met het slachtoffer, al was het een gesprek waar geen kop of staart aan te vinden was. Er waren geen bovennatuurlijke onthullingen aan te pas gekomen, geen aanwijzingen uit het dodenrijk, alleen maar beelden die waren opgeroepen door de krampachtige bewegingen van haar hersencellen. Toch vond Rizzoli de droom veelbetekenend, want die maakte haar duidelijk hoe belangrijk deze zaak voor haar was. De leiding hebben over een onderzoek dat veel publiciteit trok, was als koorddansen zonder net. Als je de dader te pakken kreeg, was applaus je beloning. Als je de mist inging, was de hele wereld er getuige van hoe je neerstortte.

En dit was een zaak die veel publiciteit trok. Twee dagen geleden had op de voorpagina van een plaatselijke sensatiekrant de kop *De Chirurg hanteert wederom het mes* gestaan. Dankzij de *Boston Herald* had hun nog onbekende verdachte al een bijnaam die nu zelfs door de politie werd gebruikt: d*e Chirurg.*

Ze was er meer dan klaar voor geweest om op het slappe koord te stappen, klaar voor de kans om op eigen kracht hoog te stijgen of diep te vallen. Een week geleden, toen ze als leidinggevende rechercheur de flat van Elena Ortiz was binnengegaan, had ze meteen geweten dat dit de zaak was waarmee ze carrière zou maken, en ze stond te popelen om te bewijzen dat ze het kon.

Hoe snel was dat veranderd...

Binnen vierentwintig uur was haar zaak uitgedijd tot een veelomvattend onderzoek waar het hoofd van Moordzaken, inspecteur Marquette, zelf de leiding over had genomen. De zaak-Elena Cortiz was ingevouwen in de zaak-Diana Sterling en het team was gegroeid tot vijf rechercheurs, Marquette niet meegerekend: Rizzoli en haar partner Barry Frost, Moore en zijn corpulente partner Jerry Sleeper, en een vijfde rechercheur, Darren Crowe. Rizzoli was de enige vrouw in het team; ze was zelfs de enige vrouw op de afdeling Moordzaken en sommige mannen lieten haar dat nooit vergeten. Met Barry Frost kon ze aardig overweg, ondanks zijn soms irritant opgewekte karakter. Jerry Sleeper was zo flegmatisch dat niemand ooit kwaad op hem werd, en hij ook niet op anderen. En wat Moore betrof – ondanks haar aanvankelijke twijfels, begon ze hem steeds aardiger te vinden en ze had oprecht respect voor zijn rustige, methodische manier van werken. Ook heel belangrijk was dat hij *haar* scheen te respecteren. Wanneer ze sprak, wist ze dat Moore luisterde.

Het was de vijfde agent in het team, Darren Crowe, met wie ze problemen had. Grote problemen. Hij zat nu tegenover haar aan de tafel, die eeuwige grijns op zijn gebruinde gezicht. Ze was opgegroeid met jongens als hij. Jongens met veel spieren, veel vriendinnen. Een groot ego.

Zij en Crowe konden elkaar niet uitstaan.

Er werden papieren rondgedeeld. Rizzoli pakte er één van het stapeltje en zag dat het het criminele profiel was dat dr. Zucker zojuist had voltooid.

'Ik weet dat sommigen van u mijn werk hocus-pocus vinden,' zei Zucker. 'Daarom wil ik mijn redenering graag toelichten. We weten een aantal dingen over de nog onbekende dader. Hij komt de woning van het slachtoffer binnen door een open raam. Hij doet dit in de kleine uurtjes, ergens tussen middernacht en twee uur. Hij verrast het slachtoffer in haar bed. Hij maakt haar meteen bewusteloos met behulp van chloroform. Hij ontdoet haar van haar kleding. Hij maakt haar immobiel door haar enkels en polsen met tape aan het bed vast te plakken. Voor alle zekerheid plakt hij ook een strip over haar dijbenen en middel. Tot slot plakt hij haar mond dicht. Op die manier heeft hij haar helemaal in zijn macht. Wanneer het slachtoffer even later wakker wordt, kan ze zich niet bewegen, niet schreeuwen. Het is alsof ze verlamd is, maar ze is wakker en zich bewust van alles wat dan volgt.

En wat dan volgt, is iets waar zelfs de ergste nachtmerries niet aan kunnen tippen.' Zucker sprak volkomen monotoon. Hoe grotesker de details, hoe zachter hij sprak en ze leunden allemaal naar voren om geen woord te missen.

'De verdachte begint te snijden,' zei Zucker. 'Volgens het autopsierapport neemt hij er de tijd voor. Hij gaat zorgvuldig te werk. Hij snijdt de onderbuik open, laag voor laag. Eerst de huid, dan het onderhuidse vet, het bindweefsel, de spieren. Hij gebruikt hechtdraad om het bloeden onder controle te houden. Hij identificeert en verwijdert het enige orgaan dat hij hebben wil. Verder niets. En wat hij hebben wil, is de baarmoeder.'

Zucker keek de tafel rond, bekeek de reacties. Zijn blik bleef rusten op Rizzoli, de enige agent in de kamer die in het bezit was van het orgaan waarover ze het hadden. Ze staarde terug, verbolgen dat haar sekse hem ertoe had aangezet zijn aandacht op haar te vestigen.

'Wat vertelt ons dat over hem, rechercheur Rizzoli?' vroeg hij.

'Hij haat vrouwen,' zei ze. 'Hij verwijdert het orgaan dat van hen een vrouw maakt.'

Zucker knikte en zijn glimlach deed haar huiveren. 'Net als Jack the Ripper met Annie Chapman heeft gedaan. Door de baarmoeder weg te nemen, ontdoet hij zijn slachtoffer van haar vrouwzijn. Hij steelt haar macht. Hij negeert haar sieraden, haar geld. Hij wil maar één ding en zodra hij zijn souvenir te pakken heeft, gaat hij over tot de finale. Maar vóór die laatste opwindende daad last hij een pauze in. De lijkschouwing van beide slachtoffers wijst uit dat hij op dit punt stopt. Er gaat wel een uur voorbij, terwijl het slachtoffer langzaam blijft bloeden. In de wond komt een poel van bloed te staan. Wat doet hij gedurende die tijd?'

'Hij zit ervan te genieten,' zei Moore zachtjes.

'Bedoel je dat hij zich aftrekt?' vroeg Darren Crowe, op zijn gebruikelijke directe manier.

'Er is geen ejaculaat aangetroffen op de plaats van het misdrijf,' merkte Rizzoli op.

Crowe keek haar aan met een blik van *wat ben je toch weer slim*. 'De afwezigheid van *e-ja-cu-laat*,' zei hij met sarcastische nadruk op iedere lettergreep, 'sluit aftrekken niet uit.'

'Naar mijn mening heeft hij niet gemasturbeerd,' zei Zucker. 'Deze verdachte zou nooit een dergelijke mate aan zelfbeheersing opgeven in een onbekende omgeving. Ik denk dat hij wacht tot hij op een veilige plek is voordat hij zich overgeeft aan seksuele verlichting. Op de plaats van het misdrijf schreeuwt alles: *overmacht*. Wanneer hij de laatste daad verricht, doet hij dat vol zelfvertrouwen en overheersing. Hij snijdt met één diepe haal de keel van het slachtoffer door. En dan verricht hij nog een laatste ritueel.'

Zucker maakte zijn aktetas open en haalde er twee foto's uit, die hij op de tafel legde. De ene was van de slaapkamer van Diana Sterling, de andere van die van Elena Ortiz.

'Hij vouwt hun nachtkleding netjes op en legt die dicht bij het lijk. We weten dat hij dat pas na de slachting doet, omdat er niet alleen aan de buitenkant van de opgevouwen kleding bloedspatten zijn aangetroffen.'

'Waarom doet hij dat?' vroeg Frost. 'Wat is daarvan de symboliek?'

'Ook weer overheersing,' zei Rizzoli.

Zucker knikte. 'Dat hoort er beslist bij. Met dit ritueel laat hij zien dat hij heer en meester is over de situatie. Maar tegelijkertijd is het ritueel heer en meester over *hem*. Het is een impuls die hij misschien niet kan weerstaan.'

'Stel dat het hem onmogelijk wordt gemaakt het te doen?' vroeg Frost. 'Bijvoorbeeld omdat hij gestoord wordt en het ritueel niet kan afmaken?'

'Dan voelt hij zich gefrustreerd en boos. Hij voelt zich misschien gedwongen meteen een nieuw slachtoffer te gaan zoeken. Maar tot nu toe is hij er steeds in geslaagd het ritueel af te ronden. En iedere moord is zo bevredigend geweest dat hij lange tijd zonder kon.' Zucker keek de tafel rond. 'Dit is een moordenaar van het ergste soort dat we tegenover ons kunnen krijgen. Hij heeft een heel jaar laten verstrijken tussen twee moorden. Dat is erg zeldzaam. Het wil zeggen dat hij maanden voorbij kan laten gaan zonder de behoefte te voelen om te gaan jagen. We kunnen zoeken tot we erbij neervallen, terwijl hij geduldig zit te wachten tot hij weer aan een moord toe is. Hij is voorzichtig. Hij is georganiseerd. Hij zal weinig of geen sporen achterlaten.' Hij keek naar Moore voor een bevestiging daarvan.

'We hebben in beide gevallen vingerafdrukken noch DNA gevonden,' zei Moore. 'Het enige wat we hebben is een haar die aan Ortiz' wond vastgeplakt zat. En een paar donkere polyestervezels aan de sponning van het raam.'

'Ik neem aan dat u ook geen getuigen hebt?'

'In de zaak-Sterling hebben we dertienhonderd mensen ondervraagd. In de zaak-Ortiz tot nu toe honderdtachtig. Niemand heeft de indringer gezien. Niemand was zich ervan bewust dat er iemand op de loer lag.'

'Maar we hebben drie bekentenissen,' zei Crowe. 'Die mannen zijn vrijwillig binnen komen wandelen. We hebben hun bekentenissen opgetekend en ze weggestuurd.' Hij lachte. 'Knettergek.'

'De dader is niet gek,' zei Zucker. 'Ik denk dat hij er volkomen normaal uitziet. Volgens mij is het een blanke man van achter in de twintig of begin dertig. Verzorgd uiterlijk, bovengemiddeld intelligent. Hij heeft bijna zeker de middelbare school afgemaakt, heeft misschien aan een college gestudeerd of zelfs meer dan dat.

De twee misdaden zijn bijna twee kilometer bij elkaar vandaan gepleegd op een uur van de dag dat er weinig openbaar vervoer was. Hij heeft dus een auto. Die zal er netjes uitzien en goed onderhouden zijn. Hij is waarschijnlijk nooit behandeld wegens geestesziekten, maar heeft misschien een jeugdstrafblad vanwege inbraken of voyeurisme. Als hij een baan heeft, zal het een baan zijn waarvoor zowel intelligentie als nauwkeurigheid vereist is. We weten dat hij ervan houdt zijn plannen goed uit te stippelen, wat wordt gedemonstreerd door het feit dat hij zijn werktuigen met zich meedraagt – scalpel, hechtdraad, plakband, chloroform. En een of ander potje waarin hij zijn souvenir mee naar huis kan nemen. Dat kan zelfs een plastic zakje met sluitstrip zijn. Hij heeft een baan waarin men oog voor detail moet hebben. Aangezien het duidelijk is dat hij kennis van zaken heeft op anatomisch gebied en chirurgische instrumenten weet te hanteren, is het mogelijk dat we te maken hebben met een medisch opgeleid persoon.'

Rizzoli ving Moore's blik op. Beiden waren getroffen door dezelfde gedachte: Boston had per hoofd van de bevolking meer artsen dan welke andere stad ter wereld ook.

'Omdat hij intelligent is,' zei Zucker, 'weet hij dat we de plaatsen waar de misdrijven zijn gepleegd, in de gaten houden. Hij zal de verleiding om terug te keren weerstaan. Maar de verleiding bestaat, dus is het de moeite waard de flat van Ortiz voorlopig in de gaten te houden.

Hij is ook zo intelligent dat hij weet dat hij beter geen slachtoffers uit zijn nabije omgeving kan kiezen. Hij is eerder een "forens", zoals we dat noemen, dan een "plunderaar". Hij verlaat zijn eigen wijk om te gaan jagen. Tot we meer specifieke aanwijzingen hebben om mee te werken, kan ik geen geografische profilering maken. Ik kan geen delen van de stad aanwijzen waarop u zich moet concentreren.'

'Hoeveel aanwijzingen hebt u nodig?' vroeg Rizzoli.

'Minimaal vijf.'

'Bedoelt u dat we vijf moorden moeten hebben?'

'In het crimineel-geografische doelzoekprogramma dat ik gebruik, zijn er vijf nodig om het geldig te maken. Ik heb het programma ook wel gebruikt met slechts vier specifieke aanwijzingen en soms kun je aan de hand daarvan tot een schatting komen over waar het volgende misdrijf zal worden gepleegd, maar het is niet accuraat. We moeten meer weten over zijn handelwijze. Wat zijn jachtterrein is, waar zijn ankerpunten zijn. Iedere moordenaar werkt binnen een bepaald gebied waar hij zich op zijn gemak voelt. Moordenaars zijn als jagende carnivoren. Ze hebben hun territorium, hun stekken, waar ze weten dat ze een prooi zullen vinden.' Zucker keek de tafel rond. De rechercheurs leken niet erg onder de indruk. 'We weten nog niet genoeg over deze dader om voorspellingen te kunnen doen. Daarom moeten we ons concentreren op de slachtoffers. Wie zijn het en waarom heeft hij hen gekozen.'

Zucker dook weer in zijn aktetas en haalde er twee mappen uit. Op de ene stond *Sterling*, op de andere *Ortiz*. Hij spreidde een dozijn foto's op de tafel uit. Foto's van de twee vrouwen toen die nog in leven waren geweest; er zaten er zelfs een paar bij van toen ze nog klein waren.

'U hebt een deel van deze foto's nog niet gezien. Ik heb de ouders van de vrouwen erom gevraagd, zodat we ons een beeld kunnen vormen van wie ze geweest zijn. Kijk naar hun gezichten. Bekijk wie ze als mensen zijn geweest. Waarom heeft de dader juist hen gekozen? Waar heeft hij hen gezien? Wat heeft zijn aandacht op hen gevestigd. Een lach? Een glimlach? De manier waarop ze over straat liepen?'

Hij begon hardop voor te lezen van een getypt velletje papier.

'Diana Sterling, dertig jaar oud. Blond haar, blauwe ogen. Eén meter zevenenzeventig, eenenzestig kilo. Beroep: reisagent. Werkadres: Newbury Street. Huisadres: Marlborough Street in Back Bay. Afgestudeerd aan Smith College. Haar ouders zijn allebei advocaat en wonen in een huis van twee miljoen dollar in Connecticut. Ze had geen vaste vriend op het tijdstip van haar dood.'

Hij legde het vel papier neer en pakte een ander.

'Elena Ortiz, tweeëntwintig jaar oud. Latino. Zwart haar, bruine ogen. Eén meter tweeënzestig, tweeënvijftig kilo. Beroep: verkoopster in de bloemenzaak van haar ouders in South End. Huisadres: een flat in South End. Opleiding: middelbare school. Heeft haar hele leven in Boston gewoond. Had op het tijdstip van haar dood geen vaste vriend.'

Hij keek op. 'Twee vrouwen die in dezelfde stad woonden, maar in verschillende werelden leefden. Ze deden hun boodschappen in verschillende winkels, aten in verschillende restaurants en hadden geen gezamenlijke vrienden. Hoe weet de verdachte ze te vinden? *Waar* vindt hij ze? Ze zijn niet alleen volkomen verschillend, ze hebben ook niets weg van het gebruikelijke seksslachtoffer. De meeste verkrachters en moordenaars hebben het voorzien op de kwetsbare leden van de maatschappij. Prostituees of lifters. Zoals alle carnivoren loeren ze op het dier dat aan de rand van de kudde loopt. Waarom heeft onze dader deze twee vrouwen dan gekozen?' Zucker schudde zijn hoofd. 'Ik weet het niet.'

Rizzoli keek naar de foto's op de tafel; eentje van Diana Sterling trok haar aandacht. Op die foto stond een stralende jonge vrouw in baret en toga, pas afgestudeerd aan Smith College. Een *golden girl*. Hoe was het om een golden girl te zijn, vroeg Rizzoli zich af. Ze had geen idee. Ze was zelf opgegroeid als het veronachtzaamde zusje van twee knappe broers, een kleine wildebras die graag bij de jongens wilde horen. Diana Sterling, met haar aristocratische jukbeenderen en haar zwanenhals, had waarschijnlijk nooit geweten hoe het voelde om buitengesloten te worden. Buitenspel gezet. Ze had nooit geweten hoe het voelde om genegeerd te worden.

Rizzoli's blik bleef rusten op het gouden hangertje om Diana's nek. Ze pakte de foto op en bekeek haar van dichterbij. Met bonkend hart keek ze om zich heen om te zien of een van de andere agenten had gezien wat haar was opgevallen, maar niemand keek naar haar of naar de foto's; ze hadden hun aandacht allemaal bij dr. Zucker.

Die had nu een plattegrond van Boston uitgevouwen. De wirwar van straten was bedekt met een plastic vel waarop twee gebieden gearceerd stonden aangegeven. De ene omvatte de Back Bay, de andere het South End.

'Dit zijn de gebieden waarin onze twee slachtoffers zich bewogen. De buurten waar ze werkten en woonden. We hebben allemaal de neiging onze dagelijks beslommeringen beperkt te houden tot een bekend gebied. De geografische profileerders hebben een gezegde: *Waar we heen gaan hangt af van wat we weten, en wat we weten hangt af van waar we heen gaan.* Dit geldt voor zowel de slachtoffers als de daders. Op deze plattegrond is duidelijk te zien dat de twee vrouwen in heel verschillende werelden leefden. Die overlappen elkaar niet. Ze bevatten geen gemeenschappelijk ankerpunt of knooppunt waar hun levens elkaar raakten. Dat is voor mij het grootste vraagstuk. Het is de sleutel tot het onderzoek. Wat is het verband tussen Sterling en Ortiz?'

Rizzoli keek weer naar de foto. Naar het gouden hangertje om

Diana's nek. *Ik kan het mis hebben. Ik zeg niets tot ik het zeker weet, anders zal Darren Crowe het alleen maar gebruiken om me voor paal te zetten.*

'U bent zich ervan bewust dat er nog een derde kant aan deze zaak zit?' vroeg Moore. 'Dokter Catherine Cordell.'

Zucker knikte. 'Het slachtoffer uit Savannah dat het heeft overleefd.'

'Bepaalde details over de seriemoorden van Andrew Capra zijn nooit bekendgemaakt. Het gebruik van kattendarm. Het feit dat hij de nachtkleding van de slachtoffers opvouwde. Toch bootst deze dader juist die details precies na.'

'Moordenaars communiceren met elkaar. Het is een soort ziekelijke broederschap.'

'Capra is al twee jaar dood. Hij kan met niemand meer communiceren.'

'Maar toen hij nog leefde, kan hij alle gruwelijke details aan onze verdachte hebben verteld. Dat is de verklaring waar ik op hoop. Want het alternatief is veel verontrustender.'

'Dat de moordenaar toegang heeft tot de politiedossiers van Savannah,' zei Moore.

Zucker knikte. 'Dat zou betekenen dat het iemand van de politie is.'

Er viel een stilte in de kamer. Rizzoli keek onwillekeurig naar haar collega's – allemaal mannen. Ze dacht erover na welk soort mannen aangetrokken werd tot politiewerk. Het soort dat van macht en autoriteit hield, van het pistool en de penning. Van de kans om de baas te spelen over anderen. *Precies waar onze onbekende dader naar hunkert.*

Toen de bespreking voorbij was, wachtte Rizzoli tot de andere rechercheurs de kamer hadden verlaten en liep toen naar Zucker.

'Mag ik deze foto even houden?' vroeg ze.

'Mag ik vragen waarom?'

'Intuïtie.'

Zucker schonk haar een van zijn enge John Malkovich-glimlachjes. 'Vertel eens.'

'Intuïtieve ingevingen hou ik altijd voor mezelf.'

'Tegen het boze oog?'

'Nee, om mijn eigen terrein te verdedigen.'

'We werken hier in teamverband.'

'Het gekke aan teamverband is, dat iedere keer dat ik iemand in mijn voorgevoelens laat delen, een ander met de eer gaat strijken.' Met de foto in haar hand liep ze de kamer uit. Ze had eigenlijk meteen al spijt van die laatste opmerking, maar ze had zich de hele dag ook zo geërgerd aan haar mannelijke collega's, aan hun opmerkingen en bedekte terechtwijzingen die samen een patroon van minachting vormden. De laatste druppel was het vraaggesprek geweest dat zij en Darren Crowe hadden gevoerd met de buurvrouw van Elena Ortiz. Crowe was haar herhaaldelijk midden in een vraag in de rede gevallen om zelf een vraag te stellen. Toen ze hem de kamer uit gesleurd had en kritiek had geleverd op zijn gedrag, had hij gereageerd met de klassieke mannelijke belediging: 'Het is zeker de tijd van de maand.'

Daarom zou ze voortaan haar vermoedens voor zich houden. Dan kon niemand haar uitlachen als het op niets uitliep. En als het vruchten afwierp, kon ze tenminste zelf met de eer gaan strijken.

Ze keerde terug naar haar werkplek en ging achter haar bureau zitten om de foto van Diana Sterling nauwkeuriger te bekijken. Toen ze haar vergrootglas pakte, viel haar oog op het flesje mineraalwater dat ze altijd op haar bureau had staan. Woede borrelde in haar op toen ze zag wat iemand daarin had gestopt.

Niet op reageren, dacht ze. Laat ze niet merken hoe erg je het vindt.

Dus negeerde ze de fles water en het walgelijke ding dat erin zat, en hield het vergrootglas boven Diana Sterlings hals. Er leek een ongebruikelijke stilte in de kamer te hangen. Ze kon bijna voelen hoe Darren Crowe naar haar keek en wachtte tot ze uit haar vel zou springen.

Dat zal niet gebeuren, hufter. Deze keer hou ik me gedeisd.

Ze concentreerde zich op Diana's halsketting. Ze had dat detail bijna over het hoofd gezien, omdat ze aanvankelijk alleen maar aandacht had gehad voor Diana's gezicht met de prachtige jukbeenderen, de tere boogjes van de wenkbrauwen. Nu bekeek ze de twee hangertjes die aan het dunne kettinkje hingen. De ene had de vorm van een slotje, de andere was een sleuteltje. De sleutel tot mijn hart, dacht Rizzoli.

Ze zocht in de dossiers op haar bureau naar de foto's die in Elena Ortiz' slaapkamer waren genomen. Door het vergrootglas bekeek ze een close-upfoto van het bovenlichaam van het slachtoffer. In de dikke laag opgedroogd bloed aan de hals kon ze nog net het dunne, gouden streepje zien van de gouden ketting; de twee hangertjes waren aan het gezicht onttrokken.

Ze pakte de telefoon en draaide het nummer van de politiearts.

'Dokter Tierney komt vanmiddag niet meer terug,' zei zijn secretaresse. 'Kan ik u ergens mee helpen?'

'Het gaat over een lijkschouwing die hij afgelopen vrijdag heeft verricht. Op Elena Ortiz.'

'Ja?'

'Het slachtoffer droeg een sieraad toen ze naar het mortuarium is gebracht. Hebt u dat nog?'

'Ik zal even kijken.'

Rizzoli wachtte, ondertussen met haar potlood op haar bureau tikkend. De waterfles stond vlak voor haar neus, maar ze bleef hem hardnekkig negeren. Haar woede had plaatsgemaakt voor opwinding. De opwinding van de jacht.

'Rechercheur Rizzoli?'

'Ja, ik ben er nog.'

'De persoonlijke bezittingen zijn afgehaald door de familie. Een paar gouden oorbellen, een halsketting en een ring.'

'Wie heeft ervoor getekend?'

'Anna Garcia, de zuster van het slachtoffer.'

'Dank u.' Rizzolo hing op en keek op haar horloge. Anna Garcia woonde helemaal in Danvers. Een uur in de file...

'Weet jij waar Frost is?' vroeg Moore.

Rizzoli keek geschrokken op en zag hem naast haar bureau staan. 'Nee.'

'Is hij hier niet geweest?'

'Ik hou hem niet aan de lijn, hoor.'

Er viel een stilte. Toen vroeg hij: 'Wat is dat?'

'Foto's van Ortiz.'

'Nee, dat ding in de fles.'

Ze keek weer op en zag een frons op zijn gezicht. 'Dat kun je toch wel zien? Het is een tampon. Iemand hier heeft een heel verfijnd gevoel voor humor.' Ze keek nadrukkelijk naar Darren Crowe, die een giechel onderdrukte en zich omdraaide.

'Ik regel dit wel even,' zei Moore en hij pakte de fles van haar bureau.

'Hé. *Hé!*' beet ze hem toe. 'Godverdomme, Moore, blijf eraf!'

Hij liep het kantoor van inspecteur Marquette in. Door de glazen wand zag ze dat hij de fles met de tampon op Marquettes bureau zette. Marquette draaide zich om en keek in Rizzoli's richting.

Daar gaan we weer. Nu zeggen ze natuurlijk dat het stomme wijf niet tegen een grapje kan.

Ze greep haar tas, schoof de foto's bij elkaar en liep de kamer uit.

Ze was al bij de liften toen Moore riep: 'Rizzoli?'

'Ik kan heus wel voor mezelf opkomen,' beet ze hem toe.

'Maar dat deed je niet. Je zat daar maar met dat... ding op je bureau.'

'Tampon. Kun je het woord niet eens hardop zeggen?'

'Waarom ben je kwaad op mij? Ik probeer het alleen maar voor je op te nemen.'

'Luister, *heilige Thomas*, dan zal ik je vertellen hoe het voor vrouwen toegaat in de wereld. Als ik een klacht indien, ben *ik* degene die later te pakken wordt genomen. Er komt een aantekening in mijn dossier te staan. *Kan niet goed met jongens spelen*. Als ik me dan nóg een keer beklaag, heb ik voor eeuwig de reputatie van een zeurpiet, een klikspaan.'

'Je laat ze winnen als je je *niet* beklaagt.'

'Ik heb het op jouw manier geprobeerd. Dat is niet gelukt. Bewijs me dus alsjeblieft geen diensten, goed?' Ze slingerde haar tas over haar schouder en stapte de lift in.

Op het moment dat de deur tussen hen dichtgleed, wilde ze haar woorden alweer terugnemen. Moore had het niet verdiend om zo afgekat te worden. Hij was altijd beleefd geweest, altijd een heer, en in haar woede had ze hem de bijnaam die hij op de afdeling had, naar het hoofd geslingerd. *Heilige Thomas.* De agent die nooit over de schreef ging, nooit vloekte, nooit zijn geduld verloor.

En dan had je ook nog de trieste omstandigheden rond zijn privé-leven. Twee jaar geleden was zijn vrouw Mary bezweken aan een hersenbloeding. Zes maanden had ze in coma gelegen, op het randje van de dood zwevend, maar tot op de dag dat ze was gestorven, had Moore geweigerd de hoop op te geven dat ze zou herstellen. Zelfs nu, anderhalf jaar na Mary's dood, leek hij het nog niet aanvaard te hebben. Hij droeg nog steeds zijn trouwring, had nog steeds een foto van haar op zijn bureau staan. Rizzoli had de huwelijken van veel andere agenten kapot zien gaan, was getuige geweest van een steeds wisselende galerie aan vrouwenfoto's op de bureaus van haar collega's, maar op dat van Moore was de foto van Mary blijven staan, haar glimlachende gezicht een vast gegeven.

Heilige Thomas? Rizzoli schudde cynisch haar hoofd. Als er echt heiligen rondliepen op deze wereld, zouden die nooit bij de politie zitten.

De ene wilde dat hij bleef leven, de andere dat hij dood zou gaan en beiden beweerden meer van hem te houden dan de ander. De zoon en dochter van Herman Gwadowski keken elkaar van weerskanten van het bed van hun vader aan en weigerden allebei voor de ander te wijken.

'Jij bent niet degene die voor pa moest zorgen,' zei Marilyn. 'Ik heb voor hem gekookt, zijn huis schoongemaakt, ben iedere maand met hem naar de dokter gegaan. Hoe vaak ben jij bij hem gekomen? Je had steeds andere dingen te doen.'

'Ik woon in *LA*,' zei Ivan nijdig. 'Ik heb een zaak.'

'Eén keer per jaar op bezoek komen. Is dat nu echt te veel gevraagd?'

'Nou, ik ben er nu.'

'Ja, ja. De grote zakenman is komen aanvliegen om de boel te redden. Al die jaren ben je niet eens één keertje bij hem op bezoek gekomen en nu wil je opeens dat er *alles* voor hem wordt gedaan.'

'Ik snap niet hoe je hem zomaar kunt opgeven.'

'Ik wil alleen maar dat hij niet meer hoeft te lijden.'

'Of misschien wil je dat hij ophoudt zoveel van zijn geld op te maken.'

Iedere spier in Marilyns gezicht kwam strak te staan. 'Rotzak.'

Catherine kon het niet meer aanhoren. Ze kwam tussenbeide: 'Dit is niet de plek om zo'n gesprek te voeren. Zou u alstublieft allebei de kamer willen verlaten?'

Een ogenblik staarden broer en zuster elkaar in een vijandige stilte aan, alsof het al als een nederlaag beschouwd moest worden als je de eerste was die wegliep. Toen beende Ivan de deur uit, een intimiderende figuur in een scherp gesneden pak. Zijn zuster Marilyn, die eruitzag als een typische grootsteedse huisvrouw, kneep even in haar vaders hand voordat ze achter haar broer aanliep.

Op de gang zette Catherine de naargeestige feiten op een rijtje.

'Uw vader is na het ongeluk in coma geraakt. Zijn nieren worden steeds zwakker. Vanwege zijn suikerziekte waren ze toch al slecht en door het trauma is dat nog erger geworden.'

'In hoeverre is dat aan de operatie te wijten?' vroeg Ivan. 'Aan de narcose die u hem heeft gegeven?'

Catherine bedwong haar opkomende boosheid en zei op vlakke toon: 'Hij is in bewusteloze staat bij ons binnengebracht. Narcose heeft geen rol gespeeld. Maar weefselbeschadiging zet nieren erg onder druk en die van hem zijn vrijwel op. Verder hebben we geconstateerd dat hij lijdt aan prostaatkanker en dat die al tot in zijn botten is verspreid. *Als* hij uit de coma zou komen, zouden die problemen evengoed nog bestaan.'

'U wilt dus dat we het opgeven,' zei Ivan.

'Ik wil alleen maar dat u nog even nadenkt over zijn toestand. Als zijn hart stil zou blijven staan, zijn we niet verplicht hem te reanimeren.'

'U bedoelt dat u hem gewoon zou laten sterven.'

'Ja.'

Ivan snoof. 'Laat me u dan iets over mijn pa vertellen. Hij is niet iemand die snel iets opgeeft. En ik ook niet.'

'Doe me een lol, Ivan. Dit gaat niet om winnen of verliezen!' zei Marilyn. 'Het gaat om weten wanneer we hem moeten laten gaan.'

'En dat wil jij maar al te graag, nietwaar?' zei hij. Hij draaide zich naar haar toe. 'De kleine Marilyn gaat bij het eerste het beste probleempje zitten blèren tot haar pappie komt om haar te helpen. *Mij* heeft hij nooit geholpen.'

Tranen glinsterden in Marilyns ogen. 'Het gaat dus helemaal niet om pa. Het gaat erom dat jij wilt winnen.'

'Nee, het gaat erom hem nog een kans te geven.' Ivan keek naar Catherine. 'Ik wil dat al het mogelijke voor mijn vader wordt gedaan. Ik hoop dat dat heel duidelijk is.' En hij liep weg.

Marilyn veegde de tranen van haar gezicht terwijl ze haar broer nakeek. 'Hoe kan hij zeggen dat hij van hem houdt, als hij zelfs nooit bij hem op bezoek is gekomen?' Ze keek Catherine aan. 'Ik wil niet dat mijn vader gereanimeerd wordt. Kunt u dat op de kaart zetten?'

Dit was het soort ethisch dilemma waar iedere arts bang voor was. Hoewel Catherine aan Marilyns kant stond, lag er in de laatste woorden van de broer beslist een dreiging.

Ze zei: 'Ik kan de instructies niet veranderen tenzij u en uw broer het met elkaar eens zijn.'

'Hij zal er nooit mee instemmen. U hebt zelf gehoord wat hij zei.'

'Dan zult u toch met hem moeten gaan praten. Hem overtuigen.'

'U bent natuurlijk bang dat hij u zal aanklagen. Daarom wilt u de instructies niet veranderen.'

'Ik weet dat hij kwaad is.'

Marilyn knikte triest. 'Daar wint hij het altijd mee.'

Ik kan een lichaam weer aan elkaar naaien, dacht Catherine. Maar ik kan deze verscheurde familie niet repareren.

Het leed en de agressie van het gesprek kleefden nog steeds aan haar toen ze een halfuur later het ziekenhuis verliet. Het was vrijdagmiddag en het weekend strekte zich voor haar uit, maar toen ze de parkeergarage uitreed, had ze helemaal niet het gevoel vrij te zijn. Het was vandaag nog warmer dan gisteren, boven de dertig graden, en ze keek uit naar de koelte van haar flat, waar ze met een glas ijsthee op haar gemak kon gaan zitten en Discovery Channel aanzetten.

Ze stond bij het eerste kruispunt voor een rood licht te wachten toen haar blik toevallig op de naam van de straat viel die ze wilde oversteken. Worcester Street.

Het was de straat waar Elena Ortiz had gewoond. Het adres was genoemd in het artikel in de *Boston Globe,* dat Catherine uiteindelijk toch maar had gelezen.

Het licht sprong op groen. Impulsief draaide ze Worcester Street in. Ze had nog nooit een reden gehad om via deze straat te rijden, maar iets dwong haar het te doen. De morbide behoefte om de plek te bekijken waar de moordenaar had toegeslagen; het gebouw te zien waar haar eigen nachtmerrie voor een andere vrouw tot leven was gekomen. Haar handen waren klam en ze voelde haar hartslag stijgen naarmate de huisnummers op de gebouwen hoger werden.

Bij Elena Ortiz' adres stopte ze.

Het gebouw had niets bijzonders, niets dat angst en dood uitschreeuwde. Ze zag een doodgewoon flatgebouw van drie verdiepingen.

Ze stapte uit haar auto en staarde naar de ramen van de bovenverdiepingen. Welk appartement was van Elena geweest? Dat met de gestreepte gordijnen? Of dat met het oerwoud aan hangplanten? Ze liep naar de voordeur en bekeek de namen van de bewoners. Er waren zes appartementen; de naam van de bewoner van 2A was weggehaald. Elena was nu al uitgevlakt, het slachtoffer was verwijderd uit de rangen van de levenden. Niemand wilde aan de dood herinnerd worden.

Volgens de *Globe* was de dader de flat binnengekomen via een brandtrap. Catherine liep een stukje achteruit en zag in de steeg de stalen brandtrap die tegen het gebouw opkroop. Ze deed een paar stappen de schemerdonkere steeg in, maar bleef abrupt staan. Haar nek prikte. Ze keek om naar de straat. Een bestelwagen reed langs, een vrouw was aan het joggen, een echtpaar stapte in hun auto. Niets waardoor ze zich bedreigd hoefde te voelen, maar ze kon de stille kreten van paniek niet negeren.

Ze ging weer in haar auto zitten, deed de portieren op slot en greep met beide handen het stuur terwijl ze in zichzelf herhaalde: *er is niets aan de hand, er is niets aan de hand.* Terwijl koude lucht uit de airco blies, voelde ze haar hartslag langzaam weer afnemen. Na een poosje slaakte ze een diepe zucht en leunde achterover.

Weer gleed haar blik naar het flatgebouw van Elena Ortiz.

En toen pas viel haar de auto op die in de steeg geparkeerd stond, en de nummerplaat op de achterbumper.

Posey5.

Gejaagd zocht ze in haar tas naar het visitekaartje van de rechercheur. Met trillende handen draaide ze op haar autotelefoon zijn nummer.

Hij nam op met een zakelijk: 'Rechercheur Moore.'

'U spreekt met Catherine Cordell,' zei ze. 'U bent een paar dagen geleden bij me geweest.'

'Ja, dokter Cordell?'

'Had Elena Ortiz een groene Honda?'

'Pardon?'

'Ik moet weten wat het kenteken is.'

'Ik vrees dat ik niet begrijp –'

'Geef me het nummer!' Hij schrok van haar scherpe bevel. Het bleef lang stil op de lijn.

'Dat moet ik even opzoeken,' zei hij. Op de achtergrond hoorde ze mannen praten, telefoons rinkelen. Hij kwam weer aan de lijn.

'Het is een gepersonaliseerde nummerplaat,' zei hij. 'Ik geloof dat het teruggrijpt op de bloemenzaak van haar ouders.'

'Posey vijf,' fluisterde ze.

Een korte stilte. 'Ja,' zei hij met een eigenaardig stille stem. Alert. 'Toen u laatst met me bent komen praten, hebt u gevraagd of ik Elena Ortiz had gekend.'

'En u zei van niet.'

Catherine liet sidderend haar adem ontsnappen. 'Dat had ik mis.'

6

Ze liep heen en weer op de eerstehulpafdeling, haar gezicht bleek en strak, haar koperkleurige haar een warrige bos rond haar schouders. Ze keek Moore aan toen hij de wachtkamer binnenkwam.

'Had ik gelijk?' vroeg ze.

Hij knikte. 'Posey5 was haar internetnaam. We hebben haar computer erop nagekeken. En nu wil ik graag van u horen hoe u dat weet.'

Ze keek de drukke afdeling rond en zei: 'Kom even mee naar een van de assistentenkamers.'

De kamer waar ze met hem naartoe ging was een klein, donker hol, zonder raam, met als enig meubilair een bed, een stoel en een bureautje. Voor een doodvermoeide arts die alleen maar wilde slapen, was het perfect, maar toen de deur dichtging, was Moore zich er scherp van bewust hoe klein de ruimte was. Hij vroeg zich af of zij zich door de onvermijdelijk intieme sfeer net zo slecht op haar gemak voelde als hij. Ze probeerden allebei te besluiten waar ze het beste konden gaan zitten. Uiteindelijk koos zij voor het bed en nam hij de stoel.

'Ik heb Elena nooit persoonlijk ontmoet,' zei Catherine. 'Ik wist niet eens dat dat haar naam was. We namen allebei deel aan een internet chatroom. Weet u wat een chatroom is?'

'Een manier om via de computer een gesprek te voeren.'

'Ja. Een groep mensen die gelijktijdig online zijn, kunnen met elkaar praten op het internet. De chatroom waar ik het over heb, is een besloten groep, alleen voor vrouwen. Je moet alle wachtwoorden kennen om toegang te kunnen krijgen. En het enige wat je op het scherm ziet, zijn codenamen. Geen echte namen of gezichten, zodat we allemaal anoniem kunnen blijven. Daardoor voelen we ons veilig genoeg om onze geheimen met elkaar te delen.' Ze zweeg even. 'Hebt u nooit van zo'n groep gebruikgemaakt?'

'Ik moet zeggen dat praten met gezichtloze vreemdelingen me niet erg aanlokkelijk lijkt.'

'Soms,' zei ze zachtjes, 'is een gezichtloze vreemdeling de enige persoon met wie je *kunt* praten.'

Hij hoorde de diepte van het leed in die verklaring en wist niet wat hij erop moest zeggen.

Ze haalde diep adem en keek niet naar hem maar naar haar handen, die gevouwen op haar schoot lagen. 'We komen één keer per week bij elkaar, op woensdagavond om negen uur. Je maakt verbinding met het internet, klikt op het icoon van de chatroom en dan tik je eerst PTSD en daarna *womanhelp*. Dan ben je binnen. Ik communiceer met andere vrouwen door berichten in te typen en ze via het internet te verzenden. Onze woorden verschijnen op het scherm, zodat iedereen in de groep ze kan zien.'

'PTSD? Is dat niet de afkorting voor –'

'*Post traumatic stress disorder*. Posttraumatische stressstoornis. Een mooie klinische naam voor de ziekte waar de vrouwen in die groep aan lijden.'

'Over welk trauma hebben we het?'

Ze hief haar hoofd op en keek hem aan. 'Verkrachting.'

Het was alsof het woord een paar seconden lang tussen hen in bleef hangen en alsof de klank ervan genoeg was om een grote spanning op te wekken. Eén woord, dat het effect had van een klap in je gezicht.

'En u bent er lid van vanwege Andrew Capra,' zei hij zachtjes. 'Vanwege wat hij u heeft aangedaan.'

Ze knipperde met haar ogen, sloeg ze neer. 'Ja,' fluisterde ze. Ze staarde weer naar haar handen. Moore keek naar haar en voelde zijn woede om wat er met Catherine was gebeurd, groeien. Om wat Capra uit haar ziel had weggerukt. Hij vroeg zich af hoe ze vóór de aanval was geweest. Toeschietelijker, vriendelijker? Of had ze altijd zo geïsoleerd gezeten van menselijk contact, als een in ijs gevangen bloem?

Ze rechtte haar rug en ging door. 'Dáár heb ik kennisgemaakt met Elena Ortiz, al wist ik natuurlijk niet wat haar naam was. Ik zag alleen haar codenaam, Posey5.'

'Hoeveel vrouwen zitten in die chatroom?'

'Dat varieert van week tot week. Er zijn er bij die opeens afhaken. En er komen nieuwe namen bij. Soms zijn we met ons drieën, op andere avonden met tien of meer.'
'Hoe bent u achter het bestaan van die groep gekomen?'
'Uit een brochure voor slachtoffers van verkrachtingen. Die worden in de vrouwenklinieken en ziekenhuizen in de hele stad verstrekt.'
'De vrouwen in uw groep wonen dus allemaal in Boston?'
'Ja.'
'Deed Posey5 regelmatig aan de groep mee?'
'De afgelopen maanden heb ik haar een paar keer gezien. Ze zei niet veel, maar omdat ik haar naam op het scherm zag, wist ik dat ze er was.'
'Praatte ze over haar verkrachting?'
'Nee. Ze luisterde alleen. We zeiden haar allemaal goedendag en ze bevestigde dat ze onze berichtjes zag, maar ze praatte niet over zichzelf. Het was alsof ze dat niet durfde. Of zich te zeer geneerde om iets te zeggen.'
'U weet dus niet zeker dat ze verkracht is.'
'Jawel.'
'Hoe dan?'
'Omdat Elena Ortiz hier op onze eerstehulpafdeling is behandeld.'
Hij staarde naar haar. 'Hebt u haar kaart gevonden?'
Ze knikte. 'Ik bedacht opeens dat ze na de verkrachting misschien medische verzorging nodig had gehad. Dit ziekenhuis is het dichtst bij haar huis. Ik heb het opgezocht via de ziekenhuiscomputer. Daarin staan de namen van alle mensen die op de eerstehulpafdeling worden behandeld. Haar naam stond erbij.' Ze stond op. 'Ik kan het u laten zien.'
Hij liep achter haar aan de slaapkamer uit, terug naar de zaal. Het was vrijdagavond en gewonden stroomden binnen. Een feestneus, dronken strompelend, met een ijszak tegen zijn gezwollen gezicht gedrukt. Een ongeduldige tiener die de wedstrijd met een oranje stoplicht had verloren. Het vrijdagavondleger van licht- en zwaargewonden die werden binnengebracht. Het Pilgrim Medical Center had een van de drukste eerstehulpafdelingen in Boston en Moore voelde zich alsof hij dwars door de chaos liep toen hij voor verplegers en brancards uit de weg sprong en over een plas bloed stapte.
Catherine nam hem mee naar de dossierkamer van de eerste-

hulpafdeling, een kamer ter grootte van een kast met tegen alle muren planken die vol stonden met ringbanden.

'Hier worden de opnameformulieren tijdelijk bewaard,' zei Catherine. Ze pakte de band met: *7 – 14 mei*. 'Iedere keer dat een patiënt op de eerstehulpafdeling wordt behandeld, wordt er een formulier ingevuld. Meestal is het maar één pagina. Op dat formulier komt de diagnose te staan die de arts heeft gesteld en instructies voor de behandeling.'

'Er wordt niet voor iedere patiënt een kaart gemaakt?'

'Als het bij één enkel bezoekje aan de eerstehulpafdeling blijft, wordt er geen kaart gemaakt. Het enige bewijs dat de persoon in kwestie hier is geweest, is het behandelingsformulier. Die formulieren gaan op een gegeven moment naar de archiefkamer, waar ze worden gescand en opgeslagen op floppy's.' Ze deed de ringband open. 'Alstublieft.'

Hij stond achter haar en keek over haar schouder. Even werd hij afgeleid door de geur van haar haar en moest hij zich dwingen zich op de pagina te concentreren. De datum was 9 mei, het tijdstip één uur 's nachts. De naam, het adres en administratieve informatie waren boven aan het blad getypt; de rest was in inkt geschreven. Medisch steno, dacht hij, toen hij zich inspande om de woorden te ontcijferen, wat hem alleen lukte bij de eerste paragraaf, die was geschreven door de verpleegster:

Latijnse vrouw, 22 jaar oud, twee uur geleden seksueel gemolesteerd. Geen allergieën, geen medicijnen. Bloeddruk 105/70, hartslag 100, temperatuur 37.

De rest van de pagina was onleesbaar.

'U zult dit voor me moeten vertalen,' zei hij.

Ze keek naar hem om en hun gezichten waren opeens zo dicht bij elkaar dat zijn adem stokte.

'Kunt u het niet lezen?' vroeg ze.

'Ik kan bandensporen en bloedspatten ontcijferen, maar dit niet.'

'Het is het handschrift van Ken Kimball. Ik herken zijn handtekening.'

'Ik kan niet eens uitmaken of dit Engels is.'

'Voor artsen is het heel goed leesbaar. Je moet gewoon de codes kennen.'

'Leer je die op de universiteit?'

'Samen met de geheime handdruk en de geheimtaal.'

Het was een rare gewaarwording dat ze grapjes maakten over

zulke naargeestige zaken; en nog vreemder om humor te horen uit de mond van dokter Cordell. Het was zijn eerste glimp van de vrouw achter het schild. De vrouw die ze was geweest voordat Andrew Capra haar kapot had gemaakt.

'De eerste paragraaf gaat over het lichamelijke onderzoek,' legde ze uit. 'Hij gebruikt medisch steno. HOONK betekent hoofd, oren, ogen, neus en keel. Ze had een blauwe plek op haar linkerwang. De longen waren schoon, het hart verstoken van ruis en galop.'

'En dat wil zeggen?'

'Normaal.'

'Kan een arts niet gewoon opschrijven "het hart is normaal"?'

'Waarom zeggen agenten "voertuig" in plaats van "auto"?'

Hij knikte. 'Een-nul.'

'De buik was plat, zacht en zonder organomegalie. Met andere woorden –'

'Normaal.'

'U leert snel. Vervolgens beschrijft hij het... onderzoek van het bekken. Waar alles niet normaal is.' Ze zweeg even. Toen ze weer sprak, klonk haar stem zachter, verstoken van alle humor. Ze haalde diep adem, alsof ze daarmee moed vatte om door te gaan. 'Er zat bloed in de schede. Krassen en blauwe plekken op beide dijen. Een vaginale scheur in de vier-uur-positie, wat erop wijst dat het geen vrijwillige geslachtsdaad was. Op dat punt, schrijft dokter Kimball, heeft hij het onderzoek gestaakt.'

Moore keek naar de laatste paragraaf. Hij slaagde erin hem te lezen. Er stond geen medisch steno in.

Patiënte werd onrustig. Weigerde inwendige monsters te laten nemen. Weigerde mee te werken met verdere behandeling. Na een bloedmonster te hebben afgestaan voor HIV en geslachtsziekten, heeft ze zich aangekleed en is ze vertrokken voordat de autoriteiten gewaarschuwd konden worden.

'Er is dus geen melding gemaakt van de verkrachting,' zei hij. 'Er is geen uitstrijkje gemaakt en geen DNA verzameld.'

Catherine zei niets. Ze stond met haar hoofd gebogen, haar handen om de ringband geklemd.

'Dokter Cordell?' zei hij. Hij legde zijn hand op haar schouder. Ze maakte een schokkende beweging, alsof hij haar had gebrand en hij nam snel zijn hand weg. Toen ze opkeek, zag hij woede in haar ogen. Er straalde een kracht van haar af die haar, op dat moment, zijn gelijke maakte.

'In mei verkracht, in juli afgeslacht,' zei ze. 'Een heerlijke wereld voor vrouwen, vindt u ook niet?'

'We hebben met alle leden van haar familie gepraat. Niemand heeft iets over een verkrachting gezegd.'

'Dan heeft ze het hun dus niet verteld.'

Hoeveel vrouwen zwijgen erover, vroeg hij zich af. Hoeveel hebben geheimen die zoveel pijn doen dat ze er niet eens over kunnen praten met degenen van wie ze houden? Hij keek naar Catherine en bedacht dat ook zij troost had gezocht bij volslagen vreemden.

Ze haalde het formulier uit de map zodat hij er een fotokopie van kon maken. Toen hij het blad aanpakte, viel zijn blik op de naam van de arts en kwam een andere gedachte bij hem op.

'Wat kunt u me vertellen over dokter Kimball?' vroeg hij. 'De arts die Elena Ortiz heeft onderzocht?'

'Hij is een uitstekende arts.'

'Werkt hij meestal in de avonddienst?'

'Ja.'

'Weet u of hij afgelopen donderdagavond dienst had?'

Het duurde even tot de betekenis van die vraag tot haar doordrong. Hij zag dat ze erg schrok van de implicaties. 'U denkt toch niet –'

'Het is een routinevraag. We ondervragen iedereen met wie het slachtoffer in contact is geweest.'

Maar het was geen routinevraag en dat begreep ze heel goed.

'Andrew Capra was arts,' zei ze zachtjes. 'U denkt toch niet dat een andere arts –'

'Die mogelijkheid is bij ons opgekomen.'

Ze wendde zich af. Haalde sidderend adem. 'In Savannah, toen die andere vrouwen vermoord waren, ging ik ervan uit dat ik de moordenaar niet kende. Ik ging er verder van uit dat als ik hem ooit zou ontmoeten, ik het zou weten. Het zou voelen. Andrew Capra heeft me geleerd dat ik het helemaal mis had.'

'De banaliteit van het kwaad.'

'Dat is precies wat ik heb geleerd. Dat kwaad zo alledaags kan zijn. Dat een man die ik iedere dag zie, iedere dag begroet, heel gewoon tegen me kan glimlachen...' En ze voegde er op zachte toon aan toe: '... en al die tijd loopt na te denken over manieren waarop hij me wil vermoorden.'

Het was donker toen Moore terugliep naar zijn auto, maar de hitte van de dag straalde nog steeds van het asfalt af. Het zou weer een drukkend warme nacht worden. In de hele stad zouden vrouwen met de ramen open slapen zodat ieder mogelijk zuchtje wind binnen kon komen. Samen met het nachtelijke kwaad. Hij bleef staan en draaide zich om naar het ziekenhuis. Hij zag de vuurrode letters Eerstehulp, gloeiend als een baken. Een symbool van hoop en herstel.

Is dat je jachtterrein? De plek waar vrouwen naartoe gaan om te herstellen?

Een ziekenauto kwam aangegleden uit de nacht, het zwaailicht aan. Hij dacht aan alle mensen die dagelijks op de eerstehulpafdeling kwamen. Ambulancepersoneel, artsen, verplegers, schoonmakers.

En politiemensen. Het was een mogelijkheid die hij liever niet in overweging nam, maar die hij niet naast zich neer kon leggen. Het beroep van politieman heeft een vreemde aantrekkingskracht op degenen die op mensen jagen. Het pistool en de penning zijn symbolen van dominantie die iemand het hoofd op hol kunnen brengen. En bestaat er een krachtiger vorm van dominantie dan de macht om iemand te martelen, te vermoorden? Voor zo'n jager is de wereld één grote weide vol mogelijke slachtoffers.

Hij heeft het voor het uitkiezen.

Overal waren baby's. Rizzoli stond in een keuken die rook naar zure melk en talkpoeder terwijl Anna Garcia een plas appelsap van de grond dweilde. Een kleuter hing aan haar been; een andere trok pannendeksels uit een keukenkastje en sloeg ze tegen elkaar als bekkens. In een kinderstoel zat een baby die breed lachte met een snoet vol gepureerde spinazie. En op de vloer kroop een baby met een ernstig geval van berg rond, op zoek naar iets gevaarlijks om in zijn gretige mondje te stoppen. Rizzoli hield niet van baby's en het maakte haar nerveus dat ze er nu middenin zat. Ze voelde zich als Indiana Jones in de slangenkuil.

'Ze zijn niet allemaal van mij,' legde Anna snel uit terwijl ze naar de gootsteen hinkte, de kleuter als een blok aan haar been. Ze wrong de vieze dweil uit en waste haar handen. 'Alleen deze is van mij.' Ze wees naar de peuter aan haar been. 'Die met de pannendeksels en die in de kinderstoel zijn van mijn zus Lupe. En die daar rondkruipt, is van mijn nichtje. Ik pas op hen. Zolang ik thuis ben vanwege mijn eigen kind, vond ik dat ik net zo goed op nog een paar kleintjes kon passen.'

Welja, wat kan nog een paar van die handenbinders jou schelen, dacht Rizzoli. Maar het gekke was dat Anna er niet ongelukkig uitzag. Het leek zelfs of ze amper erg had in het menselijke blok aan haar been en het lawaai van de pannendeksels die op de grond werden gesmeten. In een situatie waar Rizzoli een zenuwinzinking van zou krijgen, had Anna de serene aanblik van een vrouw die op de plek zit waar ze het allerliefste wil zijn. Rizzoli vroeg zich af of Elena Ortiz ook zo geworden zou zijn als ze niet was vermoord. Een moeder in haar eigen keuken die vrolijk sap en kwijl opdweilde. Anna leek erg op haar jongere zuster, alleen was ze iets molliger. En toen ze zich naar Rizzoli omdraaide en de plafondlamp precies op haar voorhoofd scheen, kreeg Rizzoli het ijzingwekkende gevoel dat ze keek naar hetzelfde gezicht dat vanaf de autopsietafel naar haar had opgekeken.

'Met al dat grut om me heen kom ik nergens aan toe,' zei Anna. Ze tilde de peuter die aan haar been hing, van de grond en zette hem met een ervaren zwaai op haar heup. 'U kwam voor het kettinkje, niet? Ik zal het sieradenkistje even gaan halen.' Ze liep de keuken uit en Rizzoli werd heel even bevangen door paniek dat ze alleen achterbleef met drie baby's. Een kleverige hand landde op haar enkel en toen ze naar beneden keek, zag ze dat de peuter op de zoom van haar broek kauwde. Ze schudde hem van zich af en creëerde snel een veilige afstand tussen zichzelf en het kleverige mondje.

'Daar ben ik alweer,' zei Anna, die binnenkwam met het kistje, dat ze op de keukentafel zette. 'We wilden het niet in haar flat laten staan omdat er zoveel mensen in en uit liepen om de boel schoon te maken en zo. Mijn broers vonden dat ik hem maar moest bewaren tot de familie zou besluiten wat ermee moet gebeuren.' Ze lichtte het deksel op en een melodie begon te tinkelen. *Somewhere My Love*. Het was alsof Anna plotsklaps verdoofd werd toen ze de muziek hoorde. Ze bleef doodstil zitten en haar ogen vulden zich met tranen.

'Mevrouw Garcia?'

Anna slikte. 'Het spijt me. Mijn man moet het opgewonden hebben. Ik had niet verwacht het te zullen horen...'

Het melodietje eindigde met een paar laatste, trage noten. In de stilte keek Anna neer op de sieraden, haar hoofd gebogen in rouw.

Met trieste tegenzin deed ze een van de met fluweel beklede laatjes open en haalde de halsketting eruit.

Rizzoli voelde haar hartslag versnellen toen ze het van Anna aanpakte. De ketting zag er precies zo uit als ze hem rond Elena's nek had gezien in de autopsiekamer, een miniem slotje met een sleuteltje aan een dun gouden kettinkje. Ze draaide het slotje om en zag aan het stempel dat het achttienkaraats goud was.

'Waar had uw zuster dit kettinkje vandaan?'

'Dat weet ik niet.'

'Weet u hoe lang ze het al had?'

'Het moet nieuw zijn. Ik had het nog nooit gezien, tot...'

'Tot wanneer?'

Anna slikte. Toen zei ze zachtjes: 'Tot de dag dat ik het bij het mortuarium heb opgehaald. Samen met de rest van haar sieraden.'

'Ze droeg ook oorbellen en een ring. Had u die wel eerder gezien?'

'Ja, die had ze al heel lang.'

'Maar het kettinkje niet.'

'Waarom vraagt u er zo over door? Wat heeft het te maken met...' Anna zweeg; afgrijzen kwam op in haar ogen. 'O god. Denkt u dat *hij* het haar heeft omgedaan?'

De baby in de kinderstoel voelde aan dat er iets mis was en begon te krijsen. Anna zette haar eigen zoon op de grond en liep snel om de tafel heen om de huilende baby op te pakken. Ze drukte hem dicht tegen zich aan en wendde zich af van het kettinkje, alsof ze hem wilde beschermen tegen de aanblik van die kwaadaardige talisman. 'Neem het alstublieft mee,' fluisterde ze. 'Ik wil het niet in mijn huis hebben.'

Rizzoli liet het kettinkje in een doorzichtig Ziploc-zakje glijden. 'Ik zal een reçuutje voor u uitschrijven.'

'Nee, neem het nou maar gewoon mee. U mag het voor mijn part houden.'

Rizzoli schreef toch een reçuutje en legde het op de keukentafel, naast het bord gepureerde spinazie van de baby. 'Ik moet u nog één ding vragen,' zei ze op vriendelijke toon.

Anna bleef heen en weer lopen door de keuken, de baby nerveus wiegend.

'Ik moet u verzoeken alle spullen in het sieradenkistje van uw zuster te bekijken,' zei Rizzoli, 'en mij te vertellen of er iets ontbreekt.'

'Dat hebt u me vorige week al gevraagd. Er ontbreekt niets.'
'Het is niet makkelijk om te ontdekken of er iets *vermist* wordt. We hebben allemaal de neiging ons te concentreren op wat er niet thuishoort. Het is echt nodig dat u alles nog een keer bekijkt. Alstublieft.'

Anna slikte moeizaam. Met veel tegenzin ging ze weer zitten, de baby op haar schoot, en staarde naar het sieradenkistje. Ze pakte de spulletjes er één voor één uit en legde ze op tafel. Het was een droevig assortiment goedkope snuisterijen. Nepdiamenten en glaskraaltjes en nepparels. Elena had een voorkeur gehad voor schitterdingetjes.

Anna legde het laatste sieraad, een turkooizen vriendschapsring, op de tafel. Ze bleef zitten terwijl zich langzaam een frons op haar voorhoofd vormde.

'De armband,' zei ze.

'Welke armband?'

'Er ontbreekt een armband met kleine bedeltjes. Paarden. Toen ze nog op school zat, droeg ze die iedere dag. Elena was dol op paarden...' Anna keek met een verbijsterd gezicht op. 'Het was niets waard! Het waren gewoon van die tinnen bedeltjes. Waarom zou hij dat meegenomen hebben?'

Rizzoli keek naar het Ziploc-zakje met de halsketting – de halsketting waarvan ze nu zeker wist dat die van Diana Sterling was geweest. En ze dacht: *ik weet precies waar we Elena's bedelarmband zullen vinden: rond de pols van het volgende slachtoffer.*

Rizzoli stond bij Moore op de stoep, het Ziploc-zakje met de halsketting triomfantelijk opgeheven.

'Het was van Diana Sterling. Ik heb zojuist de ouders gesproken. Ze hadden zich niet gerealiseerd dat het ontbrak tot ik belde.'

Hij pakte het zakje aan, maar maakte het niet open. Hield het alleen maar vast en staarde naar het gouden kettinkje dat opgerold in het plastic zat.

'Het is de fysieke schakel tussen de twee zaken,' zei ze. 'Hij neemt een souvenir mee van het slachtoffer en laat het achter bij het volgende.'

'Niet te geloven dat we dit detail over het hoofd hebben gezien.'

'We hebben het niet over het hoofd gezien.'

'Je bedoelt dat *jij* het niet over het hoofd hebt gezien.' Door de manier waarop hij naar haar keek, voelde ze zich opeens drie meter langer. Moore was geen man die je enthousiast op de schouder sloeg of luidkeels prees. Ze kon zich zelfs niet herinneren ooit te hebben gehoord dat hij zijn stem verhief, van woede of opwinding. Maar wanneer hij haar op deze manier aankeek, de wenkbrauwen goedkeurend opgetrokken, de mond vertrokken tot een halve glimlach, had ze verder geen lovende woorden nodig.

Blozend van plezier bukte ze zich naar de tas met het voedsel dat ze had meegebracht. 'Wil je soms iets eten? Ik ben langsgegaan bij dat Chinese restaurant verderop.'

'Dat had helemaal niet gehoeven.'

'Jawel. Beschouw het maar als een verontschuldiging van mijn kant.'

'Waarvoor?'

'Voor vanmiddag. Dat stomme gedoe met de tampon. Je wilde me helpen, je probeerde voor me op te komen en ik heb dat helemaal verkeerd opgevat.'

Er viel een ongemakkelijke stilte. Ze stonden daar, wisten geen van beiden wat ze moesten zeggen, twee mensen die elkaar niet erg goed kenden en probeerden over de hobbelige start van hun relatie heen te komen.

Toen glimlachte hij en dat veranderde zijn meestal zo strenge gezicht in dat van een veel jongere man. 'Ik rammel,' zei hij. 'Kom op met dat eten.'

Ze lachte en stapte naar binnen. Het was voor het eerst dat ze bij hem thuis kwam en ze bleef even staan om om zich heen te kijken en alle vrouwelijke details in zich op te nemen. De chintz gordijnen, de aquarellen van boeketten aan de muur. Het was niet wat ze had verwacht. Het was zelfs een stuk vrouwelijker dan haar eigen flat.

'Laten we in de keuken gaan zitten,' zei hij. 'Daar heb ik al mijn spullen liggen.'

Hij ging haar voor door de woonkamer en ze zag een spinet.

'Wauw. Speel je?' vroeg ze.

'Nee, het is van Mary. Ik ben zelf niet muzikaal.'

Het is van Mary. Tegenwoordige tijd. Toen pas begreep ze dat de reden dat dit huis er zo vrouwelijk uitzag, was dat het nog steeds tegenwoordige-tijd-Mary was, een huis dat, onveranderd, wachtte tot de vrouw des huizes terug zou komen. Op het spinet stond een foto van haar, een bruinverbrande vrouw met lachende ogen en haar dat opwaaide in de wind. Mary, wier chintz gordijnen nog steeds in het huis hingen waarnaar ze nooit terug zou keren.

In de keuken zette Rizzoli de zak met etenswaren op de tafel, naast een stapel dossiers. Moore rommelde in de mappen en vond wat hij zocht.

'Het behandelingsformulier van Elena Ortiz uit de eerstehulpafdeling,' zei hij toen hij het haar gaf.

'Heeft Cordell dit opgegraven?'

Hij liet haar een ironische glimlach zien. 'Ik ben omgeven door vrouwen die competenter zijn dan ik.'

Ze sloeg de map open en zag een fotokopie met de hanenpoot van een arts. 'Heb je hier de vertaling van?'

'Er staat min of meer wat ik je telefonisch al heb verteld. Een verkrachting die niet aan de politie is gemeld. Geen uitstrijkje, geen DNA. Zelfs Elena's familie wist er niets van.'

Ze deed de map dicht en legde hem op de stapel. 'Moore, op mijn eetkamertafel is het net zo'n puinhoop als op de jouwe. Geen plekje over om te eten.'

'Het neemt dus ook jouw hele leven in beslag?' zei hij terwijl hij de dossiers opzij schoof om ruimte te maken voor hun diner.

'Welk leven? Deze zaak is mijn hele leven. Slapen. Eten. Werken. En als ik bof, mag ik tegen bedtijd een uurtje naar mijn oude vriend Dave Letterman kijken.'

'Geen vaste vriend?'

'Een vaste vriend?' snoof ze terwijl ze de bakjes uit de zak haalde en servetjes en eetstokjes klaarlegde. 'Ja, de mannen staan voor me in de rij.' Pas toen ze het had gezegd, besefte ze dat dat klonk alsof ze reuzemedelijden met zichzelf had, en dat was helemaal niet wat ze had bedoeld. Ze voegde er snel aan toe: 'Niet dat ik klaag. Als ik een weekend moet werken, heb ik liever geen vent die daarover gaat zitten zeuren. Ik hou niet van mensen die zeuren.'

'Dat verbaast me niets, aangezien je zelf het tegenovergestelde van een zeurpiet bent. Dat heb je me vandaag op een pijnlijke manier duidelijk gemaakt.'

'Ja, laat nou maar. Daar heb ik je mijn excuses al voor aangeboden.'

Hij haalde twee biertjes uit de koelkast en ging tegenover haar zitten. Ze had hem nog nooit zo meegemaakt, met zijn mouwen opgerold, ontspannen. Zo mocht ze hem graag. Niet de strenge heilige Thomas, maar een man met wie je kon kletsen, een man met wie je kon lachen. Een man die een meisje helemaal hoteldebotel kon maken als hij een klein beetje zijn best deed.

'Weet je, je hoeft niet altijd stoerder te zijn dan de anderen,' zei hij.

'Jawel.'

'Waarom?'

'Omdat *zij* denken dat ik dat niet ben.'

'Wie?'

'Mannen als Crowe. En inspecteur Marquette.'

Hij haalde zijn schouders op. 'Zulke figuren heb je altijd.'

'Maar waarom moet *ík* altijd met ze werken?' Ze trok haar blikje bier open en nam een slok. 'Daarom ben ik met dat kettinkje eerst bij jou gekomen. Jij zult de eer ervoor niet opeisen.'

'Het zal een trieste dag zijn wanneer het er alleen nog maar om zal gaan wie ergens de eer voor gaat opeisen.'

Ze pakte haar eetstokjes en stak ze in het bakje *kung pao*-kip. Het was heet spul, maar daar hield ze van. Rizzoli was ook geen zeurpiet op het gebied van rode peper.

Ze zei: 'Bij de eerste grote zaak waar ik bij Zedendelicten aan heb gewerkt, was ik de enige vrouw in een team van zes. Toen we de zaak opgelost hadden, werd er een persconferentie gehouden. Televisiecamera's en alles erop en eraan. En wat denk je? Ze hebben de namen van alle leden van het team genoemd, behalve die van mij. Alle namen, behalve de mijne.' Ze nam nog een slok bier. 'Nu zorg ik ervoor dat dat nooit meer zal gebeuren. *Mannen* kunnen hun volledige aandacht aan de zaak en het bewijsmateriaal wijden, terwijl ik ontzettend veel tijd moet verkwisten om alleen maar gehoord te worden.'

'Ik hoor je, Rizzoli.'

'Dat is een aangename verandering.'

'Hoe zit het met Frost? Heb je met hem ook problemen?'

'Nee. Zijn vrouw heeft hem goed afgericht.'

Ze schoten tegelijkertijd in de lach. Iedereen die Barry Frost tijdens de telefoongesprekken met zijn vrouw braaf *ja, lief, nee, lief* had horen zeggen, wist precies wie er in huize Frost de baas was.

'Daarom zal hij het nooit ver schoppen,' zei ze. 'Geen heilig vuur. Een huisvader.'

'Daar is anders niets mis mee. Met huisvader zijn. Ik wou dat ik het op dat gebied beter had gedaan.'

Ze keek op van het bakje Mongools rundvlees en zag dat hij niet naar haar keek, maar naar het kettinkje staarde. Er had een ondertoon van leed in zijn stem gelegen en ze wist niet wat ze moest zeggen. Dus besloot ze dat het misschien het beste was om niets te zeggen.

Ze was opgelucht toen hij het gesprek weer op het onderzoek bracht. In hun wereld was moord altijd een veilig gespreksonderwerp.

'Er zit hier iets scheef,' zei hij. 'Dat gedoe met de sieraden is me niet duidelijk.'

'Hij neemt souveniertjes mee. Dat zien we vaak genoeg.'

'Maar wat heeft het voor zin een souvenir mee te nemen als je het weer weggeeft?'

'Sommige misdadigers nemen een sieraad van het slachtoffer mee en geven het aan hun eigen vrouw of vriendin. Het windt ze op om het rond de nek van hun vriendin te zien en de enige te zijn die weet waar het vandaan is gekomen.'

'Maar onze jongen doet iets anders. Die laat het achter op zijn volgende *slachtoffer*. Hij krijgt het dus nooit meer te zien. Kan niet genieten van de opwinding steeds aan zijn misdaad herinnerd te worden. Ik zie niet in wat hij daar op emotioneel gebied aan heeft.'

'Een symbool van eigendom? Als een hond die zijn territorium afbakent. Alleen gebruikt hij een sieraad om zijn volgende slachtoffer mee te brandmerken.'

'Nee, dat is het niet.' Moore pakte het Ziploc-zakje en woog het op zijn hand, alsof hij het doel ervan probeerde te doorgronden.

'Het voornaamste is dat het patroon ons nu duidelijk is,' zei ze. 'We weten nu wat we op de plaats van de volgende moord zullen aantreffen.'

Hij keek naar haar op. 'En daarmee heb je antwoord gegeven op de vraag.'

'Wat?'

'Hij tekent niet het slachtoffer, maar de plaats van de moord.'

Rizzoli stokte. Ze had meteen door wat het verschil was. 'Jezus. Door de plaats van het misdrijf te merken...'

'Dit is geen souvenir. En het is ook geen eigendomsverklaring.' Hij legde het kettinkje neer, een hoopje teer goud dat op de huid van twee dode vrouwen had gelegen.

Rizzoli voelde een huivering door zich heen trekken. 'Het is een visitekaartje,' zei ze zachtjes.

Moore knikte. 'De Chirurg praat tegen ons.'

Een plaats van krachtige winden en gevaarlijke getijden.

Zo omschrijft Edith Hamilton de Griekse haven Aulis in haar boek Mythologie. *Hier liggen de overblijfselen van de oude tempel van Artemis, de godin van de jacht. Het was in Aulis dat de duizend Griekse zwarte schepen bijeenkwamen om hun aanval uit te voeren op Troje. Maar de noordenwind was sterk en de schepen konden niet uitvaren. De ene dag na de andere hield de wind aan en het Griekse leger, onder bevel van koning Agamemnon, werd kribbig en rusteloos. Een ziener onthulde de reden voor de ongunstige wind: de godin Artemis was boos omdat Agamemnon een van haar geliefde dieren had gedood, een hinde. Ze zou de Grieken niet laten vertrekken tenzij Agamemnon een afschuwelijk offer bracht: zijn dochter, Iphigenia.*

En zo liet hij Iphigenia komen, onder het voorwendsel dat hij voor haar een schitterend huwelijk had geregeld met Achilles. Ze wist niet dat ze in plaats daarvan haar dood tegemoet ging.

De krachtige noordenwind blies niet op de dag dat jij en ik over het strand bij Aulis liepen. Het weer was rustig, het water leek op groen glas en het zand was zo heet als witte as onder onze voeten. O, wat benijdden we de Griekse jongens die blootsvoets over de zonovergoten kust renden! Hoewel het zand onze bleke toeristenhuid schroeide, genoten we van het ongemak, omdat we net zo wilden zijn als die jongens, met voetzolen als gelooid leer. Alleen door pijn en lijden kun je eelt krijgen.

's Avonds, wanneer de dag was afgekoeld, gingen we naar de tempel van Artemis.

We liepen in de lengende schaduwen en kwamen uit bij het altaar waar Iphigenia was geofferd. Ondanks haar smeekbeden, haar kreten 'Vader, spaar me!', hadden de soldaten het meisje naar het altaar gedragen. Ze was languit neergelegd op de brandstapel, haar witte nek klaar voor het zwaard. De oude toneelschrijver Euripides schrijft dat de soldaten van Atreus en het hele leger naar de grond keken, dat ze niet hadden willen kijken naar het vloeien van het maagdelijke bloed. Geen getuigen hadden willen zijn van de gruwelijke daad.

Ah, maar ik zou wel gekeken hebben! En jij ook. Gretig.

Ik zag in mijn verbeelding de stille troepenmacht in de schemering staan. Ik beeldde me het slaan van de trommels in, niet het vrolijke ritme van een huwelijksfeest, maar een sombere mars naar de dood. Ik zag de lange processie door de boomgaarden trekken. Het meisje, wit als een zwaan, geflankeerd door soldaten en priesters. Dan houdt het trommelen op.

Ze dragen haar, krijsend, naar het altaar.

In mijn verbeelding is het Agamemnon zelf die het mes vasthoudt, want hoe kun je het een opoffering noemen als je niet zelf degene bent die het mes hanteert? Ik zie hem naar het altaar lopen waarop zijn dochter ligt, haar tere vlees ontbloot voor ieders oog. Ze smeekt om haar leven, maar tevergeefs.

De priester grijpt haar haar en trekt het achterover, zodat haar keel wordt gestrekt. Onder de witte huid klopt de slagader en geeft de plaats aan voor het mes. Agamemnon staat naast zijn dochter, kijkt neer op het gezicht waar hij van houdt. In haar aderen stroomt zijn bloed. In haar ogen ziet hij de zijne. Door haar keel door te snijden, snijdt hij in zijn eigen vlees.

Hij heft het mes op. De soldaten staan er doodstil bij, beelden in de heilige boomgaard. De ader in de hals van het meisje klopt razendsnel.

Artemis eist een offer en Agamemnon *moet* dit doen.

Hij drukt het lemmet tegen de hals van het meisje en maakt een diepe snee.

Een rode fontein spuit uit de wond, bespat zijn gezicht met hete regen. Iphigenia leeft nog. Haar ogen draaien van afgrijzen omhoog terwijl het bloed uit haar nek wordt gepompt. Het menselijke lichaam bevat vijf liter bloed en het duurt enige tijd voordat die hele inhoud via één enkele slagader naar buiten is gepompt. Zolang het hart blijft kloppen, wordt het bloed naar buiten gestuwd. Een paar seconden, misschien zelfs een minuut of meer, blijven de hersenen functioneren. De ledematen schokken.

Toen haar hart voor de laatste keer klopte, zag Iphigenia de hemel donker worden en voelde ze de hitte van haar eigen bloed op haar gezicht terechtkomen.

De oude Grieken zeggen dat de noordenwind bijna onmiddellijk afnam. Artemis was tevreden. Eindelijk voeren de Griekse schepen uit. De legers vochten en Troje viel. In de context van dat veel grotere bloedbad is het slachten van één jonge maagd van geen betekenis.

Maar wanneer ik aan de Trojaanse oorlog denk, is het niet het houten paard dat ik in gedachten zie, noch het kletteren van zwaarden of de duizend zwarte schepen met gehesen zeilen. Nee, ik zie het witte lichaam van een meisje, ontdaan van alle bloed, en de vader die naast haar staat, het bebloede mes in zijn vuist.

Nobele Agamemnon, met tranen in zijn ogen.

7

'Het pulseert,' zei de verpleegster.
Catherine staarde naar de man die op de traumatafel lag, haar mond kurkdroog van afgrijzen. Een ijzeren staaf van een meter lang stak recht omhoog uit zijn borst. Eén medische student was al flauwgevallen toen hij het had gezien en de drie verpleegsters stonden er met open mond bij. De staaf was diep doorgedrongen in de borst van de man en bewoog op en neer, in het ritme van zijn hartslag.
'Bloeddruk?' vroeg Catherine.
Het was alsof het geluid van haar stem iedereen weer op gang bracht. De manchet van de bloeddrukmeter bolde op, zuchtte weer leeg.
'Zeventig op veertig. Hartslag gestegen tot honderdvijftig!'
'Ik zet beide infusen wijdopen!'
'Het blad voor borstoperaties staat klaar.'
'Laat iemand dokter Falco gaan halen. Ik heb hulp nodig.' Catherine trok een steriel schort en handschoenen aan. Haar palmen waren nu al klam van het zweet. Het feit dat de staaf pulseerde, vertelde haar dat de punt tot heel dicht bij het hart was doorgedrongen – of erger nog, dat hij *in* het hart zat. Het ergste wat ze kon doen, was hem eruit trekken. Vanwege het gat dat daardoor zou worden veroorzaakt, zou de man binnen een paar minuten doodbloeden.
Het ambulancepersoneel had de juiste beslissing genomen: ze hadden een infusie aangebracht, een slangetje in de luchtpijp ingebracht en hem naar de eerstehulpafdeling vervoerd met de staaf nog in zijn borst. De rest moest zij doen.
Ze stak net haar hand uit naar de scalpel toen de deur openzwaaide. Ze keek op en slaakte een zucht van opluchting toen Pe-

ter Falco binnenkwam. Hij bleef staan en keek naar de borstkas van de patiënt en de staaf die eruit omhoogstak als een staak uit het hart van een vampier.

'Dát zie je niet iedere dag,' zei hij.
'De bloeddruk zakt sterk!' riep een verpleegster.
'Er is geen tijd voor een bypass. Ik ga snijden,' zei Catherine.
'Ik kom eraan.' Peter draaide zich om en vroeg, op een bijna nonchalante toon: 'Kan iemand me een operatieschort geven?'

Catherine maakte snel een anterolaterale incisie. Dat was de beste manier om de belangrijke organen in de borstkas bloot te leggen. Ze was kalmer, nu Peter erbij was. Het ging niet alleen om een extra paar ervaren handen; het ging om Peter zelf. De manier waarop hij een kamer kon binnenkomen en met één blik de situatie overzien. Het feit dat hij in de operatiekamer nooit zijn stem verhief, nooit tekenen van paniek liet zien. Hij had vijf jaar meer ervaring dan zij aan de frontlinie van traumachirurgie en juist bij afgrijselijke gevallen als dit kon je dat goed merken.

Hij nam zijn plaats in tegenover Catherine, aan de overkant van de tafel, en zijn blauwe ogen richtten zich op de incisie. 'Zo, mensen. Hebben we lol?'

'We liggen krom.'

Hij ging aan het werk. Zijn handen bewogen zich harmonieus met de hare toen ze met bijna brute kracht de borst openden. Ze hadden samen al zoveel operaties verricht dat ze automatisch wisten wat de ander nodig had en steeds een paar stappen vooruit konden denken.

'Hoe is dit gebeurd?' vroeg Peter. Toen er bloed uit de wond spoot, zette hij kalm een klem op de ader.

'Bouwvakker. Is op zijn werk gestruikeld en doorboord.'
'Dat noem ik nog eens pech. Burford-retractor, alsjeblieft.'
'Burford-rectractor.'
'Hoe zitten we met het bloed?'
'We wachten op het O-negatief,' antwoordde de verpleegster.
'Is dokter Murata aanwezig?'
'Zijn bypassteam is al onderweg.'
'We hoeven dus alleen wat tijd te winnen. Hoe is de hartslag?'
'Sinus tach, honderdvijftig. Lichte PVC –'
'Systole gezakt tot vijftig!'

Catherine keek snel op naar Peter. 'We redden het niet tot de bypass,' zei ze.

'Dan zullen we eens kijken wat we kunnen doen.'

Er viel een stilte toen hij in de wond keek.

'O god,' zei Catherine. 'De staaf zit in het atrium.'

De punt van de staaf had de wand van het hart doorboord en met iedere hartslag gutste rondom de wond vers bloed naar buiten. De borstkas begon zich al met bloed te vullen.

'Als we de staaf eruit trekken, krijgen we een spuiter,' zei Peter.

'Maar nu bloedt hij rondom de staaf leeg.'

De verpleegster zei: 'Ik voel nauwelijks een pols!'

'Goed,' zei Peter. Geen paniek in zijn stem. Geen enkel teken van angst. Hij vroeg een van de verpleegsters: 'Kun je ergens een Foley-katheter met een 30-cc-ballon voor me opduikelen?'

'Eh, dokter Falco? Zei u een *Foley*?'

'Ja. Een urinekatheter.'

'En we hebben een injectiespuit nodig met tien cc saline,' zei Catherine. 'Wees gereed om te spuiten.' Zij en Peter hoefden elkaar niets uit te leggen; ze begrepen allebei wat het plan was.

Een verpleegster gaf Peter een Foley-katheter – een slangetje dat was ontworpen om in de blaas ingebracht te worden om urine af te tappen. Ze gingen die nu gebruiken voor een heel ander doel.

Hij keek Catherine aan. 'Klaar?'

'Ja.'

Met bonkend hart keek ze toe toen Peter de staaf vastpakte en langzaam uit de hartwand trok. Op het moment dat de staaf loskwam, spoot het bloed met kracht uit de wond. Catherine stopte snel het uiteinde van de urinekatheter in het gat.

'Vul de ballon!' zei Peter.

De verpleegster drukte op de injectienaald en spoot tien cc saline in de ballon aan het uiteinde van de katheter.

Peter trok de katheter naar beneden en drukte de ballon tegen de binnenkant van de hartkamerwand. De stroom bloed werd tegengehouden. Er sijpelde nu nauwelijks nog iets naar buiten.

'Vitale gegevens?' riep Catherine.

'Systole nog steeds vijftig. Het O-negatief is er. We hangen het nu op.'

Nog steeds met bonkend hart keek Catherine op naar Peter en zag hem tegen haar knipogen achter zijn beschermbril.

'Gezellig, hè?' zei hij. Hij pakte de houder met de hartnaald. 'Wil jij de honneurs waarnemen?'

'Graag.'

Hij gaf haar de naaldhouder. Ze zou de randen van de wond aan elkaar naaien en vlak voordat ze het gat helemaal dichtte de Foley-katheter eruit trekken. Bij iedere diepe hechting die ze maakte, voelde ze Peters goedkeurende blik. Haar gezicht werd warm door de gloed van succes. Ze voelde het in haar binnenste: deze patiënt zou het halen.

'Fijn begin van de dag, hè?' zei hij. 'Borstkassen openmaken.'

'Deze verjaardag zal ik niet snel vergeten.'

'Mijn uitnodiging voor vanavond geldt nog steeds. Zeg het maar.'

'Ik heb dienst.'

'Ik zal Ames vragen met je te ruilen. Toe nou. Diner en dansen.'

'Ik dacht dat je me mee wilde nemen in je vliegtuig.'

'Dat kan ook. Voor mijn part eten we brood met pindakaas. Ik neem wel een potje mee.'

'Ha! Ik heb altijd geweten dat je met geld smeet.'

'Catherine, ik meen het.'

Toen ze de veranderde toon van zijn stem hoorde, keek ze op in zijn vaste blik. Opeens merkte ze dat het stil was geworden in de kamer en dat iedereen meeluisterde om te horen of de ongenaakbare dokter Cordell eindelijk zou bezwijken voor de charme van dokter Falco.

Ze maakte nog een hechting terwijl ze erover nadacht hoe graag ze Peter mocht als collega, hoezeer ze hem respecteerde en hij haar. Ze wilde niet dat daar verandering in zou komen. Ze wilde die kostbare relatie niet in gevaar brengen met een noodlottige stap in de richting van intimiteiten.

Maar o, wat miste ze de dagen dat ze had kunnen genieten van een avondje uit! De dagen dat een avond iets was om naar uit te kijken, niet iets om met angst en beven tegemoet te zien.

Het was nog steeds stil in de kamer. Iedereen wachtte.

Ze keek weer naar hem op. 'Kom me om acht uur dan maar halen.'

Catherine schonk een glas merlot in en ging ermee voor het raam staan. Ze nipte aan de wijn terwijl ze uitkeek in de nacht. Ze hoorde gelach en zag mensen door Commonwealth Avenue wandelen. Newbury Street, hét uitgaanscentrum, was maar één straat bij haar vandaan en op een zomerse vrijdagavond was Back Bay een magneet voor toeristen. Dat was een van de redenen waarom Catherine ervoor had gekozen daar te gaan wonen; het deed haar goed te weten dat er altijd mensen in de buurt waren, ook al waren het vreemdelingen. Het geluid van muziek en lachende mensen wilde zeggen dat ze niet alleen was, niet geïsoleerd.

En nu stond ze hier, achter haar verzegelde raam, met haar eenzame glas wijn, en probeerde ze zichzelf ervan te overtuigen dat ze er klaar voor was om weer tot die wereld toe te treden.

Een wereld die Andrew Capra van me heeft gestolen.

Ze drukte haar hand tegen het raam, de vingertoppen tegen het glas geperst, alsof ze het wilde verbrijzelen om uit haar steriele gevangenis te ontsnappen.

Met een roekeloos gebaar sloeg ze haar wijn achterover en zette het glas op de vensterbank. Ik weiger een slachtoffer te blijven, dacht ze. Ik laat hem niet winnen.

Ze liep haar slaapkamer in en bekeek de kleren in haar kast. Ze haalde er een groene zijden jurk uit en ritste zich erin. Hoe lang was het geleden dat ze deze jurk had gedragen? Ze kon het zich niet herinneren.

Vanuit de zitkamer klonk opeens een opgewekt: 'Je hebt mail!' uit haar computer. Ze negeerde het bericht en liep de badkamer in om zich op te maken. Oorlogsverf, dacht ze toen ze wat mascara en lippenstift op deed. Een masker van moed om haar te helpen de wereld het hoofd te bieden. Met iedere haal van de make-upborsteltjes beschilderde ze zich met zelfvertrouwen. In de spiegel zag ze een vrouw die ze amper herkende. Een vrouw die ze al twee jaar niet had gezien.

'Welkom terug,' mompelde ze en ze glimlachte erbij.

Ze deed het badkamerlicht uit en liep de zitkamer in. Haar voeten moesten opnieuw wennen aan de marteling van hoge hakken. Peter was laat; het was al kwart over acht. Ze herinnerde zich het 'Je hebt mail!' dat ze vanuit de slaapkamer had gehoord en liep naar haar computer om de mailbox-icoon aan te klikken.

Er was één nieuw bericht van iemand die SavvyDoc heette. Bij de onderwerpregel stond: 'Lab Rapport.' Ze opende de e-mail.

Dokter Cordell,
Bijgevoegd lijkschouwingsfoto's die u zullen interesseren.
Het bericht was niet ondertekend.

Ze bewoog het pijltje naar de icoon 'download file', maar aarzelde met haar vinger boven de muis. Ze kende de afzender – SavvyDoc – niet, en ze was niet gewend attachments van onbekenden te downloaden. Maar dit bericht had duidelijk met haar werk te maken en haar naam stond erbij.

Ze klikte op 'download'.

Een kleurenfoto verscheen op het scherm.

Met een verstikte kreet schoot ze overeind, alsof ze zich gebrand had. Haar stoel viel om. Ze strompelde achteruit, haar hand tegen haar mond gedrukt.

Toen holde ze naar de telefoon.

Thomas Moore stond in haar deuropening, zijn blik geconcentreerd op haar gezicht gericht. 'Staat de foto nog op het scherm?'

'Ik heb er niet aangezeten.'

Ze deed een stap opzij en hij liep naar binnen, doelbewust, altijd de politieman. Zijn blik gleed naar de man die bij de computer stond.

'Dit is Peter Falco,' zei Catherine. 'Mijn partner uit het ziekenhuis.'

'Dokter Falco,' zei Moore en de twee mannen gaven elkaar een hand.

'Catherine en ik zouden vanavond uitgaan,' zei Peter. 'Ik was opgehouden in het ziekenhuis en ben zojuist pas aangekomen... vlak voor u...' Hij zweeg en keek naar Catherine. 'Ik neem aan dat we dat dineetje wel kunnen vergeten?'

Haar antwoord was een flauw knikje.

Moore nam plaats voor de computer. De screensaver was gaan werken en liet felgekleurde tropische vissen over het scherm zwemmen. Hij bewoog de muis.

De gedownloade foto verscheen weer op het scherm.

Catherine draaide zich met een ruk om en liep naar het raam, waar ze haar armen om zich heen sloeg en probeerde de beelden die ze op het scherm had gezien, uit haar hoofd te zetten. Ze hoorde Moore achter haar op het toetsenbord tikken. Hoorde hem vervolgens een telefoonnummer intoetsen en zeggen: 'Ik heb het bestand doorgestuurd. Heb je het ontvangen?' In de duisternis achter haar raam was het opvallend stil geworden. Is het al zo laat, vroeg ze zich af. Ze keek neer op de verlaten straat en kon nauwelijks geloven dat ze amper een uur geleden zelf klaar had gestaan om de nacht in te stappen en zich weer onder de mensen te begeven.

Nu wilde ze alleen nog maar de deur vergrendelen en zich verstoppen.

Peter zei: 'Wie zou je zoiets gestuurd kunnen hebben? Het is pervers.'

'Ik wil er niet over praten,' zei ze.

'Heb je al vaker zulke dingen ontvangen?'

'Nee.'

'Waarom is de politie hier dan?'

'Hou alsjeblieft op, Peter. Ik wil er niet over praten!'

Een korte stilte. 'Je bedoelt dat je er niet met mij over wilt praten.'

'Niet nu. Niet vanavond.'

'Maar je gaat het wel met de politie bespreken?'

'Dokter Falco,' zei Moore. 'Ik geloof dat het beter zou zijn als u wegging.'

'Catherine? Wat wil jij?'

Ze hoorde aan zijn stem dat hij gekwetst was, maar ze draaide zich niet naar hem om. 'Ik wil dat je weggaat. Alsjeblieft.'

Hij gaf geen antwoord. Pas toen de deur dichtging, wist ze dat hij was vertrokken.

Er bleef een lange stilte hangen.

'Je hebt hem niets verteld over Savannah?' vroeg Moore.

'Nee. Ik heb het nooit kunnen opbrengen het hem te vertellen.' *Verkrachting is een onderwerp dat te intiem is, te beschamend om erover te kunnen praten. Zelfs met iemand die om je geeft.*

Ze vroeg: 'Wie is de vrouw op de foto?'

'Ik had gehoopt dat jij me dat kon vertellen.'

Ze schudde haar hoofd. 'En ik weet ook niet wie dit heeft gestuurd.'

De stoel piepte toen hij opstond. Ze voelde zijn hand op haar schouder, zijn warmte die door de groene zijde heendrong. Ze had zich niet omgekleed, was nog uitgedost voor haar avondje uit. Het idee dat ze het nachtleven in zou gaan, leek haar nu meelijwekkend. Wat had ze nu eigenlijk gedacht? Dat ze weer net zo kon worden als iedereen? Dat ze weer heel kon worden?

'Catherine,' zei hij. 'Je moet met me praten over deze foto.'

Zijn vingers klemden zich om haar schouder en ze besefte opeens dat hij haar bij haar voornaam had genoemd. Hij stond dicht bij haar, zo dichtbij dat ze zijn warme adem in haar haar voelde en toch voelde ze zich niet bedreigd. De aanraking van iedere andere man zou als een schending aangevoeld hebben, maar die van Moore had juist een sussend effect.

Ze knikte. 'Ik zal het proberen.'

Hij trok een stoel bij en ze gingen samen voor de computer zitten. Ze dwong zichzelf zich op de foto te concentreren. De vrouw had krullend haar, uitgespreid als kurkentrekkers op het kussen. Haar mond was dichtgeplakt met een stuk zilverkleurig tape, maar haar ogen waren open. De pupillen waren vanwege het flitslicht bloedrood gekleurd. De foto liet haar tot aan haar middel zien. Ze lag vastgebonden aan het bed en ze was naakt.

'Herkent u haar?' vroeg hij.

'Nee.'

'Is er iets op de foto dat u bekend voorkomt? De kamer, het meubilair?'

'Nee. Maar...'

'Wat?'

'Hij heeft dit met mij ook gedaan,' fluisterde ze. 'Andrew Capra heeft ook van mij foto's genomen. Vastgebonden aan mijn bed...' Ze slikte. Vernedering spoelde over haar heen, alsof het haar eigen lichaam was dat zo intiem was blootgesteld aan Moore's blik. Ze merkte dat ze haar armen voor haar borst over elkaar sloeg, om haar borsten te beschermen tegen een nieuwe aanranding.

'Dit bestand is om vijf voor acht 's avonds binnengekomen. Zegt de naam van de afzender – SavvyDoc – je iets?'

'Nee.' Ze concentreerde zich weer op de vrouw, die terugstaarde met helderrode pupillen. 'Ze is wakker. Ze weet wat hij gaat doen. Hij wacht daarop. Hij *wil* dat je wakker bent, dat je de pijn voelt. Je moet wakker zijn, anders valt er voor hem niets te genieten...' Hoewel ze het over Andrew Capra had, was ze overgegaan op de tegenwoordige tijd, alsof Capra nog leefde.

'Hoe kan hij achter jouw e-mailadres gekomen zijn?'

'Ik weet niet eens wie "hij" is.'

'Catherine, hij heeft dit naar *jou* gestuurd. Hij weet wat er in Savannah met je is gebeurd. Ken je iemand die dit gedaan kan hebben?'

Ik ken er maar één, dacht ze. En die is dood. Andrew Capra is dood.

Moore's mobieltje begon te rinkelen. Ze sprong van schrik bijna uit haar stoel. 'Jezus,' zei ze met bonkend hart en ze liet zich weer op de stoel zakken.

Hij klapte het mobieltje open. 'Ja, ik ben bij haar...' Hij luisterde even en keek toen opeens naar Catherine. De manier waarop hij naar haar staarde, maakte haar bang.

'Wat is er?' vroeg Catherine.

'Het is rechercheur Rizzoli. Ze zegt dat ze is nagegaan waar de e-mail vandaan is gekomen.'

'En wie heeft hem gestuurd?'

'Jij.'

Het was alsof hij haar een klap in haar gezicht had gegeven. Ze kon alleen maar haar hoofd schudden, te onthutst om antwoord te geven.

'De naam "SavvyDoc" is vanavond gecreëerd, via *jouw* America Online-rekening,' zei hij.

'Maar ik heb twee afzonderlijke rekeningen. De ene is voor privé-gebruik –'

'En de andere?'

'Voor het personeel van mijn kantoor. Daar kunnen ze gebruik van maken wanneer...' Ze zweeg. 'Het kantoor. Hij heeft de computer op mijn *kantoor* gebruikt.'

Moore bracht het mobieltje naar zijn oor. 'Heb je dat gehoord, Rizzoli?' Een pauze en toen: 'Dan zie we je daar.'

Rechercheur Rizzoli wachtte hen bij Catherines kantoor op. Er stond een klein groepje mensen in de hal – een bewaker van het ziekenhuis, twee politieagenten en een aantal mannen in burger. Rechercheurs, nam Catherine aan.

'We hebben het kantoor doorzocht,' zei Rizzoli. 'Hij is allang weg.'

'Maar is het zeker dat hij hier is geweest?' vroeg Moore.

'Beide computers staan aan. De naam SavvyDoc staat nog op de log-in-regel van America Online.'

'Hoe is hij binnengekomen?'

'De deur lijkt niet geforceerd. Er is een schoonmaakbedrijf dat deze ruimte schoonmaakt, dus heeft een aantal mensen een loper. Daarnaast hebben we natuurlijk de mensen die hier werken.'

'Een administratieve kracht, een receptioniste en twee medisch assistenten,' zei Catherine.

'En u en dokter Falco.'

'Ja.'

'Dat zijn nog eens zes sleutels die verloren kunnen zijn geraakt, of geleend kunnen zijn,' was Rizzoli's bruuske reactie. Catherine mocht haar niet en vroeg zich af of dat wederzijds was.

Rizzoli gebaarde naar het kantoor. 'We gaan nu samen met u de kamers bekijken, dokter Cordell, om te zien of er iets vermist wordt. Raakt u alstublieft niets aan. De deur niet, de computers niet. We gaan die onderzoeken op vingerafdrukken.'

Catherine keek naar Moore, die een geruststellende arm rond haar schouders sloeg. Ze gingen de kantoorruimte binnen.

Ze wierp slechts een korte blik op de wachtkamer voor de patiënten en liep meteen door naar de receptieruimte, waar het kantoorpersoneel werkte. De administratiecomputer stond aan. Drive A was leeg; de indringer had geen diskette achtergelaten.

Met een pen bewoog Moore de muis om de screensaver te laten verdwijnen; de sign-on-pagina van AOL verscheen op het scherm. 'SavvyDoc' stond nog in het hokje voor 'selected name'.

'Is er iets in deze kamer dat u vreemd voorkomt?' vroeg Rizzoli.

Catherine schudde haar hoofd.

'Goed, laten we dan doorgaan naar uw kantoor.'

Haar hart begon sneller te kloppen toen ze de gang doorliep, langs de twee onderzoekkamers. Ze stapte haar kantoor in. Meteen schoot haar blik naar het plafond. Met stokkende adem deed ze een stap achteruit en botste bijna tegen Moore aan. Hij ving haar op en hield haar overeind.

'Die hebben we zo aangetroffen,' zei Rizzoli. Ze wees naar de stethoscoop, die aan de plafondlamp hing. 'Hij hing er precies zo bij. Ik neem aan dat u dat niet hebt gedaan.'

Catherine schudde haar hoofd. Ze zei, met een stem die dof klonk van de schok: 'Hij is hier al vaker geweest.'

Rizzoli's blik verscherpte. 'Wanneer?'

'De afgelopen dagen. Ik merkte steeds dat er dingen weg waren. Of ergens anders lagen.'

'Wat voor dingen?'

'De stethoscoop. Mijn doktersjas.'

'Kijk om je heen,' zei Moore en hij leidde haar zachtjes naar voren. 'Zijn er nog meer dingen die anders zijn?'

Ze bekeek de boekenplanken, het bureau, de dossierkast. Dit was haar privé-kantoor en ze had iedere centimeter ervan zelf ingericht. Ze wist waar alles moest staan en wat er niet thuishoorde.

'De computer staat aan,' zei ze. 'Ik zet hem altijd uit wanneer ik naar huis ga.'

Rizzoli bewoog de muis en het AOL-scherm verscheen, met Catherines codenaam 'CCord' in het sign-on-hokje.

'Zo is hij aan uw e-mailadres gekomen,' zei Rizzoli. 'Hij hoefde alleen maar uw computer aan te zetten.'

Ze staarde naar het toetsenbord. *Je hebt op deze toetsen gedrukt. Je hebt in mijn stoel gezeten.*

Ze schrok van Moore's stem.

'Ontbreekt er iets?' vroeg hij. 'Zo ja, dan zal het wel iets kleins zijn, iets heel persoonlijks.'

'Hoe weet je dat?'

'Zo werkt hij.'

Zo was het met de andere twee vrouwen gegaan, dacht ze. De andere slachtoffers.

'Het kan iets zijn dat je met je meedraagt,' zei Moore. 'Iets waar alleen jij iets aan hebt. Een sieraad, een kam, een sleutelring.'

'O god.' Ze bukte zich en trok met een ruk de bovenste la van haar bureau open.

'Hé!' zei Rizzoli. 'Ik zei dat u niets mocht aanraken.'

Maar Catherine stak haar hand al in de la, zocht tussen de pennen en potloden. 'Hij is weg.'

'Wat is weg?'

'Ik heb altijd reservesleutels in deze la liggen.'

'Welke sleutels?'

'Van mijn auto. En mijn kastje hier in het ziekenhuis...' Ze stokte en haar keel voelde opeens droog aan. 'Als hij overdag in mijn kastje is geweest, heeft hij mijn tas kunnen pakken.' Ze keek op naar Moore. 'En daarin zitten mijn huissleutels.'

De technici waren bezig vingerafdrukken af te nemen toen Moore de kantoorruimte weer binnenkwam.

'Zo, heb je haar ingestopt?' vroeg Rizzoli.

'Ze slaapt vannacht in een assistentenkamer van de eerstehulpafdeling. Ik wil niet dat ze naar huis gaat tot het daar volkomen veilig is.'

'Ga je persoonlijk al haar sloten vervangen?'

Hij fronste zijn wenkbrauwen, bekeek de uitdrukking op haar gezicht. En die stond hem helemaal niet aan. 'Zit je ergens mee?'

'Het is een mooie vrouw.'

Ik weet waar ze naartoe wil, dacht hij, en hij zuchtte vermoeid.

'Een beetje geschonden. Een beetje kwetsbaar,' zei Rizzoli.

'Welke man zou niet meteen klaarstaan om haar te beschermen?'
'Is dat niet ons werk?'
'Is het alleen dat? Werk?'
'Ik wil hier niet over praten,' zei hij en hij liep de kamer uit.

Rizzoli volgde hem naar de hal als een bulldog die naar zijn hielen beet. 'Ze vormt de kern van deze zaak, Moore. We weten niet of ze ons wel alles vertelt. Zeg alsjeblieft dat je niet verliefd op haar aan het worden bent.'

'Natuurlijk niet.'
'Ik ben niet blind.'
'En wat zie je?'

'Ik zie hoe je naar haar kijkt. Ik zie hoe ze naar jou kijkt. Ik zie een politieman die zijn objectiviteit aan het verliezen is.' Ze zweeg even. 'Een politieman die gekwetst zal worden.'

Als ze haar stem had verheven, het op een venijnige toon had gezegd, had hij misschien op dezelfde manier gereageerd. Maar ze had die laatste woorden zachtjes uitgesproken en hij kon niet voldoende woede oproepen om terug te vechten.

'Ik zou dit niet tegen iedereen zeggen,' zei Rizzoli. 'Maar ik vind jou toevallig een aardige vent. Als het Crowe was of een andere hufter, zou ik zeggen: stort jezelf gerust in het ongeluk, het zal mij een zorg zijn – maar dat wens ik jou niet toe.'

Ze keken elkaar een ogenblik aan. En Moore voelde een steek van schaamte dat hij niet langs Rizzoli's onaantrekkelijke uiterlijk heen kon kijken. Ondanks zijn bewondering voor haar scherpe brein en doorzettingsvermogen, zou hij altijd eerst haar alledaagse gezicht en vormeloze broekpakken zien. In sommige opzichten was hij geen haar beter dan Darren Crowe en de hufters die tampons in haar waterfles deden. Hij verdiende het niet door haar bewonderd te worden.

Ze hoorden iemand zijn keel schrapen en toen ze opkeken, zagen ze het hoofd van het technische team in de deuropening staan.

'Geen vingerafdrukken,' zei hij. 'Ik heb beide computers gestoft. De toetsenborden, de muizen, de diskdrives. Ze zijn allemaal schoongepoetst.'

Rizzoli's mobiele telefoon ging. Terwijl ze hem openklapte, mompelde ze: 'Wat hadden we dan verwacht? We hebben hier niet met een imbeciel te maken.'

'De deuren?' vroeg Moore.

'Daar zitten een paar halve afdrukken op,' zei de technicus.

'Maar er lopen hier zoveel mensen in en uit – patiënten, personeel – dat er geen beginnen aan is om die te achterhalen.'

'Moore,' zei Rizzoli en ze klapte haar mobieltje dicht. 'We gaan.'

'Waarheen?'

'Hoofdkwartier. Brody gaat ons het wonder van de beeldelementen laten zien.'

'Ik heb het fotobestand in het Photoshop-programma ingevoerd,' zei Sean Brody. 'Het bestand beslaat drie megabytes, wat wil zeggen dat er veel details in zitten. De schoft heeft geen vaag kiekje gestuurd, maar een foto van hoge kwaliteit, tot en met de wimpers van het slachtoffer.'

Brody was dé techneut van het Bostonse politiekorps, een bleke jongeling van drieëntwintig die onderuitgezakt voor het computerscherm zat, zijn hand min of meer met de muis vergroeid. Moore, Rizzoli, Frost en Crowe stonden achter hem en keken over zijn schouder naar het scherm. Brody had een irritant lachje, als van een jakhals, en gniffelde steeds van genoegen terwijl hij de afbeelding op het scherm liet bewegen.

'Dit is de originele foto,' zei Brody. 'Slachtoffer aan het bed vastgebonden. Wakker, ogen open, rode puntjes in haar ogen vanwege de flits. Een stuk tape op haar mond. Nu kijken we even naar de linkeronderhoek van de foto en daar zien we de rand van het nachtkastje. Je kunt een wekker zien die op twee boeken staat. We zoomen in en hoe laat is het?'

'Tien voor halfdrie,' zei Rizzoli.

'Juist. Nu is de vraag, is het tien voor halfdrie 's nachts of overdag? Laten we even naar de bovenkant van de foto gaan, waar je een hoek van het raam kunt zien. Het gordijn is dicht, maar je kunt hier een kiertje zien, waar de randen van de stof elkaar niet helemaal raken. Er komt geen zonlicht doorheen. Als de wekker goed staat, is deze foto dus genomen om tien voor halfdrie 's nachts.'

'Ja, maar wanneer?' zei Rizzoli. 'Het kan net zo goed gisteravond als vorig jaar zijn geweest. We weten zelfs niet of het de Chirurg is die deze foto heeft genomen.'

Brody keek geïrriteerd naar haar op. 'Ik ben nog niet klaar.'

'Wat heb je dan nog meer?'

'Laten we even afzakken langs de foto. Kijk naar de rechterpols van de vrouw. Die is gedeeltelijk bedekt met tape, maar zien jullie dat donkere vlekje? Wat denken jullie dat dat is?' Hij wees en klikte en het detail werd groter.

'Het is nog steeds niet te herkennen,' zei Crowe.

'Goed, dan zoomen we nog een keer.' Hij klikte weer. Het donkere vlekje kreeg een herkenbare vorm.

'Jezus,' zei Rizzoli. 'Dat ziet eruit als een paardje. Dat is de armband van Elena Ortiz!'

Brody keek grijnzend naar haar op. 'Wat ben ik goed, hè?'

'Het is 'm,' zei Rizzoli. 'Het is de Chirurg.'

Moore zei: 'Ga eens even terug naar het nachtkastje.'

Brody klikte om de volledige foto terug te brengen en bewoog het pijltje naar de linkeronderhoek. 'Waar wil je naar kijken?'

'We hebben de wekker die ons vertelt dat het tien voor halfdrie is. En we hebben die twee boeken onder de wekker. Kijk naar de ruggen. Zie je hoe het bovenste boek glanst in het licht?'

'Ja.'

'Dat komt doordat er een doorzichtig plastic omslag omheen zit.'

'Ja...' zei Brody, die nog niet begreep waar Moore naartoe wilde.

'Zoom in op de rug van het bovenste boek,' zei Moore. 'Ik wil zien of we de titel kunnen ontcijferen.'

Brody stuurde en klikte.

'Zo te zien zijn het twee woorden,' zei Rizzoli. 'Ik zie het woord *the*.'

Brody klikte weer om het beeld verder in te zoomen.

'Het tweede woord begint met een "S",' zei Moore. 'En kijk hier eens naar.' Hij tikte op het scherm. 'Zie je dit kleine witte hokje, aan de onderkant van de rug van het boek?'

'Ik snap het!' zei Rizzoli, nu op opgewonden toon. 'De titel. Vooruit, we hebben de titel nodig!'

Brody stuurde en klikte weer.

Moore staarde naar het scherm, naar het tweede woord op de rug van het boek. Toen draaide hij zich abrupt om en greep de telefoon.

'Ik zie blijkbaar iets niet,' zei Crowe.

'De titel van het boek is *The Sparrow*,' zei Moore, en hij drukte op de 'O'. 'En dat kleine hokje op de rug – ik wil wedden dat dat een uitleennummer is.'

'Het is een boek uit de bibliotheek,' zei Rizzoli.

Een stem op de lijn zei: 'Inlichtingen.'

'U spreekt met rechercheur Thomas Moore van de politie van Boston. Ik heb een spoedgevallennummer nodig van de openbare bibliotheek van Boston.'

'Jezuïeten in de ruimte,' zei Frost, die achterin zat. 'Daar gaat het boek over.'

Ze reden op grote snelheid door Centre Street, Moore achter het stuur, de alarmlichten aan. Twee politieauto's begeleidden hen.

'Mijn vrouw is lid van een leesclub,' zei Frost. 'Ze heeft het over *The Sparrow* gehad.'

'Het is dus sciencefiction?' vroeg Rizzoli.

'Nee, het gaat meer over zwaar religieuze dingen. Wat is de aard van God? Dat soort dingen.'

'Dan hoef ik het niet te lezen,' zei Rizzoli. 'Ik weet alle antwoorden al. Ik ben katholiek.'

Moore keek naar de zijstraat en zei: 'We zijn er bijna.'

Het adres dat ze moesten hebben, was in Jamaica Plain, een wijk in het westen van Boston, ingeklemd tussen Franklin Park en de buitenwijk Brookline. De naam van de vrouw was Nina Peyton. Een week geleden had ze *The Sparrow* geleend bij de bibliotheek in Jamaica Plain. Van alle mensen in Boston die exemplaren van dat boek hadden geleend, was Nina Peyton de enige die niet opnam, en het was inmiddels twee uur 's nachts.

'Hier is het,' zei Moore toen de voorste politieauto Eliot Street indraaide. De politiewagen reed een huizenblok door en stopte toen. Moore kwam er vlak achter tot stilstand.

Het zwaailicht van de politieauto liet surrealistisch licht door de nacht glijden toen Moore, Rizzoli en Frost het hek openduwden en naar het huis liepen. Binnen brandde zwak licht.

Moore keek naar Frost, die knikte en omliep naar de achterkant van het huis.

Rizzoli klopte op de voordeur en riep: 'Politie!'

Ze wachtten een paar seconden.

Weer klopte Rizzoli. Harder ditmaal. 'Mevrouw Peyton, dit is de politie! Doe open!'

Ze wachtten drie seconden. Opeens kraakte de stem van Frost door hun walkie-talkies. 'Hier is een hor voor een raam weggehaald.'

Moore en Rizzoli keken elkaar aan en zonder dat ze een woord zeiden, werd de beslissing genomen.

Met het handvat van zijn zaklantaarn sloeg Moore de ruit naast de voordeur in, stak zijn hand naar binnen en schoof de grendel van de deur.

Rizzoli was als eerste binnen, half gebukt, haar pistool in een wijde boog van links naar rechts zwaaiend. Moore kwam vlak achter haar aan; adrenaline pompte door zijn aderen toen hij razendsnel een reeks beelden registreerde. Houten vloer. Open kast. Keuken recht tegenover de voordeur, zitkamer rechts. Brandende lamp op bijzettafel.

'De slaapkamer,' zei Rizzoli.

'*Snel.*'

Ze liepen de gang in, Rizzoli voorop. Haar hoofd draaide naar links en rechts toen ze langs een badkamer en een logeerkamer kwamen. Niemand te zien. De deur aan het eind van de gang stond op een kier; ze konden niet in de donkere slaapkamer kijken.

Met beide handen om zijn pistool geklemd en met bonkend hart sloop Moore geruisloos naar de deur. Gaf er met zijn voet een duwtje tegen.

De geur van bloed, warm en stinkend, golfde over hem heen. Hij zag de lichtschakelaar en deed het licht aan. Nog voordat het beeld zijn netvlies bereikte, wist hij al wat hij zou zien. Toch was hij niet geheel voorbereid op het afgrijzen.

De buik van de vrouw was opengesneden. Kronkelende darmen puilden uit de snee en hingen als groteske slingers over de rand van het bed. Bloed drupte uit de open nekwond in de zich uitspreidende plas op de vloer.

Het leek een eeuwigheid te duren tot Moore had verwerkt wat hij zag. Toen pas, toen hij de details in zich had opgenomen, drong de betekenis ervan tot hem door. Het bloed, nog vers, nog druppend. De afwezigheid van de spatten van een slagaderlijke bloeding op de muur. De zich nog steeds uitspreidende plas donker, bijna zwart bloed.

Hij liep met grote stappen naar de vrouw, dwars door het bloed heen.

'Hé,' riep Rizzoli. 'Je verpest het bewijsmateriaal!'

Hij drukte zijn vingers tegen de nog gave zijde van de hals van het slachtoffer.

Het lijk deed haar ogen open.

Goeie god. Ze leeft nog.

8

Catherine schoot met bonkend hart overeind in bed, iedere zenuw gespannen van angst. Ze zag alleen maar duisternis en vocht om het paniekgevoel te onderdrukken.

Iemand bonsde op de deur van de kamer. 'Dokter Cordell?' Catherine herkende de stem van een van de eerstehulpverpleegsters. 'Dokter Cordell!'

'Ja?' zei Catherine.

'Er is een traumageval onderweg! Groot bloedverlies, buik- en halswond. Ik weet dat dokter Ames vannacht voor u invalt, maar hij is opgehouden. Dokter Kimball heeft uw hulp nodig!'

'Zeg maar tegen hem dat ik eraan kom.' Catherine deed het licht aan en keek naar de klok. Het was kwart voor drie. Ze had maar drie uur geslapen. De groene zijden jurk hing over de stoel, als iets onbekends, iets uit het leven van een andere vrouw, niet het hare.

Het chirurgenpak dat ze had aangetrokken om in te slapen was vochtig van het zweet, maar ze had geen tijd om een schoon pak aan te doen. Ze bond haar warrige haar in een staartje en liep naar de wastafel om haar gezicht met koud water te wassen. De vrouw die haar in de spiegel aanstaarde was een vreemdeling, een vrouw die leed aan shellshockverschijnselen. *Concentreer je. Je moet je angsten nu van je afzetten en aan het werk gaan.* Ze stapte met haar blote voeten in de gymschoenen die ze uit haar kastje in de kleedkamer had gehaald, haalde diep adem en deed de deur van de assistentenkamer open.

'Verwachte aankomst over twee minuten!' riep de balieassistent van de eerstehulpafdeling. 'Ambulance zegt dat de bloeddruk is gezakt tot zeventig systolisch!'

'Dokter Cordell, ze brengen Trauma Een in gereedheid.'
'Wie is beschikbaar?'
'Dokter Kimball en twee co-assistenten. Wat een bof dat u toevallig hier bent. Dokter Ames heeft panne en kan nooit op tijd hier zijn...'

Catherine duwde de deur van Trauma Een open. In één oogopslag zag ze dat het team zich had voorbereid op het allerergste. Aan drie palen hingen zakjes zoutoplossing, opgerolde infuusslangetjes lagen klaar om verbonden te worden. Een koerier stond klaar om buisjes bloed naar het laboratorium te brengen. De twee co-assistenten stonden aan weerskanten van de tafel met infuuskathethers in hun hand, en Ken Kimball, de dienstdoende eerstehulparts, had het zegel van het laparotomieblad al verbroken.

Catherine zette een chirurgenmutsje op en stak haar armen in de mouwen van een steriel chirurgenschort. Een verpleegster strikte de schort op haar rug en hield een handschoen voor haar op. Ieder onderdeel van het uniform was als een extra laag autoriteit en ze voelde zich steeds sterker worden, zekerder van zichzelf. In deze kamer was ze de redder, niet het slachtoffer.

'Wat weten we over de patiënt?' vroeg ze aan Kimball.
'Zwaargewond. Trauma aan hals en buik.'
'Kogelwonden?'
'Nee, steekwonden.'

Catherine, die bezig was de tweede handschoen aan te trekken, stokte. Ze kreeg een hol gevoel in haar maag. *Hals en buik. Steekwonden.*

'De ziekenwagen is er!' riep een verpleegster door de open deur.

'Op naar het bloed en de ingewanden,' zei Kimball en hij liep de kamer uit om de patiënt tegemoet te gaan.

Catherine, die haar steriele kleding al droeg, bleef staan wachten. Het was opeens stil geworden in de kamer. De twee co-assistenten aan weerskanten van de tafel en de operatiezuster die klaarstond om Catherine instrumenten aan te geven, zeiden geen van allen iets. Ze waren helemaal geconcentreerd op wat er buiten de kamer gebeurde.

Ze hoorden Kimball roepen: 'Snel, snel!'

De deur vloog open en de brancard werd binnengereden. Catherine ving een glimp op van met bloed doordrenkte lakens, bruin haar dat tegen een schedel geplakt zat en een gezicht dat half verborgen ging onder het tape dat een ingebracht slangetje op zijn plaats hield.

Met een *een-twee-drie* hesen ze de patiënte op de tafel.

Kimball rukte het laken weg van de torso van het slachtoffer.

Vanwege de chaos in de kamer hoorde niemand dat Catherines adem stokte. Niemand merkte dat ze wankelend een stap achteruit deed. Ze staarde naar de hals van het slachtoffer en het drukverband dat rood doordrenkt was. Ze keek naar de buik, waar een haastig aangebracht noodverband al los begon te raken. Bloed sijpelde over de naakte heup. Zelfs toen alle anderen in actie kwamen, infusieslangetjes en ECG-plakkers aanbrachten, lucht in de longen van het slachtoffer pompten, bleef Catherine roerloos staan, bevroren van afgrijzen.

Kimball trok voorzichtig het verband van de buikwond. Kronkels darmen puilden naar buiten en plopten neer op de tafel.

'Pols is zestig en nauwelijks voelbaar! Ze verkeert in sinus tach–'

'Ik kan deze infusienaald niet inbrengen! Haar ader is plat!'

'Probeer die onder het sleutelbeen!'

'Kun je me nog een katheter geven?'

'Verdomme, dit hele gedeelte is verontreinigd...'

'Dokter Cordell? Dokter Cordell?'

Nog steeds half verdoofd keek Catherine naar de verpleegster die had gesproken en zag haar fronsen boven haar chirurgenmasker.

'Wilt u lapogaasjes?'

Catherine slikte. Haalde diep adem. 'Ja. Lapogaasjes. En suctie...' Ze concentreerde zich op de patiënte. Een jonge vrouw. Ze ervoer een verwarrende flashback naar een andere eerstehulpkamer, naar de nacht in Savannah toen ze zelf de vrouw op de tafel was geweest.

Ik laat je niet doodgaan. Ik zal niet toestaan dat hij je opeist.

Ze greep een handvol gaasjes en een vaatklem van het instrumentenblad. Ze was er nu weer helemaal bij, de professional die de touwtjes in handen had. De vele jaren aan ervaring in de operatiekamer klikten automatisch in de juiste versnelling. Ze wijdde haar aandacht allereerst aan de halswond. Voorzichtig trok ze het drukverband weg. Donker bloed drupte naar buiten en spatte op de vloer.

'De halsslagader!' zei een van de co-assistenten.

Catherine drukte een gaasje tegen de wond en haalde diep adem. 'Nee. Nee, als het de halsslagader was, zou ze al dood zijn geweest.' Ze keek naar de operatiezuster. 'Scalpel.'

Het instrument werd in haar hand gedrukt. Ze wachtte nog een moment, maakte zich gereed voor de moeilijke taak en zette de punt van de scalpel op de hals. Terwijl ze druk op de wond hield, sneed Catherine de huid open en maakte een opwaartse snee naar de keel om de halsslagader bloot te leggen. 'Hij heeft niet diep genoeg gesneden om de halsslagader te bereiken,' zei ze. 'Maar hij heeft wel de halsader geraakt. En dit uiteinde is verschrompeld tot in het zachte weefsel.' Ze gooide de scalpel neer en greep de duimforceps. 'Co-assistent? Je moet sponzen. Maar *voorzichtig!*'

'Gaat u de ader opnieuw verbinden?'

'Nee, we gaan hem alleen afbinden. Ze zal een parallelle bloeding ontwikkelen. Ik moet voldoende van de ader blootleggen om rondom te hechten. Vaatklem.'

Het instrument werd meteen in haar hand gedrukt.

Catherine bracht de klem in positie en kneep de blootgelegde ader dicht. Toen slaakte ze een zucht en keek naar Kimball. 'Deze bloeding is gestopt. Ik hecht het straks wel.'

Ze richtte haar aandacht nu op de buik. Kimball en de andere co-assistent hadden inmiddels met behulp van suctie en lapogaasjes het werkterrein drooggelegd zodat ze de wond goed konden zien. Catherine duwde voorzichtig bundeltjes darm opzij en keek in de open wond. Wat ze zag, maakte haar misselijk van woede.

Ze keek op naar Kimballs verbijsterde ogen.

'Wie zou zoiets doen?' zei hij zachtjes. 'Met wat voor iemand hebben we in vredesnaam te maken?'

'Een monster,' zei ze.

'De operatie is nog in volle gang. Het slachtoffer leeft nog steeds.' Rizzoli klapte haar mobieltje dicht en keek naar Moore en dr. Zucker. 'Nu hebben we een getuige. Onze jongen wordt onvoorzichtig.'

'Niet onvoorzichtig,' zei Moore. 'Hij heeft zich alleen moeten haasten. Hij had geen tijd om het karwei af te maken.' Moore stond bij de slaapkamerdeur en bekeek het bloed op de vloer. Het was nog vers, glansde nog. *Het had geen tijd gehad om op te drogen. De Chirurg is hier nog maar net vertrokken.*

'De foto is om vijf voor acht 's avonds naar Cordell gemaild,' zei Rizzoli. 'Op de klok op de foto is het tien voor halfdrie.' Ze wees naar de wekker op het nachtkastje. 'De wekker loopt goed. Dat wil zeggen dat hij de foto *vannacht* moet hebben genomen. Hij heeft het slachtoffer meer dan een dag in dit huis in leven gehouden.'

Om het genot zo lang mogelijk te laten duren.

'Hij begint brutaal te worden,' zei dr. Zucker en er lag een onaangename klank van bewondering in zijn stem. Een erkenning dat ze te maken hadden met een waardige tegenstander. 'Hij houdt het slachtoffer niet alleen een hele dag in leven, maar laat haar hier zelfs een poosje achter om die e-mail te versturen. Onze jongen speelt een psychologisch spelletje met ons.'

'Of met Catherine Cordell,' zei Moore.

De tas van het slachtoffer lag op de ladekast. Met handschoenen aan bekeek Moore de inhoud. 'Portemonnee met vierendertig dollar. Twee creditcards. Een lidmaatschapskaart van de Triple A. Personeelsnaamkaartje van Lawrence Scientific Supplies, afdeling Verkoop. Rijbewijs op naam van Nina Peyton, negenentwintig jaar oud, één meter zestig, vijfenzestig kilo.' Hij draaide het rijbewijs om. 'Orgaandonor.'

'Ik denk dat ze inmiddels al heeft gedoneerd,' zei Rizzoli.

Hij ritste een zijvak open. 'Hier heb ik een agenda.'

Rizzoli keek hem belangstellend aan. 'Ja?'

Hij deed de agenda open bij de huidige maand. Er stond niets in. Hij bladerde terug tot hij een aantekening vond. Die was van bijna acht weken geleden: *huur betalen.* Hij bladerde verder terug en zag meer aantekeningen: *Sid jarig. Stomerij. Concert 8 uur. Directievergadering.* Allemaal doodgewone dingen die samen een leven vormen. Waarom was er de afgelopen acht weken niets bijgekomen? Hij dacht aan de vrouw die de woorden had geschreven, met blauwe inkt in een net handschrift. Een vrouw die waarschijnlijk naar de lege pagina voor december had gekeken en zich Kerstmis en sneeuw had voorgesteld omdat ze alle redenen had gehad om ervan uit te gaan dat ze dan nog in leven zou zijn.

Hij klapte de agenda dicht en was zo overweldigd door verdriet dat hij eventjes niets kon zeggen.

'Op de lakens is helemaal niets achtergelaten,' zei Frost, die bij het bed gehurkt zat. 'Geen stukjes hechtdraad, geen instrumenten, niets.'

'Voor een man die geacht wordt haast gehad te hebben,' zei

Rizzoli, 'heeft hij zijn eigen spullen keurig opgeruimd. En kijk eens. Hij heeft ook tijd gehad om de nachtkleding op te vouwen.' Ze wees naar een katoenen nachtjapon, die keurig opgevouwen op een stoel lag. 'Dit klopt niet met dat haasten.'

'Maar hij heeft zijn slachtoffer in leven gelaten,' zei Moore. 'De ergste fout die je kunt maken.'

'Het slaat nergens op, Moore. Hij vouwt de nachtpon op, neemt al zijn spullen mee en dan is hij zo onvoorzichtig een getuige achter te laten? Hij is te intelligent om juist deze fout te maken.'

'Zelfs de meest intelligente lieden gaan uiteindelijk de mist in,' zei Zucker. 'Ted Bundy verloor op het laatst de voorzichtigheid uit het oog.'

Moore keek naar Frost. 'Ben jij degene die het slachtoffer heeft opgebeld?'

'Ja, toen we de lijst met telefoonnummers afwerkten die we van de bibliotheek hadden gekregen. Ik heb het nummer van deze vrouw om een uur of twee gebeld. Kwart over twee misschien. Ik kreeg het antwoordapparaat en ik heb geen bericht achtergelaten.'

Moore keek om zich heen, maar zag geen antwoordapparaat. Hij liep naar de woonkamer en zag de telefoon op een bijzettafeltje. Het toestel was uitgerust met nummerweergave en de geheugenknop was besmeurd met bloed.

Hij gebruikte de punt van een potlood om de knop in te drukken. Het telefoonnummer van de laatste persoon die had gebeld verscheen in het digitale raampje.

Boston P.D. 2:14 a.m.

'Zou hij hiervan geschrokken zijn?' vroeg Zucker, die met hem was meegelopen naar de woonkamer.

'Hij was hier toen Frost belde. Er zit bloed aan de knop.'

'De telefoon ging dus. En de dader was nog niet klaar. Hij was nog niet volledig bevredigd. Maar een telefoontje midden in de nacht, daar is hij van geschrokken. Hij is hierheen gekomen, naar de woonkamer, en zag het nummer op de nummerweergave. Zag dat het de politie was, die probeerde contact op te nemen met het slachtoffer.' Zucker zweeg even. 'Wat zou *jij* doen?'

'Ik zou maken dat ik wegkwam.'

Zucker knikte. Een glimlach deed zijn lippen trillen.

Dit is voor jou alleen maar een spel, dacht Moore. Hij liep naar het raam en keek naar buiten, waar de nacht werd verlicht door een caleidoscoop van blauwe zwaailichten. Er stonden wel zes politiewagens voor het huis. De pers was er ook; hij zag technici van de plaatselijke televisiestations de satellietschotels op de reportagewagens in gereedheid brengen.

'Hij heeft er niet van kunnen genieten,' zei Zucker.

'Hij heeft de uitsnijding voltooid.'

'Dat is alleen maar het souvenir. Een aandenken aan zijn bezoek. Hij was hier niet alleen om een lichaamsdeel te halen. Hij is gekomen voor de pure thrill van het voelen hoe het leven van een vrouw wegsijpelt. Maar ditmaal is hem dat onthouden. Hij werd gestoord, afgeleid door de angst dat de politie zou komen. Hij is niet lang genoeg gebleven om zijn slachtoffer te zien sterven.' Zucker zweeg even. 'Hij zal nu heel snel een nieuw slachtoffer zoeken. Hij is gefrustreerd en de spanning wordt voor hem ondraaglijk. Wat wil zeggen dat hij al op zoek is naar een nieuw slachtoffer.'

'Of dat hij haar al gekozen heeft,' zei Moore, en hij dacht: Catherine Cordell.

Het begon langzaam licht te worden. Moore had al bijna vierentwintig uur niet geslapen, had de hele nacht op volle kracht doorgestoomd, levend op zwarte koffie. Toch voelde hij geen vermoeidheid toen hij naar de lichter wordende hemel keek, maar eerder hernieuwde irritatie. Er bestond een verband tussen Catherine en de Chirurg dat hem ontging. Een onzichtbare draad die haar met dat monster verbond.

'Moore.'

Hij draaide zich om naar Rizzoli en zag meteen de opwinding in haar ogen.

'Zedendelicten heeft gebeld,' zei ze. 'Ons slachtoffer heeft niet veel geluk in het leven.'

'Hoe bedoel je?'

'Twee maanden geleden is Nina Peyton verkracht.'

Moore keek haar verbluft aan. Hij dacht aan de lege pagina's in de agenda van het slachtoffer. De afgelopen acht weken was er niets meer bijgeschreven. Acht weken geleden was het leven van Nina Peyton krijsend tot stilstand gekomen.

'En daar is een rapport over gemaakt?' vroeg Zucker.

'Niet alleen een rapport,' zei Rizzoli. 'Er zijn monsters genomen.'

'*Twee* slachtoffers van verkrachtingen?' zei Zucker. 'Zou het echt zo eenvoudig zijn?'

'Denk je dat de verkrachter terugkomt om ze te vermoorden?'

'Het moet meer zijn dan puur toeval. Tien procent van de serieverkrachters neemt later contact op met hun slachtoffers. Op die manier laat de dader de marteling voortduren. De obsessie.'

'Verkrachting als voorspel voor moord.' Rizzoli snoof verachtelijk. 'Leuk.'

Een nieuwe gedachte kwam in Moore op. 'Je zei dat er monsters zijn genomen. Er is dus ook een uitstrijkje gemaakt?'

'Ja. We wachten nog op het DNA.'

'Wie heeft dat uitstrijkje gemaakt? Is ze naar een eerstehulpafdeling gegaan?' Hij was er bijna zeker van dat ze zou zeggen: *Ja, van het Pilgrim Hospital.*

Maar Rizzoli schudde haar hoofd. 'Nee, ze is naar de Forest Hills-vrouwenkliniek gegaan. Die is hier vlakbij.'

Aan een muur in de wachtkamer van de kliniek hing een kleurenposter van de vrouwelijke voortplantingsorganen met daarboven de woorden: *Vrouw. Verbazingwekkende schoonheid.* Hoewel Moore het ermee eens was dat het vrouwelijke lichaam een wonderbaarlijke creatie was, voelde hij zich als een ongure voyeur toen hij naar de gedetailleerde tekening keek. Hij zag dat sommige vrouwen in de wachtkamer naar hem keken zoals gazelles kijken naar een roofdier in hun midden. Dat hij vergezeld was van Rizzoli leek niets te veranderen aan het feit dat hij een man was en hier dus niet thuishoorde.

Hij was opgelucht toen de receptioniste eindelijk zei: 'Ze kan u nu ontvangen, rechercheurs. Het is de laatste deur rechts.'

Rizzoli liep voorop de gang door, langs posters met *De tien tekenen dat je partner gewelddadig is* en *Hoe weet je wanneer het verkrachting heet?* Hij kreeg het gevoel dat bij iedere stap een nieuwe vlek van mannelijke schuld zich aan hem vasthechtte, als modderspatten op zijn kleding. Rizzoli voelde daar niets van; zij was degene die op bekend terrein zat. Het territorium van de vrouw. Ze klopte op de deur met het bordje: 'Sarah Daly, verpleegkundige.'

'Binnen.'

De vrouw die opstond om hen te begroeten was jong en hip. Onder haar witte jas droeg ze een spijkerbroek en een zwart T-shirt en haar jongensachtige kapsel legde de nadruk op donkere, ondeugende ogen en elegante jukbeenderen. Maar waar Moore zijn ogen niet van kon afhouden was de kleine, gouden ring in haar linkerneusvleugel. Het grootste deel van het gesprek had hij het gevoel dat hij tegen die ring sprak.

'Ik heb haar kaart bekeken nadat u had gebeld,' zei Sarah. 'Ik weet dat het aan de politie is gemeld.'

'We hebben het dossier gelezen,' zei Rizzoli.

'En wat is de reden dat u hierheen bent gekomen?'

'Nina Peyton is gisteravond thuis aangevallen. Ze verkeert in levensgevaar.'

De eerste reactie van de vrouw was schrik. Meteen gevolgd door woede. Moore zag het aan de manier waarop haar kin omhoogging en haar ogen fonkelden. 'Was *hij* het?'

'Wie?'

'De man die haar heeft verkracht?'

'Het is een mogelijkheid die we in overweging nemen,' zei Rizzoli. 'Helaas is het slachtoffer buiten bewustzijn en kan ze niet met ons praten.'

'Noem haar niet het *slachtoffer*. Ze heeft een naam.'

Rizzoli's kin ging ook omhoog en Moore wist dat ze de pest in had. Het was geen goede manier om een vraaggesprek te beginnen.

Hij zei: 'Juffrouw Daly, er is hier sprake van een ongelooflijk wrede misdaad en we –'

'Niets is ongelooflijk,' viel Sarah hem in de rede. 'Niet wanneer we het hebben over wat mannen vrouwen aandoen.' Ze pakte een map van haar bureau en stak hem die toe. 'Haar medische dossier. Op de ochtend na de verkrachting is ze naar deze kliniek gekomen. Ik ben degene die haar die dag heeft ontvangen.'

'Bent u ook degene die haar heeft onderzocht?'

'Ik heb alles gedaan. Het vraaggesprek, het onderzoek. Ik heb de uitstrijkjes genomen en onder de microscoop sperma gezien. Ik heb het schaamhaar gekamd en de nagels geknipt om mogelijk bewijsmateriaal te verzamelen. Ik heb haar de morning-afterpil gegeven.'

'Ze is niet naar het ziekenhuis gegaan voor verder onderzoek?'

'Wanneer het slachtoffer van een verkrachting bij ons binnenkomt, wordt ze in dit gebouw geheel verzorgd, door één persoon. Het laatste waar ze behoefte aan heeft is een reeks wisselende gezichten. Daarom ben ik degene die wat bloed afneemt en naar het laboratorium stuurt. En ik ben degene die de politie belt, als de vrouw in kwestie dat tenminste wil.'

Moore deed de map open en zag een patiëntenformulier. Nina Peytons geboortedatum, adres, telefoonnummer en werkgever stonden erop genoteerd. Hij keek naar de volgende pagina en zag dat die was volgeschreven in een klein, gedrongen handschrift. Boven de eerste aantekening stond 17 mei.

Voornaamste klacht: aanranding.

Beeld van huidige gesteldheid: 29-jarige blanke vrouw gelooft dat ze aangerand is. Toen ze gisteravond in de Gramercy Pub iets zat te drinken, werd ze duizelig. Ze herinnert zich dat ze naar de toiletten is gelopen. Ze kan zich niet herinneren wat daarna is gebeurd...

'Ze werd thuis wakker, in haar eigen bed,' zei Sarah. 'Ze kon zich niet herinneren hoe ze thuis was gekomen. Kon zich niet herinneren dat ze zich had uitgekleed. Ze kon zich *zeker* niet herinneren dat ze haar eigen blouse had opengescheurd. Maar ze was ontdaan van al haar kleren. Op haar dijen zat iets vastgekoekt waarvan ze meende dat het sperma was. Ze had een dik oog en blauwe plekken op beide polsen. Ze had snel door wat er was gebeurd. En ze reageerde op dezelfde manier als andere slachtoffers van verkrachting. Ze dacht: het is mijn schuld. Ik had voorzichtiger moeten zijn.' Ze keek Moore aan. 'We geven onszelf overal de schuld van, zelfs wanneer het de man is die ons verneukt.'

Tegenover zoveel woede wist hij niets in te brengen. Hij keek naar de map en las het gedeelte over het lichamelijke onderzoek.

De patiënte is een vrouw die erg in de war is en erg in zichzelf teruggetrokken. Ze spreekt op een monotone manier. Ze had niemand bij zich, is vanaf haar huis te voet naar de kliniek gekomen...

'Ze had het steeds over haar autosleuteltjes,' zei Sarah. 'Ze was mishandeld, had een dichtgeslagen oog, maar het enige waar ze aan kon denken was het feit dat ze haar autosleuteltjes kwijt was en dat ze die moest vinden, omdat ze anders niet naar haar werk kon. Het heeft een tijdje geduurd voor ik haar uit die cirkel loskreeg zodat ze met me kon praten. Het gaat om een vrouw die nog nooit iets ergs had meegemaakt. Ze is redelijk hoog opgeleid, onafhankelijk. Ze werkt als vertegenwoordigster voor Lawrence Scientific Supplies. Ze heeft iedere dag met mensen te maken. En nu was ze vrijwel verlamd. Kon alleen maar denken aan die stomme autosleuteltjes. Uiteindelijk hebben we haar tas opengemaakt en in alle vakjes gekeken en de sleuteltjes zaten er gewoon in. Pas toen we ze gevonden hadden, was ze in staat zich op mij te concentreren en me te vertellen wat er was gebeurd.'

'En wat zei ze?'

'Ze was rond negen uur naar de Gramercy Pub gegaan, waar ze had afgesproken met een vriendin. De vriendin kwam niet opdagen, maar Nina is een poosje gebleven. Ze heeft een martini gedronken, met een paar mannen gepraat. Ik ben er zelf ook wel geweest en het is er iedere avond druk. Als vrouw kun je je daar veilig voelen.' En ze voegde er op bittere toon aan toe: 'Als je je *ergens* veilig kunt voelen.'

'Kon ze zich de man herinneren die haar naar huis heeft gebracht?' vroeg Rizzoli. 'Dat is voor ons het belangrijkste.'

Sarah keek haar aan. 'Het gaat jullie alleen maar om de misdadiger, hè? Daar wilden die twee agenten van Zedendelicten ook alleen maar over praten. De dader komt in het zonnetje te staan.'

Moore voelde dat Rizzoli's nijdige houding de spanning alleen maar deed stijgen. Snel zei hij: 'Die rechercheurs zeiden dat ze geen signalement had kunnen geven.'

'Ik was bij het vraaggesprek aanwezig. Ze had gevraagd of ik erbij wilde blijven, dus heb ik het hele verhaal twee keer gehoord. Ze vroegen haar keer op keer hoe hij eruitzag, maar ze kon het hun niet vertellen. Ze kon zich niets over hem herinneren.'

Moore sloeg weer een pagina van het dossier om. 'U hebt haar nog een keer gesproken, in juli. Een week geleden.'

'Ze was teruggekomen voor de antwoorden van de bloedproeven. Het duurt zes weken nadat je met iemand in aanraking bent geweest tot een HIV-test een doorslaggevend resultaat geeft. Dat is de grootste wreedheid. Om eerst verkracht te worden en dan te moeten horen dat je verkrachter je een dodelijke ziekte heeft gegeven. Het zijn zes weken van pure marteling voor deze vrouwen, het wachten op het antwoord of ze aids hebben. Je afvragen of de vijand nog binnen in je zit, zich vermenigvuldigt in je bloed. Wanneer ze voor de tweede proef komen, moet ik ze een peppraatje geven. En zweren dat ik meteen zal bellen wanneer ik de antwoorden binnen heb.'

'Analyseert u de bloedmonsters niet hier?'

'Nee, die worden allemaal naar Interpath Labs gestuurd.'

Moore sloeg de laatste pagina van het dossier op en zag de antwoorden. *HIV-test: negatief. VDRL (syfilis): negatief.*

Het velletje papier was flinterdun, een blad uit een doorslagblok. Het belangrijkste nieuws in ons leven, dacht hij, arriveert vaak op zulk dun papier. Telegrammen. Examenuitslagen. Bloedproeven.

Hij deed de map dicht en legde hem op het bureau. 'Toen u Nina voor de tweede keer zag, op de dag dat ze bij u kwam om het antwoord op de bloedproeven te halen, hoe kwam ze toen op u over?'

'Vraagt u me of ze nog steeds getraumatiseerd was?'

'Daar twijfel ik geen moment aan.'

Zijn kalme antwoord leek een gaatje te prikken in Sarahs zwellende woede. Ze leunde achterover, alsof ze zonder haar woede een belangrijke brandstof moest ontberen. Ze dacht even over zijn vraag na. 'Toen ik Nina voor de tweede keer zag, was ze als een levend lijk.'

'Hoezo?'

'Ze zat in de stoel waarin rechercheur Rizzoli nu zit en ik had het gevoel dat ik bijna dwars door haar heen kon kijken. Alsof ze transparant was. Ze was na de verkrachting niet teruggekeerd naar haar werk. Ik denk dat ze er moeite mee had mensen onder ogen te komen, vooral mannen. Ze was verlamd door allerlei vreemde fobieën. Durfde geen kraanwater te drinken en dingen te eten die niet verzegeld waren. Alles moest uit een ongeopende fles of blik komen, zodat er geen vergif of een drug in gedaan kon zijn. Ze was bang dat mannen die naar haar keken, zouden kunnen zien dat ze verkracht was. Ze was ervan overtuigd dat de verkrachter sperma had achtergelaten op haar beddengoed en kleren en was iedere dag uren bezig alles steeds maar weer opnieuw te wassen. De Nina Peyton die ze was geweest, was dood. Wat ik in haar plaats zag, was een geest.' Sarahs stem zakte weg en ze bleef roerloos zitten kijken naar Rizzoli, maar zag een andere vrouw in die stoel. Een hele reeks vrouwen, verschillende gezichten, verschillende geesten, een processie van verdoemden.

'Heeft ze iets gezegd over een stalker? Dat de verkrachter opnieuw in haar leven was verschenen?'

'Een verkrachter verdwijnt nooit uit je leven. Zolang je leeft, ben je zijn eigendom.' Sarah zweeg even en voegde er toen op bittere toon aan toe: 'Misschien is hij alleen maar gekomen om zijn bezit op te eisen.'

9

Het waren geen maagden die de vikingen offerden, maar hoeren.

In het jaar Onzes Heren 922 was de Arabische diplomaat Ibn Fadlan getuige van zo'n offer onder het volk dat hij de Russen noemde. Hij beschreef hen als lang en blond, mannen met een perfecte lichaamsbouw die vanuit Zweden langs de Russische rivieren zuidwaarts reisden naar de markten van het joodse chanaat en de kalifaat, waar ze amber en bont verhandelden in ruil voor het zijde en zilver van Byzantium. Het was op die handelsroute, in een stad genaamd Bulgar, in de bocht van de Wolga, dat een dode viking die een belangrijke man was geweest, gereed werd gemaakt voor zijn reis naar het Walhalla.

Ibn Fadlan was getuige van de begrafenis.

De boot van de dode man werd op het land gehesen en op palen van berkenhout geplaatst. Een baldakijn werd opgericht op het dek en onder dat baldakijn stond een bank bedekt met Grieks brokaat. Het lijk, dat tien dagen begraven had gelegen, werd nu opgegraven.

Tot Ibn Fadlans verbazing stonk het zwart geworden vlees niet.

Het opgegraven lijk werd uitgedost met prachtige kleren: een broek en kousen, schoenen en een tuniek, en een kaftan van brokaat met gouden knopen. Ze plaatsten hem op het matras in de tent met kussens in zijn rug, zodat hij half rechtop zat. Rondom hem zetten ze brood, vlees en uien, sterkedrank en zoetgeurende planten. Ze slachtten een hond en twee paarden, een haan en een kip en legden ook die allemaal in de tent, om in het Walhalla zijn honger te stillen.

Tot slot gingen ze de slavin halen.

Gedurende de tien dagen dat de dode man begraven was ge-

weest, was het meisje als hoer gebruikt. Half versuft door drank was ze van de ene naar de andere tent gebracht om iedere man in het kamp te dienen. Ze lag met haar benen gespreid onder een hele reeks zwetende, grommende mannen, haar veelvuldig gebruikte lichaam een gemeenschappelijk vat waarin het zaad van alle stamleden werd gestort. Op deze manier werd ze bezoedeld, haar vlees onteerd, haar lichaam gereedgemaakt om geofferd te worden.

Op de tiende dag werd ze naar de boot gebracht, vergezeld door een oude vrouw die ze de Engel des Doods noemden. Het meisje legde haar armbanden en ringen af. Ze dronk een grote hoeveelheid om dronken te worden. Toen werd ze naar de tent gebracht waar de dode man zat.

Daar, op het met brokaat bedekte matras, werd ze nogmaals geschonden. Zes keer, door zes mannen, die haar lichaam aan elkaar doorgaven alsof het een lap vlees was. En toen het voorbij was, toen de mannen bevredigd waren, werd het meisje languit neergelegd naast haar dode meester. Twee mannen hielden haar voeten vast, twee mannen hielen haar handen vast en de Engel des Doods legde een koord om de hals van het meisje. Terwijl de mannen het koord straktrokken, hief de Engel haar brede dolk op en liet hem in de borst van het meisje neerkomen.

Keer op keer kwam de dolk naar beneden en deed bloed vloeien zoals een grommende man zijn zaad laat vloeien, waarbij de dolk de verrukking vertolkte die daaraan voorafging, en het scherpe metaal het zachte vlees doorboorde.

Een wrede paring die met de laatste stoot de verrukking van de dood bracht.

'We hebben haar grote hoeveelheden bloed en plasma moeten geven,' zei Catherine. 'Haar bloeddruk is nu weer stabiel, maar ze is nog buiten bewustzijn en ligt aan de beademing. U zult geduld moeten hebben, rechercheur. En hopen dat ze wakker wordt.'

Catherine en rechercheur Darren Crowe stonden bij het glazen hok waarin Nina Peyton op de chirurgische intensive care lag en keken naar de drie lijntjes op de hartmonitor. Crowe had de deur van de operatiekamer scherp in de gaten gehouden toen de patiënte naar buiten was gereden en hij was in de verkoeverkamer en later, toen ze was overgebracht naar de chirurgische intensive care, nooit ver uit de buurt geweest. Hij had daarvoor andere redenen dan dat hij haar wilde beschermen; hij stond te popelen om haar een verhoor af te nemen en had de afgelopen uren iedereen constant lastiggevallen met vragen over hoe het met haar ging, terwijl hij voortdurend in de buurt van haar bed was blijven rondhangen.

Nu stelde hij nogmaals de vraag die hij de hele ochtend al had gesteld: 'Zal ze het halen?'

'Het enige wat ik u kan vertellen, is dat haar hart nog klopt.'

'Wanneer kan ik met haar praten?'

Catherine slaakte een vermoeide zucht. 'Ik merk dat u niet beseft hoe ernstig ze eraan toe was. Ze heeft meer dan een derde van haar bloed verloren voordat ze naar het ziekenhuis is gebracht. Het is mogelijk dat haar hersenen niet voldoende zuurstof hebben gekregen. *Als* ze wakker wordt, bestaat de kans dat ze zich niets zal herinneren.'

Crowe keek door de ruit. 'Dan hebben we niets aan haar.'

Catherine bekeek hem met groeiende afkeer. Hij had niet één keer bezorgdheid geuit om Nina Peyton; hij zag haar puur als getuige, als iemand die hij kon gebruiken. Hij noemde haar *het slachtoffer*, of *de getuige*. Wat hij zag wanneer hij door de glazen wand keek, was niet een vrouw, maar een middel om een doel te bereiken.

'Wanneer mag ze van de intensive care af?' vroeg hij.

'Het is nog te vroeg om die vraag te beantwoorden.'

'Kan ze overgebracht worden naar een privé-kamer? Als we de deur dichthouden en met een minimum aan personeel werken, hoeft niemand te weten dat ze niet kan praten.'

Catherine begreep heel goed waar hij naartoe wilde. 'Ik laat mijn patiënte niet als lokaas gebruiken. Ze moet hier blijven zodat we haar vierentwintig uur per dag in de gaten kunnen houden. Ziet u die lijntjes op de monitor? Dat zijn de ECG, de slagaderlijke bloeddruk en de bloeddruk. Ik moet iedere verandering in haar situatie meteen kunnen zien. Dat kan alleen op deze afdeling.'

'Hoeveel vrouwen kunnen we redden als we hem nu tegenhouden? Hebt u daaraan gedacht? Juist *u*, dokter Cordell, weet wat deze vrouwen hebben doorstaan.'

Ze verstijfde van woede. Hij had haar op haar kwetsbaarste plek geraakt. Wat Andrew Capra haar had aangedaan was zo persoonlijk, zo intiem, dat ze niet over het verlies kon praten, zelfs niet met haar eigen vader. Nu had rechercheur Crowe die wond opengereten.

'Zij is misschien de enige kans om hem te pakken te krijgen,' zei Crowe.

'Is dat het enige wat u weet te verzinnen? Een vrouw die in coma ligt als lokaas gebruiken? Andere patiënten in dit ziekenhuis in gevaar brengen door een moordenaar hierheen te lokken?'

'Hoe weet u dat hij niet al hier is?' zei Crowe en hij liep weg.

Al hier is. Catherine keek onwillekeurig om zich heen. Ze zag verpleegsters die druk heen en weer liepen tussen de patiënten. Een groepje chirurgen in opleiding stond bij de monitorwand. Een laborant liep langs met een bak vol bloedbuisjes en injectienaalden. Hoeveel mensen liepen iedere dag dit ziekenhuis in en uit? Hoeveel van hen kende ze echt? Niemand. Dat had Andrew Capra haar in ieder geval geleerd: dat ze nooit echt kon weten wat in het hart van een ander school.

De afdelingszuster zei: 'Dokter Cordell, telefoon.'

Catherine liep naar de zusterspost en nam op.

Het was Moore. 'Ik heb gehoord dat je haar gered hebt.'

'Ja, ze leeft nog,' antwoordde Catherine bot. 'En nee, ze kan nog niet praten.'

Een korte stilte. 'Ik begrijp dat ik je op een slecht moment tref.'

Ze liet zich op een stoel zakken. 'Sorry. Ik heb daarnet met rechercheur Crowe gesproken en ben niet erg in mijn hum.'

'Die uitwerking schijnt hij op veel vrouwen te hebben.'

Ze lachten allebei, een vermoeide lach die iedere wrevel tussen hen deed smelten.

'Hoe gaat het ermee, Catherine?'

'Het heeft er een paar keer om gespannen, maar ik geloof dat ze nu buiten levensgevaar is.'

'Nee, ik bedoel met *jou*. Hoe is het met jou?'

Het was meer dan een beleefde vraag; ze hoorde echte bezorgdheid in zijn stem en wist niet wat ze moest zeggen. Ze wist alleen dat het fijn was dat iemand zich zorgen om haar maakte. Dat zijn woorden een blos op haar wangen brachten.

'Je gaat toch niet naar huis, hè?' zei hij. 'Tot je sloten zijn vervangen?'

'Daar ben ik toch zo kwaad om. De enige plek waar ik me veilig voelde, heeft hij me afgenomen.'

'We zullen die weer veilig maken. Ik zal zorgen dat er meteen een slotenmaker naartoe gaat.'

'Op zaterdag? Dat zou een wonder zijn.'

'Valt mee. Ik heb een goed adresboek.'

Ze leunde achterover, liet de spanning uit haar schouders wegzakken. Om haar heen gonsde de zaal van de bedrijvigheid en toch was haar aandacht volledig gericht op de man wiens stem haar suste, haar geruststelde.

'En hoe is het met jou?' vroeg ze.

'Ik vrees dat mijn dag nog maar net begonnen is.' Ze hoorde hem even met iemand anders praten, iets over welk bewijsmateriaal meegenomen moest worden. Op de achtergrond nog meer stemmen. Ze stelde hem zich voor in de slaapkamer van Nina Peyton met de bewijzen van de verschrikkingen om hem heen. Toch klonk zijn stem zacht en bedaard.

'Bel je me wanneer ze wakker wordt?' vroeg Moore.

'Rechercheur Crowe hangt hier rond als een aasgier. Ik vermoed dat hij het nog eerder zal weten dan ik.'

'Denk je dat ze wakker *zal* worden?'

'Als ik het eerlijk moet zeggen,' zei Catherine, 'weet ik het niet. Dat heb ik ook tegen rechercheur Crowe gezegd, maar die wil dat evenmin accepteren.'

'Dokter Cordell?' Het was de verpleegster van Nina Peyton die haar riep vanuit het glazen hokje. Catherine hoorde meteen hoe verontrust haar stem klonk.

'Wat is er?'

'U kunt beter even komen kijken.'

'Is er iets mis?' vroeg Moore door de telefoon.

'Momentje. Ik ga even kijken.' Ze legde de hoorn neer en liep naar het hokje.

'Ik was bezig haar te wassen,' zei de verpleegster. 'Ze hadden haar vanuit de operatiekamer hierheen gebracht met al dat bloed nog aan haar gekleefd. Toen ik haar op haar zij rolde, zag ik het. Aan de achterkant van haar linkerdij.'

'Laat eens zien.'

De verpleegster greep de patiënte bij haar schouder en heup en rolde haar op haar zij. 'Daar,' zei ze zachtjes.

Angst deed Catherine aan de grond genageld staan. Ze staarde naar de opgewekte boodschap die met een zwarte viltstift op Nina Peytons huid was geschreven.

GEFELICITEERD MET JE VERJAARDAG. HOE VIND JE MIJN CADEAUTJE?

Moore vond haar in de cafetaria van het ziekenhuis. Ze zat aan een hoektafel met haar rug naar de muur, zoals mensen doen die weten dat ze bedreigd worden en aanvallen willen zien aankomen. Ze droeg nog steeds haar chirurgenpak en had haar haren in een staartje gebonden, waardoor haar verrassend scherpe gelaatstrekken, onopgemaakte gezicht en branderige ogen sterk uitkwamen. Ze moest minstens zo uitgeput zijn als hij, maar was door de angst nog steeds op haar hoede en zat erbij als een wilde kat die hem scherp in de gaten hield toen hij naar haar toeliep. Op de tafel stond een halfvolle kop koffie. Hoeveel kopjes had ze al gedronken, vroeg hij zich af. Hij zag dat ze beefde toen ze haar hand uitstak naar het kopje. Niet de vaste hand van een chirurg, maar die van een bange vrouw.

Hij ging tegenover haar zitten. 'Er zal de hele nacht een patrouillewagen voor je flatgebouw staan. Heb je de nieuwe sleutels al gekregen?'

Ze knikte. 'De slotenmaker is ze komen brengen. Hij zei dat hij de Rolls-Royce onder de sloten heeft gebruikt.'

'Er zal je niets gebeuren, Catherine.'

Ze keek neer op haar koffie. 'Die boodschap was voor mij bedoeld.'

'Dat weten we niet.'

'Ik was gisteren jarig. Dat wist hij. En hij wist dat ik dienst had.'

'Als hij degene is die het heeft geschreven.'

'Schei toch uit. Je weet heel goed dat *hij* dat heeft gedaan.'

Na een korte stilte knikte Moore.

Ze bleven even zitten zonder iets te zeggen. Het liep tegen het eind van de middag en de meeste tafeltjes waren onbezet. Achter de toonbank waren de cafetariabedienden bezig de bakken weg te halen en stoom rees op in ijle sliertjes. Een eenzame kassajuffrouw brak een pakketje munten open en liet ze kletterend in de kassala vallen.

'Hoe zit het met mijn kantoor?' vroeg ze.

'Hij heeft geen vingerafdrukken achtergelaten.'

'Je weet dus niets over hem.'

'Nee, we hebben niets,' gaf hij toe.

'Hij glijdt als lucht mijn leven in en uit. Niemand ziet hem. Niemand weet hoe hij eruitziet. Al zou ik tralies voor al mijn ramen doen, dan nog zou ik niet in slaap durven vallen.'

'Je hoeft niet naar huis te gaan. Ik kan je ook naar een hotel brengen.'

'Het maakt niet uit waar ik me verstop. Hij zal weten waar ik ben. Om de een of andere reden heeft hij mij uitgekozen. Hij heeft me verteld dat ik de volgende ben.'

'Dat geloof ik niet. Het zou ongelooflijk dom zijn om je volgende slachtoffer te waarschuwen. En de Chirurg is niet dom.'

'Waarom heeft hij dan contact met me opgenomen? Waarom schrijft hij berichten op...?' Ze slikte.

'Het kan een uitdaging aan *ons* zijn. Misschien wil hij de politie treiteren.'

'Dan had de schoft boodschappen voor *jullie* moeten achterlaten!' Ze sprak op zo heftige toon dat een verpleegster die bezig was een kop koffie in te schenken, zich omdraaide en naar haar keek.

Catherine kreeg een kleur en stond op. Ze geneerde zich voor haar uitval en zei niets toen ze het ziekenhuis verlieten. Hij wilde haar hand pakken, maar was bang dat ze hem los zou trekken, het zou uitleggen als een neerbuigend gebaar. En hij wilde in geen geval dat ze hem neerbuigend zou vinden. Meer dan alle vrouwen die hij had ontmoet, dwong ze respect af.

Toen ze in zijn auto zaten, zei ze zachtjes: 'Ik heb daarnet mijn zelfbeheersing verloren. Het spijt me.'

'In dergelijke omstandigheden kan dat iedereen overkomen.'

'Jou niet.'

Zijn glimlach was ironisch. 'Nee, ik verlies nóóit mijn zelfbeheersing.'

'Dat heb ik gemerkt.'

En wat wilde dat zeggen, vroeg hij zich af toen ze naar Back Bay reden. Dat ze hem immuun vond voor de stormen die in een normaal mensenhart woedden? Sinds wanneer stond glasheldere logica gelijk aan het ontbreken van emoties? Hij wist dat zijn collega's op de afdeling Moordzaken hem heilige Thomas noemden, de bedaarde. De man tot wie je je wendde wanneer een situatie op springen stond en er een kalme stem nodig was. Ze kenden de andere Thomas Moore niet, de man die 's avonds voor de kast van zijn vrouw stond en de steeds vager wordende geur van haar kleren opsnoof. Ze zagen alleen het masker dat hij hun liet zien.

Ze zei, een beetje wrokkig: 'Jij kunt makkelijk kalm blijven. Jij bent niet degene op wie hij het voorzien heeft.'

'Laten we proberen dit rationeel te bekijken –'

'Mijn eigen dood? O ja, daar kan ik heel rationeel tegenaan kijken.'

'De Chirurg heeft een werkwijze ontwikkeld die hem goed bevalt. Hij valt 's nachts aan, niet overdag. In zijn hart is hij een lafaard, niet in staat een vrouw als gelijke tegemoet te treden. Zijn prooi moet kwetsbaar zijn. Slapend in bed liggen. Niet in staat terug te vechten.'

'Moet ik dan maar nooit meer gaan slapen? Dat is een eenvoudige oplossing.'

'Ik zeg alleen dat hij niet zal proberen iemand overdag aan te vallen, wanneer een slachtoffer in staat is zich te verdedigen. Wanneer het donker is, is alles anders.'

Hij stopte voor haar flat. Hoewel aan het flatgebouw de charme ontbrak van de oudere, bakstenen woningen aan Commonwealth Avenue, was het grote voordeel dat dit gebouw een afgesloten, goed verlichte ondergrondse garage had, en om het gebouw binnen te komen moest je zowel een sleutel hebben als de juiste alarmcode weten, die Catherine nu indrukte.

Ze liepen de hal in, die was gesierd met spiegels en gepolijste marmeren vloeren. Elegant maar steriel. Koud. Een griezelig geruisloze lift bracht hen snel naar de tweede verdieping.

Voor de deur van haar flat aarzelde ze, met de nieuwe sleutel in haar hand.

'Ik wil wel eerst naar binnen gaan, als je dat prettig vindt,' zei hij.

Ze leek dat voorstel op te vatten als een persoonlijke belediging. Als antwoord stak ze de sleutel in het slot, deed de deur open en ging naar binnen. Het was alsof ze zichzelf wilde bewijzen dat de Chirurg niet had gewonnen. Dat ze haar leven nog steeds in eigen hand had.

'Zullen we alle kamers even bekijken? Een voor een?' zei hij.

'Om er zeker van te zijn dat alles is zoals het behoort te zijn?'

Ze knikte.

Samen liepen ze door de woonkamer, de keuken. En tot slot de slaapkamer. Ze wist dat de Chirurg souvenirs had meegenomen van de andere vrouwen en ze doorzocht nauwgezet haar sieradenkistje en de laden van de commode, op zoek naar een teken dat een vreemde eraan had gezeten. Moore stond in de deuropening en keek toe terwijl ze haar blouses, truien en lingerie bekeek. En opeens werd hij getroffen door een storende gedachte aan de kleren van een andere vrouw, niet half zo elegant, die opgevouwen in een koffer lagen. Hij herinnerde zich een grijze trui, een verbleekte roze blouse. Een katoenen nachtpon met blauwe korenbloemen. Niets gloednieuws, niets duurs. Waarom had hij voor Mary nooit iets extravagants gekocht? Waarvoor had hij gedacht het geld te moeten bewaren? Niet voor waar het uiteindelijk voor gebruikt was. Rekeningen van artsen en verpleeghuizen en fysiotherapeuten.

Hij draaide zich om, weg van de deuropening naar de slaapkamer, en liep naar de woonkamer, waar hij zich op de bank liet zakken. Het licht van de namiddagzon stroomde door het raam naar binnen en was nog zo fel dat zijn ogen er pijn van deden. Hij wreef erin en liet zijn hoofd tussen zijn handen zakken, diep getroffen door een schuldgevoel omdat hij de hele dag niet aan Mary had gedacht. Hij schaamde zich daarvoor. Hij schaamde zich nog meer toen hij zijn hoofd ophief om naar Catherine te kijken en alle gedachten aan Mary meteen verdwenen. Hij dacht: dit is de mooiste vrouw die ik ooit heb gekend.

De moedigste vrouw die ik ooit heb gekend.

'Er ontbreekt niets,' zei ze. 'Voorzover ik heb kunnen nagaan.'

'Weet je zeker dat je hier wilt blijven? Ik wil je best naar een hotel brengen.'

Ze liep naar het raam en staarde naar buiten, haar profiel verlicht door de gouden gloed van de zonsondergang. 'Ik ben al twee jaar bang. Heb de wereld met grendels buitengesloten. Voortdurend achter deuren en in kasten gekeken. Ik heb er genoeg van.' Ze keek naar hem om. 'Ik wil mijn leven terug. Ditmaal laat ik hem niet winnen.'

Ditmaal, had ze gezegd, alsof het een veldslag was in een veel langere oorlog. Alsof de Chirurg en Andrew Capra tot één en dezelfde persoon waren versmolten, die ze twee jaar geleden tijdelijk had verslagen, maar niet overwonnen. Capra. De Chirurg. Twee hoofden van één monster.

'Je zei dat er vannacht een patrouillewagen voor het gebouw zal staan,' zei ze.

'Dat is ook zo.'

'Garandeer je dat?'
'Absoluut.'

Ze haalde diep adem en de glimlach die ze hem schonk, drukte pure moed uit. 'Dan hoef ik me dus nergens zorgen over te maken,' zei ze.

Het waren schuldgevoelens die hem ertoe aanzetten die avond naar Newton te rijden in plaats van rechtstreeks naar huis te gaan. Hij was geschokt door zijn reactie op Cordell en het baarde hem zorgen dat ze zijn gedachten nu volkomen beheerste. In de anderhalf jaar sinds Mary was gestorven, had hij als een monnik geleefd. Hij had geen enkele belangstelling voor vrouwen gehad, zijn hartstocht was afgestompt door verdriet. Hij wist niet hoe hij op deze nieuwe vonk van begeerte moest reageren. Hij wist alleen dat het, gezien de omstandigheden, niet passend was. En dat het een teken van ontrouw was tegenover de vrouw van wie hij had gehouden.

Dus reed hij naar Newton om het recht te zetten. Om zijn geweten te sussen.

Hij hield een boeketje madeliefjes in zijn hand toen hij de voortuin in stapte en het ijzeren hek achter zich dichttrok. Als water naar de zee dragen, dacht hij, toen hij de tuin zag die net in de schaduw kwam te liggen. Iedere keer dat hij hier op bezoek kwam, leek het alsof er binnen die beperkte ruimte nog meer bloemen stonden. Ranken haagwinde en klimrozen groeiden tegen de muur van het huis, zodat de tuin zich ook hemelwaarts leek uit te spreiden. Hij geneerde zich bijna voor zijn armzalige boeketje madeliefjes. Maar madeliefjes waren Mary's lievelingsbloemen geweest en het was nu bijna een gewoonte voor hem geworden die uit te kiezen. Ze had gehouden van hun vrolijke eenvoud, de rand van wit rond de citroengele zonnetjes. Ze had gehouden van hun geur – niet zoet en kleverig zoals andere bloemen, maar pittig. Assertief. Ze had ervan gehouden hoe ze in het wild groeiden, op onontgonnen terrein en in de berm, alsof ze je eraan wilden herinneren dat ware schoonheid spontaan en onbedwingbaar is.

Net als Mary zelf.

Hij belde aan. Even later ging de deur open en het gezicht dat hem glimlachend aankeek leek zo op dat van Mary dat hij een bekende steek van verdriet voelde. Rose Connelly had dezelfde blauwe ogen en ronde wangen als haar dochter, en hoewel haar haar bijna helemaal grijs was en de leeftijd zijn sporen in haar gezicht had geëtst, lieten de overeenkomsten er geen twijfel over bestaan dat ze Mary's moeder was.

'Wat fijn je weer eens te zien, Thomas,' zei ze. 'Je bent al een tijdje niet geweest.'

'Dat spijt me, Rose. Ik heb het vreselijk druk gehad. Ik weet soms amper welke dag het is.'

'Ik heb de zaak gevolgd op de televisie. Wat heb je weer met een hoop ellende te maken.'

Hij stapte naar binnen en gaf haar de madeliefjes. 'Niet dat je nog meer bloemen nodig hebt,' zei hij wrang.

'Je kunt nooit te veel bloemen hebben. En je weet hoeveel ik van madeliefjes houd. Lust je een glas ijsthee?'

'Graag.'

Ze zaten in de woonkamer en dronken hun thee. Die smaakte zoet en zonnig, zoals ze die in South Carolina dronken, waar Rose was geboren. Heel anders dan het donkere brouwsel van New England waar Moore mee was grootgebracht. De kamer was al even zoet, hopeloos ouderwets naar Bostonse maatstaven. Te veel chintz, te veel prulletjes. Maar o, hij herinnerde hem zo aan Mary! Ze was overal. Foto's van haar hingen aan de muren. Haar zwemtrofeeën stonden op de boekenplanken. De piano waarop ze had leren spelen stond in de woonkamer. De geest van dat kind was hier nog steeds, in dit huis waar ze was opgegroeid.

En Rose was er, om het vlammetje brandend te houden. Ze leek zo sterk op haar dochter dat Moore wel eens dacht dat hij Mary zelf door Rose's blauwe ogen naar hem zag kijken.

'Je ziet er moe uit,' zei ze.

'Ja?'

'Je bent uiteindelijk niet op vakantie gegaan, hè?'

'Ze hebben me teruggeroepen. Ik zat al in de auto, was al op weg naar de snelweg. Had mijn vishengels in de kofferbak. Ik had een nieuwe kist met visgerei gekocht.' Hij zuchtte. 'Ik mis het meer. Het is het enige waar ik het hele jaar naar uitkijk.'

Het was het enige waar Mary ook altijd naar had uitgekeken. Hij wierp een blik op de bekers op de boekenplank. Mary was een kleine, stevige zeemeermin geweest die haar hele leven in het water zou hebben doorgebracht als ze met kieuwen was geboren. Hij dacht eraan terug hoe soepel en krachtig ze ooit in het meer had gezwommen. Dacht eraan terug hoe diezelfde armen in het verpleeghuis tot twijgjes waren vermagerd.

'Wanneer je deze zaak heb opgelost,' zei Rose, 'kun je alsnog naar het meer gaan.'

'Ik weet niet of we deze zaak wel kunnen oplossen.'

'Het is niets voor jou om zoiets te zeggen. Je klinkt erg ontmoedigd.'

'Dit is een ander soort misdaad, Rose. Begaan door iemand van wie ik niets begrijp.'

'Je slaagt er uiteindelijk altijd in.'

'Altijd?' Hij schudde zijn hoofd en glimlachte. 'Je slaat me te hoog aan.'

'Dat zei Mary altijd. Ze mocht graag over je opscheppen. *Hij krijgt de dader altijd te pakken.*'

Maar tegen welke prijs, vroeg hij zich af en zijn glimlach zakte weg. Hij dacht aan alle nachten die hij had doorgebracht op plaatsen waar misdaden waren gepleegd, aan de dineetjes die hij had moeten overslaan, de weekenden dat hij in gedachten nog steeds met zijn werk bezig was geweest. En altijd had Mary geduldig gewacht tot hij aandacht aan haar kon schenken. *Kon ik maar één dag met je terugkrijgen, dan zou ik iedere minuut daarvan samen met jou doorbrengen. Je in bed omarmen. Je geheimpjes toefluisteren tussen warme lakens.*

Maar God gaf niemand zo'n tweede kans.

'Ze was erg trots op je,' zei Rose.

'En ik op haar.'

'Jullie hebben twintig goede jaren gehad. Dat is meer dan veel mensen kunnen zeggen.'

'Ik ben hebberig, Rose. Ik wilde méér.'

'En je bent kwaad dat je niet meer hebt gekregen.'

'Ja. Ik ben er kwaad om dat zij degene was die dat aneurysma kreeg. Dat zij degene was die niet gered kon worden. En ik ben kwaad om –' Hij stopte. Haalde diep adem. 'Het spijt me. Het is zo moeilijk. Alles is de laatste tijd zo moeilijk.'

'Voor ons allebei,' zei ze zachtjes.

Ze keken elkaar in stilte aan. Ja, natuurlijk was het nog moeilijker voor Rose, die niet alleen weduwe was, maar ook haar enige kind had verloren. Hij vroeg zich af of ze het hem zou vergeven als hij ooit zou hertrouwen. Of zou ze dat als verraad beschouwen? Alsof de herinneringen aan haar dochter daardoor in een nog dieper graf werden weggestopt?

Opeens merkte hij dat hij haar niet meer kon aankijken en hij wendde met een steek van wroeging zijn ogen af. Het was dezelfde wroeging die hij eerder die middag had gevoeld toen hij naar Catherine Cordell had gekeken en de onmiskenbare tekenen van begeerte had gevoeld.

Hij zette zijn lege glas neer en stond op. 'Ik moet gaan.'

'Weer aan het werk?'

'Het houdt niet op tot we hem te pakken hebben.'

Ze liep met hem mee naar de deur en bleef in de deuropening staan toen hij door het tuintje naar het hek liep. Hij draaide zich om en zei: 'Doe je deuren op slot, Rose.'

'Och, dat zeg je altijd.'

'En ik meen het ook altijd.' Hij stak zijn hand op en liep weg, terwijl hij dacht: *vanavond nog meer dan anders.*

Waar we naartoe gaan, hangt af van wat we weten, en wat we weten hangt af van waar we naartoe gaan.

De spreuk drensde in Jane Rizzoli's hoofd als een irritant kinderrijmpje, terwijl ze staarde naar de plattegrond van Boston die ze op een groot prikbord aan de muur van haar flat had opgehangen. Ze had dat gedaan op een dag nadat het lijk van Elena Ortiz was gevonden. Naarmate het onderzoek vorderde, prikte ze steeds meer punaises in de plattegrond. Er waren drie kleuren, voor drie verschillende vrouwen. Wit voor Elena Ortiz. Blauw voor Diana Sterling. Groen voor Nina Peyton. Iedere punaise gaf een punt aan binnen het terrein waarin de vrouw zich had bewogen. Haar huis, de plaats waar ze werkte. De adressen van goede vrienden en familieleden. De kliniek waar ze ingeschreven stond. Kortom, het woongebied van het slachtoffer. En de werelden van ieder van deze vrouwen hadden ergens ooit die van de Chirurg geraakt.

Waar we naartoe gaan hangt af van wat we weten, en wat we weten hangt af van waar we naartoe gaan.

En waar is de Chirurg naartoe gegaan, vroeg ze zich af. Waaruit bestond *zijn* wereld?

Ze at haar avondmaal, dat bestond uit een broodje tonijn en een zakje chips, dat ze wegspoelde met bier, en bekeek de plattegrond terwijl ze kauwde. Ze had de plattegrond aan de muur naast haar eettafel opgehangen en iedere ochtend wanneer ze haar koffie dronk, iedere avond wanneer ze zat te eten – aangenomen dat ze op tijd thuis was om iets te eten te maken – werd haar blik onweerstaanbaar naar die gekleurde punaises getrokken. Andere vrouwen hingen schilderijtjes op van bloemen of mooie landschapjes, of filmposters, maar zij zat te staren naar een dodenkaart en volgde de sporen van de slachtoffers.

Dit was er van haar leven geworden: eten, slapen en werken. Ze woonde nu al drie jaar in deze flat, maar er hing vrijwel niets aan de muren. Ze had ook geen planten (wie had tijd om ze water te geven?), geen domme prulletjes, zelfs geen gordijnen. Alleen luxaflex voor de ramen. Net als haar leven was haar woning gestroomlijnd voor werk. Ze hield van haar werk, ze leefde ervoor. Ze had op haar twaalfde al geweten dat ze bij de politie wilde, nadat een vrouwelijke agent tijdens een voorlichtingsdag bij hen op school was geweest. Eerst hadden een verpleegster en een advocaat een praatje gehouden, toen een bakker en een ingenieur. De klas was steeds rumoeriger geworden. Elastiekjes werden heen en weer geschoten tussen de rijen en een propje vloog door het lokaal. Toen was de agente opgestaan, haar wapen op haar heup, en was het opeens stil geworden in de klas.

Dat was Rizzoli nooit vergeten. Ze was nooit vergeten hoe zelfs de jongens vol ontzag naar een *vrouw* keken.

Nu was ze zelf die agent en hadden twaalfjarige jongetjes ontzag voor haar, maar genoot ze niet het respect van volwassen mannen.

Wees de beste, was haar strategie. Werk harder dan de rest, blink uit. En dus werkte ze zelfs terwijl ze zat te eten. Moord en een broodje tonijn. Ze nam een lange teug van haar bier, leunde achterover en staarde naar de plattegrond. Ergens was het griezelig om naar de menselijke geografie van doden te kijken. Waar ze hadden geleefd, de plaatsen die belangrijk voor hen waren geweest. Tijdens de bespreking van gisteren had forensisch psycholoog dr. Zucker een aantal profileringstermen op tafel gegooid. Ankerpunten. Activiteitsknooppunten. Achtergronden van doelstellingen. Nou, ze had Zuckers mooie woorden en computerprogramma's niet nodig om te weten waar ze naar keek en hoe ze het moest interpreteren. Wanneer ze naar de plattegrond keek, zag ze een savanne vol grazende dieren. De gekleurde punaises gaven de persoonlijke levenssferen aan van drie onfortuinlijke gazellen. Die van Diana Sterling lag in het noorden, in Back Bay en Beacon Hill. Die van Elena Ortiz in South End. En die van Nina Peyton in het zuidwesten, in de buitenwijk Jamaica Plain. Drie duidelijke woongebieden, die elkaar nergens overlapten.

En waar is jouw woongebied?
Ze probeerde de stad door zijn ogen te zien. Zag canyons tussen de wolkenkrabbers. Groene parken als weiland. Paden die de kudden domme dieren volgden, zich er niet van bewust dat een jager op hen loerde. Een zwervend roofdier dat moordde zonder zich iets van afstand of tijd aan te trekken.

De telefoon ging. Ze schrok zo dat ze het bierflesje omgooide. Verdomme. Ze greep een rol keukenpapier en zoog het bier ermee op terwijl ze de telefoon opnam.

'Rizzoli.'
'Hallo, Janie?'
'O, hallo mam.'
'Je hebt me helemaal niet teruggebeld.'
'Hè?'
'Ik heb je een paar dagen geleden gebeld. Je zei dat je zou terugbellen, maar dat heb je niet gedaan.'
'Helemaal vergeten. Ik zit tot over mijn oren in het werk.'
'Frankie komt aanstaand weekend thuis. Fijn, hè?'
'Ja,' zuchtte Rizzoli. 'Heel fijn.'
'Je ziet je broer één keer per jaar. Kun je niet een beetje enthousiast doen?'
'Ik ben moe, mam. We werken dag en nacht aan de zaak van de Chirurg.'
'Heeft de politie hem al te pakken?'
'Ik *ben* de politie.'
'Je weet best wat ik bedoel.'

Ja, dat wist ze. Haar moeder dacht waarschijnlijk dat kleine Janie telefoontjes aannam en koffie rondbracht voor al die belangrijke *mannelijke* rechercheurs.

'Je komt dus eten?' zei haar moeder, soepel wegsturend van het onderwerp 'Jane's werk'. 'Aanstaande vrijdag?'
'Dat kan ik nu nog niet zeggen. Het hangt ervan af hoe het staat met de zaak.'
'Nou zeg, je kunt voor je eigen broer toch wel hierheen komen?'
'Als we er dan nog middenin zitten, kom ik een andere keer.'
'Er is geen andere keer. Mike heeft al gezegd dat hij vrijdag komt.'

Ja, natuurlijk, we moeten ons allemaal aanpassen aan Michael.
'Janie?'

'Goed, mam. Vrijdag.'

Ze hing op, een beetje misselijk van opgekropte woede, een maar al te bekend gevoel. God, hoe had ze haar kinderjaren overleefd?

Ze pakte haar bier en dronk het restantje dat nog in de fles zat. Keek weer naar de plattegrond. Op dit moment was het te pakken krijgen van de Chirurg voor haar belangrijker dan ooit. Na al die jaren dat ze het achtergestelde zusje was geweest, het onbelangrijke meisje, richtte ze nu al haar woede op *hem*.

Wie ben je? Waar zit je?

Ze zat er roerloos bij, starend naar de plattegrond. Ze dacht na. Toen pakte ze het doosje punaises en koos een nieuwe kleur. Rood. Ze prikte een rode punaise op Commonwealth Avenue, en eentje in het Pilgrim Hospital in South End.

De rode punaises gaven het woonterrein aan van Catherine Cordell. Het overlapte zowel dat van Diana Sterling als dat van Elena Ortiz. Cordell was de gemeenschappelijke factor. Ze bewoog zich in de werelden van beide slachtoffers.

En het leven van het derde slachtoffer, Nina Peyton, ligt nu in haar handen.

10

Zelfs op maandagavond was de Gramercy Pub een plek waar dingen gebeurden. Het was zeven uur. De vrijgezellen hadden hun werkdag erop zitten en waren gereed om te gaan spelen. En dit was hun speelterrein.

Rizzoli zat aan een tafel dicht bij de ingang en voelde iedere keer dat de deur openging wolkjes hete stadslucht binnenkomen, iedere keer dat een Hugo Boss-kloon zijn entree maakte, of een kantoor-Barbie op tien centimeter hoge hakken. Rizzoli, gekleed in haar gebruikelijke saaie broekpak en functionele platte schoenen, voelde zich als de chaperonne van een meisjesschool. Ze zag weer twee vrouwen het café in komen, soepel als katten, een gemengde geur van parfums in hun kielzog. Rizzoli gebruikte nooit parfum. Ze had één lippenstift die ergens achter in het kastje in haar badkamer lag, samen met het opgedroogde mascaraborsteltje en de flacon Dewy Satin-foundation. Ze had die make-upartikelen vijf jaar geleden gekocht op de cosmetica-afdeling van een warenhuis, omdat ze had gedacht dat ze er, met behulp van de juiste hulpmiddelen der illusie, er misschien net zo uit kon zien als een *covergirl*, als een Elizabeth Hurley. De verkoopster had gesmeerd en gepoederd, lijntjes en kleurtjes aangebracht en toen het voorbij was, had ze Rizzoli triomfantelijk een spiegel voorgehouden en met een glimlach gevraagd: 'En wat denkt u van uw nieuwe look?'

Wat Rizzoli ervan had gedacht, toen ze naar haar spiegelbeeld keen, was dat ze Elizabeth Hurley haatte omdat die vrouwen valse hoop schonk. De wrede waarheid was dat er vrouwen waren die nooit mooi zouden zijn, en Rizzoli was een van die vrouwen.

En zo zat ze nu onopgemerkt haar gemberbier te drinken en toe te kijken hoe het café gestaag gevuld werd. Het was een rumoerig publiek, dat praatte en praatte, ijsblokjes liet rinkelen, iets te luid en te geforceerd lachte.

Ze stond op en baande zich een weg naar de bar, waar ze de barman haar penning liet zien en zei: 'Ik heb een paar vragen.'

Hij wierp niet meer dan een vluchtige blik op de penning en tikte iets aan op de kassa. 'Zeg het maar.'

'Kunt u zich herinneren deze vrouw hier te hebben gezien?' Rizzoli legde een foto van Nina Peyton op de tapkast.

'Ja, en u bent niet de eerste die naar haar vraagt. Een andere vrouwelijke rechercheur is ongeveer een maand geleden hier geweest.'

'Van de afdeling Zedendelicten?'

'Dat zal wel. Ze wilde weten of ik had gezien of iemand de vrouw op die foto had opgepikt.'

'En is dat zo?'

Hij haalde zijn schouders op. 'Hier laat iedereen zich oppikken. Ik hou dat echt niet bij.'

'Maar u herinnert zich wel deze vrouw te hebben gezien? Haar naam is Nina Peyton.'

'Ik heb haar een paar keer gezien, meestal met een vriendin. Ik wist niet hoe ze heette. Ze is al een tijdje niet geweest.'

'Weet u waarom niet?'

'Nee.' Hij pakte een vaatdoek en begon de tapkast af te vegen, zijn aandacht alweer bij iets anders.

'Dan zal ik u dat vertellen,' zei Rizzoli, haar stem verheven van woede. 'Omdat een of andere schoft had besloten dat hij zin had in een pretje, en hierheen is gekomen om een slachtoffer uit te zoeken. Hij keek om zich heen, zag Nina Peyton en dacht: da's een lekker stuk. Hij zag geen mens toen hij naar haar keek. Het enige wat hij zag was iets dat hij kon gebruiken en weggooien.'

'Hoor eens, dat hoeft u mij niet te vertellen, hoor.'

'Jawel. En u moet ernaar luisteren, omdat dit vlak onder uw neus is gebeurd en u ervoor hebt gekozen het niet te zien. Een of andere hufter doet een verdovend middel in het drankje van een vrouw. Even later voelt ze zich niet goed en strompelt ze naar het toilet. De hufter neemt haar bij de arm en brengt haar naar buiten. En daar hebt u *niets* van gezien?'

'Nee,' beet hij terug. 'Daar heb ik niets van gezien.'

Het was stil geworden in het café. Ze zag dat mensen naar haar staarden. Zonder verder nog iets te zeggen beende ze terug naar haar tafel.

Even later werden de gesprekken hervat.

Ze zag de barman twee glazen whisky naar een man schuiven, zag dat de man er eentje aan een vrouw gaf. Ze keek hoe glazen naar lippen werden gebracht en tongen het zout van margarita's likten, zag hoofden achteroverbuigen terwijl wodka, tequila en bier door kelen gleed.

En ze zag mannen naar vrouwen staren. Ze nipte van haar bier en voelde zich licht in het hoofd, niet van de alcohol, maar van woede. Zij, de eenzame vrouw in de hoek, kon met ontstellende duidelijkheid zien wat voor plek dit was. Een waterpoel waar het roofdier en zijn prooi bijeenkwamen.

Haar pieper ging. Barry Frost probeerde haar te bereiken.

'Wat is dat voor lawaai?' vroeg Frost, nauwelijks hoorbaar in haar mobieltje.

'Ik zit in een café.' Ze draaide zich om en wierp een giftige blik op de mensen aan het tafeltje naast haar die in lachen uitbarstten. 'Wat zei je?'

'... een arts in Marlborough Street. Ik heb een kopie van haar medisch dossier.'

'Wiens medisch dossier?'

'Van Diana Sterling.'

Rizzoli schoot naar voren op haar stoel, nu volledig geconcentreerd op de zwakke stem van Frost. 'Herhaal dat even. Wie is de arts en waarom is Sterling naar hem toe gegaan?'

'De arts is een zij. Dokter Bonnie Gillespie. Een gynaecologe in Marlborough Street.'

Nieuw gelach overstemde zijn woorden. Rizzoli drukte haar hand tegen haar oor zodat ze kon horen wat hij verder nog zei. 'Waarom is Sterling naar haar toe gegaan?' riep ze.

Maar ze wist al wat het antwoord was; ze zag het met haar eigen ogen toen ze naar de tapkast keek, waar twee mannen op een vrouw afslopen als leeuwen op een zebra.

'Aanranding,' zei Frost. 'Diana Sterling was ook verkracht.'

'Ze zijn alle drie verkracht,' zei Moore, 'maar Elena Ortiz en Diana Sterling hebben dat niet aan de politie gemeld. In het geval van Sterling zijn we er toevallig achter gekomen toen we navraag deden bij de plaatselijke vrouwenklinieken en gynaecologen om uit te zoeken of ze ooit om die reden behandeld is. Sterling heeft er zelfs tegen haar ouders niets over gezegd. Toen ik die vanochtend belde, wisten ze niet wat ze hoorden.'

De ochtend was nog maar half verstreken, maar iedereen rond de vergadertafel zag er dodelijk vermoeid uit. Ze draaiden op gebrek aan slaap en er strekte zich alweer een lange dag voor hen uit.

Inspecteur Marquette zei: 'De enige die dus wist dat Sterling was verkracht, was deze gynaecologe in Marlborough Street?'

'Dokter Bonnie Gillespie. Diana Sterling is maar één keer bij haar geweest. Ze was gegaan omdat ze bang was dat ze was blootgesteld aan aids.'

'Wat wist dokter Gillespie over de verkrachting?'

Frost, die de arts had ondervraagd, beantwoordde die vraag. Hij sloeg de map met Diana Sterlings medisch dossier open. 'Dit is wat dokter Gillespie heeft aangetekend. "Blanke vrouw van dertig jaar verzoekt HIV-onderzoek. Onbeschermde seks vijf dagen geleden, HIV-status van de partner onbekend. Toen ik vroeg of haar partner in een hoge-risicogroep zat, werd de patiënte erg verdrietig en begon ze te huilen. Ze onthulde dat de seks niet met instemming was geweest en dat ze de naam van de verkrachter niet wist. Ze wilde er geen werk van maken. Weigerde een verwijzing voor professionele hulp."' Frost keek op. 'Dat is de enige informatie die dokter Gillespie van haar heeft gekregen. Ze heeft haar inwendig onderzocht, bloed afgenomen voor een syfilis-, gonorroe- en HIV-test en gezegd dat ze na twee maanden terug moest komen voor de tweede HIV-test. De patiënte is nooit teruggekomen. Omdat ze dood was.'

'En dokter Gillespie heeft de politie niet gebeld? Zelfs niet na de moord?'

'Ze wist niet dat haar patiënte dood was. Ze heeft het nieuws erover niet gezien.'

'Zijn er monsters verzameld? Sperma?'

'Nee. De patiënte, eh...' Frost kreeg een kleur. Zelfs een getrouwde vent als Frost had moeite met sommige onderwerpen. 'Ze heeft zich een paar keer gedoucht, meteen nadat ze was verkracht.'

'En wie kan haar dat kwalijk nemen?' zei Rizzoli. 'Jezus, ik zou me met lysol willen wassen.'

'Drie verkrachtingsslachtoffers,' zei Marquette. 'Dit is geen toeval.'

'Als we de verkrachter kunnen vinden,' zei Zucker, 'hebben we volgens mij onze dader te pakken. Hoe staat het met het DNA-onderzoek in de zaak-Nina Peyton?'

'Daar wordt nu haast mee gemaakt,' zei Rizzoli. 'Het lab heeft het sperma al bijna twee maanden, maar had er niets mee gedaan. Ik heb nu een vuurtje onder hun gat aangestoken. Laten we hopen dat de dader in CODIS zit.'

CODIS, het *Combined DNA Index System*, was de nationale database van de DNA-profielen die de FBI verzamelde, maar het programma stond nog in de kinderschoenen en het genetische profiel van zeker een half miljoen veroordeelde misdadigers was nog niet in het programma opgenomen. De kans op een 'voltreffer' – het profiel van iemand die bij de politie bekend was – was dan ook bijzonder klein.

Marquette keek dr. Zucker aan. 'Onze verdachte verkracht het slachtoffer eerst en komt een paar weken later terug om haar te vermoorden? Klinkt dat logisch?'

'Het hoeft voor *ons* niet logisch te klinken,' zei Zucker. 'Alleen voor hem. Het is niet ongebruikelijk dat een verkrachter terugkomt en zijn slachtoffer opnieuw aanvalt. Er bestaat een gevoel van eigendom. Er is een relatie gevormd, hoe pathologisch die ook mag zijn.'

Rizzoli snoof. 'Noem je dat een relatie?'

'Tussen de verkrachter en het slachtoffer. Het klinkt pervers, maar het is niet anders. De relatie berust op macht. Eerst neemt hij haar die af; hij maakt van haar iets dat minder is dan een menselijk wezen. Ze is nu een voorwerp. Hij weet dat en nog belangrijker is dat *zij* het weet. Het feit dat ze geschonden, vernederd is, kan hem zodanig opwinden dat hij terugkomt. Eerst brandmerkt hij haar via de verkrachting. Dan komt hij terug om het definitieve eigenaarschap op te eisen.'

Geschonden vrouwen, dacht Moore. Dat is het verband tussen deze slachtoffers. Opeens besefte hij dat ook Catherine tot de geschonden vrouwen behoorde.

'Hij heeft Catherine Cordell niet verkracht,' zei Moore.

'Maar ze *is* het slachtoffer van een verkrachting.'

'Haar verkrachter is al twee jaar dood. Hoe heeft de Chirurg haar dan geïdentificeerd als een slachtoffer? Hoe is ze op zijn radar terechtgekomen? Ze praat nooit over wat er met haar is gebeurd, met niemand.'

'Ze praatte er online over. Die chatroom...' Zucker zweeg even en zei toen: 'Jezus. Is het mogelijk dat hij zijn slachtoffer via het internet vindt?'

'We hebben die theorie onderzocht,' zei Moore. 'Nina Peyton heeft niet eens een computer. En Cordell heeft aan niemand in de groep verteld hoe ze heet. En daarmee zijn we terug bij de vraag: waarom moet de Chirurg juist Cordell hebben?'

Zucker zei: 'Hij lijkt inderdaad van haar bezeten. Hij doet al het mogelijke om haar te treiteren. Hij heeft risico's genomen om haar die foto van Nina Peyton te sturen. En dat heeft geleid tot een voor hem rampzalige kettingreactie. Vanwege de foto staat de politie opeens bij Nina voor de deur. Hij moet zich haasten en kan de moord niet afmaken, krijgt geen bevrediging. Erger nog, hij laat een getuige achter. De ergste fout die je kunt maken.'

'Dat was geen fout,' zei Rizzoli. 'Het was zijn bedoeling dat ze zou blijven leven.'

Haar opmerking kaatste af op sceptische gezichten. 'Hoe is zo'n blunder anders te verklaren?' ging ze door. 'De foto die hij aan Cordell heeft gemaild was bedoeld om ons naderbij te lokken. Hij heeft de foto gestuurd en toen op ons gewacht. Gewacht tot we naar het huis van het slachtoffer belden. Toen wist hij dat we onderweg waren en heeft hij haar keel heel amateuristisch doorgesneden, omdat hij *wilde* dat we haar levend zouden vinden.'

'O, ik snap het,' snoof Crowe. 'Het hoort allemaal bij zijn *plan*.'

'En zijn reden hiervoor?' vroeg Zucker aan Rizzoli.

'De reden stond op haar dij genoteerd. Nina Peyton was een cadeautje voor Cordell. Een cadeautje dat haar de stuipen op het lijf moest jagen.'

Het bleef even stil.

'Als dat zo is, is het gelukt,' zei Moore. 'Cordell is doodsbang.'

Zucker leunde achterover en dacht na over Rizzoli's theorie. 'Dat zijn erg veel risico's om één vrouw bang te maken. Het is een teken van grootheidswaanzin. Het wil misschien zeggen dat hij aan het decompenseren is. Zo is het uiteindelijk gegaan met Jeffrey Dahmer en Ted Bundy. Ze raakten de controle over hun fantasieën kwijt. Ze werden onvoorzichtig. Toen gingen ze fouten maken.'

Zucker stond op en liep naar de kaart aan de muur. De drie

slachtoffers stonden daarop genoteerd. Onder de naam Nina Peyton schreef hij een vierde: Catherine Cordell.

'Ze is niet een van zijn slachtoffers – nog niet, maar op de een of andere manier heeft hij haar uitgekozen als een interessant object. Hoe heeft hij haar gekozen?' Zucker keek de kamer rond. 'Hebben jullie haar collega's ondervraagd? Heeft iemand van hen bij jullie een alarmbel doen afgaan?'

Rizzoli zei: 'Kenneth Kimball, de eerstehulparts, hebben we geschrapt. Hij had dienst op de avond dat Nina Peyton is aangevallen. We hebben de meeste mannelijke chirurgen op de afdeling ondervraagd, evenals de chirurgen in opleiding.'

'Hoe zit het met Cordells partner, dokter Falco?'

'Dokter Falco is nog niet van de lijst geschrapt.'

Nu had Rizzoli Zuckers volledige aandacht; met een vreemd licht in zijn ogen concentreerde hij zich op haar. De *zielenknijpersblik* noemden de agenten op Moordzaken dat. 'Vertel eens,' zei hij zachtjes.

'Dokter Falco ziet er op het oog goed uit. Hij heeft eerst op MIT een graad gehaald in vliegtuigbouwkunde. Toen medicijnen gestudeerd aan Harvard. Stage in chirurgie op Peter Bent Brigham. Grootgebracht door alleenstaande moeder, zelf zijn studie aan het college en de universiteit bekostigd. Heeft een eigen vliegtuig. Tamelijk knap. Geen Mel Gibson, maar de moeite waard.'

Darren Crowe lachte. 'Rizzoli deelt de verdachten in naar hun uiterlijk. Doen alle vrouwelijke agenten dat?'

Rizzoli keek hem giftig aan. 'Wat ik hiermee wil *zeggen*,' ging ze door, 'is dat de man aan iedere vinger een vrouw kan krijgen, maar dat ik van de verpleegsters heb gehoord dat Cordell de enige vrouw is voor wie hij belangstelling heeft. Het is geen geheim dat hij voortdurend om afspraakjes zeurt. En dat ze iedere keer weigert. Misschien begint hij dat zat te worden.'

'Het is de moeite waard om dokter Falco in de gaten te houden,' zei Zucker, 'maar laten we onze lijst niet te vroeg inkorten. Laten we nog even onze aandacht vestigen op dokter Cordell. Zijn er andere redenen waarom de Chirurg haar als slachtoffer zou hebben gekozen?'

Het was Moore die de vraag omdraaide. 'Stel dat ze niet zomaar een slachtoffer in een reeks is? Stel dat *zij* al die tijd al degene is die hij wil hebben? Elk van de moorden is een herhaling geweest van wat die vrouwen in Georgia is aangedaan. Wat Cordell bijna is aangedaan. We hebben nog steeds geen antwoord op de vraag waarom hij Andrew Capra imiteert. We hebben nog steeds geen antwoord op de vraag waarom hij zich concentreert op het enige slachtoffer van Capra dat het heeft overleefd.' Hij wees naar de lijst. 'Die andere vrouwen, Sterling, Ortiz, Peyton – stel dat ze alleen maar plaatsvervangsters zijn? Surrogaten voor zijn *echte* slachtoffer?'

'De theorie van het wraakdoel,' zei Zucker. 'Je kunt de vrouw die je haat niet vermoorden omdat ze te machtig is. Te intimiderend. Dus vermoord je een plaatsvervangster, een vrouw die dat doel vertegenwoordigt.'

Frost zei: 'Bedoel je dat zijn ware doelwit altijd Cordell is geweest? Maar dat hij bang voor haar is?'

'Het is dezelfde reden als waarom Edmund Kemper zijn moeder pas aan het eind van zijn reeks moorden doodde,' zei Zucker. 'Al die tijd was *zij* het eigenlijke doelwit, de vrouw die hij haatte. Maar hij koelde zijn woede niet op haar maar op andere slachtoffers. Iedere moord was een symbolische vernietiging van zijn moeder. Hij kon haar niet daadwerkelijk vermoorden, niet in het begin, omdat ze te veel macht over hem had. In zekere zin was hij bang voor haar. Maar bij iedere moord werd zijn zelfvertrouwen groter. Zijn macht. En uiteindelijk heeft hij zijn doel bereikt. Hij heeft zijn moeder de schedel ingeslagen, onthoofd en verkracht. En als laatste belediging heeft hij haar strottenhoofd uitgerukt en in de afvalvernietiger gestopt. Het ware doelwit van zijn woede was eindelijk dood. En toen was het ook afgelopen met de moorden. Edmund Kemper heeft zichzelf uiteindelijk aangegeven.'

Barry Frost, die bij iedere moordzaak de eerste was die bezweek, trok wit weg toen hij zich Kempers wrede finale voorstelde. 'Het is dus mogelijk,' zei hij, 'dat de moordenaar zich met deze drie moorden of pogingen daartoe alleen maar warm heeft gelopen voor de finale?'

Zucker knikte. 'Voor de moord op Catherine Cordell.'

Het deed Moore bijna pijn de glimlach op Catherines gezicht te zien toen ze de wachtkamer van haar kantoor binnenkwam, omdat hij wist dat de vragen die hij haar moest stellen dat welkom teniet zouden doen. Hij keek naar haar en zag niet een slachtoffer, maar een vriendelijke, mooie vrouw die meteen zijn hand in de hare nam en die slechts met tegenzin leek te willen loslaten.

'Ik hoop dat dit geen slecht tijdstip is om te praten,' zei hij.

'Ik zal voor jou altijd tijd maken.' Weer die betoverende glimlach. 'Wil je een kop kofie?'

'Nee, dank je.'

'Laten we dan naar mijn kantoor gaan.'

Ze ging achter haar bureau zitten en wachtte vol verwachting op het nieuws dat hij haar kwam brengen. Ze had de afgelopen dagen geleerd dat ze hem kon vertrouwen en keek hem onbevangen aan. Kwetsbaar. Hij had haar vertrouwen gewonnen als een vriend en nu stond hij op het punt het te vernietigen.

'Het is voor iedereen duidelijk,' zei hij, 'dat de Chirurg het op jou voorzien heeft.'

Ze knikte.

'Wat we ons afvragen, is *waarom*. Waarom imiteert hij de misdaden van Andrew Capra? Waarom ben jij het centrum van zijn belangstelling geworden? Weet je het antwoord daarop?'

Verbijstering flakkerde in haar ogen. 'Ik heb geen idee.'

'Wij denken van wel.'

'Hoe moet ik nu weten wat er in zijn hoofd omgaat?'

'Catherine, hij zou iedere andere vrouw in Boston kunnen kiezen. Iemand die er niet op is bedacht, die er geen idee van heeft dat er op haar wordt geloerd. Het zou een logische stap voor hem zijn dat hij een makkelijke prooi zou kiezen. Jij bent de moeilijkste prooi die hij had kunnen kiezen, juist omdat je bedacht bent op een aanval. En dan maakt hij de jacht nog moeilijker door je te waarschuwen. Je te honen. Waarom?'

Het welkom was uit haar ogen verdwenen. Ze rechtte haar schouders en haar handen sloten zich tot vuisten op haar bureau. 'Hoe vaak moet ik nog zeggen dat ik dat niet weet?'

'Jij bent de enige aanwijsbare connectie tussen Andrew Capra en de Chirurg,' zei hij. 'Het gemeenschappelijke slachtoffer. Het is alsof Capra nog leeft en doorgaat waar hij was opgehouden. En hij was bij jou opgehouden. Bij degene die is ontsnapt.'

Ze keek neer op haar bureau, naar de mappen die zo netjes opgestapeld lagen in hun in- en uit-bakjes. Naar de aantekening die ze had zitten schrijven in haar kleine, precieze handschrift. Hoewel ze volkomen stil zat, staken de knokkels van haar handen bij de rest van haar af, wit als ivoor.

'Wat heb je me niet verteld over Andrew Capra?' vroeg hij zachtjes.

'Ik heb niets voor je achtergehouden.'

'Waarom was hij naar je huis gekomen op de avond dat hij je heeft aangevallen?'

'Wat heeft dat ermee te maken?'

'Jij was het enige slachtoffer dat Capra persoonlijk kende. De andere slachtoffers waren onbekenden, vrouwen die hij had opgepikt in cafés. Maar met jou was het iets anders. Hij heeft jou *gekozen*.'

'Hij was waarschijnlijk... kwaad op me.'

'Hij was bij je gekomen vanwege zijn werk. Omdat hij een fout had gemaakt. Dat heb je aan rechercheur Singer verteld.'

Ze knikte. 'Het ging om meer dan één fout. Een hele reeks. Medische fouten. En hij was vergeten een nieuw bloedonderzoek te bestellen na een abnormale uitslag. Het was een patroon van onzorgvuldigheid. Ik had hem daar eerder op de dag in het ziekenhuis over aangesproken.'

'Wat heb je tegen hem gezegd?'

'Dat hij een andere specialiteit moest zoeken. Omdat ik hem niet zou aanbevelen voor een tweede jaar als chirurg in opleiding.'

'Heeft hij je bedreigd? Woede getoond?'

'Nee. Dat was juist het rare. Hij accepteerde het zonder meer. En hij... glimlachte tegen me.'

'Glimlachte?'

Ze knikte. 'Alsof het hem niets uitmaakte.'

Moore werd er koud van. Ze kon niet hebben geweten dat achter Capra's glimlach een onpeilbare woede verborgen lag.

'Later die avond, bij je thuis,' zei Moore, 'toen hij je aanviel –'

'Dat heb ik allemaal al verteld. Het staat in mijn getuigenverklaring. Alles staat in mijn getuigenverklaring.'

Moore wachtte even. Toen ging hij met tegenzin door. 'Er zijn dingen die je Singer niet hebt verteld. Dingen die je hebt weggelaten.'

Ze keek op, haar wangen rood van woede. 'Ik heb niets weggelaten!'

Hij vond het vreselijk dat hij gedwongen was haar met nog meer vragen lastig te vallen, maar hij had geen keus. 'Ik heb het rapport van de lijkschouwer over Capra gelezen,' zei hij. 'Het komt niet overeen met de verklaring die je tegenover de politie van Savannah hebt afgegeven.'

'Ik heb rechercheur Singer nauwkeurig verteld wat er is gebeurd.'

'Je zei dat je half over de rand van het bed lag. Je had het pistool onder het bed vandaan gehaald. Vanuit die positie heb je op Capra gericht en geschoten.'

'En dat is waar. Ik zweer het.'

'Volgens de lijkschouwing is de kogel opwaarts door zijn buik en zijn ruggengraat gegaan, waardoor hij werd verlamd. Dat gedeelte komt overeen met je verklaring.'

'Waarom zeg je dan dat ik heb gelogen?'

Weer wachtte Moore, bijna te bedroefd om door te kunnen gaan. Om haar pijn te blijven doen. 'We zitten met het probleem van de tweede kogel,' zei hij. 'Die is van korte afstand afgevuurd, recht in zijn linkeroog. Maar jij lag op de grond.'

'Dan is hij zeker dubbelgeklapt of zo, en heb ik weer gevuurd –'

'Denk je?'

'Ik weet het niet. Ik kan het me niet herinneren.'

'Je herinnert je niet dat je de tweede kogel hebt afgevuurd?'

'Nee. Ja...'

'Wat is de waarheid, Catherine?' Hij vroeg het zachtjes, maar de stekeligheid van zijn woorden werd daar niet door verzacht.

Ze sprong overeind. 'Ik weiger op deze manier verhoord te worden. *Ik* ben het slachtoffer.'

'En ik probeer je in leven te houden. Daarom moet ik weten wat er is gebeurd.'

'Dat heb ik je verteld! En ik geloof dat je nu beter kunt gaan.' Ze beende naar de deur, trok hem met een ruk open en onderdrukte een verraste kreet.

Peter Falco stond vlak bij de deur, zijn hand opgeheven om aan te kloppen.

'Alles in orde, Catherine?' vroeg Peter.

'Ja, *prima*,' beet ze hem toe.

Peter keek naar Moore en kneep zijn ogen iets toe. 'Wat gebeurt hier? Word je lastiggevallen door de politie?'

'Ik stel dokter Cordell alleen maar een paar vragen, dat is alles.'

'Zo klonk het niet vanuit de wachtkamer.' Peter keek naar Catherine. 'Wil je dat ik hem meeneem?'

'Ik regel dit zelf wel.'

'Je bent niet verplicht antwoord te geven op welke vraag dan ook.'

'Daar ben ik me van bewust, dank je.'

'Goed, maar als je me nodig hebt, weet je me te vinden.' Peter wierp nog een laatste waarschuwende blik op Moore, draaide zich toen om en keerde terug naar zijn eigen kantoor. Vanaf de andere kant van de wachtkamer staarden Helen en de administratieve kracht naar Catherine. Geagiteerd deed ze de deur weer dicht. Een moment bleef ze met haar rug naar Moore gekeerd staan. Toen rechtte ze haar schouders en draaide zich om. Of ze hem nu of later antwoord zou geven, de vragen zouden niet verdwijnen.

'Ik heb niets voor je achtergehouden,' zei ze. 'Dat ik je niet kan vertellen wat er die avond precies is gebeurd, komt doordat ik het me niet herinner.'

'De verklaring die je aan de politie van Savannah hebt gegeven, was dus niet helemaal correct.'

'Ik lag nog in het ziekenhuis toen ik die verklaring heb afgegeven. Rechercheur Singer heeft samen met mij stap voor stap doorgenomen wat er was gebeurd. Hij heeft me geholpen de fragmenten in elkaar te leggen. Ik heb hem verteld wat ik toen *dacht* dat er gebeurd was.'

'En nu weet je het niet zeker.'

Ze schudde haar hoofd. 'Het is moeilijk te bepalen welke herinneringen echt zijn. Er is zoveel wat ik me niet kan herinneren, vanwege het verdovende middel dat Capra me had gegeven. De Rohypnol. Af en toe heb ik een flashback. Dingen die al dan niet waar kunnen zijn.'

'Heb je die flashbacks nog steeds?'

'Ik heb er gisteravond een gehad. Voor het eerst in maanden. Ik dacht dat ik eroverheen was. Ik dacht dat ze voor altijd verdwenen waren.' Ze liep naar het raam en staarde naar buiten. Het was een uitzicht waaruit de zon was weggenomen door de schaduw van een hoge wolkenkrabber. Haar kantoor lag tegenover het hoofdgebouw van het ziekenhuis en je kon de rijen ramen van de ziekenkamers zien. Een glimp van de privé-wereld van de lijdenden en stervenden.

'Twee jaar lijkt een lange tijd,' zei ze. 'Genoeg tijd om te vergeten. Maar eigenlijk is twee jaar niets. *Niets.* Na die nacht kon ik niet teruggaan naar mijn eigen huis. Ik kon geen voet zetten in het huis waar het was gebeurd. Mijn vader moest mijn spullen inpakken voor de verhuizing. Moet je nagaan, ik was een chirurg, gewend aan bloed en ingewanden, maar de gedachte dat ik door die gang zou moeten lopen en de deur van mijn slaapkamer opendoen, deed het klamme zweet bij me uitbreken. Mijn vader probeerde daarvoor begrip op te brengen, maar hij is een ex-militair. Hij accepteert geen zwakte. Hij beschouwt dit als een soort oorlogswond, iets wat vanzelf heelt, waarna je de draad van je leven weer kunt oppakken. Hij zei dat ik me moest vermannen en het van me afzetten.' Ze schudde haar hoofd en lachte. *'Van me afzetten.* Het klinkt zo eenvoudig. Hij had geen idee dat het al moeilijk voor me was om iedere ochtend de deur uit te gaan. Naar mijn auto te lopen. Zo kwetsbaar te zijn. Na een poosje ben ik opgehouden met hem te praten, omdat ik wist dat hij walgde van mijn zwakte. Ik heb hem al maanden niet gebeld...

Ik heb er twee jaar voor nodig gehad om mijn angst onder controle te krijgen. Om een redelijk normaal leven te leiden en niet constant bang te zijn dat iemand me vanachter de struiken zal bespringen. Ik had mijn leven terug.' Ze veegde met haar hand langs haar ogen, een snel, nijdig verwijderen van haar tranen. Haar stem zakte tot een fluistering. 'En nu ben ik het weer kwijt...'

Ze beefde van de inspanning van niet te gaan huilen, sloeg haar armen om haar bovenlichaam, kneep hard in haar eigen armen terwijl ze vocht om haar zelfbeheersing te bewaren. Hij stond op en liep naar haar toe. Bleef achter haar staan, zich afvragend wat er zou gebeuren als hij haar aanraakte. Zou ze hem ontwijken? Zou ze walgen van de aanraking van een mannenhand? Hij keek hulpeloos toe terwijl ze als het ware in zichzelf wegkroop en was bang dat ze ter plekke zou verbrijzelen.

Voorzichtig raakte hij haar schouder aan. Ze kromp niet ineen, liep niet van hem weg. Hij draaide haar naar zich om, sloeg zijn armen om haar heen, drukte haar tegen zijn borst. Hij schrok van de diepte van haar leed. Hij voelde hoe haar hele lichaam ervan vibreerde, als een brug in een hevige storm. Hoewel ze geen geluid maakte, voelde hij haar sidderende ademhaling, de onderdrukte snikken. Hij drukte zijn lippen tegen haar haren. Hij kon het niet helpen; haar hulpbehoevendheid sprak tot iets diep in zijn binnenste. Hij nam haar gezicht in zijn handen en kuste haar voorhoofd.

Ze bleef roerloos staan en hij dacht: ik heb de grens overschreden. Snel liet hij haar los. 'Het spijt me,' zei hij. 'Dat had niet mogen gebeuren.'

'Nee, dat had niet mogen gebeuren.'

'Kun je vergeten dat ik het heb gedaan?'

'Kun jij dat?' vroeg zij zachtjes.

'Ja.' Hij rechtte zijn rug. En zei het nogmaals, met klem, alsof hij zichzelf probeerde te overtuigen. 'Ja.'

Ze keek neer op zijn hand en hij wist waarnaar ze keek. Zijn trouwring. 'Ik hoop voor je vrouw dat je dat inderdaad kunt,' zei ze. Haar opmerking was bedoeld om hem een schuldig gevoel te geven en dat lukte.

Hij keek naar zijn ring, de eenvoudige gouden ring die hij al zo lang droeg dat hij in zijn vlees ingebed leek te liggen. 'Haar naam was Mary,' zei hij. Hij wist wat Catherine had gedacht: dat hij zijn vrouw bedroog. Nu voelde hij een bijna wanhopige behoefte uitleg te geven, zichzelf in haar ogen te zuiveren.

'Het is twee jaar geleden gebeurd. Een hersenbloeding. Ze is er niet meteen dood aan gegaan. Zes maanden ben ik blijven hopen, blijven wachten tot ze wakker zou worden...' Hij schudde zijn hoofd. 'Een chronische vegetatieve gesteldheid noemden de artsen het. God, wat haatte ik dat woord, *vegetatief*. Alsof ze een plant was of een dode boom. Een bespotting van de vrouw die ze was geweest. Tegen de tijd dat ze stierf, was ze niet te herkennen. Ik kon niets meer terugvinden van mijn Mary.'

Haar aanraking verraste hem en hij was degene die terugschrok voor het contact. Stil stonden ze tegenover elkaar in het grijze licht dat door het raam naar binnen kwam en hij dacht: geen kus, geen omhelzing kan twee mensen zo na tot elkaar brengen als wij nu zijn. De intiemste emotie die twee mensen kunnen delen is niet liefde, noch begeerte, maar leed.

Het zoemen van de intercom verbrak de betovering. Catherine knipperde met haar hogen, alsof ze zich opeens herinnerde waar ze was. Ze liep naar haar bureau en drukte op de knop van de intercom.

'Ja?'

'Dokter Cordell, de intensive care heeft gebeld. Of u meteen boven kunt komen.'

Moore zag aan Catherines gezicht dat ze allebei hetzelfde dachten: *er is iets gebeurd met Nina Peyton.*

'Betreft het bed twaalf?' vroeg Catherine.

'Ja, de patiënte is wakker geworden.'

11

Nina Peytons ogen waren wijdopen en er stond paniek in te lezen. Haar polsen en enkels waren aan de stangen van het bed gebonden en de pezen van haar armen waren gezwollen tot dikke koorden van het vechten om haar handen los te krijgen.

'Ze is ongeveer vijf minuten geleden bij bewustzijn gekomen,' zei Stephanie, de intensive-careverpleegster. 'Ik merkte eerst dat haar hartslag versneld was en toen zag ik dat haar ogen open waren. Ik heb geprobeerd haar te kalmeren, maar ze vecht hevig tegen de riemen.'

Catherine keek naar de hartmonitor en zag een snelle hartslag, maar geen aritmie. Nina's ademhaling was ook versneld en werd zo nu en dan onderbroken door explosief gehoest waarmee flarden fluim uit de endotracheale buis werden gestoten.

'Het komt door de endotracheale buis,' zei Catherine. 'Daar raakt ze van in paniek.'

'Zal ik haar nog wat valium geven?'

Moore zei vanuit de deuropening: 'We zouden graag zien dat ze bij bewustzijn blijft. Als ze verdoofd wordt, kunnen we geen antwoorden krijgen.'

'Ze kan toch niet met u praten. Niet zolang ze die buis in haar keel heeft.' Catherine keek naar Stephanie. 'Hoe waren de laatste bloedproeven? Kunnen we de buis verwijderen?'

Stephanie bekeek de paperassen op het klembord. 'Het is een grensgeval. PO2 is vijfenzestig. PCO2 tweeëndertig. Met de buis op veertig procent zuurstof.'

Catherine fronste. Geen van de mogelijkheden stond haar aan. Ze wilde net zo graag dat Nina wakker zou blijven om met de politie te kunnen praten als Moore, maar ze jongleerde met een aantal problemen. Een buis in je keel kan iedereen in paniek brengen en Nina was zo geagiteerd dat haar vastgebonden polsen al helemaal geschaafd waren. Maar aan het verwijderen van de buis waren risico's verbonden. Na de operatie had zich vocht in haar longen opgehoopt en zelfs wanneer ze veertig procent zuurstof inademde – twee maal zoveel als normaal – was haar bloedzuurstofopname nauwelijks voldoende. Daarom had Catherine de buis erin laten zitten. Als ze hem zouden verwijderen, zouden ze een veiligheidsmarge verliezen. Maar als ze hem erin lieten zitten, zou de patiënte in paniek blijven en tekeergaan. En als ze haar in slaap brachten, zouden Moore's vragen onbeantwoord blijven.

Catherine keek naar Stephanie. 'Ik ga de buis eruit halen.'

'Weet u het zeker?'

'Als er een verslechtering in de situatie mocht optreden, kan ik hem er altijd weer indoen. *Makkelijker gezegd dan gedaan* was wat ze in Stephanies ogen zag. Wanneer een buisje een aantal dagen in de keel zat, zwol het keelweefsel soms op, wat het opnieuw intuberen bemoeilijkte. Een noodtracheotomie zou de enige optie zijn.

Catherine ging achter het hoofdeinde van het bed staan en legde zachtjes haar handen om het gezicht van de patiënte. 'Nina, ik ben dokter Cordell. Ik ga het buisje uit je keel halen. Wil je dat?'

De patiënte knikte, een scherpe, wanhopige reactie.

'Je moet heel stil blijven liggen, goed? Zodat we je stembanden niet zullen beschadigen.' Catherine keek op. 'Masker gereed?'

Stephanie hief het plastic zuurstofmasker op.

Catherine gaf Nina's schouder een geruststellend kneepje. Ze trok de pleister weg waarmee de buis op zijn plek werd gehouden en liet de lucht ontsnappen uit de ballonvormige opblaasbare manchet. 'Haal diep adem en blaas die uit,' zei Catherine. Ze zag de borst uitzetten en toen Nina de adem uitblies, trok Catherine voorzichtig de buis naar buiten.

Hij kwam eruit in een waaier van slijm terwijl Nina hoestte en hijgde. Catherine streelde haar haar en sprak haar zachtjes toe terwijl Stephanie haar een zuurstofmasker voordeed.

'Alles in orde,' zei Catherine.

Maar de bliepjes op de hartmonitor bleven voorbijsnellen. Nina's angstige blik bleef op Catherine gericht, alsof die haar reddingsboei was en ze haar niet uit het gezicht durfde verliezen. Toen Catherine in de ogen van haar patiënte keek, ervoer ze een onthutsende flits van herkenning. *Dit was ik twee jaar geleden. Toen ik wakker werd in een ziekenhuis in Savannah. Ontworsteld aan de ene nachtmerrie, om regelrecht in een andere gedompeld te worden...*

Ze keek naar de riemen waarmee Nina's polsen en enkels waren vastgebonden en herinnerde zich hoe beangstigend het was om vastgebonden te zijn. Zoals zij was vastgebonden door Andrew Capra.

'Doe haar de riemen af,' zei ze.

'Maar dan trekt ze misschien de infuusslangetjes eruit.'

'Doe ze *af*.'

Stephanie bloosde bij de berisping. Zonder iets te zeggen maakte ze de riemen los. Ze begreep het niet; niemand kon het begrijpen, alleen Catherine, die zelfs twee jaar na Savannah geen mouwen met strakke manchetten kon verdragen. Toen de laatste riem was losgemaakt, zag ze Nina's lippen bewegen in een stille boodschap.

Dank u.

Langzaam zakte het ritme van de ECG. En bij het gestage ritme van Nina's hartslag keken de twee vrouwen elkaar aan. Als Catherine een deel van zichzelf in Nina's ogen had herkend, herkende Nina ook een deel van zichzelf in die van Catherine. De zwijgende zusterschap van slachtoffers.

We zijn met meer dan we ooit zullen weten.

'U mag nu binnenkomen, rechercheurs,' zei de verpleegster.

Moore en Frost kwamen de kleine ruimte in en zagen Catherine naast het bed zitten met Nina's hand in de hare.

'Ze heeft gevraagd of ik erbij wil blijven,' zei Catherine.

'Ik kan een agente laten komen,' zei Moore.

'Nee, ze wil mij,' zei Catherine. 'Ik ga hier niet weg.'

Ze keek Moore daarbij aan, onverzettelijk, en hij besefte dat dit niet de vrouw was die hij een paar uur geleden in zijn armen had gehad; dit was een andere kant van haar, fel en beschermend, en wat Nina Peyton betrof zou ze geen duimbreed wijken.

Hij knikte en ging naast het bed zitten. Frost zette de cassetterecorder aan en nam een onopvallende positie in aan het voeteneinde van het bed. Juist omdat hij zo onopvallend was, zo kalm en beleefd, had Moore hem gekozen voor dit vraaggesprek. Het laatste wat Nina Peyton nodig had, was een te agressieve agent.

Haar zuurstofmasker was weggenomen en vervangen door een zuurstofbrilletje; lucht werd zachtjes sissend vanuit het slangetje in haar neusgaten ingebracht. Haar blik vloog heen en weer tussen de twee mannen, ogen bedacht op iedere vorm van bedreiging, ieder onverwacht gebaar. Moore sprak met opzet op zachte toon toen hij zichzelf en Barry Frost aan haar voorstelde. Hij leidde haar stap voor stap door de formaliteiten, vroeg haar naar haar naam, leeftijd en adres. Deze informatie hadden ze al, maar door haar te vragen het op de band in te spreken, werd vastgesteld hoe ze er geestelijk aan toe was en gedemonstreerd dat ze volledig bij bewustzijn was en in staat een verklaring af te leggen. Ze beantwoordde zijn vragen met een hese, vlakke stem die griezelig ontdaan was van alle emotie. Haar afstandelijkheid maakte hem nerveus; hij voelde zich alsof hij met een dode vrouw praatte.

'Ik heb hem niet binnen horen komen,' zei ze. 'Ik werd pas wakker toen hij naast mijn bed stond. Ik had de ramen niet open moeten laten. Ik had de tabletten niet moeten nemen...'

'Welke tabletten?' vroeg Moore rustig.

'Ik sliep zo slecht, vanwege...' Haar stem zakte weg.

'De verkrachting?'

Ze wendde haar ogen af, meed zijn blik. 'Ik had nachtmerries. In de kliniek hebben ze me tabletten gegeven. Om te kunnen slapen.'

En een levensechte nachtmerrie was toen haar slaapkamer binnengekomen.

'Heb je zijn gezicht gezien?' vroeg hij.

'Het was donker. Ik kon hem horen ademen, maar ik kon me niet bewegen. Ik kon niet gillen.'

'Was je al vastgebonden?'

'Ik kan me niet herinneren dat hij dat heeft gedaan. Ik kan me niet herinneren hoe het is gebeurd.'

Chloroform, dacht Moore, om haar tijdelijk te verdoven.

'Wat is er toen gebeurd, Nina?'

Haar ademhaling versnelde. Op de monitor boven haar bed begonnen de hartpieken elkaar sneller op te volgen.

'Hij zat in een stoel naast mijn bed. Ik kon zijn schaduw zien.'

'En wat heeft hij gedaan?'

'Hij – hij heeft tegen me gepraat.'

'Wat zei hij?'

'Hij zei...' Ze slikte. 'Hij zei dat ik vies was. Besmet. Hij zei dat ik zou moeten walgen van mijn eigen vuil. En dat hij – dat hij het deel dat besmet was uit me weg zou snijden en me weer rein zou maken.' Ze zweeg even en zei toen op een fluistertoon: 'Toen wist ik dat ik zou sterven.'

Hoewel Catherines gezicht lijkbleek was geworden, zag het slachtoffer zelf er griezelig kalm uit, alsof ze het over de nachtmerrie van een andere vrouw had, niet die van haar. Ze keek niet meer naar Moore, maar staarde naar een punt achter hem, zag van veraf een vrouw die aan een bed was vastgebonden. En op een stoel, verborgen in de duisternis, een man die kalm de afgrijselijke dingen beschreef die hij verzonnen had. Voor de Chirurg, dacht Moore, is dit voorspel. Dit is wat hem opwindt. De geur van angst van een vrouw. Hij voedt zich daarmee. Hij zit bij haar bed en vult haar geest met beelden van de dood. Zweet parelt op haar huid, zweet dat de zure geur van doodsangst uitstraalt. Een exotisch parfum waar hij naar hunkert. Hij snuift het op en raakt opgewonden.

'Wat is er toen gebeurd?' vroeg Moore.

Geen antwoord.

'Nina?'

'Hij heeft de lamp op mijn gezicht gericht. Hij liet het licht in mijn ogen schijnen, zodat ik hem niet kon zien. Het enige wat ik kon zien, was dat felle licht. En toen heeft hij een foto van me genomen.'

'En toen?'

Ze keek hem aan. 'Toen ging hij weg.'

'Heeft hij u alleen gelaten?'

'Niet alleen. Ik kon hem horen rondlopen. En de tv – de hele nacht hoorde ik de tv.'

Het patroon is veranderd, dacht Moore, en hij en Frost wisselden een verbaasde blik. De Chirurg had nu meer zelfvertrouwen. Hij durfde meer. In plaats van zijn prooi binnen een paar uur af te maken, had hij het uitgesteld. De hele nacht en de volgende dag had hij zijn prooi aan haar bed vastgebonden laten liggen en aan de komende verschrikkingen laten denken. Zonder zich iets van de risico's aan te trekken, had hij haar angst gerekt. Zijn genot gerekt.

De hartslag op de monitor was weer gestegen. Hoewel haar stem vlak en levenloos klonk, was onder de kalme façade de angst nog steeds aanwezig.

'Wat is er toen gebeurd, Nina?' vroeg hij.

'Ergens halverwege de middag moet ik in slaap gevallen zijn. Toen ik wakker werd, was het weer donker. Ik had zo'n dorst. Dat was het enige waar ik aan kon denken, hoe graag ik een glas water wilde...'

'Heeft hij je op enig tijdstip alleen gelaten? Was je op enig tijdstip alleen in het huis?'

'Dat weet ik niet. Het enige wat ik kon horen, was de tv. Toen hij die afzette, wist ik het. Dat hij weer naar mijn kamer zou komen.'

'En heeft hij toen het licht aangedaan?'

'Ja.'

'Heb je zijn gezicht gezien?'

'Alleen zijn ogen. Hij droeg een masker. Zoals een dokter.'

'Maar je hebt zijn ogen wel gezien.'

'Ja.'

'Heb je hem herkend? Had je die man ooit eerder gezien?'

Lange tijd bleef het stil. Moore voelde zijn eigen hart bonken terwijl hij wachtte op het antwoord dat hij hoopte te krijgen.

Toen zei ze zachtjes: 'Nee.'

Hij zakte terug in zijn stoel. De spanning in de kamer was opeens ingeklapt. Voor dit slachtoffer was de Chirurg een vreemde, een man zonder naam, wiens redenen om haar te kiezen een mysterie bleven.

Hij probeerde de teleurstelling uit zijn stem te houden toen hij zei: 'Beschrijf hem aan ons, Nina.'

Ze haalde diep adem en deed haar ogen dicht, alsof ze de herinnering boven wilde halen. 'Hij had... hij had kort haar. Heel netjes geknipt...'

'Wat voor kleur?'

'Bruin. Een lichte tint bruin.'

Hetzelfde als de haar die ze in Elena Ortiz' wond hadden gevonden. 'Hij was dus blank?' vroeg Moore.

'Ja.'

'Ogen?'

'Een lichte kleur. Blauw of grijs. Ik durfde er niet rechtstreeks in te kijken.'

'En de vorm van zijn gezicht? Rond, ovaal?'

'Smal.' Ze zweeg even. 'Gewoon.'

'Lengte en gewicht?'

'Dat is moeilijk te –'
'Ongeveer.'
Ze zuchtte. 'Normaal postuur.'
Normaal postuur. Een monster dat eruitzag als iedere willekeurige man.
Moore wendde zich tot Frost. 'Geef de *six-packs* even aan.'
Frost gaf hem het eerste boek met portretfoto's, die six-packs genoemd werden omdat er zes foto's per pagina waren. Moore legde het boek op een zwenktafeltje en duwde dat naar de patiënte toe.

Een halfuur lang keken ze met slinkende hoop toe terwijl ze zonder te pauzeren de boeken doorbladerde. Niemand zei iets; alleen het suizen van de zuurstof en het omslaan van de pagina's was te horen. Het waren foto's van bekende seksmisdadigers en terwijl Nina pagina na pagina omdraaide, kreeg Moore de indruk dat er nooit een einde zou komen aan de gezichten, dat deze portrettenparade de negatieve kant van iedere man vertegenwoordigde, de laag-bij-de-grondse inslag, bedekt door een menselijk masker.

Hij hoorde iemand op de glazen wand van het hokje tikken en toen hij opkeek zag hij dat Jane Rizzoli hem wenkte.

Hij liep naar buiten om met haar te praten.

'Heeft ze al iemand aangewezen?' vroeg ze.

'Nee, en dat zal ook niet gebeuren. Hij droeg een chirurgenmasker.'

Rizzoli fronste. 'Waarom een masker?'

'Het kan bij zijn ritueel horen. Misschien windt dat hem op. Doktertje spelen is zijn wensdroom. Hij heeft tegen haar gezegd dat hij het orgaan dat geschonden was, uit haar zou wegsnijden. Hij wist dat ze verkracht was. En wat heeft hij weggesneden? Hij heeft zonder aarzelen de baarmoeder gekozen.'

Rizzoli keek het glazen hokje in en zei zachtjes: 'Ik weet nog een andere reden waarom hij dat masker droeg.'

'Wat dan?'

'Hij wilde niet dat ze zijn gezicht zou zien. Hij wilde niet dat ze hem zou kunnen identificeren.'

'Maar dat zou inhouden...'

'Wat ik de hele tijd heb gezegd.' Rizoli draaide zich weer om naar Moore. 'De Chirurg wilde dat Nina Peyton zou blijven leven.'

Wat kunnen we aan een menselijk hart toch eigenlijk maar weinig zien, dacht Catherine terwijl ze de röntgenfoto's van Nina's borst bekeek. In de halfduistere kamer keek ze naar de foto's aan de lichtbak, bestudeerde de schaduwen die door de botten en organen werden geworpen. De ribbenkast, de trampoline van het middenrif en daarbovenop het hart. Niet de zetel van de ziel, maar slechts een gespierde pomp, die even weinig mystieke kracht bezat als de longen of de nieren. Toch kon zelfs Catherine, een wetenschapsmens, niet naar het hart van Nina Peyton kijken zonder geraakt te worden door de symboliek ervan.

Het was het hart van iemand die niet kapot te krijgen was.

Ze hoorde stemmen in de kamer ernaast. Het was Peter, die de archiefbediende om foto's van een patiënt vroeg. Even later kwam hij de spreekkamer in en stokte toen hij haar bij de lichtbak zag staan.

'Ben je er nog steeds?' zei hij.

'Jij bent er ook nog.'

'Maar ik heb vanavond dienst. Waarom ga je niet naar huis?'

Catherine keek weer naar de röntgenfoto van Nina's borst. 'Ik wilde eerst zien of deze patiënte stabiel is.'

Hij kwam vlak naast haar staan, zo lang, zo imponerend dat ze een sterke impuls om een stap opzij te doen, moest onderdrukken. Hij bekeek de foto.

'Afgezien van wat atelectasis zie ik hier niets om je zorgen over te maken.' Hij keek naar de aanduiding 'N.N.' in de hoek van de foto. 'Is dit de vrouw in bed twaalf? Bij wie al die agenten rondhangen?'

'Ja.'

'Ik zie dat je het zuurstofslangetje hebt weggehaald.'

'Een paar uur geleden,' zei ze met tegenzin. Ze wilde niet over Nina Peyton praten, wilde niets zeggen over haar persoonlijke betrokkenheid bij de zaak. Maar Peter vroeg door.

'Haar bloedgassen in orde?'

'Redelijk.'

'En ze is verder stabiel?'

'Ja.'

'Dan kun je toch best naar huis gaan? Ik dek je wel.'

'Ik wil deze patiënte graag persoonlijk in de gaten houden.'

Hij legde zijn hand op haar schouder. 'Sinds wanneer vertrouw jij je eigen partner niet meer?'

Ze verstijfde bij zijn aanraking. Hij voelde het en nam zijn hand weg.

Na een korte stilte liep Peter bij haar vandaan en begon zijn röntgenfoto's aan de andere lichtbak te hangen. Het was een serie CT-buikfoto's die een hele rij klemmetjes in beslag nam. Toen hij klaar was met ophangen, bleef hij erg stil staan, zijn ogen verborgen achter de reflectie van de röntgenfoto's in zijn bril.

'Ik ben de vijand niet, Catherine,' zei hij zachtjes. Hij keek daarbij niet naar haar, maar hield zijn blik op de lichtbak gericht. 'Ik wou dat ik je dat kon laten geloven. De gedachte laat me niet los dat ik iets heb gedaan, iets heb gezegd, waardoor alles tussen ons is veranderd.' Nu keek hij naar haar. 'Tot nu toe konden we op elkaar vertrouwen. Als partners in ieder geval. God, een paar dagen geleden hebben we nog samen met onze handen in de borst van een man gezeten. En nu wil je niet eens dat ik op een van je patiënten pas. Ken je me inmiddels niet goed genoeg om me te kunnen vertrouwen?'

'Er is geen chirurg die ik zo vertrouw als jou.'

'Wat is er dan? Toen ik vanochtend op mijn werk kwam, hoorde ik dat er was ingebroken, maar jij weigert erover te praten. Ik vraag je naar je patiënt in bed twaalf en over haar wil je al evenmin praten.'

'Op verzoek van de politie.'

'De politie schijnt deze dagen je leven helemaal te beheersen. Waarom?'

'Ik mag er niet over praten.'

'Ik ben niet alleen je partner, Catherine. Ik dacht dat ik ook je vriend was.' Hij deed een stap naar haar toe. Hij was lichamelijk een imponerende man en die ene stap gaf haar een claustrofobisch gevoel. 'Het is duidelijk dat je bang bent. Je sluit je op in je kantoor. Je ziet eruit alsof je al dagen niet hebt geslapen. Ik kan dat echt niet aanzien.'

Catherine trok Nina Peytons röntgenfoto van de lichtbak en stopte die in een envelop. 'Dit heeft niets met jou te maken.'

'Jawel. Als het invloed heeft op jou.'

Haar verdedigende houding sloeg prompt over in woede. 'Laat me één ding even duidelijk maken, Peter. We werken samen, dat klopt, en ik respecteer je als chirurg. Ik mag je graag als partner. Maar we delen elkaars leven niet. En we delen zeker elkaars geheimen niet.'

'Waarom niet?' vroeg hij zachtjes. 'Wat durf je me niet te vertellen?'

Ze staarde naar hem, uit haar evenwicht gebracht door de zachte toon waarop hij sprak. Op dat moment wilde ze niets liever dan haar hart bij hem uitstorten, hem tot in de meest beschamende details vertellen wat er in Savannah met haar was gebeurd. Maar ze wist wat de gevolgen van zo'n bekentenis zouden zijn. Ze wist dat wie verkracht was, voor altijd gebrandmerkt zou zijn, altijd een slachtoffer zou blijven. Ze kon medelijden niet verdragen. Niet van Peter, de enige man wiens respect zoveel voor haar betekende.

'Catherine?' Hij stak haar zijn hand toe.

Door haar tranen heen keek ze naar zijn hand. En als een drenkeling die de zwarte zee kiest in plaats van een reddingsboei, greep ze hem niet.

In plaats daarvan draaide ze zich om en liep de kamer uit.

12

Mevrouw N.N. is verhuisd.
 Ik houd een buisje van haar bloed in mijn hand en ben teleurgesteld dat het koel aanvoelt. Het heeft al te lang in het rekje van de laboratoriumassistent gestaan en de lichaamswarmte die in dit buisje zat gevangen, is door het glas heen uitgestraald en in het niets verdwenen. Koud bloed is een dood ding, zonder macht of ziel, en het doet me niets. Het is het etiket waar ik naar kijk, een witte rechthoek op het glazen buisje, met daarop gedrukt de naam van de patiënt, het nummer van de kamer en het ziekenhuisnummer. Hoewel er voor de naam 'Mevrouw N.N.' staat, weet ik van wie dit bloed is. Ze ligt niet meer op de intensive care. Ze is overgebracht naar Kamer 538 op de chirurgische afdeling.
 Ik zet het buisje terug in het rek, tussen twee dozijn andere, met rubber dopjes in blauw, paars, rood en groen. De kleuren staan voor de afzonderlijke procedures. De paarse dopjes zijn voor bloedtelling, de blauwe voor stollingsproeven, de rode voor de chemische eigenschappen en elektrolyten. In sommige van de buisjes met de rode dopjes is het bloed al gestold tot pijlertjes van donkere gelatine. Ik blader in de stapel laboratoriumformulieren en vind het formulier voor Mevrouw N.N. Vanochtend heeft dokter Cordell twee proeven besteld: een complete bloedtelling en serumelektrolyten. Ik graaf dieper in de laboratoriumformulieren van gisteravond en vind de doorslag van nóg een bestelling met de naam van dokter Cordell.
 'SPOED, bloedgassen, na verwijdering van zuurstofslang.
 2 liter zuurstof via zuurstofbrilletje.'
 Het zuurstofslangetje is uit Nina Peytons keel verwijderd. Ze haalt op eigen kracht adem, zonder hulp van apparatuur.

Ik zit roerloos op mijn werkplek en denk niet aan Nina Peyton maar aan Catherine Cordell. Ze denkt dat ze deze ronde heeft gewonnen. Ze denkt dat ze Nina Peyton heeft gered. Het is tijd haar een lesje te leren. Het is tijd haar te leren zich wat nederiger te gedragen.

Ik pak de telefoon en bel de dieetafdeling. Een vrouw neemt op, spreekt kortaf, het geluid van kletterende dienbladen op de achtergrond. Het is bijna etenstijd en ze heeft geen tijd voor loos gebabbel.

'Dit is 5 West,' lieg ik. 'Ik geloof dat we de dieetvoorschriften voor twee van onze patiënten verwisseld hebben. Kunt u me vertellen welk dieet u hebt staan voor Kamer 538?'

Ik moet even wachten terwijl ze op het toetsenbord tikt om de informatie op te vragen.

'Heldere vloeistoffen,' antwoordt ze. 'Klopt dat?'

'Ja, dat klopt. Dank u.' Ik hang op.

Vanochtend stond in de krant dat Nina Peyton nog steeds in coma lag en in levensgevaar verkeerde. Dat is niet waar. Ze is wakker.

Catherine Cordell heeft haar leven gered, zoals ik al had verwacht.

Een laboratoriumassistente komt naar mijn werkplek en zet een blad vol buisjes bloed op de tafel. We glimlachen tegen elkaar, zoals we iedere dag doen, twee vriendelijke collega's die positief over elkaar denken omdat ze niet beter weten. Ze is jong, met stevige, hoge borsten die als meloenen tegen haar witte uniform drukken, en ze heeft een mooi, regelmatig gebit. Ze pakt een nieuw stapeltje opdrachten, wuift en loopt weg. Ik vraag me af of haar bloed zout smaakt.

De apparaten gonzen en gorgelen een constant slaapliedje.

Ik ga naar de computer en roep de patiëntenlijst van 5 West op. Er zijn twintig kamers op die afdeling, die de vorm heeft van een 'H', waarbij de zusterspost op de middellijn van de H is gevestigd. Ik loop de lijst patiënten langs, drieëndertig in totaal, bekijk hun leeftijden en diagnoses. Ik stop bij de twaalfde naam, in kamer 521.

Meneer Herman Gwadowski, leeftijd 69. Behandelend arts: dokter Catherine Cordell. Diagnose: S/P spoedlaparotomie wegens meervoudig trauma in buik.

Kamer 521 bevindt zich in een gang parallel aan die van Nina

Peyton. Vanaf 521 kun je Nina's kamer niet zien.
 Ik klik op de naam van meneer Gwadowski en roep de lijst van zijn laboratoriumproeven op. Hij ligt nu al twee weken in het ziekenhuis en de lijst blijft eindeloos over het scherm rollen. Ik stel me zijn arm voor, de aderen een snelweg vol prikplekjes en bloeduitstortingen. Aan zijn bloedsuikerspiegels zie ik dat hij suikerpatiënt is. Zijn hoge aantallen witte bloedcellen laten zien dat hij een infectie heeft. Ik zie dat er kweekjes worden gemaakt van een wonduitstrijkje van zijn voet. De suikerziekte heeft de bloedsomloop in zijn ledematen aangetast en het vlees van zijn benen begint af te sterven. Ik zie ook dat er een kweekje in de maak is van een uitstrijkje van zijn centrale aderstelsel.
 Ik richt mijn aandacht op zijn elektrolyten. Zijn kaliumgehalte stijgt gestaag. Twee weken geleden 4,5. Vorige week 4,8. Gisteren 5,1. Hij is oud en zijn diabetische nieren hebben moeite de dagelijkse gifstoffen die zich in de bloedsomloop ophopen, uit te stoten. Gifstoffen als kalium.
 Er is niet veel voor nodig om hem over de rand te duwen.
 Ik heb meneer Herman Gwadowski nooit ontmoet, althans, niet persoonlijk. Ik ga naar het rekje met buisjes bloed dat op de tafel staat en kijk naar de etiketten. Het rek is afkomstig van 5 Oost en West en er zitten 24 buisjes in de houdertjes. Ik pak een buisje met een rood dopje dat afkomstig is uit kamer 521. Het is het bloed van meneer Gwadowski.
 Ik breng het buisje omhoog en bekijk het terwijl ik het langzaam tegen het licht laat draaien. Het is niet gestold en de vloeistof ziet er donker en troebel uit, alsof de naald die in de ader van meneer Gwadowski is doorgedrongen een stilstaande poel heeft geraakt. Ik neem het dopje van het buisje en ruik aan de inhoud. Ik ruik het ureum van de ouderdom, de kruidige zoetheid van infectie. Ik ruik een lichaam dat al aan het ontbinden is, ook al blijven de hersenen ontkennen dat het omhulsel aan het afsterven is.
 Op deze manier maak ik kennis met meneer Gwadowski.
 De vriendschap zal niet van lange duur zijn.

Angela Robbins was een scrupuleuze verpleegster en het irriteerde haar dat de dosis antibiotica die Herman Gwadowski om tien uur moest krijgen, er nog niet was. Ze liep naar de assistent van 5 West en zei: 'Ik wacht nog steeds op de intraveneuze medicijnen voor Gwadowski. Kun je de apotheek nog even bellen?'

'Heb je op de apothekerskar gekeken? Die was hier om negen uur.'

'Er zat niets bij voor Gwadowski. Hij moet zijn IV-dosis Zosyn echt nu krijgen.'

'O, wacht even, nu weet ik het weer.' De verpleegster stond op en liep naar een in-box op een andere tafel. 'Een koerier van 4 West heeft dit daarstraks gebracht.'

'4 West?'

'Het zakje was naar de verkeerde etage gestuurd.' De verpleegster keek op het etiket. 'Gwadowski, 521A.'

'Dank je,' zei Angela. Ze pakte het infuuszakje aan. Terwijl ze terugliep naar de kamer, las ze het etiket om zich ervan te verzekeren dat de naam van de patiënt en die van de behandelend arts erop stonden, en dat de juiste dosis Zosyn was toegevoegd aan het zakje saline. Alles leek in orde. Achttien jaar geleden, toen Angela als kersvers verpleegstertje was begonnen, kon een verpleegster gewoon de voorraadkamer van de afdeling binnenlopen, een zakje IV-vloeistof pakken en er de noodzakelijke medicijnen aan toevoegen. Een paar vergissingen van overwerkte verpleegsters, een paar rechtszaken die in alle kranten hadden gestaan, hadden daarin verandering gebracht. Nu moest zelfs een eenvoudig zakje saline met toegevoegd kalium via de apothekersafdeling van het ziekenhuis aangevraagd worden. Het was nóg een extra laag administratie, een extra tandrad in de toch al gecompliceerde machinerie van de gezondheidszorg en Angela was er sterk op tegen. Nu had het een uur vertraging opgeleverd in het afleveren van dit infuuszakje.

Ze bevestigde het infuusslangetje van meneer Gwadowski aan het nieuwe zakje en hing het aan de paal. Meneer Gwadowski had zich niet verroerd. Hij lag al twee weken in coma en scheidde reeds de geur van de dood af. Angela zat lang genoeg in het vak om te weten dat deze geur, als van zuur zweet, de prelude was van het overlijden. Iedere keer dat ze het rook, zei ze zachtjes tegen de andere verpleegsters: 'Deze zal het niet halen.' En dat dacht ze nu weer, toen ze het kraantje aan het infusieslangetje iets verder opendraaide en de vitale gegevens van de patiënt controleerde. *Deze zal het niet halen.* Toch voerde ze haar taken uit met dezelfde zorg als ze aan al haar patiënten besteedde.

Het was tijd voor het sponsbad. Ze zette een kom warm water naast het bed, doopte het washandje erin en begon meneer Gwadowski's gezicht te wassen. Hij lag met zijn mond open, de tong droog en gerimpeld. Konden ze hem maar laten gaan. Konden ze hem maar uit deze hel losmaken. Maar de zoon stond niet toe dat er een verandering werd aangebracht in zijn status, dus bleef de oude man leven, als je dit leven kon noemen, bleef zijn hart kloppen in het afstervende omhulsel.

Ze deed de patiënt zijn pyjama uit en bekeek de centrale aderplek. De wond zag er een tikje rood uit, wat haar zorgen baarde. Ze konden op de armen geen prikplekken meer vinden. Dit was nu de enige plek waar ze nog een infuusnaald konden inbrengen en Angela zorgde ervoor dat de wond schoon bleef en het verband regelmatig werd verwisseld. Na het sponsbad zou ze er weer een nieuw verband op doen.

Ze waste het bovenlichaam, liet het washandje heen en weer gaan over de ribbels van de ribben. Ze kon zien dat hij nooit erg gespierd was geweest, maar wat er nu van zijn borst over was, was alleen maar perkament dat over de beenderen gespannen zat.

Ze hoorde voetstappen en was niet blij toen ze de zoon van meneer Gwadowski zag binnenkomen. Met één enkele blik bracht hij haar in de verdediging – zo'n type was hij, een man die je altijd op je fouten en onvolmaaktheden wees. Hij deed dat steeds bij zijn zuster. Angela had hen een keer horen bekvechten en had zich moeten inhouden om de zuster niet te hulp te schieten. Maar het was niet aan haar om deze zoon te vertellen wat ze van zijn bazige gedrag dacht. Aan de andere kant hoefde ze ook niet overdreven vriendelijk tegen hem te doen, dus knikte ze alleen maar en ging door met het baden.

'Hoe is het met hem?' vroeg Ivan Gwadowski.

'Er is geen verandering opgetreden.' Haar stem klonk koel en zakelijk. Ze wou dat hij wegging, dat hij een eind zou maken aan de kleine ceremonie die zogenaamd moest laten zien dat hij om zijn vader gaf, dan kon ze tenminste rustig doorgaan met haar werk. Ze was ontvankelijk genoeg om te beseffen dat liefde slechts een klein onderdeel uitmaakte van de redenen waarom deze zoon hier was. Hij had de leiding genomen omdat hij gewend was dat te doen, en hij was niet van plan zich die uit handen te laten nemen. Zelfs niet door de dood.

'Is de dokter bij hem geweest?'

'Dokter Cordell komt iedere ochtend bij hem kijken.'

'Wat zegt ze over het feit dat hij nog steeds in coma ligt?'

Angela legde het washandje in de kom en richtte zich op om hem aan te kijken. 'Ik weet niet zeker wat erover gezegd kan worden, meneer Gwadowski.'

'Hoe lang zal hij zo blijven?'

'Zolang als u hem zo laat blijven.'

'Wat wil dat zeggen?'

'Vindt u niet dat het menselijker zou zijn om hem te laten gaan?'

Ivan Gwadowski staarde haar aan. 'Ja, dat zou het voor iedereen een stuk makkelijker maken, hè? Dan komt er weer een ziekenhuisbed vrij.'

'Dat is niet de reden waarom ik het zei.'

'Ik weet hoe ziekenhuizen tegenwoordig betaald krijgen. Als de patiënt te lang blijft, draaien jullie voor de kosten op.'

'Ik heb het alleen over wat het beste is voor uw vader.'

'Wat het beste is, is dat de mensen in dit ziekenhuis hun werk naar behoren doen.'

Voordat ze iets zou zeggen waar ze later spijt van zou krijgen, draaide Angela zich om en pakte het washandje uit de kom. Met bevende handen wrong ze het uit. *Ga er niet tegenin. Doe alleen je werk. Hij is zo'n type dat hiermee meteen naar de directeur holt.*

Ze legde het natte washandje op de buik van de patiënt. Toen pas besefte ze dat de oude man niet ademde.

Snel legde Angela haar vingers in zijn nek.

'Wat is er?' vroeg de zoon. 'Is er iets?'

Ze gaf geen antwoord, maar duwde hem opzij en holde de gang op. 'Assistentie!' riep ze. 'Assistentie vereist in kamer 521!'

Catherine sprintte Nina Peytons kamer uit en de hoek om naar de andere gang. Kamer 521 stond al vol verplegend personeel, zelfs tot op de gang, waar een groep medische studenten met grote ogen toekeek en halsreikend probeerde te zien wat er allemaal gebeurde.

Catherine drong de kamer binnen en riep boven de chaos uit: 'Wat is er gebeurd?'

Angela, de verpleegster van meneer Gwadowski, zei: 'Hij hield plotseling op met ademhalen! Er is geen pols.'

Catherine werkte zich naar het bed toe en zag dat een andere verpleegster de patiënt al een zuurstofmasker had voorgedaan en zuurstof in de longen pompte. Een co-assistent had zijn handen op de borst en perste met iedere druk op het borstbeen bloed uit het hart en in de aderen. Om de organen te voeden, het brein te voeden.

'ECG-plakkers geplaatst!' riep iemand.

Catherines blik vloog naar de monitor. De lijntjes duidden op ventriculaire fibrillatie. De boezems van het hart knepen zich niet meer samen. In plaats daarvan trilden de afzonderlijke spieren en was het hart in een slappe zak veranderd.

'Paddels gereed?' zei Catherine.

'Honderd joules.'

'Doe het!'

De verpleegster zette de elektroden van de defibrillator op de borst en riep: 'Los!'

De elektroden lieten een elektrische schok door het hart gaan. Het bovenlichaam van de man sprong op van het matras als een kat op een hete bakplaat.

'Nog steeds in fib!'

'Eén milligram epinefrine in infuus, dan nog een schok op honderd,' zei Catherine.

De bolus epinefrine gleed door de infuusslang.

'Los!'

Nog een schok van de elektroden, weer een opwippen van de torso.

Op de monitor schoot de ECG-lijn recht omhoog en zakte toen weer tot een trillende streep. De laatste stuiptrekkingen van een stervend hart.

Catherine keek neer op haar patiënt en dacht: hoe kan ik deze verschrompelde hoop beenderen weer tot leven brengen?

'Wilt u – hiermee – doorgaan?' vroeg de co-assistent hijgend terwijl hij bleef drukken. Een druppel zweet gleed als een glanzend streepje over zijn wang.

Ik wilde hem helemaal niet terugbrengen, dacht ze, en ze stond op het punt er een eind aan te maken toen Angela in haar oor fluisterde:

'De zoon is hier. Hij kijkt toe.'

Catherines blik vloog naar Ivan Gwadowski, die in de deuropening stond. Nu had ze geen keus. Als ze niet alles op alles zetten, zou de zoon hen allen ervoor laten boeten.

Op de monitor liep het streepje over de oppervlakte van een stormachtige zee.

'Laten we het nog een keer doen,' zei Catherine. 'Tweehonderd joules ditmaal. Tap wat bloed af voor elektrolyten!'

Ze hoorde dat een laatje van de reanimatiekar werd opengetrokken. Bloedbuisjes en een injectienaald verschenen.

'Ik kan geen ader vinden!'

'Gebruik de centrale aderlijn.'

'Los!'

Iedereen deed een stap achteruit toen de elektroden weer een stroomstoot loslieten.

Catherine keek naar de monitor, hopend dat de schok van de opzettelijk veroorzaakte verlamming het hart weer op gang zou brengen. In plaats daarvan zakte het bevende lijntje tot nauwelijks meer dan een siddering.

Nog een bolus epinefrine gleed door de infuusslang.

De co-assistent begon, rood aangelopen en zwetend, weer op de borst te drukken. Een vers paar handen nam de zuurstofzak over en kneep lucht in de longen, maar het was als proberen leven in een opgedroogd omhulsel te pompen. Catherine hoorde de verandering in de stemmen om haar heen. Het dringende karakter was eruit verdwenen, de woorden werden vlak en automatisch. Het was nu alleen nog maar een oefening, met de onontkoombare nederlaag in zicht. Ze keek de kamer rond naar de mensen die rond het bed stonden en zag dat ze allemaal wisten hoe de beslissing moest luiden. Ze wachtten alleen nog maar om die uit haar mond te horen.

Ze zei het. 'Tijdstip van overlijden: dertien minuten over elf.'

Ze deden allemaal een stap achteruit en keken zwijgend naar het voorwerp van hun nederlaag, Herman Gwadowski, die afkoelde te midden van een wirwar van draden en slangetjes. Een verpleegster zette de ECG-monitor af en het scherm ging uit.

'Waarom geen pacemaker?'

Catherine, die bezig was het overlijdensformulier te ondertekenen, stopte halverwege en draaide zich om. De zoon was de kamer ingekomen. 'Er is niets meer over wat nog gered kan worden,' zei ze. 'Het spijt me. We konden zijn hart niet meer op gang brengen.'

'Gebruiken ze daar geen pacemakers voor?'

'We hebben al het mogelijke gedaan –'

'Het enige wat u hebt gedaan is hem schokken geven.'

Het enige? Ze keek de kamer rond naar de bewijzen van hun pogingen, de gebruikte injectienaalden en medicijncapsules en verfrommelde zakjes. Het medische afval dat na iedere strijd achterbleef. De anderen keken toe, afwachtend hoe ze dit zou aanpakken.

Ze legde het klembord waarop ze aan het schrijven was, neer. Boze woorden vormden zich op haar lippen, maar ze kreeg de kans niet ze uit te spreken. In plaats daarvan draaide ze zich met een ruk om naar de deur.

Ergens op de afdeling krijste een vrouw.

Catherine vloog de kamer uit, de verpleegsters op haar hielen. Ze sprintte de hoek om en zag een verpleeghulp op de gang staan. De vrouw huilde en wees naar Nina's kamer. Op de stoel bij de deur van de kamer zat niemand.

Daar moet een politieagent zitten. Waar is hij?

Catherine duwde de deur open en bleef stokstijf staan.

Bloed was het eerste wat ze zag, heldere stroompjes die over de muur omlaagliepen. Toen keek ze naar haar patiënt, die languit op de vloer lag, op haar buik. Nina was halverwege het bed en de deur gevallen, alsof ze erin was geslaagd een paar wankele stappen te nemen voordat ze was neergestort. Haar infuus was losgeraakt en een stroom saline drupte uit de open slang op de vloer, waar het een transparante plas vormde naast de grotere rode poel.

Hij was hier. De Chirurg was hier.

Hoewel al haar instincten schreeuwden dat ze weg moest gaan, moest vluchten, dwong ze zichzelf naar voren te lopen en naast Nina te knielen. Bloed drong in haar chirurgenbroek, en het was nog warm. Ze rolde Nina op haar rug.

Eén blik op het witte gezicht, de starende ogen, vertelde haar dat Nina dood was. *Nog maar een paar ogenblikken geleden heb ik je hart voelen kloppen.*

Langzaam kwam ze los uit haar verdoving. Ze keek op en zag een kring van angstige gezichten. 'De politieman,' zei ze. 'Waar is de politieman?'

'Dat weten we niet –'

Ze kwam wankel overeind. De anderen stapten achteruit om haar erdoor te laten. Zonder zich er iets van aan te trekken dat ze een bloedspoor maakte, liep ze de kamer uit en keek met een wilde blik naar links en rechts de gang in.

'O, god,' zei een verpleegster.

Aan het eind van de gang kroop een donkere streep over de vloer. Bloed. Het sijpelde onder de deur van de voorraadkamer uit.

13

Rizzoli keek over het politielint heen Nina Peytons ziekenhuiskamer in. Het tegen de muren gespoten slagaderlijke bloed was opgedroogd in een vrolijk serpentinepatroon. Ze liep verder de gang door naar de voorraadkamer, waar het lijk van de agent was gevonden. Ook hier was de deur kriskras afgeschermd met geel lint. In de kamer zag ze een bosje infuuspalen en planken waarop steken, teiltjes en dozen met handschoenen stonden, allemaal besmeurd met zigzagstrepen van bloed. Een van hun eigen mensen was in deze kamer gestorven en voor iedere agent van het politiekorps van Boston was de jacht op de Chirurg nu heel persoonlijk geworden.

Ze vroeg aan de agent die bij de deur stond: 'Waar is rechercheur Moore?'

'Op de administratie. Ze zijn de surveillancefilms aan het bekijken.'

Rizzoli keek links en rechts de gang in, maar zag geen beveiligingscamera's. Ze hadden dus geen filmbeelden van deze gang.

Beneden glipte ze de vergaderkamer in waar Moore met twee verpleegsters de surveillancefilms aan het bekijken was. Niemand lette op haar; ze concentreerden zich allemaal op het televisiescherm waarop de film werd getoond.

De camera was gericht op de liften van 5 West. Op de videofilm ging de deur van de lift open. Moore zette de beelden stop.

'Dit,' zei hij, 'is de eerste groep die uit de lift kwam nadat het alarm was geslagen. Ik tel elf mensen en ze hebben allemaal haast.'

'Dat is te verwachten wanneer we met een hartstilstand te maken hebben,' zei de hoofdverpleegster. 'Het bericht wordt omgeroepen via het speakersysteem. Al het beschikbare personeel wordt geacht zich te melden.'

'Kijk goed naar deze gezichten,' zei Moore. 'Herkent u iedereen? Is er iemand die er niet bij hoort?'

'Ik kan niet alle gezichten zien, omdat ze en masse uit de lift komen.'

'Jij dan, Sharon?' vroeg Moore aan de tweede verpleegster.

Sharon leunde naar voren. 'Deze drie zijn verpleegsters. En de twee jongemannen aan de zijkant zijn medische studenten. Ik herken de derde man daar –' Ze wees naar de bovenkant van het scherm. 'Een verpleeghulp. De anderen komen me bekend voor, maar ik weet niet hoe ze heten.'

'Goed,' zei Moore vermoeid. 'Laten we de rest even bekijken. Daarna gaan we over op de film van het trappenhuis.'

Rizzoli liep naar voren tot ze vlak achter de hoofdverpleegster stond.

Op het scherm gingen de beelden achteruit en gleed de deur van de lift dicht. Moore drukte op Play en de deur ging weer open. Elf mensen stapten uit de lift en bewogen zich als een veelbenig organisme in hun haast om bij de plaats van het onheil te komen. Rizzoli zag aan hun gezichten dat er iets aan de hand was en ook zonder geluid was duidelijk dat de spanning hoog was. De groep mensen verdween links van het scherm. De liftdeur ging dicht. Er verstreken een paar ogenblikken en toen ging de liftdeur weer open om een nieuwe groep personeel uit te braken. Rizzoli telde dertien mensen. Tot nu toe waren binnen drie minuten in totaal vierentwintig mensen op de verdieping aangekomen – en dat alleen per lift. Hoeveel hadden de trap genomen? Rizzoli keek met groeiende verwondering toe. De timing was perfect geweest. Met de mededeling dat een patiënt een hartstilstand had, was een stormloop ontketend. Tientallen verpleegkundigen uit het hele ziekenhuis waren naar 5 West gezwermd en iedereen in een witte jas had ongemerkt kunnen meelopen. De moordenaar zou ervoor gezorgd hebben achter in de lift te staan, achter de anderen. Hij zou ervoor gezorgd hebben steeds iemand tussen zich en de camera in te houden. Ze hadden te maken met iemand die precies wist hoe een ziekenhuis functioneerde.

Ze keek naar de tweede groep mensen die uit de lift kwam en uit het beeld verdween. Twee van de gezichten bleven aan het oog onttrokken.

Moore deed een andere film in het apparaat en nu zagen ze een ander decor. Ze keken naar de deur van het trappenhuis. Heel even gebeurde er niets. Toen vloog de deur open en kwam een man in een witte jas binnengestormd.

'Die ken ik. Dat is Mark Noble, een van de co-assistenten,' zei Sharon.

Rizzoli pakte haar notitieboekje en schreef de naam op.

De deur vloog weer open en twee vrouwen verschenen, beiden in een wit uniform.

'Dat is Veronica Tam,' zei de hoofdverpleegster en ze wees naar de kleinste van de twee. 'Die werkt op 5 West. Ze had koffiepauze toen de crisissituatie begon.'

'En de andere vrouw?'

'Dat weet ik niet. Ik kan haar gezicht niet goed zien.'

Rizzoli schreef op:

10:48, camera in trappenhuis:
Veronica Tam, verpleegster, 5 West.
Onbekende vrouw, zwart haar, witte jas.

In totaal kwamen zeven mensen uit het trappenhuis. De verpleegsters herkenden vijf van hen. Tot nu toe had Rizzoli 31 mensen geteld die via de lift en de trap waren aangekomen. Als ze daaraan het personeel toevoegden dat al op de afdeling werkte, hadden ze te maken met minstens 40 mensen die toegang hadden tot 5 West.

'Kijk nu even naar wat er gebeurt wanneer de mensen tijdens en na de crisissituatie vertrekken,' zei Moore. 'Nu haasten ze zich niet. Misschien kunt u er nog een paar gezichten en namen uithalen.' Hij liet de film doorspoelen. Onder aan het scherm liep de digitale tijdaanduiding acht minuten door. De crisis was nog niet ten einde, maar personeel dat niet nodig was begon de afdeling te verlaten. De camera had alleen hun ruggen gefilmd toen ze naar de deur van het trappenhuis liepen. Eerst twee mannelijke medische studenten, even later gevolgd door een derde ongeïdentificeerde man die in zijn eentje vertrok. Daarna volgde een lange pauze, die Moore doordraaide. Vervolgens een groep van vier mannen die samen in het trappenhuis verdwenen. Nu was het 11:14. Tegen die tijd was er officieel een einde gekomen aan de crisissituatie en was de dood van Herman Gwadowski vastgesteld.

Moore deed een andere film in het apparaat. Ze zagen de lift weer.

Tegen de tijd dat ze de films nog een keer hadden bekeken, had Rizzoli drie pagina's notities; ze telde het aantal personen dat tijdens de crisissituatie was aangekomen. Dertien mannen en zeventien vrouwen hadden gereageerd op het alarmsignaal. Nu telde Rizzoli hoeveel er op de film vertrokken nadat de crisis voorbij was.

De aantallen kwamen niet overeen.

Uiteindelijk drukte Moore op Stop en verdwenen de beelden. Ze hadden meer dan een uur naar de videobeelden zitten kijken en de twee verpleegsters zagen eruit alsof ze door een hel waren gegaan.

Toen Rizzoli's stem abrupt de stilte verbrak, schrokken ze allebei op. 'Werken er tijdens uw dienst mannelijke personeelsleden op 5 West?' vroeg ze.

De hoofdverpleegster keek naar Rizzoli. Ze leek verrast dat er een tweede rechercheur de kamer was binnengeglipt zonder dat ze dat had gemerkt. 'Er is een verpleger die om drie uur begint, maar tijdens de ochtenddienst hebben we hier geen mannen.'

'En werkten er ook geen mannen op 5 West op het moment dat de crisis aanbrak?'

'Er kunnen artsen in opleiding geweest zijn, maar geen verplegers.'

'Welke artsen in opleiding? Kunt u zich dat herinneren?'

'Ze komen en gaan, doen hun ronden. Ik hou dat allemaal niet bij. We hebben ons eigen werk.' De verpleegster keek naar Moore. 'En we moeten nu echt terug naar de afdeling.'

Moore knikte. 'U kunt gaan. Dank u.'

Rizzoli wachtte tot de twee verpleegsters de kamer hadden verlaten. Toen zei ze tegen Moore: 'De Chirurg was al op de afdeling voordat de crisis begon. Niet?'

Moore stond op en liep naar de videoapparatuur. Ze kon aan zijn lichaamstaal zien dat hij kwaad was: aan de manier waarop hij op de knop drukte om de film uit het apparaat te laten komen, aan de manier waarop hij een andere film erin deed.

'Er zijn dertien mannen op 5 West aangekomen. En veertien vertrokken. Er is dus een extra man. Hij moet daar de hele tijd zijn geweest.'

Moore drukte op Play. De film van de deur naar het trappenhuis begon weer te draaien.

'Verdomme, Moore. Crowe was belast met het beschermen van

onze enige getuige. En nu zijn we die getuige kwijt.'

Hij zei nog steeds niets, maar staarde naar het scherm, naar de inmiddels bekende mensen die vanuit het trappenhuis binnenkwamen en verdwenen.

'De moordenaar loopt dwars door muren heen,' zei ze. 'Hij verschuilt zich in het niets. Er werkten negen verpleegsters op die afdeling en geen van hen heeft gemerkt dat hij er was. Hij heeft daar godverdomme *al die tijd* gezeten.'

'Dat is één mogelijkheid.'

'Hoe heeft hij de agent te grazen kunnen nemen? Waarom zou een agent zich laten overhalen bij de deur van de patiëntenkamer weg te gaan en een voorraadkamer binnen te gaan?'

'Misschien was het iemand die hij kende. Of iemand die geen bedreiging vormde.'

Midden in zoiets chaotisch als een crisissituatie, wanneer iedereen probeert te helpen een leven te redden, zou het helemaal niet vreemd zijn als een employé van het ziekenhuis zich zou wenden tot de enige man die op de gang stond en niets te doen had – de politieman. Helemaal niet vreemd die agent te vragen even te helpen met iets in de voorraadkamer.

Moore drukte op de pauzeknop. 'Kijk,' zei hij zachtjes. 'Volgens mij is dat onze man.'

Rizzoli staarde naar het scherm. Het was de man die vóór het eind van de crisissituatie in zijn eentje naar de trap was gelopen. Ze konden alleen zijn rug zien. Hij droeg een witte jas en een chirurgenmuts. Een smalle rand kortgeknipt bruin haar was nog net zichtbaar. Hij was tengergebouwd, zijn schouders waren helemaal niet indrukwekkend, zijn hele houding was voorovergebogen als een wandelend vraagteken.

'Dit is de enige keer dat we hem zien,' zei Moore. 'Ik heb hem op de film van de lift niet gezien. En ik heb hem ook niet via deze trap zien aankomen. Maar hij vertrekt wel via deze trap. Zie je hoe hij de deur met zijn heup openduwt en hem niet met zijn handen aanraakt? Ik wil wedden dat hij nergens vingerafdrukken heeft achtergelaten. Zo voorzichtig is hij wel. En kijk eens hoe hij zich vooroverbuigt, alsof hij weet dat hij gefilmd wordt. Hij weet dat we naar hem op zoek zijn.'

'Weten we wie het is?'

'Geen van de verpleegsters heeft kunnen zeggen hoe hij heet.'

'Verdomme, hij was op hun afdeling.'

'Samen met nog een heleboel anderen. Iedereen deed zijn best Herman Gwadowski te redden. Iedereen behalve *hij*.'

Rizzoli liep naar het videoscherm, haar blik gericht op de eenzame figuur in de witte gang. Hoewel ze zijn gezicht niet kon zien, voelde ze zich ijskoud worden, alsof ze in de ogen van de duivel keek. *Ben jij de Chirurg?*

'Niemand herinnert zich hem gezien te hebben,' zei Moore. 'Niemand herinnert zich samen met hem de lift genomen te hebben. En toch is hij er. Een geest, die verschijnt en verdwijnt zoals het hem belieft.'

'Hij is acht minuten na het begin van de crisis vertrokken,' zei Rizzoli, naar de digitale klok op het scherm kijkend. 'En twee medische studenten zijn vlak voor hem vertrokken.'

'Ja, ik heb hen gesproken. Ze moesten om elf uur een lezing bijwonen. Daarom zijn ze halverwege vertrokken. Ze hebben er geen erg in gehad dat onze man achter hen aan de trap afkwam.'

'Dus hebben we helemaal geen getuigen.'

'Alleen deze camera.'

Ze was nog steeds geconcentreerd op de tijd. Acht minuten na het begin van de crisis. Acht minuten was veel tijd. Ze probeerde het in gedachten uit te spelen. Loop naar de agent: tien seconden. Haal hem over een paar meter met je mee te lopen, de voorraadkamer binnen te gaan: dertig seconden. Snij zijn keel door: tien seconden. Verlaat de kamer, doe de deur dicht, ga Nina Peytons kamer binnen: vijftien seconden. Vermoord het tweede slachtoffer, verlaat de kamer. Dertig seconden. Dat was samen hooguit twee minuten. Dus waren er nog zes minuten over. Waar had hij die extra tijd voor gebruikt? Om schone kleren aan te trekken? Er had veel bloed gevloeid; misschien had hij onder het bloed gezeten.

Hij had meer dan voldoende tijd gehad. Pas tien minuten nadat de man op dat videoscherm via de trap was verdwenen, had de zorgverlener Nina's lichaam ontdekt. Tegen die tijd kon hij al een kilometer verderop zijn geweest, in zijn auto.

Wat een perfecte timing. Deze verdachte doet alles met de precisie van een Zwitsers horloge.

Ze schoot abrupt overeind in haar stoel toen het besef door haar heen flitste als een bliksemschicht. 'Hij wist het. Jezus, Moore, hij *wist* dat er een crisissituatie zou komen.' Ze keek hem aan en zag aan zijn kalme reactie dat hij ook al tot die conclusie was gekomen. 'Had meneer Gwadowski bezoek gehad?'

'Van zijn zoon. Maar de verpleegster was de hele tijd in de kamer. En ze was er ook toen de patiënt de hartstilstand kreeg.'

'Wat is er vlak voor die hartstilstand gebeurd?'

'Ze heeft het infuuszakje vervangen. We hebben het zakje naar het lab gestuurd om het te laten analyseren.'

Rizzoli keek weer naar het videoscherm, waarop het beeld van de man in de witte jas was bevroren. 'Er klopt iets niet. Waarom zou hij zo'n risico nemen?'

'Hij wilde schoon schip maken, van een los eindje afkomen – de getuige.'

'Maar waar was Nina Peyton getuige van geweest? Ze had een man met een chirurgenmasker gezien. Hij wist dat ze hem niet kon identificeren. Hij wist dat ze vrijwel geen gevaar voor hem vormde. Toch heeft hij zich een heleboel moeite getroost om haar te vermoorden. Hij heeft zich blootgesteld aan arrestatie. Wat schiet hij daarmee op?'

'De bevrediging. Hij heeft de moord eindelijk afgerond.'

'Maar dat had hij ook bij haar thuis kunnen doen. Moore, hij heeft Nina Peyton die avond met opzet in leven gelaten. Wat wil zeggen dat hij al van plan was er op deze manier een eind aan te maken.'

'In het ziekenhuis?'

'Ja.'

'Waarom?'

'Dat weet ik niet. Maar ik vind het interessant dat hij van alle patiënten op die afdeling juist Herman Gwadowski voor zijn afleidingsmanoeuvre heeft gekozen. Een patiënt van Catherine Cordell.'

Moore's pieper ging. Terwijl hij belde, richtte Rizzoli haar aandacht weer op de monitor. Ze drukte op Play en zag de man in de witte jas naar de deur lopen. Hij stak zijn heup uit om de stang van de deur te raken en verdween in het trappenhuis. Hij zorgde ervoor dat er niet één keer ook maar een deel van zijn gezicht op de film kwam. Ze drukte op Rewind en bekeek het stukje film nogmaals. Deze keer, toen zijn heup licht draaide, zag ze het: de bobbel onder zijn witte jas. Die zat aan zijn rechterkant, ter hoogte van zijn middel. Wat had hij daar verborgen? Extra kleren? Zijn moordwerktuigen?

Ze hoorde Moore in de telefoon zeggen: 'Raak het niet aan! Laat het liggen waar het ligt. Ik kom eraan.'

Toen hij ophing, vroeg Rizzoli: 'Wie was dat?'

'Catherine,' zei Moore. 'Onze vriend heeft haar weer een boodschap gestuurd.'

'Het zat in de interne post,' zei Catherine. 'Toen ik de envelop zag, wist ik meteen dat die van hem was.'

Rizzoli keek toe toen Moore handschoenen aantrok; een zinloze voorzorgsmaatregel, dacht ze, aangezien de Chirurg nog nooit zijn vingerafdrukken op bewijsmateriaal had achtergelaten. Het was een grote, bruine envelop die was dichtgemaakt met een touwtje en pinnetje. Op de bovenste lege regel stond in blauwe inkt geschreven: 'Aan Catherine Cordell. Een verjaardagsgroet van A.C.'

Andrew Capra, dacht Rizzoli.

'Je hebt hem niet opengemaakt?' vroeg Moore.

'Nee. Ik heb hem op mijn bureau neergelegd en jou gebeld.'

'Goed gedaan.'

Rizzoli vond dat antwoord uit de hoogte klinken, maar Catherine vatte het duidelijk niet zo op en schonk hem een gespannen glimlach. Er vloog iets heen en weer tussen Moore en Catherine. Een blik, een warme stroom, die Rizzoli registreerde met een steek van pijnlijke afgunst. *Het zit tussen die twee al dieper dan ik dacht.*

'De envelop voelt leeg aan,' zei hij. Met gehandschoende handen trok hij het touwtje los. Rizzoli legde een vel wit papier op het bureau om de inhoud op te vangen. Moore deed de flap omhoog en hield de envelop ondersteboven.

Zijdeachtige, roodbruine haren gleden eruit en kwamen als een glanzend hoopje op het vel papier terecht.

Een kilte kroop over Rizzoli's ruggengraat. 'Het ziet eruit als mensenhaar.'

'O god. *O god...*'

Rizzoli draaide zich om en zag Catherine in afgrijzen achteruitdeinzen. Ze keek naar Catherines haar en toen weer naar de haren die uit de envelop waren gevallen. *Het is van haar. Het is Cordells haar.*

'Catherine.' Moore sprak zachtjes, sussend. 'Misschien is het niet van jou.'

Ze keek hem in paniek aan. 'Maar als het wel zo is? Hoe heeft hij –'

'Heb je een haarborstel in je kledingkastje? Of hier op kantoor?'

'Moore,' zei Rizzoli. 'Kijk eens naar deze haren. Die zijn niet uit een haarborstel getrokken. De wortelpunten zijn afgeknipt.' Ze draaide zich om naar Catherine. 'Wie heeft de laatste keer uw haar geknipt, dokter Cordell?'

Langzaam kwam Catherine terug naar de tafel en bekeek de afgeknipte haren alsof ze keek naar een gifslang. 'Ik weet wanneer hij het heeft gedaan,' zei ze zachtjes. 'Ik herinner het me.'

'Wanneer dan?'

'Het was die avond...' Ze keek Rizzoli met een verbijsterd gezicht aan. 'In Savannah.'

Rizzoli hing op en keek Moore aan. 'Rechercheur Singer bevestigt het. Een lok van haar haar was afgeknipt.'

'Waarom stond dat dan niet in Singers rapport?'

'Cordell zag het pas op de tweede dag in het ziekenhuis, toen ze in een spiegel keek. Aangezien Capra dood was en er geen haar was gevonden op de plaats van het misdrijf, is Singer ervan uitgegaan dat het haar was afgeknipt door ziekenhuispersoneel. Misschien tijdens de behandeling op de eerstehulpafdeling. Cordells gezicht was aardig toegetakeld, weet je nog wel? Misschien hadden ze wat haar weggeknipt om haar schedel te behandelen.'

'Heeft Singer ooit bevestigd dat het door iemand in het ziekenhuis was afgeknipt?'

Rizzoli gooide haar potlood neer en zuchtte. 'Nee. Hij heeft er geen werk van gemaakt.'

'Hij heeft het er zomaar bij laten zitten? Er niets over gezegd in zijn rapport omdat het nergens op sloeg?'

'Het *slaat* ook nergens op! Waarom zijn de haren niet op de plaats van het misdrijf gevonden, samen met Capra's lijk?'

'Catherine kan zich een groot deel van die nacht niet herinneren. De Rohypnol heeft een flink stuk van haar geheugen weggevaagd. Capra kan het huis hebben verlaten. Later zijn teruggekomen.'

'Goed. Dan het grote vraagstuk. Capra is dood. Hoe heeft de Chirurg dit souvenir in handen gekregen?'

Daarop had Moore geen antwoord. Twee moordenaars, één levende en één dode. Wat verbond deze twee monsters met elkaar? De band tussen hen was meer dan alleen maar geestelijke energie; hij had nu een fysieke dimensie gekregen. Iets dat ze konden zien en aanraken.

173

Hij keek neer op de twee bewijszakjes. Op het etiket van het ene stond: 'Onbekende geknipte haren.' Het tweede zakje bevatte een monster van Catherines haar, ter vergelijking. Hij had de koperen streng zelf afgeknipt en in het Ziploc-zakje gedaan. Zulk haar was inderdaad een verleidelijk souvenir. Haar was zo puur persoonlijk. Een vrouw draagt het, slaapt ermee. Het bevat geur en kleur en textuur. Het is het wezen van de vrouw. Geen wonder dat Catherine zo geschrokken was toen ze erachter was gekomen dat een man die ze niet kende zo'n intiem deel van haar in zijn bezit had. Te weten dat hij het had gestreeld, eraan geroken, als een minnaar haar geur had leren kennen.

De Chirurg kent haar geur inmiddels al heel goed.

Het was bijna middernacht, maar er brandde nog licht bij haar. Achter de gesloten gordijnen zag hij haar silhouet langsglijden, dus wist hij dat ze nog wakker was.

Moore liep naar de geparkeerde patrouillewagen en bukte zich om te praten met de twee agenten die erin zaten. 'Iets te rapporteren?'

'Ze is het gebouw niet uit geweest sinds ze thuis is gekomen. Ze ijsbeert veel. Zo te zien staat haar een slapeloze nacht te wachten.'

'Ik ga met haar praten,' zei Moore en hij draaide zich om om de straat over te steken.

'Blijft u de hele nacht?'

Moore stokte. Draaide zich stijfjes om naar de agent. 'Pardon?'

'Blijft u de hele nacht? Zo ja, dan geven we dat door aan de volgende ploeg. Dan weten ze tenminste dat het een van onze eigen mensen is, die bij haar is.'

Moore slikte zijn woede in. De vraag van de agent was heel redelijk geweest, dus waarom had hij zo prikkelbaar gereageerd?

Omdat ik weet hoe het eruitziet wanneer ik om middernacht bij haar aanklop. Ik weet wat ze denken. Het is hetzelfde als ik denk.

Op het moment dat hij haar flat binnenging, zag hij de vraag in haar ogen en hij beantwoordde die met een grimmig knikje. 'Ik vrees dat het lab het heeft bevestigd. Het is jouw haar, dat hij heeft gestuurd.'

Ze accepteerde het nieuws in een verbluft stilzwijgen.

In de keuken begon een ketel te fluiten. Ze draaide zich om en liep de kamer uit.

Toen hij de deur dichtdeed, bleef zijn blik rusten op de glanzende nieuwe grendel. Hoe ontoereikend leek zelfs het dikke staal tegen een tegenstander die door muren heen kon lopen. Hij liep achter haar aan naar de keuken en zag haar het gas onder de gillende ketel uitdoen. Ze frunnikte aan een doosje theezakjes, onderdrukte een geschrokken kreetje toen de theezakjes allemaal uit het doosje op het aanrecht vielen. Een ongelukje van niets, maar het leek de laatste druppel te zijn. Opeens leunde ze tegen het aanrecht, handen gebald, witte knokkels op witte tegels. Ze deed haar best niet te gaan huilen, niet in te storten waar hij bij was, maar ze verloor de strijd. Hij zag haar diep ademhalen. Zag hoe haar schouders omhooggingen en hoe haar hele lichaam zich spande om de snik binnen te houden.

Hij kon het niet meer aanzien. Hij liep naar haar toe en trok haar tegen zich aan. Hield haar omarmd terwijl ze schokte. De hele dag had hij eraan gedacht hoe het zou zijn om haar te omarmen; hij had ernaar verlangd. Hij had niet gewild dat het op deze manier zou gaan, dat ze vanwege angst in zijn armen terecht zou komen. Hij wilde méér zijn dan een veilige haven, een betrouwbare man tot wie ze zich kon wenden.

Maar dat was precies wat ze nu nodig had. Dus wikkelde hij zich om haar heen, om haar te beschermen tegen de verschrikkingen van de nacht.

'Waarom gebeurt dit weer?' fluisterde ze.

'Dat weet ik niet, Catherine.'

'Het is Capra –'

'Nee. Capra is dood.' Hij nam haar behuilde gezicht tussen zijn handen, dwong haar naar hem te kijken. 'Andrew Capra is dood.'

Ze keek hem aan en bleef heel stil staan in zijn omhelzing. 'Waarom heeft de Chirurg *mij* dan gekozen?'

'Als iemand het antwoord daarop weet, ben jij het.'

'Maar ik weet het *niet*.'

'Misschien niet op een bewust niveau. Maar je hebt me zelf verteld dat je je niet alles van wat er in Savannah is gebeurd, kunt herinneren. Je herinnert je niet wie het tweede schot heeft gelost. Je herinnert je niet wie je haar heeft afgeknipt, of wanneer. Wat kun je je nog meer niet herinneren?'

Ze schudde haar hoofd. Toen knipperde ze, geschrokken, bij het geluid van zijn pieper.

Waarom kunnen ze me niet met rust laten? Hij liep naar de telefoon aan de keukenmuur om te bellen.

Rizzoli's stem begroette hem met wat klonk als een beschuldiging. 'Je bent bij haar thuis.'

'Goed geraden.'

'Nummerweergave. Het is middernacht. Heb je nagedacht over wat je aan het doen bent?'

Hij zei geïrriteerd: 'Waarom heb je me opgepiept?'

'Luistert ze mee?'

Hij zag Catherine de keuken uitlopen. Zonder haar leek die opeens leeg. Verstoken van inhoud. 'Nee,' zei hij.

'Ik heb nagedacht over het haar. Er is nóg een verklaring voor hoe ze het heeft gekregen.'

'En wat mag die dan wel zijn?'

'Dat ze het aan zichzelf heeft gestuurd.'

'Ik kan niet geloven wat ik hoor.'

'En ik kan niet geloven dat je er niet eens aan gedacht hebt.'

'Wat zou het motief zijn?'

'Hetzelfde motief dat mensen ertoe aanzet bij de politie binnen te lopen en moorden te bekennen die ze niet hebben gepleegd. Kijk eens hoeveel aandacht ze krijgt! Van jou. Het is middernacht en je bent bij haar, vertroetelt haar. Ik zeg niet dat de Chirurg haar niet aan het stalken is. Maar vanwege dat haar doe ik een stapje terug en zeg ik: *ho*. Het is tijd om te kijken naar wat er nog meer aan de hand kan zijn. Hoe is de Chirurg aan dat haar gekomen? Heeft Capra het twee jaar geleden aan hem *gegeven*? Hoe kon hij dat doen als hij dood op de vloer van haar slaapkamer lag? Je hebt de tegenstrijdigheden tussen haar verklaring en het lijkschouwingsrapport over Capra gezien. We weten allebei dat ze niet de volledige waarheid heeft verteld.'

'Die verklaring heeft rechercheur Singer haar ontfutseld.'

'Denk je dat hij haar het verhaal heeft ingegeven?'

'Vergeet niet dat Singer zwaar onder druk stond. Vier moorden. Iedereen wilde een arrestatie. En hij had een prachtige oplossing: de dader was dood, neergeschoten door zijn slachtoffer. Catherine had de zaak voor hem afgerond, ook al heeft hij haar de woorden in de mond moeten leggen.' Moore zweeg even. 'We moeten erachter zien te komen wat er die avond in Savannah in werkelijkheid is gebeurd.'

'Zij is de enige die daar was. En ze zegt dat ze zich niet alles herinnert.'

Moore keek op toen Catherine weer binnenkwam. 'Nog niet.'

14

'Weet je zeker dat dokter Cordell hiertoe bereid is?' vroeg Alex Polochek.
'Ze is hier en ze zit op je te wachten,' zei Moore.
'Heb je haar niet omgepraat? Hypnose werkt namelijk niet als de persoon in kwestie erop tegen is. Ze moet haar volledige medewerking verlenen, anders is het zonde van de tijd.'
Zonde van de tijd. Dat had Rizzoli ook al gezegd en haar mening werd gedeeld door veel van de rechercheurs van hun afdeling. Ze beschouwden hypnose als een circusnummer, dat beperkt moest blijven tot entertainers in Las Vegas en goochelaars in achterafzaaltjes. Ooit was Moore het met hen eens geweest.
De zaak-Meghan Florence had hem van gedachten doen veranderen.
Op 31 oktober 1998 liep de tienjarige Meghan van school naar huis toen een auto naast haar stopte. Ze was nooit meer levend teruggezien.
De enige getuige van de ontvoering was een twaalfjarige jongen die er vlakbij stond. Hoewel hij de auto goed had kunnen zien en kon vertellen wat voor kleur hij had en wat voor model het was, kon hij zich het kentekennummer niet herinneren. Weken later, toen er geen nieuwe ontwikkelingen meer in de zaak waren, hadden de ouders van het meisje erop aangedrongen een hypnotherapeut in de arm te nemen om de jongen te ondervragen. Aangezien de politie geen enkel ander aanknopingspunt had, had men er met tegenzin in toegestemd.
Moore was erbij geweest. Hij had gezien hoe Alex Polochek de jongen rustig onder hypnose had gebracht en in opperste verbazing gehoord hoe de jongen kalmpjes het kentekennummer had voorgelezen.

Het stoffelijk overschot van Meghan Florence was twee dagen later gevonden, begraven in de achtertuin van de ontvoerder.

Moore hoopte dat Polochek met Catherine Cordells geheugen net zulke wonderen kon verrichten als met dat van de jongen.

De twee mannen stonden nu buiten de spreekkamer en keken door de eenzijdige spiegelruit naar Catherine en Rizzoli, die in de kamer zaten. Catherine leek zich slecht op haar gemak te voelen. Ze ging steeds verzitten en keek naar de ruit, alsof ze wist dat ze in de gaten werd gehouden. De kop thee op het tafeltje naast haar was onaangeroerd.

'De herinnering die ze moet ophalen, is erg pijnlijk,' zei Moore. 'Ze wil meewerken, maar het zal niet prettig voor haar zijn. Ze verkeerde onder invloed van Rohypnol toen ze werd verkracht.'

'Een door medicijnen beïnvloede herinnering van twee jaar geleden? En je zegt bovendien dat haar herinnering misschien niet zuiver meer is.'

'Het is mogelijk dat een rechercheur in Savannah haar tijdens de ondervraging iets heeft aangepraat.'

'Je weet dat ik geen wonderen kan verrichten. En niets van wat uit deze sessie naar boven komt, kan bij een rechtszaak als bewijsmateriaal overlegd worden. Dit zal iedere toekomstige gerechtelijke getuigenis van haar tenietdoen.'

'Dat weet ik.'

'En je wilt het toch doen?'

'Ja.'

Moore deed de deur open en de twee mannen liepen de spreekkamer in. 'Catherine,' zei Moore, 'dit is de man over wie ik je heb verteld, Alex Polochek. Hij is forensisch hypnotiseur en hij werkt voor de politie van Boston.'

Toen zij en Polochek elkaar een hand gaven, lachte ze nerveus. 'Sorry,' zei ze. 'Ik wist niet goed wat ik moest verwachten.'

'U dacht dat ik een zwarte cape zou dragen en een toverstokje bij me had,' zei Polochek.

'Het klinkt belachelijk, maar zoiets, ja.'

'En in plaats daarvan ziet u een mollig, kaal ventje.'

Weer lachte ze en ze ontspande zich iets.

'Bent u nog nooit onder hypnose gebracht?' vroeg hij.

'Nee, en eerlijk gezegd geloof ik ook niet dat het zal lukken.'

'Waarom denkt u dat?'

'Omdat ik er niet echt in geloof.'

'En toch vindt u het goed dat ik het probeer.'

'Rechercheur Moore vond dat ik het moest doen.'

Polochek ging in een stoel tegenover haar zitten. 'Dokter Cordell, om deze sessie te laten slagen hoeft u niet in hypnose te geloven. Maar u moet wel willen dat ze zal slagen. U moet me vertrouwen. En u moet bereid zijn u te ontspannen en uzelf te laten gaan. U door mij op een ander niveau te laten brengen. Het lijkt sterk op de fase die iedereen doormaakt vlak voor hij in slaap valt. U zult niet slapen. Ik beloof u dat u zich bewust zult blijven van wat er rondom u gebeurt. Maar u zult zo ontspannen zijn dat u in staat zult zijn delen van uw geheugen te bereiken waar u normaal gesproken niet bij kunt komen. Het is als het openen van een dossierkast die in uw hersenen zit; u zult eindelijk in staat zijn de laden open te trekken en de mappen eruit te halen.'

'Dat is het deel waar ik niet in geloof. Dat hypnose me dingen gaat laten herinneren.'

'De hypnose laat u zich niets herinneren, maar stelt u in staat zich dingen te herinneren.'

'Goed, me in *staat* zal stellen me dingen te herinneren. Het lijkt me onwaarschijnlijk dat dit me zal helpen een herinnering op te halen waar ik op eigen kracht niet bij kan komen.'

Polochek knikte. 'U hebt het recht sceptisch te zijn. Het lijkt inderdaad niet erg waarschijnlijk. Maar ik zal u een voorbeeld geven van hoe herinneringen geblokkeerd kunnen worden. Dat heet de Wet van het omgekeerde effect. Hoe harder je probeert je iets te herinneren, hoe kleiner de kans dat je erop komt. Dat hebt u zelf vast ook meegemaakt. Het geldt voor ons allemaal. Je ziet bijvoorbeeld een beroemde actrice op tv en je *weet* hoe ze heet. Maar je kunt er niet op komen. Je wordt er gek van. Een uurlang pijnig je je hersenen. Je begint je af te vragen of dit het begin is van alzheimer. Dat is u vast ook wel eens overkomen.'

'Vaak.' Catherine glimlachte nu. Het was duidelijk dat ze Polochek wel mocht en zich bij hem op haar gemak voelde. Dat was een goed begin.

'En uiteindelijk schiet de naam van de actrice u te binnen, nietwaar?' zei hij.

'Ja.'

'Wanneer gebeurt dat meestal?'

'Wanneer ik er niet meer zo gespannen naar zoek. Wanneer ik

me ontspan en ergens anders aan denk. Of wanneer ik in bed lig en op het punt sta in slaap te vallen.'

'Precies. Op het moment dat je je begint te ontspannen, en je hersenen ophouden zo wanhopig aan die dossierkast te trekken, gaat er als door een wonder een la open en springt de map eruit. Vindt u het concept van hypnose nu iets aannemelijker?'

Ze knikte.

'Goed, en dat is precies wat we gaan doen. U helpen zich te ontspannen. U de kans geven dingen uit die dossierkast te halen.'

'Ik weet niet zeker of ik me wel voldoende zal kunnen ontspannen.'

'Vanwege deze kamer? De stoel?'

'Nee, de stoel zit lekker. Het komt door...' Ze keek benepen naar de videocamera. '... de toeschouwers.'

'Rechercheurs Moore en Rizzoli zullen de kamer verlaten. En wat de camera betreft, dat is maar een ding. Een apparaat. Zo moet u het ook beschouwen.'

'Ik zal het proberen...'

'Zit u verder nog ergens mee?'

Een korte stilte. Toen zei ze zachtjes: 'Ik ben bang.'

'Voor mij?'

'Nee. Voor de herinnering. Om het opnieuw te moeten doormaken.'

'Dat zou ik u nooit aandoen. Rechercheur Moore heeft me verteld dat het een traumatische ervaring was en we laten u dat niet nog een keer meemaken. We gaan het op een andere manier aanpakken. Zodat angst de herinneringen niet zal blokkeren.'

'En hoe kan ik weten of het echte herinneringen zijn en niet iets wat ik verzin?'

Polochek wachtte even voordat hij antwoord gaf. 'Dat is ook een van onze zorgen, dat uw herinneringen niet zuiver meer zijn. Er is veel tijd verstreken. We zullen gewoon moeten werken met wat we hebben. Ik kan u vertellen dat ik zelf erg weinig over uw geval weet. Ik probeer er niet al te veel over te weten te komen, om te voorkomen dat ik invloed ga uitoefenen op uw herinneringen. Het enige wat me is verteld, is dat het twee jaar geleden is gebeurd, dat u bent verkracht en dat u Rohypnol in uw bloedsomloop had. Verder weet ik niets. Alle herinneringen die boven zullen komen, zullen dus de uwe zijn. Ik ben er alleen om u te helpen die dossierkast open te maken.'

Ze slaakte een diepe zucht. 'Ik ben er klaar voor.'

Polochek keek naar de twee rechercheurs.

Moore knikte en verliet toen samen met Rizzoli de kamer.

Vanachter het raam zagen ze dat Polochek een pen en een grote blocnote te voorschijn haalde en die op de tafel naast hem legde. Hij stelde nog een paar vragen. Wat ze deed wanneer ze zich wilde ontspannen. Of er een bijzondere plaats was, een bijzondere herinnering, die ze erg rustgevend vond.

'Toen ik klein was,' zei ze, 'ging ik 's zomers altijd naar mijn grootouders in New Hampshire. Ze hadden een huisje aan het meer.'

'Beschrijf het. Gedetailleerd.'

'Het was er altijd erg rustig. Het was een klein huisje. Met een grote veranda aan de waterkant. Naast het huis stonden wildeframbozenstruiken. Ik plukte de vruchtjes altijd. En langs het pad naar de pier had mijn grootmoeder daglelies geplant.'

'U herinnert zich dus frambozen. En bloemen.'

'Ja. En het water. Ik hou van het water. Ik lag altijd op de pier te zonnebaden.'

'Dat is goed om te weten.' Hij krabbelde iets neer op de blocnote, maar legde de pen weer neer. 'Goed. Laten we nu beginnen met drie diepe ademhalingen. Laat uw adem iedere keer langzaam ontsnappen. Goed zo. Doe nu uw ogen dicht en concentreer u op mijn stem.'

Moore zag dat Catherines oogleden langzaam zakten. 'Ik begin met opnemen,' zei Rizzoli.

Ze drukte op de knop en de band begon te draaien.

In de kamer ernaast leidde Polochek Catherine naar volledige ontspanning, zei dat ze zich eerst op haar tenen moest concentreren om te voelen hoe de spanning wegvloeide. Nu werden haar voeten slap en spreidde het ontspannen gevoel zich uit naar haar kuiten.

'Geloof jij echt in die flauwekul?' vroeg Rizzoli.

'Ik heb gezien dat het werkt.'

'Nou, dat kan best, want ik begin er zelf aardig slaap van te krijgen.'

Hij keek naar Rizzoli, die met haar armen over elkaar geslagen stond, haar onderlip vooruitgestoken in koppige scepsis. 'Kijk nou maar gewoon,' zei hij.

'Wanneer gaat ze zweven?'

Polochek leidde het centrum van de ontspanning steeds hoger door de spieren van Catherines lichaam, via haar dijen naar haar rug en schouders. Haar armen lagen slap op haar schoot. Haar gezicht was glad, zonder zorgen. Ze haalde trager en dieper adem.

'Nu gaan we ons een plaats voorstellen waar je van houdt,' zei Polochek. 'Het huisje van je grootouders, aan het meer. Beeld je in dat je op die brede veranda staat. Je kijkt naar het water. Het is een warme dag en de lucht is kalm en stil. Het enige wat je hoort is het fluiten van vogels, verder niets. Het is hier rustig en vredig. Het zonlicht flonkert op het water...'

Er verscheen zo'n serene uitdrukking op haar gezicht dat Moore nauwelijks kon geloven dat het dezelfde vrouw was. Hij zag op haar gezicht warmte en alle lieflijke dingen waar jonge meisjes van dromen. Ik kijk naar het kind dat ze is geweest, dacht hij. Vóór ze haar onschuld is kwijtgeraakt, vóór alle teleurstellingen van het volwassen-zijn. Vóór Andrew Capra zijn stempel op haar heeft gedrukt.

'Het water is zo verleidelijk, zo mooi,' zei Polochek. 'Je daalt het trapje van de veranda af en loopt over het pad naar het meer.'

Catherine zat er roerloos bij, haar gezicht volkomen ontspannen, haar handen slap op haar schoot.

'De grond voelt zacht aan onder je voeten. De zon schijnt en voelt warm aan op je rug. En vogels zingen in de bomen. Je voelt je volkomen op je gemak. Bij iedere stap die je zet, voel je je tevredener. Er daalt een steeds diepere rust over je neer. Er groeien bloemen langs het pad. Daglelies. Ze ruiken lekker en wanneer je erlangs loopt, kun je hun geur opsnuiven. Het is een heel bijzondere, magische geur waar je slaperig van wordt. Terwijl je loopt, voel je dat je benen zwaar worden. De geur van de bloemen is als een drug en maakt je erg ontspannen. En de warmte van de zon laat alle resterende spanning uit je spieren wegsmelten.

Nu sta je aan de rand van het water. Je ziet een kleine boot aan het eind van de pier. Je loopt over de pier. Het water is rimpelloos, als een spiegel. Als glas. De kleine boot in het water ligt zo stil dat het lijkt alsof hij zweeft en volkomen stabiel is. Het is een magische boot. Hij kan je op eigen kracht overal naartoe brengen. Waar je maar heen wilt. Je hoeft er alleen maar in te stappen. Til nu je rechtervoet op om in de boot te stappen.'

Moore keek naar Catherines voeten en zag dat haar rechtervoet omhoogkwam en een paar centimeter boven de vloer bleef hangen.

'Goed zo. Zet je rechtervoet in de boot. De boot is stabiel. Hij kan je makkelijk dragen. Je bent er veilig. Je voelt je volkomen zeker van jezelf en volkomen op je gemak. Stap nu met je linkervoet in de boot.'

Catherines linkervoet kwam omhoog van de vloer en zakte langzaam weer neer.

'Jezus, ik weiger dit te geloven,' zei Rizzoli.

'Je kijkt ernaar.'

'Ja, maar hoe weet ik of ze echt onder hypnose is? Dat ze niet alleen maar doet alsof?'

'Dat kun je niet weten.'

Polochek leunde naar Catherine, zonder haar aan te raken. Hij gebruikte alleen zijn stem om haar door de trance te leiden. 'Je maakt het touw van de boot los van de pier. En nu drijft de boot vrij op het water. Jij hebt de macht erover. Het enige wat je hoeft te doen is aan een plaats denken, dan brengt de boot je daar op magische wijze naartoe.' Polochek keek naar de doorkijkspiegel en knikte.

'Nu neemt hij haar terug in de tijd,' zei Moore.

'Goed, Catherine.' Polochek schreef iets op de blocnote, noteerde het tijdstip waarop de inductie was voltooid. 'Je gaat nu per boot naar een andere plaats. Een andere tijd. Je hebt nog steeds de macht. Je ziet een mist opkomen over het water, een warme, zachte mist die prettig aanvoelt op je gezicht. De boot glijdt de mist in. Je steekt je hand uit en raakt het water aan en het voelt aan als zijde. Zo warm, zo kalm. Nu trekt de mist op en zie je in de verte een gebouw op de kust. Een gebouw met één enkele deur.'

Moore merkte dat hij zich dichter naar het raam boog. Zijn handen waren samengeknepen en zijn hartslag was versneld.

'De boot brengt je naar de kust en je stapt eruit. Je loopt over het pad naar het huis en doet de deur open. In het huis is maar één kamer. Er ligt mooi, dik tapijt op de vloer. En er staat een stoel. Je gaat in de stoel zitten en het is de gerieflijkste stoel waar je ooit in hebt gezeten. Je voelt je volkomen op je gemak. En je hebt nog steeds overal de macht over.'

Catherine slaakte een diepe zucht, alsof ze zich in diepe kussens had laten zakken.

'Kijk nu naar de muur tegenover je, dan zie je daar een projectiescherm. Het is een magisch scherm, want daarop kun je gebeurtenissen uit je eigen leven zien. Je kunt net zo ver teruggaan als je zelf wilt. Je hebt er de macht over. Je kunt vooruit- of achteruitgaan. Je kunt op ieder willekeurig moment in de tijd stoppen. Je mag er zelf over beslissen. Laten we het even proberen. Laten we teruggaan naar een prettige tijd. Een zomer dat je bij je grootouders logeerde in het huisje aan het meer. Je plukt frambozen. Kun je dat zien, op het projectiescherm?'

Het duurde lang voordat Catherine antwoord gaf en toen sprak ze zo zacht dat Moore haar nauwelijks kon horen.

'Ja. Ik ziet het.'

'Wat ben je aan het doen? Op het scherm?' vroeg Polochek.

'Ik heb een papieren zakje in mijn hand. Ik pluk frambozen en doe ze in het zakje.'

'En eet je er onderhand ook van?'

Een glimlach op haar gezicht, zacht en dromerig. 'Ja. Ze zijn zoet. En warm van de zon.'

Moore fronste. Dit hadden ze niet verwacht. Ze ervoer smaak en aanraking, wat wilde zeggen dat ze het moment herbeleefde. Ze keek er niet alleen naar op het scherm; ze was *in* de scène. Hij zag Polochek met een bezorgde blik opkijken naar de ruit. Hij had het projectiescherm gekozen als middel om haar gescheiden te houden van het trauma van haar ervaring. Maar ze was er niet van gescheiden. Polochek aarzelde en dacht na over zijn volgende stap.

'Catherine,' zei hij. 'Ik wil dat je je aandacht vestigt op het kussen waarop je zit. Je zit in de stoel, in de kamer en kijkt naar het projectiescherm. Voel je hoe zacht het kussen is? Hoe prettig de rugleuning aanvoelt? Voel je dat?'

Een korte stilte. 'Ja.'

'Goed. Je blijft in die stoel zitten. Je komt er niet uit. En wij gaan het magische scherm gebruiken om naar een andere episode uit je leven te kijken. Je blijft in de stoel zitten. Je zult al die tijd de zachte kussens voelen. Wat je gaat zien, is alleen maar een film op het witte doek. Goed?'

'Goed.'

'Goed dan.' Polochek haalde diep adem. 'We gaan terug naar de avond van de vijftiende juni, in Savannah. De avond dat Andrew Capra bij je aanklopte. Vertel me wat er op het scherm te zien is.'

Moore keek toe; hij durfde bijna geen adem te halen.

'Hij staat op de veranda,' zei Catherine. 'Hij zegt dat hij me wil spreken.'

'Waarover?'

'Over de fouten die hij heeft gemaakt. In het ziekenhuis.'

Wat ze vertelde, verschilde niet van de verklaring die ze aan rechercheur Singer in Savannah had afgegeven. Met tegenzin had ze Capra gevraagd binnen te komen. Het was een warme avond en hij zei dat hij dorst had, dus had ze hem een biertje aangeboden. Ze had voor zichzelf ook een blikje opengetrokken. Hij was nerveus, maakte zich zorgen over zijn toekomst. Ja, hij had fouten gemaakt. Maar dat overkwam iedere arts toch wel eens? Het zou zonde van zijn talent zijn als ze hem weg zouden sturen. Hij kende een medische student op Emory, een briljante jongeman die maar één fout had gemaakt en daarmee zijn carrière in rook had zien opgaan. Het was niet juist dat Catherine het vermogen had een carrière te maken of te breken. Iedereen had recht op een tweede kans.

Hoewel ze had geprobeerd redelijk met hem te praten, had ze gehoord dat hij steeds bozer werd, gezien hoe zijn handen trilden. Op een gegeven moment was ze naar de wc gegaan, om hem de gelegenheid te geven wat tot bedaren te komen.

'En toen je terugkwam?' vroeg Polochek. 'Wat gebeurt er nu in de film? Wat zie je?'

'Andrew is rustiger. Niet zo boos meer. Hij zegt dat hij begrip heeft voor mijn situatie. Hij glimlacht naar me terwijl ik het restantje van mijn bier opdrink.'

'Hij glimlacht?'

'Op een vreemde manier. Een heel vreemde glimlach. Net als in het ziekenhuis...'

Moore hoorde dat haar ademhaling versnelde. Zelfs als nuchtere toeschouwer die naar de scène in een denkbeeldige film keek, was ze niet immuun voor de naderende verschrikkingen.

'Wat gebeurt er nu?'

'Ik val in slaap.'

'Zie je dat op het projectiescherm?'

'Ja.'

'En toen?'

'Ik zie niets meer. Het scherm is blanco.'

De Rohypnol. Ze heeft geen herinneringen aan dit deel.

'Goed,' zei Polochek. 'We slaan het blanco gedeelte gewoon over. We gaan door naar het volgende deel van de film. Naar de volgende beelden die je op het scherm ziet.'

Catherines ademhaling werd geagiteerd.

'Wat zie je?'

'Ik – ik lig in mijn bed. In mijn kamer. Ik kan mijn armen en benen niet bewegen.'

'Waarom niet?'

'Ik ben vastgebonden aan het bed. Mijn kleren zijn verdwenen en hij ligt boven op me. Hij is in me. Beweegt zich in me...'

'Andrew Capra?'

'Ja. Ja...' Haar ademhaling klonk nu schokkerig, het geluid van angst die in haar keel zat.

Moore balt zijn vuisten en zijn eigen ademhaling versnelt ook. Hij vecht tegen de opwelling op het raam te beuken en een eind te maken aan de sessie. Hij kan het amper verdragen ernaar te moeten luisteren. Ze mochten haar niet dwingen de verkrachting opnieuw te beleven.

Maar Polochek was zich al bewust van het gevaar en leidde haar snel weg van de pijnlijke herinnering aan die bezoeking.

'Je zit nog steeds in je stoel,' zei Polochek. 'Veilig in de kamer met het projectiescherm. Het is maar een film, Catherine. Het overkomt iemand anders. Je bent veilig. In veiligheid. Je hebt niets te vrezen.'

Haar ademhaling kwam weer tot rust, keerde terug tot een kalm ritme. Net als die van Moore.

'Goed. Kijk weer naar de film. Let op wat *jij* aan het doen bent. Niet Andrew. Vertel me wat er nu gebeurt.'

'Het scherm is weer wit geworden. Ik zie niets.'

Ze verkeert nog steeds onder de invloed van Rohypnol.

'Ga een stukje verder, voorbij dat blanco gedeelte. Naar de volgende beelden. Wat zie je nu?'

'Licht. Ik zie licht...'

Polochek zei: 'Laat het beeld uitzoomen, Catherine. Ik wil dat je je terugtrekt, zodat je meer van de kamer kunt zien. Wat zie je op het scherm?'

'Dingen. Op het nachtkastje.'

'Wat voor dingen?'

'Instrumenten. Een scalpel. Ik zie een scalpel.'

'Waar is Andrew?'

'Dat weet ik niet.'
'Is hij niet in de kamer?'
'Hij is weg. Ik hoor water stromen.'
'Wat gebeurt er nu?'
Ze haalde snel adem en haar stem klonk geagiteerd. 'Ik trek aan de trouwen. Probeer los te komen. Ik kan mijn voeten niet bewegen. Maar mijn rechterhand – het touw zit los om mijn pols. Ik trek. Ik blijf trekken en trekken. Mijn pols bloedt.'
'Is Andrew nog steeds niet in de kamer?'
'Nee. Ik hoor hem lachen. Ik hoor zijn stem. Maar ergens anders in het huis.'
'Wat gebeurt er met het touw?'
'Het zit losser. Door het bloed is het glad geworden en mijn hand glijdt eruit...'
'Wat doe je nu?'
'Ik pak de scalpel. Ik snij het touw om mijn andere pols door. Het duurt allemaal heel lang. Ik ben misselijk. Mijn handen bewegen niet goed. Ze zijn zo traag en de kamer wordt steeds donker en licht en donker. Ik kan zijn stem nog steeds horen, hoor hem praten. Ik buk me en snij mijn linkerenkel los. Nu hoor ik zijn voetstappen. Ik probeer van het bed af te komen, maar mijn rechterenkel is nog vastgebonden. Ik rol naar de zijkant en val op de grond. Op mijn gezicht.'
'En dan?'
'Andrew is terug. Hij staat in de deuropening. Hij kijkt verrast. Ik tast onder het bed. En ik voel het pistool.'
'Ligt er een pistool onder je bed?'
'Ja. Het pistool van mijn vader. Maar mijn hand beweegt zich zo stram dat ik het amper kan vasthouden. En alles begint weer zwart te worden.'
'Waar is Andrew?'
'Hij komt naar me toe...'
'En wat gebeurt er, Catherine?'
'Ik hou het pistool vast. En er klinkt een geluid. Een hard geluid.'
'Is het pistool afgegaan?'
'Ja.'
'Heb jij het afgevuurd?'
'Ja.'
'Wat doet Andrew?'

'Hij valt. Hij drukt zijn handen tegen zijn buik. Er lekt bloed tussen zijn vingers door.'
'En wat gebeurt er nu?'
Een lange stilte.
'Catherine? Wat zie je op het projectiescherm?'
'Het is zwart. Het scherm is zwart geworden.'
'En wanneer komt het volgende beeld op het scherm?'
'Mensen. Heel veel mensen in de kamer.'
'Welke mensen?'
'Politiemensen...'

Moore kreunde bijna van teleurstelling. Dit was het belangrijkste gat in haar geheugen. De Rohypnol, in combinatie met de uitwerking van die klap tegen haar hoofd, had haar teruggesleept naar het bewustzijn. Catherine herinnerde zich niet het tweede schot gelost te hebben. Ze wisten nog steeds niet hoe Andrew Capra een kogel in zijn hoofd had gekregen.

Polochek keek naar het raam, een vraag in zijn ogen. Waren ze tevreden?

Tot Moores verbazing deed Rizzoli opeens de deur open en wenkte Polochek hun kamer in. Hij kwam naar hen toe, Catherine alleen achterlatend, en deed de deur dicht.

'Laat haar teruggaan naar voordat ze hem heeft neergeschoten. Toen ze nog op het bed lag,' zei Rizzoli. 'Concentreer je op wat ze in de andere kamer hoort. Het stromende water. Capra die lacht. Ik wil precies weten welke geluiden ze hoort.'

'Is daar een bepaalde reden voor?'
'Doe het nou maar.'

Polochek knikte en keerde terug naar de spreekkamer. Catherine had zich niet bewogen. Ze zat volkomen stil, alsof ze door Polocheks afwezigheid in het luchtledige was blijven hangen.

'Catherine,' zei hij op rustige toon. 'We gaan de film een stukje terugdraaien. We gaan terug naar vóórdat je het schot hebt gelost. Voordat je je handen los hebt gekregen en op de grond bent gerold. We zijn op het moment in de film dat je nog op het bed ligt en Andrew niet in de kamer is. Je zei dat je water hoort stromen.'

'Ja.'
'Vertel me wat je nog meer hoort.'
'Water. Ik hoor het in de leidingen suizen. En ik hoor het gorgelen in het putje van de gootsteen.'
'Hij laat water in een gootsteen lopen?'

'Ja.'
'En je zei dat je iemand hoorde lachen.'
'Andrew lacht.'
'Praat hij?'
Een korte stilte. 'Ja.'
'Wat zegt hij?'
'Dat weet ik niet. Hij is te ver weg.'
'Weet je zeker dat het Andrew is? Kan het ook de televisie zijn?'
'Nee, het is Andrew.'
'Goed. Laat de film nu heel langzaam draaien. Seconde voor seconde. Vertel me wat je hoort.'
'Water, nog steeds stromend. Andrew zegt: "makkelijk". Het woord "makkelijk".'
'Is dat alles?'
'Hij zegt 'Eentje kijken, eentje doen. Eentje leren.'
'"Eentje kijken, eentje doen, eentje leren?" Zegt hij dat?'
'Ja.'
'En wat hoor je daarna?'
'"Het is mijn beurt, Capra."'
Polochek stokte. 'Kun je dat even herhalen?'
'"Het is mijn beurt, Capra."'
'Zegt *Andrew* dat?'
'Nee. Niet Andrew.'
Moore bevroor, staarde naar de roerloze vrouw in de stoel.
Polochek keek met een ruk op naar het raam. De verbazing was van zijn gezicht af te lezen. Hij wendde zich weer tot Catherine.
'Wie zegt die woorden?' vroeg Polochek. 'Wie zegt "Het is mijn beurt, Capra"?'
'Dat weet ik niet. Ik ken zijn stem niet.'
Moore en Rizzoli staarden elkaar aan.
Er was nóg iemand in het huis.

15

Hij is nu bij haar.
  Rizzoli's mes bewoog zich stuntelig op de snijplank en een deel van de gesneden uitjes viel van het aanrecht op de grond. In de kamer ernaast hadden haar vader en twee broers de televisie keihard aanstaan. De televisie stond in dit huis altijd keihard aan, en daarom moest iedereen erbovenuit schreeuwen. Als je niet schreeuwde in het huis van Frank Rizzoli, hoorde niemand je, en een normaal gesprek klonk altijd als ruzie. Ze schoof de uisnippers in een kom en begon aan de knoflook, met brandende ogen, haar geest nog gewikkeld rond het storende beeld van Moore en Catherine Cordell.
  Na de sessie met dokter Polochek was Moore degene geweest die Cordell naar huis had gebracht. Rizzoli had hen samen naar de lift zien lopen, had gezien hoe zijn arm rond Cordells schouders was gegleden, een gebaar dat in haar ogen meer dan alleen maar beschermend was geweest. Ze had gezien hoe hij naar Cordell keek, de uitdrukking die over zijn gezicht was gegleden, de glans in zijn ogen. Hij was niet langer een politieman die een burger bewaakte; hij was een man die verliefd aan het worden was.
  Rizzoli trok de teentjes knoflook uit elkaar, plette ze een voor een met de platte kant van haar mes en pelde de schil eraf. Haar mes kwam steeds met een klap op de snijplank terecht en haar moeder, die bij het fornuis stond, keek naar haar maar zei niets.
  Hij is nu bij haar. In haar huis. Misschien in haar bed.
  Ze gaf lucht aan haar frustratie door de teentjes knoflook woest aan stukken te hakken, *beng-beng-beng*. Ze wist niet waarom de gedachte aan Moore en Cordell haar zo dwarszat. Misschien kwam het doordat er zo weinig heiligen in de wereld waren, zo weinig mensen die zich nog aan de regels hielden en ze had ge-

dacht dat Moore een van hen was. Hij had haar hoop geschonken dat niet het héle mensdom geschonken was en nu had hij haar teleurgesteld.

Misschien kwam het doordat ze dit als een gevaar voor het onderzoek beschouwde. Een man voor wie intens persoonlijke belangen op het spel stonden, kon niet nuchter nadenken.

Of misschien komt het doordat je jaloers op haar bent. Jaloers op een vrouw die een man met één blik het hoofd op hol kan jagen. Mannen vielen altijd voor vrouwen in nood.

In de kamer ernaast juichten haar vader en broers om iets op tv. Ze was het liefst teruggegaan naar haar eigen rustige flatje en begon smoesjes te verzinnen om er vroeg tussenuit te kunnen knijpen. Ze zou het diner moeten uitzitten, daar was geen ontkomen aan. Zoals haar moeder haar voortdurend voorhield, kwam Frank Jr. niet vaak thuis en het bestond gewoon niet dat Janie *geen* tijd met haar broer wilde doorbrengen. Ze zou een avondlang soldatenpraatjes moeten aanhoren. Hoe meelijwekkend de nieuwe rekruten dit jaar waren, hoe slap de Amerikaanse jeugd aan het worden was, en hoe hard hij moest schreeuwen om die papjongens over de hindernisbaan te krijgen. Mama en papa hingen dan aan zijn lippen. Waar Jane nog het meeste de pest over in had, was dat haar familie zo weinig belangstelling had voor *haar* werk. Tot nu toe had Frankie de macho marinier alleen maar oorlogje *gespeeld,* terwijl zij iedere dag strijd moest leveren tegen echte mensen, echte moordenaars.

Frankie kwam de keuken ingeslenterd en haalde een biertje uit de koelkast. 'Zeg, hoe laat is het eten klaar?' vroeg hij, terwijl hij het blikje opentrok. Alsof zij het dienstmeisje was.

'Over een uur,' zei hun moeder.

'Jezus, mam. Het is al halfacht. Ik val om van de honger.'

'Niet vloeken, Frankie.'

'We zouden heel wat vroeger kunnen eten,' zei Rizzoli, 'als de mannen een handje zouden helpen.'

'Ik kan wel wachten,' zei Frankie en hij keerde terug naar de televisiekamer. Op de drempel bleef hij staan. 'O, dat was ik bijna vergeten. Er heeft iemand voor je gebeld.'

'Wat?'

'Je mobieltje ging. Ene Frosty.'

'Bedoel je Barry Frost?'

'Ja, zo heet-ie. Hij zei dat je terug moest bellen.'

'Wanneer heeft hij gebeld?'
'Toen je buiten de auto's aan het verzetten was.'
'Godverdomme, Frankie! Dat was een uur geleden!'
'Janie,' zei hun moeder.
Rizzoli maakte haar schort los en gooide die op het aanrecht. 'Dit is mijn *werk*, mam! Waarom heeft niemand daar respect voor?' Ze greep de telefoon die in de keuken hing en drukte het telefoonnummer van Barry Frosts mobieltje in.
Hij nam op nadat de telefoon vijf keer was overgegaan.
'Met mij,' zei ze. 'Ik heb nu pas je boodschap gekregen.'
'Dan loop je de arrestatie mooi mis.'
'Wát?'
'We hebben een naam bij het DNA van Nina Peyton.'
'Je bedoelt het sperma? Het DNA zit in CODIS?'
'Het is van ene Karl Pacheco. Gearresteerd in 1997 op beschuldiging van verkrachting, maar vrijgesproken. Hij beweerde dat er wederzijdse instemming was geweest. De jury geloofde hem.'
'En hij is degene die Nina Peyton heeft verkracht?'
'We hebben het DNA als bewijs.'
Ze gaf een triomfantelijke stomp in de lucht. 'Wat is het adres?'
'4578 Columbus Ave. Het team moet er nu ongeveer zijn.'
'Ik kom eraan.'
Ze was de deur al bijna uit toen haar moeder riep: 'Janie! En het eten dan?'
'Ik moet gaan, mam.'
'Maar het is Frankies laatste avond!'
'We gaan iemand arresteren.'
'Kunnen ze dat niet zonder jou doen?'
Rizzoli bleef staan, haar hand op de deurknop, haar woede gevaarlijk dicht bij het kookpunt. En ze zag, schrikbarend duidelijk, dat wat ze ook zou bereiken of hoe roemrijk haar carrière ook mocht worden, dit ene moment altijd de werkelijkheid zou vertegenwoordigen: Janie, het onbelangrijke zusje. Het *meisje*.
Zonder een woord te zeggen liep ze naar buiten en gooide de deur achter zich dicht.

Columbus Avenue bevond zich in het noordelijke deel van Roxbury, midden tussen de jachtgronden van de Chirurg. Ten zuiden ervan lag Jamaica Plain, waar Nina Peyton had gewoond. Ten zuidoosten ervan had je het adres van Elena Ortiz. In het noordoosten lag Back Bay, waar Diana Sterling had gewoond en waar Catherine Cordell nog steeds woonde. Aan weerskanten van de met bomen omzoomde straat zag Rizzoli bakstenen rijtjeshuizen, een buurt die werd bevolkt door studenten en de docenten van de nabijgelegen Northeastern University. Veel meisjesstudenten.

Een goed jachtterrein.

Het verkeerslicht voor haar sprong op geel. Adrenaline joeg door haar aderen toen ze plankgas gaf en het kruispunt over schoot. De eer van deze arrestatie zou de hare moeten zijn. Wekenlang was Rizzoli met haar hele wezen op de Chirurg geconcentreerd geweest. Ze had zelfs van hem gedroomd. Hij was doorgedrongen tot ieder moment van haar leven, overdag en 's nachts. Niemand had harder gewerkt om hem te pakken te krijgen dan zij en nu was ze verwikkeld in een wedren om haar prijs op te eisen.

Een halve straat bij Karl Pacheco's adres vandaan kwam ze met gillende banden tot stilstand achter een politiewagen. Nog vier patrouillewagens stonden kriskras in de straat geparkeerd.

Te laat, dacht ze, terwijl ze naar het gebouw holde. Ze zijn al naar binnen.

Binnen hoorde ze denderende voetstappen en het geschreeuw van mannen dat in het trappenhuis echode. Ze volgde het geluid naar de tweede verdieping en liep Karl Pacheco's flat in.

Daar was het een chaos. De drempel was bedolven onder versplinterd hout van de deur. Stoelen waren omgegooid, een lamp kapotgeslagen, alsof wilde stieren door de kamer waren gedenderd en een spoor van vernieling hadden achtergelaten. De lucht was vergiftigd met testosteron – losgeslagen politiemannen die op jacht waren naar de man die een paar dagen geleden een van hun collega's had afgeslacht.

Op de vloer lag een man, op zijn buik. Een neger – niet de Chirurg. Crowe had zijn hiel op de nek van de neger gezet en hield hem op een wrede manier tegen de vloer gedrukt.

'Ik heb je een vraag gesteld, klootzak,' brulde Crowe. 'Waar is Pacheco?'

De man kermde en beging een grote fout toen hij probeerde zijn hoofd op te tillen. Crowe hief zijn voet op en liet zijn hiel opnieuw hard neerkomen. De kin van de gevangene smakte tegen de vloer. De man maakte een kokhalzend geluid en begon stuiptrekkend te bewegen.

'Laat hem los!' riep Rizzoli.

'Hij wil niet stilzitten!'

'Als je je poot van hem afhaalt, zal hij misschien iets zeggen!' Rizzoli duwde Crowe opzij. De gevangene rolde zich om op zijn rug, naar adem happend als een gestrande vis.

'Waar is Pacheco?' brulde Crowe.

'Weet – ik – niet.'

'Je bent in zijn flat!'

'Weg. Hij is weg –'

'Sinds wanneer?'

De man begon te hoesten, een zware, scheurende hoest die klonk alsof zijn longen uiteen werden gereten. De andere agenten waren om hen heen komen staan en staarden met onverhulde haat naar de gevangene op de vloer. De vriend van een politiemoordenaar.

Vol walging liep Rizzoli de gang door naar de slaapkamer. De kastdeur stond open en de kleren waren van de hangertjes getrokken en op de grond gesmeten. De flat was op een grondige, onbehouwen manier doorzocht, iedere deur opengesmeten, iedere mogelijke schuilplaats bekeken. Ze trok handschoenen aan en begon de laden van de kasten te doorzoeken, stak haar vingers in broek- en jaszakken, op zoek naar een agenda, een adresboek, iets waaruit ze konden opmaken waar Pacheco naartoe kon zijn gevlucht.

Ze keek op toen Moore de kamer inkwam. 'Heb jij de verantwoordelijkheid voor deze rotzooi?' vroeg ze.

Hij schudde zijn hoofd. 'Marquette heeft zijn toestemming gegeven. We hadden informatie dat Pacheco in het gebouw was.'

'Waar is hij nu dan?' Ze gooide de la dicht en liep naar het slaapkamerraam. Het zat dicht maar niet op slot. Er pal buiten was de brandladder. Ze deed het raam open en stak haar hoofd naar buiten. Een patrouillewagen stond beneden in de steeg geparkeerd, de politieradio braakte berichten uit, en ze zag een agent met een zaklantaarn in een vuilcontainer schijnen.

Ze wilde net haar hoofd terugtrekken toen ze een tik op haar achterhoofd voelde en het zwakke geratel van grind hoorde dat op de sporten van de trap afketste. Geschrokken keek ze op. De nachtelijke hemel werd verlicht door de lichten van de stad en de sterren waren nauwelijks te onderscheiden. Ze bleef naar boven kijken, zocht de rand van het dak af die afstak tegen die gitzwarte hemel, maar zag niets bewegen.

Ze klom uit het raam op de brandtrap en begon naar de derde

verdieping te klimmen. Op de volgende overloop stopte ze en keek naar het raam van de flat boven die van Pacheco; de hor was vastgespijkerd en het raam was donker.

Ze keek weer op naar het dak. Hoewel ze niets zag, boven zich niets hoorde, kwamen de haartjes in haar nek overeind.

'Rizzoli?' riep Moore uit het raam. Ze gaf geen antwoord, maar wees naar het dak, met dat zwijgende signaal aangevend wat ze van plan was.

Ze veegde haar vochtige palmen af aan haar broek en klom geruisloos de ladder op naar het dak. Bij de laatste sport stopte ze, haalde diep adem en hief heel langzaam haar hoofd op om boven de rand uit te gluren.

Onder de maanloze hemel was het dak een bos van schaduwen. Ze zag het silhouet van een tafel en stoelen, een wirwar van gebogen takken. Een daktuin. Ze kroop over de rand, sprong lichtvoetig op de beteerde ondergrond en trok haar pistool. Ze had nog geen twee stappen gedaan, toen haar voet tegen een obstakel stootte, dat met veel lawaai wegrolde. Ze rook de indringende geur van geraniums. Besefte dat ze was omgeven door planten in aardewerken potten. Een hindernisbaan van bloempotten rond haar voeten.

Links van haar bewoog iets.

Ze tuurde in het donker en zag een menselijke gedaante in het oerwoud van schaduwen. Ze zag hem zitten, ineengedoken als een zwarte dwerg.

Ze richtte haar wapen en riep: 'Verroer je niet!'

Ze kon niet zien wat hij in zijn hand had. Wat hij van plan was naar haar te gooien.

Een fractie van een seconde, vlak voordat het troffeltje haar gezicht raakte, voelde ze de lucht op zich af stormen, als een kwade windvlaag die vanuit de duisternis op haar af suisde. De troffel raakte de linkerkant van haar gezicht met zo'n kracht dat ze sterretjes zag.

Ze viel op haar knieën neer. Een golf van pijn schoot door haar synapsen, een pijn zo erg dat haar de adem werd benomen.

'*Rizzoli?*' Moore. Ze had niet eens gehoord dat hij op het dak was gesprongen.

'Alles oké. Alles oké...' Ze keek met half toegeknepen ogen naar de plek waar de gedaante had gezeten. Hij was verdwenen. 'Hij is hier,' fluisterde ze. 'Ik wil die rotzak te grazen nemen.'

Moore sloop in de duisternis naar haar toe. Ze drukte haar hand tegen haar hoofd en wachtte tot de duizeligheid zou wegtrekken, terwijl ze haar eigen onvoorzichtigheid vervloekte. Vechtend tegen het duizelige gevoel, kwam ze wankelend overeind. Woede was een machtige brandstof; haar benen kregen weer kracht, haar handen sloten zich stevig om haar pistool.

Moore bevond zich nu een paar meter rechts van hem; ze kon zijn silhouet nog net onderscheiden, langzaam voortbewegend tussen de tafel en de stoelen.

Ze sloop naar links om het dak in de tegenovergestelde richting af te zoeken. Iedere steek in haar wang, iedere pijnscheut herinnerde haar eraan dat ze een fout had gemaakt. *Dat zal me niet weer gebeuren.* Haar blik gleed over de onduidelijke schaduwen van dwergbomen en struiken.

Ze draaide zich met een ruk om naar rechts toen ze iets hoorde neerkletteren. Ze hoorde hollende voetstappen, zag een schaduw over het dak schieten. Hij kwam recht op haar af.

Moore schreeuwde: 'Halt! Politie!'

De man holde door, kwam op haar af.

Rizzoli zakte snel op één knie, haar pistool in de aanslag. Het gebonk in haar gezicht steeg tot explosies van pijn. Alle vernederingen die ze had moeten doorstaan, de dagelijkse onheuse bejegeningen, de beledigingen, de nimmer aflatende kwellingen door de Darren Crowe's van deze wereld, leken ineen te krimpen tot één enkel brandpunt van razernij.

Nu ben je van mij, vuile schoft. Ook toen de man opeens vlak voor haar bleef staan, ook toen zijn armen de lucht in gingen, was het besluit onherroepelijk.

Ze haalde de trekker over.

De man schokte. Deinsde achteruit.

Ze vuurde een tweede keer, een derde, en iedere terugslag van het wapen was een welkome klap tegen haar hand.

'*Rizzoli! Hou op met schieten!*'

Eindelijk drong Moore's kreet tot haar door, boven het gebulder in haar oren uit. Ze bevroor, haar wapen nog gericht, haar armen pijnlijk strak voor zich uitgestrekt.

De verdachte lag op de grond en bewoog zich niet. Ze kwam overeind en liep langzaam naar de neergestorte figuur. Bij iedere stap steeg het afgrijzen over wat ze zojuist had gedaan.

Moore knielde al neer bij de man, zocht naar een hartslag. Hij keek naar haar op en alhoewel ze op dat donkere dak de uitdrukking op zijn gezicht niet kon zien, wist ze dat er een beschuldiging in zijn blik lag.

'Hij is dood, Rizzoli.'

'Hij had iets in zijn hand...'

'Hij had niets in zijn hand.'

'Ik heb het gezien. Ik weet het zeker!'

'Hij had zijn handen opgestoken.'

'Godverdomme, Moore. Ik heb goed geschoten! Je moet aan mijn kant blijven!'

Andere stemmen klonken op toen agenten over de rand van het dak klommen en naar hen toe kwamen. Moore en Rizzoli zeiden niets meer tegen elkaar.

Crowe liet het licht van zijn zaklantaarn op de man schijnen. Rizzoli ving een afgrijselijke glimp op van open ogen, een overhemd zwart van het bloed.

'Hé, het is Pacheco!' zei Crowe. 'Wie heeft hem neergeschoten?'

Toonloos antwoordde Rizzoli: 'Ik.'

Iemand gaf haar een mep op haar rug. 'Bravo voor het politiemeisje!'

'Hou je kop,' zei Rizzoli. 'Hou je *kop!*' Ze beende weg, daalde de brandtrap af en trok zich half verdoofd terug in haar auto. Ze bleef ineengedoken achter het stuur zitten en voelde de pijn overgaan in onpasselijkheid. In gedachten bleef ze de scène op het dak herbeleven. Wat Pacheco had gedaan, wat zij had gedaan. Ze zag hem weer hollen, niet meer dan een schaduw die op haar afkwam. Ze zag hem stoppen. Ja, stoppen. Ze zag hem naar zich kijken.

Een wapen. Jezus, alstublieft, laat er een wapen zijn.

Maar ze had geen wapen gezien. In die fractie van een seconde voordat ze had geschoten, was het beeld in haar hersenen gebrand. Een man die doodstil stond. Een man met zijn handen opgeheven in een gebaar van overgave.

Iemand klopte op de ruit. Barry Frost. Ze draaide het raampje naar beneden.

'Marquette wil je spreken,' zei hij.

'Goed.'

'Is er iets? Rizzoli, voel je je niet goed?'

'Ik voel me alsof er een vrachtwagen over mijn gezicht is gereden.'

Frost leunde naar voren en keek naar haar dikke wang. 'Wauw. Die schoft had het echt verdiend, zeg.'

Dat wilde Rizzoli ook geloven: dat Pacheco het verdiend had te sterven. Ja, hij had dat verdiend, en ze kwelde zichzelf nodeloos. Was het bewijs niet op haar eigen gezicht te zien? Hij had haar aangevallen. Hij was een monster en door hem dood te schieten had ze snel en goedkoop het recht laten zegevieren. Elena Ortiz en Nina Peyton en Diana Sterling zouden applaudisseren. Niemand rouwt om ploerten.

Ze stapte uit de auto. Ze voelde zich door Frosts medeleven iets beter. Sterker. Ze liep naar het gebouw en zag Marquette bij de trap naar de ingang staan. Hij stond met Moore te praten.

Beide mannen draaiden zich naar haar om toen ze hen naderde. Het viel haar op dat Moore haar niet aankeek, maar zijn blik op iets anders gericht hield. Hij zag er beroerd uit.

Marquette zei: 'Je moet me je wapen geven, Rizzoli.'

'Het was zelfverdediging. De verdachte had me aangevallen.'

'Dat begrijp ik. Maar je kent de regels.'

Ze keek naar Moore. *Ik mocht je graag. Ik vertrouwde je.* Ze deed haar holsterriem af en duwde hem Marquette in handen. 'Wie is hier nu eigenlijk de vijand?' zei ze. 'Dat vraag ik me af.' Ze draaide zich om en liep terug naar de auto.

Moore staarde naar Karl Pacheco's klerenkast en dacht: dit is helemaal fout. Op de vloer van de kast stond een zestal schoenen, maat 44, extra breed. Op de plank lagen stoffige truien, een schoenendoos vol oude batterijtjes en kleingeld en een stapel tijdschriften. Penthouse, zag hij.

Hij hoorde een la opengaan en keek opzij naar Frost, die met handschoenen aan Pacheco's sokkenla doorzocht.

'Iets gevonden?' vroeg Moore.

'Geen scalpels, geen chloroform. Zelfs geen rol tape.'

'Ting ting ting!' riep Crowe vanuit de badkamer en hij kwam aangelopen met een Ziploc-zakje vol plastic ampullen die gevuld waren met een bruine vloeistof. 'Uit zonnig Mexico, het land van de farmaceutische overvloed.'

'Roofies?' vroeg Frost.

Moore keek naar het Spaanstalige etiket. 'Gamma hydroxybutyraat. Zelfde uitwerking.'

Crowe schudde het zakje. 'Hierin zitten minstens honderd *date rapes*. Pacheco moet een erg actieve lul gehad hebben.' Hij lachte.

Het geluid deed Moore rillen. Hij dacht aan die actieve lul en alle schade die hij had toegebracht, niet alleen de lichamelijke schade, maar ook de geestelijke vernietiging. De zielen die hij in tweeën had gehakt. Hij dacht terug aan wat Catherine hem had verteld: dat het leven van ieder verkrachtingsslachtoffer was verdeeld in *voor* en *na*. Een verkrachting verandert de wereld van een vrouw in een kaal, onherkenbaar landschap waarin iedere glimlach, ieder aangenaam moment wordt verpest door wanhoop. Tot een paar weken geleden was Crowes manier van lachen hem nooit opgevallen. Vanavond hoorde hij die maar al te goed en herkende hij het lelijke karakter ervan.

Hij liep naar de zitkamer, waar de neger werd ondervraagd door rechercheur Sleeper.

'Hoe vaak moet ik nog zeggen dat we hier alleen maar gewoon zaten?' zei de man.

'Je *zat hier gewoon* met zeshonderd dollar in je zak?'

'Ik heb graag wat geld bij me.'

'Wat wilde je van hem kopen?'

'Niks.'

'Waar ken je Pacheco van?'

'Nou, gewoon.'

'O, dikke vrienden dus. Wat verkocht hij?'

GHB, dacht Moore. Een drug om argeloze vrouwen mee te bedwelmen. Daar was hij voor gekomen. Nóg een actieve lul.

Hij liep naar buiten, de nacht in, en voelde zich meteen gedesoriënteerd door de zwaailichten van de patrouillewagens. Rizzoli's auto was verdwenen. Hij keek naar de lege plek en opeens drukte de last van wat hij had gedaan, van waartoe hij zich verplicht had gevoeld, zo zwaar op zijn schouders dat hij zich niet kon bewegen. Hij had in zijn hele carrière nog nooit voor zo'n moeilijke keus gestaan en hoewel hij in zijn hart wist dat hij het juiste besluit had genomen, werd hij erdoor gekweld. Hij probeerde zijn respect voor Rizzoli in overeenstemming te brengen met wat hij haar op het dak had zien doen. Het was nog niet te laat om wat hij tegen Marquette had gezegd, terug te nemen. Het *was* donker geweest op het dak, een verwarrende situatie. Misschien had Rizzoli echt gedacht dat Pacheco een wapen had. Misschien had ze een gebaar gezien, een beweging die Moore was ontgaan. Maar hoe hij ook zijn best deed, hij kon zich geen enkele herinnering voor de geest halen die haar daad kon rechtvaardigen. Hij kon datgene waar hij getuige van was geweest niet anders interpreteren dan als een koelbloedige executie.

Hij vond haar terug achter haar bureau, ineengedoken, met een ijszak tegen haar wang gedrukt. Het was na middernacht en hij had geen zin om te praten. Maar ze keek op toen hij langskwam en haar blik deed hem ter plekke bevriezen.

'Wat heb je tegen Marquette gezegd?' vroeg ze.

'Wat hij wilde weten. Hoe Pacheco aan zijn eind was gekomen. Ik heb niet tegen hem gelogen.'

'Schoft.'

'Denk je dat ik hem de waarheid *wilde* vertellen?'

'Je had de keus.'

'Jij ook, daar op dat dak. Je hebt verkeerd gekozen.'

'En dat doe jij nooit, hè? Jij maakt *nooit* een fout.'

'Zo ja, dan geef ik dat eerlijk toe.'

'Ja, ja. De heilige Thomas.'

Hij liep naar haar bureau en keek op haar neer. 'Je bent een van de beste agenten die ik ooit heb gekend. Maar vanavond heb je een man in koelen bloede neergeschoten en dat heb ik gezien.'

'Je had het niet hoeven zien.'

'Maar ik *heb* het gezien.'

'Wat hebben we daar precies gezien, Moore? Een hele hoop schaduwen, een hele hoop bewegingen. De scheidslijn tussen een juiste en een verkeerde keuze is *zo* smal.' Ze stak twee vingers op die elkaar bijna raakten. 'En die staan we onszelf toe. We gunnen elkaar het voordeel van de twijfel.'

'Ik heb het geprobeerd.'

'Je hebt niet genoeg je best gedaan.'

'Ik weiger voor een collega te liegen. Zelfs als ze een vriendin van me is.'

'Laten we niet vergeten wie godverdomme de misdadigers in deze situatie zijn. *Wij* niet.'

'Als we gaan liegen, hoe kunnen we dan de lijn trekken tussen *zij* en *wij*? Waar houdt het op?'

Ze haalde de ijszak weg van haar gezicht en wees naar haar wang. Haar oog zat dicht en de hele linkerkant van haar gezicht was gezwollen, als een pokdalige ballon. Hij schrok hevig van hoe erg het eruitzag. 'Dit heeft Pacheco mij aangedaan. Geen vriendschappelijk tikje, zou ik zeggen. Je hebt het over *zij* en *wij*. Aan welke kant stond *hij*? Ik heb de wereld een dienst bewezen door hem overhoop te schieten. Niemand zal de Chirurg missen.'

'Karl Pacheco was de Chirurg niet. Je hebt de verkeerde doodgeschoten.'

Ze staarde hem aan, haar gewonde gezicht een lugubere Picasso, half grotesk, half normaal. 'We hadden zijn DNA! Hij was het –'

'Hij was degene die Nina Peyton heeft verkracht, ja. Maar niets aan hem komt overeen met het profiel van de Chirurg.' Hij gooide een haar-en-vezelrapport op haar bureau.

'Wat is dit?'

'Het microscooponderzoek van Pacheco's hoofdhaar. Andere kleur, andere krulling, andere dikte dan de haar uit Elena Ortiz' wond. Geen spoor van bamboehaar.'

Ze bleef roerloos zitten, staarde naar het laboratoriumrapport. 'Ik begrijp er niets van.'

'Pacheco heeft Nina Peyton verkracht. Dat is het enige wat we met zekerheid over hem kunnen zeggen.'

'Sterling en Ortiz zijn ook verkracht –'

'We kunnen niet bewijzen dat Pacheco het heeft gedaan. En nu hij dood is, zullen we er ook nooit achter komen.'

Ze keek naar hem op en de ongeschonden helft van haar gezicht was verwrongen van woede. 'Het *moet* hem zijn. Neem drie willekeurige vrouwen in deze stad; hoe groot is de kans dat ze alle drie zijn verkracht? De Chirurg is erin geslaagd drie van die vrouwen te vinden. De drie die hij heeft vermoord, waren alle drie verkracht. Als *hij* niet degene is die ze verkracht, hoe weet hij dan welke hij moet kiezen, welke hij moet afslachten? Als het Pacheco niet is, dan is het een vriend van hem, een partner. Een aasgier die het karkas schoonpikt dat Pacheco achterlaat.' Ze gooide hem het labrapport toe. 'Misschien is het niet de Chirurg die ik heb doodgeschoten. Maar de man die ik heb neergeschoten, was een vuile klootzak. Dat lijkt iedereen te vergeten. *Pacheco was een vuile klootzak.* Maar krijg ik een lintje?' Ze stond op en knalde haar stoel tegen het bureau. 'Nee, ik krijg administratief werk. Marquette heeft een pennenlikker van me gemaakt. Welbedankt.'

Hij keek haar zwijgend na toen ze wegliep en wist niets te zeggen, niets waarmee hij de breuk tussen hen kon helen.

Hij liep naar zijn eigen werkplek en liet zich op de stoel zakken. Ik ben een dinosaurus, dacht hij, ik loop met mijn lompe poten door een wereld waarin degenen die de waarheid vertellen, worden veracht. Hij kon nu niet aan Rizzoli denken. De zaak tegen Pacheco was uiteengevallen en ze stonden weer op Af in hun jacht op de naamloze moordenaar.

Drie verkrachte vrouwen. Daar kwam het op neer. Hoe wist de Chirurg hen te vinden? Alleen Nina Peyton had bij de politie melding gemaakt van haar verkrachting. Elena Ortiz en Diana Sterling niet. Hun trauma was privé gebleven; de enigen die ervan hadden geweten waren de verkrachters, hun slachtoffers en het medische personeel dat hen had behandeld. Maar de drie vrouwen hadden die medische hulp ieder op een andere plek gezocht: Sterling bij een gynaecoloog in Back Bay. Ortiz bij de eerstehulpafdeling van het Pilgrim Hospital. Nina Peyton bij de vrouwenkliniek van Forest Hill. Er was geen overlapping van personeel, geen arts of verpleegster of receptioniste die met meer dan één van deze vrouwen in contact was gekomen.

Op de een of andere manier wist de Chirurg dat deze vrouwen geschonden waren en werd hij aangetrokken door hun verdriet. Seksmoordenaars kiezen hun prooi uit de kwetsbaarste leden van de maatschappij. Ze kiezen vrouwen die ze kunnen overheersen, vrouwen die ze kunnen vernederen, vrouwen die geen bedreiging voor hen vormen. En wie is er kwetsbaarder dan een vrouw die is verkracht?

Toen hij wegliep, bleef hij even staan bij de muur waarop de foto's van Sterling, Ortiz en Peyton waren vastgeprikt. Drie vrouwen, drie verkrachtingen.

En een vierde. Catherine was in Savannah verkracht.

Hij knipperde toen haar gezicht hem ineens voor ogen kwam en hij het onwillekeurig toevoegde aan het rijtje slachtoffers op het prikbord.

Op de een of andere manier grijpt het allemaal terug op wat er die avond in Savannah is gebeurd. Het grijpt allemaal terug op Andrew Capra.

16

In het hart van Mexico City stroomde mensenbloed ooit als rivieren. Onder de funderingen van de moderne metropolis liggen de restanten van Templo Mayor, de grote Aztekentempel die het oude Tenochtitlán beheerste. Hier werden tienduizenden ongelukkige slachtoffers aan de goden geofferd.

Op de dag dat ik over dat tempelterrein liep, voelde ik me tot op zekere hoogte geamuseerd dat er dichtbij een kathedraal oprees waar katholieken kaarsen aansteken en gebeden fluisteren tot een genadige God in de hemel. Ze knielen dicht bij de plek waar de stenen ooit glibberig waren van het bloed. Ik was er op een zondag en wist niet dat de toegang op zondag vrij is. Het Museum van Templo Mayer zat vol kinderen, wier stemmen door de zalen echoden. Ik hou niet van kinderen, noch van de wanorde die ze creëren. Als ik ooit terugkeer, zal ik eraan denken musea op zondag te mijden.

Maar het was mijn laatste dag in de stad, dus heb ik de irritante flarden lawaai verdragen. Ik wilde het opgravingsterrein zien, en een bezoek brengen aan Zaal Twee. De zaal van rituelen en opofferingen.

De Azteken geloofden dat de dood noodzakelijk was voor het leven. Om de heilige energie van de wereld te bewaren, om rampspoed te weren en er zeker van te kunnen zijn dat de zon zou blijven opkomen, moesten de goden gevoed worden met mensenharten. Ik stond in de zaal van het ritueel en zag in een glazen vitrine het offermes waarmee in vlees was gesneden. Het had een naam: Tecpatl Ixcuahua. Het mes met het brede voorhoofd. Het lemmet was gemaakt van flint en het handvat had de vorm van een knielende man.

Hoe, vroeg ik me af, kun je een mensenhart uitsnijden met alleen maar een flintmes?

Die vraag bleef aan me knagen toen ik later op de middag door het Alameda Central liep, de groezelige kinderen die bedelend achter me aan liepen, negerend. Na een poosje beseften ze dat ik me niet zou laten overhalen door bruine ogen en een flonkerende glimlach en dropen ze af. Eindelijk was me een bepaalde mate van rust gegund – als zoiets mogelijk is in de kakofonie van Mexico City. Ik liep naar een café en dronk sterke koffie op het terras, de enige klant die daar in de hitte zat. Ik hunker naar hitte; het doet mijn barstende huid goed. Ik zoek ernaar zoals een reptiel een warme rots zoekt. Dus dronk ik op die smoorhete dag koffie en dacht ik na over de menselijke borstkas, probeerde ik erachter te komen hoe je de schat die erin verborgen lag, het beste kon benaderen.

Het ritueel van de Azteken is beschreven als snel, met een minimum aan kwelling, en dat stelt me voor een dilemma. Ik weet dat het heel wat moeite kost om het borstbeen, dat het hart beschermt als een schild, door te snijden en te splijten. Hartchirurgen maken een verticale incisie op het midden van de borst en zagen het borstbeen dan door. Ze hebben assistenten die helpen de twee beenderhelften van elkaar te scheiden en ze gebruiken een keur aan geraffineerde instrumenten om het terrein verder open te leggen. Ieder instrument vervaardigd van glanzend roestvrij staal.

Een Aztekenpriester, die alleen een flintmes had, zou met een dergelijke werkwijze in de problemen komen. Hij zou met een beitel op het borstbeen moeten beuken om het te splijten en het slachtoffer zou zich hevig verzetten. Hevig schreeuwen.

Nee, het hart moest via een andere benadering verwijderd worden.

Een horizontale snee tussen twee ribben, aan de zijkant? Ook daaraan kleefden problemen. Het menselijke skelet heeft een erg stevige structuur en om twee ribben uit elkaar te trekken, wijd genoeg om er met je hand tussendoor te kunnen, zijn kracht nodig en speciale instrumenten. Zou een benadering van onderaf beter zijn? Eén snelle snede in de buik zou die openleggen en het enige wat de priester hoefde te doen, was het middenrif doorsnijden en zijn hand naar binnen steken om het hart te pakken. Maar dat geeft een hoop rommel omdat de ingewanden uit het lichaam op het altaar zouden glijden. Op de wandtekeningen van de Azteken zie je nergens geofferde slachtoffers bij wie de darmen uit de buik puilen.

Boeken zijn prachtige dingen; ze kunnen je alles vertellen, zelfs hoe je een hart uit een lichaam kunt halen met een flintmes, met een minimum aan moeite. Ik heb mijn antwoord gevonden in een studieboek met de titel: **Menselijke offers en oorlog**, geschreven door een professor (universiteiten zijn tegenwoordig erg interessante plaatsen, moet ik zeggen!), genaamd Sherwood Clarke, die ik graag eens zou ontmoeten.

Ik denk dat we elkaar veel kunnen leren.

De Azteken, zegt meneer Clarke, gebruikten een schuine thoracotomie om het hart uit te snijden. De snee wordt schuin over de borst aangebracht, vanaf de plek tussen de tweede en derde rib, dwars over het borstbeen naar de andere zijde. Het bot wordt overdwars gebroken, waarschijnlijk via een harde tik van een beitel. Het resultaat is een gapend gat. De longen, die bloot komen te staan aan de buitenlucht, vallen meteen samen. Het slachtoffer raakt snel buiten bewustzijn. En terwijl het hart blijft kloppen, steekt de priester zijn handen in de borst om te aderen door te snijden. Hij grijpt het orgaan, dat nog steeds pulseert, uit zijn bloederige wieg en heft het op naar de hemel.

En zo werd het beschreven in Bernardino Sahagans **Codex Florentio**, 'De algemene geschiedenis van Nieuw-Spanje':

'Een offerpriester droeg de arendstok,
zette hem rechtop op de borst van de gevangene, daar waar het hart had gezeten, doopte hem in bloed, doopte hem zelfs helemaal onder in het bloed.
Toen hief hij ook het bloed op ter ere van de zon.
Er werd gezegd: 'Zo geeft hij de zon te drinken.'
En de beul nam daarop het bloed van zijn slachtoffer
In een groene kom met een gevederde rand.
De offerpriesters goten het voor hem daarin
Erin ging de holle stok, eveneens gevederd,
En dan vertrok de beul om de demonen te voeden.'

Voedsel voor de demonen.

Hoe machtig is de betekenis van bloed.

Ik denk daaraan terwijl ik toekijk hoe een dun straaltje ervan wordt opgezogen in een buisje zo dun als een naald. Rondom me staan rekken vol reageerbuisjes en het geluid van apparatuur *gonst in de lucht. In de Oudheid werd bloed beschouwd als een heilige substantie, onontbeerlijk voor het leven, voedsel voor monsters, en ik deel die fascinatie, ook al weet ik dat het niets anders is dan een biologische vloeistof, een hoeveelheid cellen in plasma. Het spul waar ik iedere dag mee werk.*

Het gemiddeld zeventig kilogram zware menselijke lichaam bevat slechts vijf liter bloed. Daarvan bestaat 45 procent uit cellen en de rest is plasma, een chemische soep die voor 95 procent uit water bestaat, en voor de resterende 5 procent uit proteïnen, elektrolyten en voedingsstoffen. Sommigen zeggen dat het veel aan de goddelijke aard ervan afdoet wanneer je het terugbrengt tot de biologische bouwstenen, maar daar ben ik het niet mee eens. Juist wanneer je naar de bouwstenen kijkt, zie je de wonderbaarlijke eigenschappen.

De machine piept, een teken dat de analyse voltooid is. De uitslagen rollen uit de printer. Ik scheur het vel papier af en bekijk de resultaten.

In één oogopslag kom ik een heleboel dingen te weten over mevrouw Susan Carmichael, die ik nooit heb ontmoet. Haar hematocriet is laag – slechts achtentwintig procent, terwijl veertig normaal is. Ze heeft bloedarmoede, lijdt aan een gebrek aan een normale hoeveelheid rode bloedcellen, die de dragers zijn van zuurstof. Het is het proteïne hemoglobine, volgestouwd met deze ovale cellen, dat ons bloed rood en onze nagels roze maakt, en dat een blos brengt op de wangen van een jong meisje. De nagelbedden van mevrouw Carmichael zijn gelig en als je haar onderste ooglid naar beneden zou trekken, zou je zien dat de conjunctiva slechts lichtroze is.

Omdat ze bloedarmoede heeft, moet haar hart harder werken om verdund bloed door haar aderen te pompen, dus blijft ze op iedere overloop in het trappenhuis staan om op adem te komen en haar bonkende hart tot bedaren te laten komen. Ik stel me voor hoe ze haar hand naar haar hals brengt en haar borst op en neer gaat als een blaasbalg. Iedereen die haar op de trap tegenkomt, kan zien dat ze niet gezond is.

Ik kan dat al zien door alleen maar op dit stukje papier te kijken.

Er is meer. Haar verhemelte zit vol rode stipjes – petechiae, waar bloed uit de haarvaten is gebroken en zich in de slijmvliezen heeft genesteld. Misschien is ze zich niet bewust van deze minieme bloedingen. Misschien heeft ze ze elders op haar lichaam gezien, onder haar vingernagels of op haar schenen. Misschien ontdekt ze blauwe plekken waar ze geen verklaring voor heeft, plotselinge eilandjes van blauw op haar armen of haar dijen en denkt ze diep na wanneer ze zich gestoten heeft. Misschien tegen het autoportier? Komt het doordat het kind zich met zijn stevige knuistjes aan haar been had vastgeklampt? Ze zoekt naar externe redenen, terwijl de ware oorzaak in haar bloedsomloop schuilt. Haar trombocytental is twintigduizend; dat zou tien keer zoveel moeten zijn. Zonder trombocyten, de piepkleine cellen die helpen stollingen te vormen, veroorzaakt ieder stootje een blauwe plek.

Er valt nog meer op te maken uit dit dunne velletje papier.

Ik kijk naar de differentiële telling van de witte bloedlichaampjes en zie de verklaring voor haar klachten. De machine heeft de aanwezigheid ontdekt van myeloblast, primitieve granulocyten en monocyten, die niet thuishoren in de bloedsomloop. Susan Carmichael lijdt aan acute myeloblastische leukemie.

Ik stel me haar leven voor zoals dat er de komende maanden zal uitzien. Ik zie haar languit op een behandeltafel liggen, haar ogen gesloten van pijn terwijl de beenmergnaald in haar heup binnendringt.

Ik zie haar haar in bosjes uitvallen tot ze zich aan het onontkoombare overgeeft en de tondeuse ter hand neemt.

Ik zie ochtenden dat ze met gebogen hoofd boven de wc-pot hangt en lange dagen van staren naar het plafond, haar universum geslonken tot de vier muren van haar slaapkamer.

Bloed geeft leven, het is de magische vloeistof die ons in leven houdt. Maar Susan Carmichaels bloed heeft zich tegen haar gekeerd; het vloeit door haar aderen als gif.

Al deze intieme details weet ik over haar zonder dat ik haar heb ontmoet.

Ik stuur de resultaten van het laboratoriumonderzoek per fax naar haar huisarts, leg het vel papier in het uit-bakje zodat het later afgeleverd kan worden en pak het volgende buisje. Een andere patiënt, een ander buisje bloed.

Het verband tussen bloed en leven was aan de oermens al bekend. In de Oudheid wisten ze niet dat bloed wordt gemaakt in het beenmerg en dat het meeste ervan uit water bestaat, maar ze hadden wel oog voor de macht ervan bij rituelen en offerandes. De Azteken gebruikten botperforators en agavenaalden om hun eigen *huid te doorboren en bloed te laten vloeien. Ze maakten gaten in hun lippen of tong of het vlees van hun borst en het bloed dat daarbij vloeide was hun persoonlijke offer aan de goden. Vandaag noemt men dergelijke zelfverminking ziekelijk en grotesk, het kenmerk van waanzin.*

Ik vraag me af wat de Azteken van ons zouden vinden.

Hier zit ik, in mijn steriele omgeving, in het wit gekleed, mijn handen gestoken in handschoenen om ze te beschermen tegen mogelijk spatten. Hoe ver zijn we afgedwaald van onze ware aard! Er zijn zelfs mannen die flauwvallen wanneer ze bloed zien, en men haast zich om dergelijke afgrijselijke dingen aan het oog van de omstanders te onttrekken, spuit troittors schoon waar bloed heeft gevloeid, bedekt de ogen van kinderen wanneer geweld uitbreekt op het televisiescherm. Mensen zijn het contact kwijtgeraakt met wie en wat ze zijn.

Maar sommigen van ons niet.

We bewegen ons onder de anderen, normaal in ieder opzicht; misschien zijn we normaler dan de rest omdat we ons niet als mummies hebben laten inpakken in de steriele bindsels van de beschaving. We zien bloed en wenden ons niet af. We herkennen de weelderige schoonheid ervan; we voelen de primitieve aantrekkingskracht ervan.

Iedereen die langs een ongeluk komt en naar het bloed zoekt, begrijpt dit. Onder de afkeer, de aandrang om je af te wenden, klopt een sterkere kracht: aantrekkingskracht.

We willen allemaal kijken. Maar dat willen we niet allemaal toegeven.

Het is een eenzaam bestaan tussen de verdoofden. 's Middags dwaal ik door de stad en adem ik lucht in zo dik dat ik hem bijna kan zien. Het verwarmt mijn longen als opgewarmde siroop. Ik bekijk de gezichten van de mensen in de straten en vraag me af wie van hen mijn dierbaarste bloedbroeder is, zoals jij ooit bent geweest. Is er iemand anders die het contact met de oeroude kracht die door ons allen stroomt, nog niet heeft verloren? Ik vraag me af of we elkaar zouden herkennen als we elkaar zouden tegenkomen en ik vrees van niet, omdat we ons zo diep hebben verborgen in de mantel die doorgaat voor het normaal-zijn.

Dus loop ik alleen. En ik denk aan jou, de enige die het ooit heeft begrepen.

17

Als arts had Catherine al zo vaak naar de dood gekeken dat het gezicht ervan haar bekend was. Ze had naar patiënten gekeken en het leven in hun ogen zien wegsterven tot ze glazig en nietsziend waren. Ze had huid tot grijs zien verkleuren, wanneer de ziel zich terugtrok, wegsijpelend als bloed. Als arts had je net zoveel met de dood te maken als met het leven en Catherine had lang geleden, bij het afkoelende lichaam van een patiënt, al kennisgemaakt met de dood. Ze was niet bang voor lijken.

Maar toen Moore Albany Street indraaide en ze het strakke, bakstenen gebouw zag waar het lijkenhuis was gevestigd, stond het zweet haar opeens in de handen.

Hij zette de auto op het parkeerterrein achter het gebouw, naast een witte wagen met de woorden *Commonwealth of Massachusetts, Office of the Medical Examiner* op de zijkant. Ze was het liefst blijven zitten en pas toen hij om de auto heen liep en het portier voor haar opende, stapte ze uit.

'Denk je dat je dit aankunt?' vroeg hij.

'Ik verheug me er niet op,' gaf ze toe. 'Maar laten we het maar doen.'

Hoewel ze tientallen lijkschouwingen had bijgewoond, was ze toch niet helemaal voorbereid op de geur van bloed en opengebarsten ingewanden die haar in het gezicht sloeg toen ze de autopsiekamer binnengingen. Voor het eerst in haar medische carrière was ze bang dat ze misselijk zou worden bij het zien van een lijk.

Een al wat oudere man, zijn ogen beschermd door een plastic bril, draaide zich naar hen om. Ze zag dat het dokter Ashford Tierney was, die ze een halfjaar geleden voor het eerst had ontmoet op een congres over forensische pathologie. Wanneer een traumachirurg faalde, kwam de patiënt meestal op de autopsietafel van dokter Tierney terecht. Ze had een maand geleden nog met hem gesproken over de verontrustende omstandigheden rond de dood van een kind dat aan een gescheurde milt was gestorven.

Dokter Tierney's glimlach vormde een schril contrast met de bebloede rubberhandschoenen die hij aanhad. 'Dokter Cordell, fijn u weer eens te zien.' Hij zweeg even, alsof de ironie van die opmerking opeens tot hem doordrong. 'Hoewel ik u liever onder aangenamer omstandigheden zou ontmoeten.'

'Je bent al begonnen,' zei Moore ontstemd.

'Hoofdinspecteur Marquette wil snelle antwoorden,' zei Tierney. 'Iedere keer dat de politie iemand doodschiet, vliegt de pers hem naar de keel.'

'Maar ik heb speciaal gebeld om te zeggen dat we erbij wilden zijn.'

'Dokter Cordell heeft al vaker lijkschouwingen bijgewoond. Dit is niets nieuws voor haar. Laat me dit deel even afmaken, dan kan ze naar het gezicht kijken.'

Tierney richtte zijn aandacht weer op de buik. Met de scalpel sneed hij de dunne darm los, trok de streng darmen eruit en liet ze in een stalen kom vallen. Toen deed hij een stapje achteruit en knikte tegen Moore. 'Ga je gang.'

Moore legde zijn hand op Catherines arm. Met tegenzin liep ze naar het lijk. Allereerst keek ze naar de gapende incisie. Een open buik was bekend terrein, de organen onpersoonlijke onderdelen, klompjes weefsel die aan iedere willekeurige onbekende konden toebehoren. Organen bevatten geen emotionele betekenis, droegen geen persoonlijk kenteken van identiteit. Ze kon ze bestuderen met het koele oog van een beroeps en dat deed ze ook. Ze zag dat de maag, alvleesklier en lever nog op hun plek zaten, wachtend tot ze tezamen uit het lichaam genomen zouden worden. De Y-incisie die van de nek tot de schaamstreek liep, had zowel de borst als de buik opengelegd. Het hart en de longen waren al weggenomen, zodat de borstkas een lege kom was. In de wand van de borst waren twee kogelwonden te zien: één vlak boven de linkertepel, de andere een paar ribben lager. Beide kogels waren de borstkas binnengedrongen en moesten het hart of de long hebben doorboord. In de buik zat aan de linkerbovenkant nog een derde kogelwond, op de plek waar de milt had gezeten. Een derde catastrofale wond. Degene die op Karl Pacheco had gevuurd, had dat gedaan met de bedoeling hem te doden.

'Catherine?' zei Moore en ze besefte dat ze te lang had gezwegen.

Ze haalde diep adem, inhaleerde de geur van bloed en koud geworden vlees. De interne pathologie van Karl Pacheco was haar nu bekend; het was tijd om naar zijn gezicht te kijken.

Ze zag zwart haar. Een smal gezicht, de neus scherp als een mes. Slappe kaakspieren, openhangende mond. Regelmatig gebit. Tot slot keek ze naar de ogen. Moore had haar vrijwel niets over deze man verteld, alleen zijn naam en het feit dat hij door de politie was doodgeschoten toen hij aan arrestatie had willen ontkomen. *Ben jij de Chirurg?*

De ogen, waarvan het hoornvlies door de dood troebel was geworden, maakten geen herinnering in haar los. Ze bekeek zijn gezicht, probeerde iets van het kwaad te voelen dat nog in Karl Pacheco's lijk was achtergebleven, maar ze voelde niets. Dit lichamelijke omhulsel was leeg en er was geen spoor van de voormalige bewoner achtergebleven.

Ze zei: 'Ik ken deze man niet,' en liep de kamer uit.

Ze stond bij zijn auto toen Moore het gebouw uitkwam. Haar longen waren bevuild door de stank in de autopsiekamer en ze haalde diep adem in de gloeiendhete buitenlucht, alsof ze de besmetting eruit wilde wassen. En hoewel ze transpireerde, was de kilte van het lijkenhuis tot in haar botten doorgedrongen.

'Wie was Karl Pacheco?' vroeg ze.

Hij keek in de richting van het Pilgrim Hospital, hoorde het stijgende geloei van een ambulance. 'Een seksueel roofdier,' zei hij. 'Een man die op vrouwen joeg.'

'Was hij de Chirurg?'

Moore zuchtte. 'Blijkbaar niet.'

'Maar jullie dachten dat hij het kon zijn.'

'DNA koppelt hem aan Nina Peyton. Twee maanden geleden heeft hij haar verkracht. Maar we hebben geen bewijs dat hem in verband brengt met Elena Ortiz of Diana Sterling. Niets wat hem in hun levens plaatst.'

'Of in het mijne.'

'Weet je zeker dat je hem nooit hebt gezien?'

'Ik weet alleen zeker dat ik me hem niet herinner.'

De zon had de temperatuur in de auto tot bakhitte laten oplopen en ze bleven met de portieren open staan wachten tot het interieur wat zou afkoelen. Catherine keek over het dak heen naar Moore en zag hoe moe hij was. Er zaten meteen al transpiratievlekken op zijn overhemd. Een fijne manier om je zaterdagmiddag door te brengen – met getuigen naar de lijkenkamer gaan. In veel opzichten leidden politiemensen en artsen gelijksoortige levens. Ze maakten lange uren in een baan waarbij niet 's middags om vijf uur de fabrieksfluit ging. Ze zagen het mensdom op zijn moeilijkste, pijnlijkste momenten. Ze waren getuigen van wandaden en leerden te leven met de beelden daarvan.

Welke beelden droeg hij met zich mee, vroeg ze zich af toen hij haar naar huis bracht. Van hoeveel slachtoffers zaten de gezichten, hoeveel kamers zaten als foto's opgeslagen in zijn hoofd? Zij was slechts één element in deze zaak en ze dacht aan alle andere vrouwen, levend en dood, die naar zijn aandacht hadden gedongen.

Hij stopte voor haar flatgebouw en zette de motor af. Ze keek op naar de ramen van haar flat en had geen zin om uit de auto te stappen. Om bij hem weg te gaan. Ze hadden de afgelopen dagen zoveel tijd samen doorgebracht dat ze steun was gaan putten uit zijn kracht en goedheid. Als ze elkaar onder gelukkiger omstandigheden hadden ontmoet, zou zijn knappe uiterlijk haar beslist zijn opgevallen. Wat ze nu het belangrijkst vond, was niet dat hij knap was, zelfs niet dat hij intelligent was, maar wat er in zijn hart lag. Dit was een man die ze kon vertrouwen.

Ze woog haar woorden af en waar die woorden toe konden leiden. En besloot dat de consequenties haar geen klap konden schelen.

Ze vroeg, op zachte toon: 'Wil je nog even mee naar boven om iets te drinken?'

Hij gaf niet meteen antwoord en ze voelde een blos opkomen toen zijn zwijgen een ondraaglijke betekenis kreeg. Hij had moeite een besluit te nemen; ook hij begreep wat er met hen gebeurde en was er niet zeker van wat hij moest doen.

Toen hij uiteindelijk naar haar keek en zei: 'Ja, ik wil graag even boven komen,' wisten ze allebei dat ze méér in gedachten hadden dan een glaasje.

Toen ze de hal inliepen, sloeg hij zijn arm om haar schouders. Het was méér dan een beschermend gebaar, de manier waarop zijn hand licht op haar schouder rustte, en door de warmte van zijn aanraking en haar reactie daarop had ze moeite met het controlepaneel bij de ingang. De gedachte aan wat er ging gebeuren maakte haar bewegingen traag en onhandig. Boven maakte ze met bevende handen de deur van haar appartement open en gingen ze naar binnen, de heerlijke koelte van haar flat in. Hij deed de deur dicht en schoof de grendel erop.

Toen nam hij haar in zijn armen.

Het was zo lang geleden dat ze zich had laten omhelzen. Het idee dat een man haar lichaam zou aanraken, had haar steeds in paniek gebracht. Maar in Moore's armen was paniek het laatste waar ze aan dacht. Ze reageerde op zijn kus met een verlangen dat hen allebei verraste. Ze had de liefde zo lang moeten ontberen dat ze het hongerige gevoel geheel had verloren. Nu pas, nu ieder deel van haar tot leven kwam, herinnerde ze zich hoe begeerte aanvoelde en zochten haar lippen de zijne met de gretigheid van een uitgehongerde vrouw. Zij was degene die hem meetrok, de gang door naar de slaapkamer, en hem de hele weg bleef kussen. Zij was degene die zijn overhemd losknoopte en zijn riem losmaakte. Op de een of andere manier was het hem duidelijk dat hij niet de initiatiefnemer mocht zijn, omdat ze daarvan zou schrikken. Dat ze vandaag, hun eerste keer, zelf het ritme moest bepalen. Maar hij kon zijn erectie niet verbergen en ze voelde die toen ze zijn rits naar beneden trok en zijn broek op de grond zakte.

Hij stak zijn handen uit naar de knoopjes van haar blouse en stopte, zijn ogen onderzoekend op haar gezicht gericht. De manier waarop ze naar hem keek, het geluid van haar versnelde ademhaling, lieten geen enkele twijfel bestaan dat ze het wilde. Langzaam knoopte hij de blouse los en liet hem van haar schouders glijden. De bh viel fluisterend op de grond. Hij deed alles met opperste zachtheid. Hij nam haar vesting niet weg, maar bezorgde haar een welkome ontspanning. Een bevrijding. Ze deed haar ogen dicht en zuchtte van genot toen hij zich bukte om haar borsten te kussen. Geen inbreuk, maar een daad van respect.

En zo, voor het eerst in twee jaar, stond Catherine een man toe de liefde met haar te bedrijven. Geen enkele gedachte aan Andrew Capra drong zich aan haar op toen zij en Moore samen op het bed lagen. Geen flitsen van paniek, geen beangstigende herinneringen kwamen boven toen ze de laatste kledingstukken van zich afgooiden en zijn gewicht haar in het matras deed wegzinken. Wat een andere man haar had aangedaan was een zo wrede daad geweest, dat die niets gemeen had met dit moment, met het lichaam waarin ze leefde. Geweld is niet seks en seks is niet liefde. Liefde was wat ze voelde toen Moore in haar binnendrong, zijn handen rond haar gezicht, zijn ogen op de hare gericht. Ze was vergeten hoeveel genot een man kon geven en ze liet zich helemaal gaan, ervoer de vreugde als voor de eerste keer.

Het was donker toen ze in zijn armen wakker werd. Ze voelde hem bewegen en hoorde hem vragen: 'Hoe laat is het?'

'Kwart over acht.'

'Echt waar?' Hij lachte suffig en rolde op zijn rug. 'Niet te geloven dat we de hele middag hebben geslapen. Ik was er blijkbaar aan toe.'

'Jij slaapt de laatste tijd zeker ook niet veel.'

'Wie heeft slaap nodig?'

'Gesproken als een arts.'

'Iets dat we gemeen hebben,' zei hij en zijn hand gleed langzaam over haar lichaam. 'We hebben het allebei te lang moeten ontberen...'

Even bleven ze zwijgend liggen. Toen vroeg hij zachtjes: 'Hoe was het?'

'Vraag je me hoe goed je bent als minnaar?'

'Nee. Ik bedoel, hoe was het voor *jou*. Dat ik je aanraakte.'

Ze glimlachte. 'Het was heerlijk.'

'Heb ik niets fout gedaan? Je niet bang gemaakt?'

'Je hebt me een heel veilig gevoel gegeven. Dat heb ik nog het meeste nodig: me veilig voelen. Ik geloof dat jij de enige man bent die dat ooit heeft begrepen. De enige man die ik heb kunnen vertrouwen.'

'Sommige mannen zijn het waard vertrouwd te worden.'

'Ja, maar welke? Dat weet ik nooit.'

'Je kunt het ook niet weten tot puntje bij paaltje komt. Dan zal hij degene zijn die naast je staat.'

'Dan heb ik hem nog nooit gevonden. Ik heb andere vrouwen horen zeggen dat zodra je een man vertelt wat er met je is gebeurd, zodra je het woord *verkrachting* laat vallen, de mannen terugdeinzen. Alsof we beschadigd zijn. Mannen willen er niet over horen. Ze hebben liever stilzwijgen dan een bekentenis. Maar het stilzwijgen grijpt om zich heen. Het gaat je hele leven beheersen, tot je helemaal nergens meer over kunt praten. Het leven zelf wordt een onderwerp dat taboe is.'

'Op die manier kan niemand leven.'

'Het is de enige manier waarop andere mensen het kunnen verdragen in onze nabijheid te verkeren. Als *wij* het stilzwijgen bewaren. Maar ook wanneer we er niet over praten, bestaat het.'

Hij kuste haar en die eenvoudige daad was intiemer dan iedere andere liefdesdaad kon zijn, omdat hij volgde op een bekentenis.

'Blijf je vannacht bij me?' fluisterde ze.

Zijn adem voelde warm aan in haar haar. 'Alleen als je eerst met me uit eten gaat.'

'O, ik was helemaal vergeten dat we ook moeten eten.'

'Dat is het verschil tussen mannen en vrouwen. Een man vergeet nooit te eten.'

Ze ging glimlachend zitten. 'Als jij een drankje voor ons maakt, zal ik zorgen dat je eten krijgt.'

Hij mengde twee martini's en ze nipten daaraan terwijl ze een salade maakte en biefstuk op de grill legde. Mannelijk voedsel, dacht ze geamuseerd. Rood vlees voor de nieuwe man in haar leven. Koken was nog nooit zo aangenaam geweest als vanavond, nu Moore met een glimlach zout- en pepervaatjes aangaf, en haar hoofd suizelde van de drank. Ze kon zich niet herinneren wanneer eten haar voor het laatst zo goed had gesmaakt. Het was alsof ze was ontsnapt aan een verzegelde fles en het volledige scala aan geuren en smaken voor de allereerste keer ervoer.

Ze aten aan de keukentafel en dronken wijn. Haar keuken, met de witte tegels en witte kastjes, leek opeens vol kleur: de donkerrode wijn, de knisperend verse slablaadjes, de blauw geblokte servetjes. En Moore die tegenover haar zat. Ze had hem ooit kleurloos gevonden, als alle andere onopmerkelijke mannen die je op straat passeerden, silhouetten afgetekend op schildersdoek. Nu zag ze hem pas echt, de warme rossigheid van zijn huid, het web van lachrimpeltjes rond zijn ogen. Alle charmante onvolkomenheden van een lang gebruikt gezicht.

We hebben de hele nacht, dacht ze, en het vooruitzicht van wat er voor hen in het verschiet lag, deed haar glimlachen. Ze stond op en stak haar hand naar hem uit.

Dokter Zucker zette de videofilm van de sessie met dokter Polochek af en draaide zich om naar Moore en Marquette. 'Het kan een foutieve herinnering zijn. Dat Cordell een tweede, niet bestaande stem heeft verzonnen. Dat is het probleem met hypnose. Het geheugen is een vloeibaar iets. Het kan veranderd worden, herschreven, om aan de verwachtingen te voldoen. Toen Cordell aan die sessie is begonnen, had ze al het idee dat Capra een partner had. En hup! De herinnering is er! Een tweede stem. Een tweede man in het huis.' Zucker schudde zijn hoofd. 'Het is niet betrouwbaar.'

'Niet alleen haar herinneringen vertellen ons dat er een tweede verdachte is,' zei Moore. 'De moordenaar heeft haar een lok van haar eigen haar gestuurd; die heeft hij alleen in Savannah kunnen krijgen.'

'Ze *zegt* dat die lok in Savannah is afgeknipt,' merkte Marquette op.

'Gelooft u haar ook niet?'

'De hoofdinspecteur heeft een goed punt,' zei Zucker. 'We hebben te maken met een emotioneel wankele vrouw. Ook al is het nu twee jaar geleden, ze is misschien nog steeds niet stabiel.'

'Ze is een traumachirurg.'

'Ja, en op haar werk functioneert ze goed. Maar ze *is* geschonden. Dat weet je. De verkrachting heeft haar gebrandmerkt.'

Moore zweeg en dacht terug aan de eerste dag dat hij Catherine had ontmoet. Hoe nauwgezet en beheerst ze alles deed. Heel anders dan het zorgeloze meisje dat onder hypnose naar voren was gekomen, de jonge Catherine die bij het huisje van haar grootouders op de pier had liggen zonnen. En gisteravond, de vrolijke, jonge Catherine die in zijn armen tevoorschijn was gekomen. Ze had al die tijd opgesloten gezeten, gevangen in dat broze omhulsel, wachtend tot iemand haar zou bevrijden.

'Wat moeten we dan uit deze hypnosesessie concluderen?' vroeg Marquette.

Zucker zei: 'Ik zeg niet dat ze het niet gelooft. Dat ze het zich niet heel duidelijk herinnert. Het is hetzelfde als wanneer je tegen een kind zegt dat er een olifant in de achtertuin staat. Na een poosje gelooft het kind dat zo sterk dat het de slurf van de olifant kan beschrijven, de strootjes op zijn rug. De gebroken slagtand. De herinneringen worden werkelijkheid. Zelfs wanneer het niet echt is gebeurd.'

'We kunnen de herinnering niet volledig afschrijven,' zei Moore. 'U mag dan vinden dat Cordell niet betrouwbaar is, maar ze *is* het brandpunt van de belangstelling van de verdachte. Aan het stalken en moorden waar Capra aan begonnen was, is geen eind gekomen. Het heeft haar hiernaartoe gevolgd.'

'Een imitator?' vroeg Marquette.

'Of een partner,' zei Moore. 'Er zijn precedenten.'

Zucker knikte. 'Samenwerking tussen moordenaars is niet ongebruikelijk. We zien seriemoordenaars altijd als eenzame wolven, maar een kwart van de seriemoorden wordt gepleegd door partners. Henry Lee Lucas had er een. Kenneth Bianchi had er een. Het maakt het veel makkelijker voor hen. De ontvoering, het in bedwang houden. Het is een gezamenlijke jacht, om succes te verzekeren.'

'Wolven jagen samen,' zei Moore. 'Misschien heeft Capra dat ook gedaan.'

Marquette pakte de afstandsbediening van de video, drukte op Rewind en toen op Play. Op het televisiescherm zat Catherine met haar ogen dicht, haar armen slap op haar schoot.

Wie zegt die woorden, Catherine? Wie zegt: "Het is mijn beurt, Capra"?

Dat weet ik niet. Ik ken zijn stem niet.

Marquette drukte op de pauzeknop en Catherines gezicht bevroor op het scherm. Hij keek naar Moore. 'Het is meer dan twee jaar geleden dat ze in Savannah is aangevallen. Als hij Capra's partner was, waarom heeft hij dan zo lang gewacht om achter haar aan te gaan? Waarom gebeurt het nu?'

Moore knikte. 'Dat heb ik me ook afgevraagd. En ik geloof dat ik weet wat het antwoord is.' Hij sloeg de map die hij had meegebracht, open en haalde er een pagina uit de *Boston Globe* uit. 'Dit stond 17 dagen vóór de moord op Elena Ortiz in de krant. Het is een artikel over vrouwelijke chirurgen in Boston. Een derde ervan is gewijd aan Cordell. Aan haar succes. Aan wat ze allemaal bereikt heeft. Er staat een foto van haar bij.' Hij gaf het artikel aan Zucker.

'Dit is interessant,' zei Zucker. 'Wat ziet u wanneer u naar deze foto kijkt, rechercheur Moore?'

'Een aantrekkelijke vrouw.'

'Afgezien daarvan. Wat zegt haar houding, haar uitdrukking u?'

'Zelfvertrouwen,' zei Moore. 'Afstandelijkheid.'

'Dat is precies wat ik zie. Een vrouw die het spel volkomen beheerst. Een vrouw die onaantastbaar is. Armen over elkaar, kin opgeheven. Buiten het bereik van de meeste stervelingen.'

'Wat wilt u daarmee zeggen?' vroeg Marquette.

'Denk even aan waar onze verdachte op uit is. Geschonden

vrouwen, bezoedeld door verkrachting. Vrouwen die symbolisch zijn vernietigd. En nu heb je hier Catherine Cordell, de vrouw die zijn partner, Andrew Capra, heeft vermoord. Ze ziet er niet geschonden uit. Ze ziet er niet uit als een slachtoffer. Nee, op deze foto ziet ze eruit als een veroveraar. Wat denkt u dat hij voelde toen hij dit zag?' Zucker keek naar Moore.

'Woede.'

'Niet zomaar woede, rechercheur. Pure, onbedwingbare razernij. Toen ze uit Savannah vertrok, is hij haar naar Boston gevolgd, maar hij kon niet bij haar komen omdat ze zich goed heeft beschermd. Dus wacht hij, en vermoordt onderhand andere doelwitten. Hij stelt zich Cordell voor als een getraumatiseerde vrouw. Een dierlijk wezen dat alleen nog maar als een prooi binnengehaald hoeft te worden. En dan slaat hij op een goede dag de krant op en ziet niet een slachtoffer, maar dit zelfverzekerde *kreng*.' Zucker gaf het artikel terug aan Moore. 'Hij probeert haar opnieuw klein te krijgen. En om dat te bereiken, maakt hij gebruik van terreurmethoden.'

'En wat is zijn einddoel?' vroeg Marquette.

'Haar neerhalen tot een niveau waarop hij haar aankan. Hij valt alleen vrouwen aan die zich gedragen als slachtoffers. Vrouwen die zo aangeslagen en vernederd zijn dat hij zich door hen niet bedreigd voelt. En als Andrew Capra inderdaad zijn partner was, heeft onze verdachte nóg een motief. Wraak, om wat ze heeft vernietigd.'

Marquette zei: 'En wat moeten we nu met deze geheime-partnertheorie aan?'

'Als Capra een partner had,' zei Moore, 'brengt dit ons terug naar Savannah. Hier schieten we niets op. We hebben al duizend vraaggesprekken gevoerd en geen enkele aannemelijke verdachte gevonden. Ik geloof dat het tijd is om iedereen die iets met Andrew Capra te maken had, onder de loep te nemen. Om te zien of een van die mensen hier in Boston terecht is gekomen. Frost is al aan het bellen met rechercheur Singer, die de leiding had over het onderzoek in Savannah. Hij kan erheen vliegen en het bewijsmateriaal doornemen.'

'Waarom Frost?'

'Waarom niet?'

Marquette keek naar Zucker. 'Zoeken we in het wilde weg of hoe zit het?'

'Soms kun je in het wilde weg best iets vinden.'

Marquette knikte. 'Goed. Savannah, dus.'

Moore stond op, maar stopte toen Marquette zei: 'Kun je nog even blijven? Ik moet je spreken.' Ze wachtten tot Zucker weg was. Toen deed Marquette de deur dicht en zei: 'Ik wil niet dat Frost gaat.'

'Mag ik vragen waarom?'

'Omdat ik wil dat jij naar Savannah gaat.'

'Frost staat al klaar. Hij heeft zich erop voorbereid.'

'Het gaat niet om Frost. Het gaat om jou. Je moet een beetje gescheiden worden van deze zaak.'

Moore zei niets. Hij wist waar dit naartoe ging.

'Je hebt de afgelopen dagen veel tijd doorgebracht met Catherine Cordell,' zei Marquette.

'Ze is de sleutel tot dit onderzoek.'

'Te veel avonden in haar gezelschap. Afgelopen dinsdag ben je tot middernacht bij haar geweest.'

Rizzoli. Rizzoli wist dat.

'En zaterdag ben je de hele nacht bij haar gebleven. Wat is er precies aan de hand?'

Moore zei niets. Wat zou hij moeten zeggen? *Ja, ik ben te ver gegaan. Maar ik kon het niet helpen.*

Marquette liet zich met een zwaar teleurgesteld gezicht op zijn stoel zakken. 'Hoe is het mogelijk dat ik hier met *jou* over zit te praten. Met *jou!*' Hij zuchtte. 'Het is tijd dat je je terugtrekt. We dragen haar hier wel over aan iemand anders.'

'Maar ze vertrouwt me.'

'Is dat alles wat er tusen jullie gaande is? Dat ze je *vertrouwt*? Naar wat ik heb gehoord, gaat het veel verder. Ik hoef je niet te vertellen hoe ongepast dit is. Luister, jij en ik hebben dit allebei gezien bij andere agenten. Er komt nooit iets van terecht. En er zal ook nu niets van terechtkomen. Op dit moment heeft ze je nodig en jij bent toevallig voorhanden. Jullie gaan een week, een maand aan de rol en op een goede dag worden jullie 's ochtends wakker en bam, het is voorbij. Jij wordt gekwetst of zij wordt gekwetst. En iedereen heeft er spijt van dat het is gebeurd.' Marquette zweeg even, wachtte op een antwoord. Moore had er geen.

'Afgezien van het persoonlijke aspect,' ging Marquette door, 'is het niet bevorderlijk voor het onderzoek. En het is verdomd gênant voor de afdeling.' Hij maakte een bruusk gebaar in de richting van

de deur. 'Ga naar Savannah. En blijf bij Cordell uit de buurt.'
'Ik moet haar uitleggen –'
'Je mag haar niet eens bellen. Wij zullen er wel voor zorgen dat ze de boodschap krijgt. Ik zal Crowe aanstellen in jouw plaats.'
'*Niet* Crowe,' zei Moore op scherpe toon.
'Wie dan?'
'Frost.' Moore zuchtte. 'Doe Frost maar.'
'Goed, Frost. Ga een vlucht boeken. Even de stad uit is net wat je nodig hebt om af te koelen. Je bent nu natuurlijk kwaad op me, maar je weet dat ik alleen maar wil dat je doet wat voor iedereen het beste is.'

Dat wist Moore en het was pijnlijk om zijn eigen gedrag voorgespiegeld te krijgen. Wat hij in die spiegel zag, was een gevallen heilige Thomas, geveld door zijn eigen begeerten. En de waarheid maakte hem razend, omdat hij er niets tegen kon doen. Hij kon het niet ontkennen. Hij slaagde erin zich in te houden tot hij Marquettes kantoor had verlaten, maar toen hij Rizzoli achter haar bureau zag zitten, kon hij zijn woede niet meer bedwingen.

'Gefeliciteerd,' zei hij. 'Je hebt je wraak gekregen. Lekker is dat, om iemand te laten bloeden, hè?'
'Heb ik dat gedaan?'
'Je hebt het aan Marquette verteld.'
'Als ik dat heb gedaan, ben ik niet de eerste agent die een partner heeft verklikt.'

Het was een giftig weerwoord en het bereikte het bedoelde effect. Met een kil stilzwijgen draaide hij zich om en liep weg.

Buiten bleef hij in de overdekte passage even staan, diepbedroefd dat hij Catherine vanavond niet te zien zou krijgen. Toch had Marquette gelijk; dit was wat ze moesten doen. Dit was hoe het van het begin af aan had *moeten* zijn; ze hadden een zorgvuldige afstand tot elkaar moeten bewaren, de aantrekkingskracht moeten negeren. Maar ze was kwetsbaar geweest en dom genoeg was hij daartoe juist aangetrokken. Na al die jaren dat hij op het rechte pad was gebleven, bevond hij zich nu opeens op onbekend terrein, een verwarrende plaats waar niet de logica heerste, maar hartstocht. Hij voelde zich niet op zijn gemak in deze nieuwe wereld. En hij wist niet waar hij de uitgang kon vinden.

Catherine zat in haar auto en probeerde voldoende moed bij elkaar te rapen om One Schroeder Plaza binnen te gaan. De hele middag, terwijl ze de ene patiënt na de andere had ontvangen, met collega's gesproken en alle kleine ergernissen het hoofd had geboden die in de loop van iedere werkdag opdoken, had ze geprobeerd heel gewoon te doen. Maar haar glimlach was hol geweest en onder haar beleefde masker had een hevige onderstroom van wanhoop op de loer gelegen. Moore had haar nog steeds niet teruggebeld en ze wist niet waarom. Ze hadden één nacht samen doorgebracht en nu was er al iets mis. Uiteindelijk stapte ze uit de auto en liep het hoofdbureau van politie binnen.

Hoewel ze hier al eens geweest was, voor de sessie met dokter Polochek, leek het gebouw nog steeds op een verboden fort waar ze niet thuishoorde. Die indruk werd versterkt door de agent in uniform die haar vanachter de receptiebalie bekeek.

'Wat kan ik voor u doen?' vroeg hij. Vriendelijk noch onvriendelijk.

'Ik ben gekomen voor rechercheur Thomas Moore van Moordzaken.'

'Ik zal even bellen. Uw naam?'

'Catherine Cordell.'

Ze bleef in de hal staan terwijl hij belde. Ze voelde zich overweldigd door het glanzende graniet, door alle mannen, zowel in uniform als in burger, die langsliepen en nieuwsgierig naar haar keken. Dit was Moore's wereld; zij was hier een buitenstaander die voet had durven zetten in een wereld waar harde mannen staarden en pistolen in holsters glansden. Opeens besefte ze dat ze een fout had gemaakt, dat ze niet had moeten komen, en ze liep ze terug naar de uitgang. Net toen ze bij de deur was, riep een stem: 'Dokter Cordell?'

Ze draaide zich om en herkende de blonde man met het aangename, vriendelijke gezicht die uit de lift kwam. Het was rechercheur Frost.

'Zullen we naar boven gaan?' vroeg hij.

'Ik ben voor Moore gekomen.'

'Dat weet ik. Ik ben u komen halen.' Hij wees naar de lift. 'Zullen we?'

Op de tweede verdieping nam hij haar mee de gang door naar de afdeling Moordzaken. Ze was hier nog niet geweest en het verbaasde haar dat het eruitzag als een gewone kantoorafdeling met computers en tegenover elkaar geplaatste bureaus. Hij wees met een uitnodigend gebaar naar een stoel. Hij had vriendelijke ogen.

Hij kon zien dat ze zich op dit onbekende terrein slecht op haar gemak voelde en probeerde haar tot rust te brengen.

'Koffie?' vroeg hij.

'Nee, dank u.'

'Iets anders dan? Frisdrank? Een glas water?'

'Nee, niets, dank u.'

Hij ging nu ook zitten. 'Zo, waar wilt u over praten, dokter Cordell?'

'Ik had gehoopt rechercheur Moore te spreken te krijgen. Ik ben de hele ochtend aan het opereren geweest en dacht dat hij misschien had geprobeerd contact met me op te nemen...'

'Nou, het is zo...' Frost pauzeerde, met duidelijke gêne in zijn ogen. '... dat ik rond het middaguur een boodschap heb achtergelaten bij uw secretaresse. Van nu af aan moet u mij bellen als u iets op uw hart hebt. Niet rechercheur Moore.'

'Ja, die boodschap heb ik gekregen. Ik wil alleen weten...' Ze slikte haar tranen in. 'Ik wil weten waarom.'

'Om, eh, het onderzoek te stroomlijnen.'

'Wat wil dat zeggen?'

'Dat Moore zich op een ander aspect van de zaak moet concentreren.'

'Wie heeft daarover beslist?'

Frost keek steeds benauwder. 'Dat weet ik niet precies, dokter Cordell.'

'Moore zelf?'

Weer een korte stilte. 'Nee.'

'Het is dus niet zo dat hij me niet wil zien.'

'Ik weet zeker dat dat niet het geval is.'

Ze wist niet of hij haar de waarheid vertelde of alleen maar probeerde haar te sussen. Ze zag dat twee rechercheurs op een naburige werkplek naar haar staarden en voelde een blos van woede opkomen. Wist iedereen behalve zij wat de waarheid was? Was het medelijden wat ze in hun ogen zag? De hele ochtend had ze de herinneringen aan gisteravond gekoesterd. Ze had op een telefoontje van Moore gewacht, had ernaar verlangd zijn stem te horen en te weten dat hij aan haar dacht. Maar hij had niet gebeld.

En toen had ze tussen de middag de boodschap van Frost overhandigd gekregen, dat ze in de toekomst voor al haar vragen contact met hém moest opnemen.

Slechts met de grootste moeite wist ze haar hoofd opgeheven te houden en de tranen terug te dringen toen ze vroeg: 'Is er een reden waarom ik niet met hem mag praten?'

'Hij is momenteel niet in de stad. Hij is vanmiddag vertrokken.'

'O.' Ze begreep, zonder dat haar dat gezegd hoefde te worden, dat hij er niet méér over zou loslaten. Ze vroeg niet waar Moore naartoe was, noch hoe ze hem kon bereiken. Het was al gênant genoeg dat ze hiernaartoe was gekomen en nu kreeg haar trots de overhand. De afgelopen twee jaar was de pure kracht van haar trots de voornaamste bron geweest waaruit ze energie had geput. Trots had haar doen voortmarcheren, dag in dag uit, zonder de mantel van het martelaarschap te hoeven dragen. Wie naar haar keek, zag alleen koele bekwaamheid en emotionele afstandelijkheid, omdat dat de enige dingen waren die ze wenste te laten zien.

Alleen Moore zag me zoals ik in werkelijkheid ben. Geschonden en kwetsbaar. En dit is het resultaat. Dit is de reden waarom ik nooit meer zwak mag zijn.

Toen ze opstond, deed ze dat met een kaarsrechte rug. Haar blik was kalm. Toen ze de afdeling afliep, kwam ze langs Moore's bureau. Ze wist dat omdat zijn naambordje erop stond. Ze bleef even staan om naar de foto te kijken die erop stond, van een glimlachende vrouw met de zon in haar haar.

Ze liep door, liet Moore's wereld achter zich en keerde bedroefd terug naar die van haarzelf.

18

Moore had gedacht dat de hitte in Boston ondraaglijk was, maar hij had er geen idee van gehad hoe het in Savannah zou zijn. Toen hij tegen het eind van de middag de aankomsthal van het vliegveld verliet, was het alsof hij in een warm bad stapte. Hij voelde zich alsof hij door vloeistof liep, zijn ledematen log toen hij het parkeerterrein van de huurauto's opzocht, waar waterige lucht boven het asfalt zinderde. Tegen de tijd dat hij zijn hotelkamer had bereikt, was zijn overhemd doorweekt van het zweet. Hij trok al zijn kleren uit, ging op het bed liggen om een paar minuten uit te rusten en sliep de hele middag.

Toen hij wakker werd, was het donker en huiverde hij in de veel te koude kamer.

Hij haalde een schoon overhemd uit zijn koffer, kleedde zich aan en verliet het hotel.

Zelfs 's avonds was de lucht als stoom, maar hij reed met zijn raampje open en inhaleerde de vochtige geuren van het Zuiden. Hij was nog nooit in Savannah geweest, maar had gehoord dat het een mooie stad was met prachtige oude herenhuizen, gietijzeren bankjes en *Midnight in the Garden of Good and Evil*. Maar hij was niet op zoek naar toeristische attracties. Hij was op weg naar een adres in het noordoosten van de stad. Het was een aangename wijk met kleine, nette huizen met veranda's en omheinde tuinen en wijdvertakte bomen. Hij vond Ronda Street en stopte voor het huis.

Binnen brandde licht. Hij zag de blauwige gloed van een televisie.

Hij vroeg zich af wie daar nu woonde en of de huidige bewoners de geschiedenis van hun huis kenden. Wanneer ze 's avonds de lichten uitdeden en in bed stapten, dachten ze dan wel eens aan wat er in die kamer was gebeurd? Wanneer ze in het donker lagen, luisterden ze dan of ze de echo's van terreur nog binnen die muren konden horen?

Een silhouet gleed langs het raam – van een vrouw, slank, met lang haar. Net als Catherine.

Hij zag het voor zich, in zijn verbeelding. De jongeman op de veranda die op de deur klopte. De deur die openging en het gouden licht dat naar buiten viel. Catherine verscheen, omgeven door dat licht. Ze vroeg of de jonge collega die ze van het ziekenhuis kende even binnen wilde komen, niet wetend welke afgrijselijke dingen hij voor haar in petto had.

En de tweede stem, de tweede man – wanneer verschijnt die op het toneel?

Moore bleef lange tijd naar het huis zitten kijken, naar de ramen en de struiken. Hij stapte uit zijn auto en liep over de stoep om de zijkant van het huis te bekijken. De struiken waren groot en dicht en hij kon er niet doorheen kijken, waardoor hij de achtertuin niet kon zien.

Aan de overkant van de straat ging op een veranda het licht aan.

Hij draaide zich om en zag een forse vrouw voor het raam staan. Ze keek naar hem en hield een telefoon tegen haar oor gedrukt.

Hij stapte weer in zijn auto en reed weg. Er was nog een adres waar hij naartoe wilde. Het was dicht bij het State College, een paar kilometer naar het zuiden. Hij vroeg zich af hoe vaak Catherine deze weg had genomen, of ze vaak in die kleinere pizzeria daar links en de stomerij rechts was geweest. Overal waar hij keek, meende hij haar gezicht te zien en dat verontrustte hem. Het hield in dat hij zijn emoties tot het onderzoek had toegelaten en daar zouden ze niets mee opschieten.

Hij vond de straat die hij moest hebben. Na een paar kruispunten te hebben overgestoken, stopte hij bij wat het adres had moeten zijn. Wat hij zag, was een braakliggend terrein vol onkruid. Er had een huis moeten staan, het huis van Stella Poole, een achtenvijftigjarige weduwe. Drie jaar geleden had mevrouw Poole de bovenverdieping verhuurd aan de jonge assistent-arts Andrew Capra, een rustige jongeman die de huur altijd op tijd betaalde.

Hij stapte uit zijn auto en bleef staan op de stoep waar Andrew Capra gelopen moest hebben. Hij keek naar weerskanten de straat af die Capra's straat was geweest. Je zat hier vlak bij het State College en hij nam aan dat er in deze straat veel kamers werden verhuurd aan studenten – kortetermijnhuurders die de geschiedenis van hun beruchte buurman niet kenden.

Een windvlaag bewoog de troebele lucht en de geuren die daardoor opstegen bevielen hem allerminst. Het was de vochtige geur van verval. Hij keek op naar een boom in Andrew Capra's voormalige voortuin en zag een sliert Spaans mos aan een tak hangen. Hij huiverde en dacht: *vreemd fruit*. Het deed hem terugdenken aan een groteske Halloween uit zijn jeugd, toen een buurman, die had gedacht dat hij op die manier de om snoepjes bedelende kinderen bij zijn deur vandaan kon houden, een touw om de nek van een vogelverschrikker had gebonden en hem aan een boomtak had opgehangen. Moore's vader was woest geweest toen hij het had gezien. Hij was meteen naar buiten gestormd en had, zonder zich iets van de protesten van de buurman aan te trekken, de vogelverschrikker losgesneden.

Moore voelde nu dezelfde impuls, om de boom in te klimmen en het bengelende mos los te rukken.

In plaats daarvan keerde hij terug naar zijn auto en reed naar het hotel.

Rechercheur Mark Singer zette de kartonnen doos op de tafel en sloeg het stof van zijn handen. 'Dit is de laatste. We hebben het hele weekend nodig gehad om ze bij elkaar te zoeken, maar dit zijn ze allemaal.'

Moore keek naar het dozijn dossierdozen op de tafel en zei: 'Ik kan beter een slaapzak gaan halen en hier bivakkeren.'

Singer lachte. 'Zeg dat wel, als je ieder velletje papier in die dozen wilt doornemen. Niets ervan mag het gebouw verlaten, dat weet je zeker wel? Op de gang staat een kopieermachine; je hoeft alleen maar je naam en bureau op te geven. De wc is daarginds. Meestal zijn er in de agentenkamer donuts en koffie te vinden. Als je veel donuts eet, zouden de jongens het prettig vinden als je een paar dollar in de pot deed.' Hoewel dit alles met een glimlach werd gezegd, hoorde Moore de onderliggende boodschap in het dralende, zuidelijke accent: *We hebben onze eigen regels en zelfs collega's uit het voorname Boston hebben zich daaraan te houden.*

Catherine had deze agent niet gemogen en Moore begreep waarom. Singer was jonger dan hij had verwacht, nog geen veertig, een gespierde overijveraar die slecht tegen kritiek kon. Er kon in een meute honden maar één leider zitten en Moore besloot dat Singer voorlopig die rol mocht houden.

'In deze vier dozen zitten de dossiers van het onderzoek zelf,' zei Singer. 'Misschien kun je daar het beste mee beginnen. De dossiers met de kruisverwijzingen zitten in die doos, en de actiedossiers in deze.' Hij liep langs de tafel en gaf steeds een klap op de dozen terwijl hij sprak. 'En hierin zitten de Atlanta-dossiers over Dora Ciccone. Dat zijn alleen fotokopieën.'

'De originelen daarvan liggen in Atlanta?'

Singer knikte. 'Het eerste slachtoffer, de enige die hij daar heeft vermoord.'

'Als het fotokopieën zijn, mag ik die doos dan meenemen, zodat ik de documenten op mijn hotelkamer kan lezen?'

'Zolang je hem maar terugbrengt.' Singer slaakte een zucht en keek om zich heen naar de dozen. 'Ik snap trouwens niet waar je naar op zoek bent. We hebben nog nooit zo'n uitgemaakte zaak gehad. In ieder van de gevallen hebben we Capra's DNA. We hebben vezels. De tijdstippen kloppen. Capra woont in Atlanta, Dora Ciccone wordt in Atlanta vermoord. Hij verhuist naar Savannah, er beginnen hier vrouwen dood te gaan. Hij was steeds op het juiste tijdstip op de juiste plek.'

'Ik twijfel er ook niet aan dat Capra de dader was.'

'Waarom ga je hier dan in zitten spitten? Een deel van dit spul is al drie, vier jaar oud.'

Moore hoorde een kregelige ondertoon en wist dat diplomatie hier vereist was. Als hij ook maar vaag liet doorschemeren dat Singer bij het Capra-onderzoek fouten had gemaakt, dat hij het uiterst belangrijke detail dat Capra een partner had gehad, over het hoofd had gezien, kon hij medewerking van het politiekorps van Savannah wel vergeten.

Hij koos een antwoord dat bij niemand enige schuld zou leggen. 'We hebben een imitatortheorie,' zei hij. 'Onze man in Boston lijkt een bewonderaar van Capra te zijn. Hij reproduceert zijn misdaden tot in de kleinste details.'

'Waar zou hij die details van moeten kennen?'

'Misschien heeft hij contact met Capra gehad toen die nog leefde.'

Singer ontspande zich iets. Lachte zelfs. 'Een ziekelijke fanclub? Prettig.'

'Aangezien onze verdachte uiterst goed op de hoogte is van Capra's werk, moet ik dat ook zijn.'

Singer maakte een weids gebaar naar de tafel. 'Nou, sterkte.'

Toen Singer weg was, bekeek Moore de etiketten op de dozen. Hij deed de doos open waarop 'IC #1' stond. De onderzoeksdossiers van het politiebureau van Savannah. In de doos zaten drie harmonicamappen, ieder vakje boordevol paperassen. En dit was nog maar één van de vier IC-dozen. In het eerste harmonicavak zaten de politierapporten over de drie aanvallen in Savannah, getuigenverklaringen en uitgevoerde arrestatiebevelen. In het tweede vak zaten dossiers over verdachten, antwoorden op navraag naar strafbladen en laboratoriumrapporten. In deze ene doos zat al genoeg om hem een hele dag bezig te houden.

En er waren er nog elf.

Hij begon met het eindrapport van Singer. Opnieuw werd hij erdoor getroffen hoe waterdicht het bewijsmateriaal tegen Andrew Capra was geweest. De politie had in totaal vijf verkrachtingen onderzocht, waarvan er vier een dodelijke afloop hadden gehad. Het eerste slachtoffer was Dora Ciccone, vermoord in Atlanta. Een jaar later begonnen de moorden in Savannah. Drie vrouwen in één jaar: Lisa Fox, Ruth Voorhees en Jennifer Torregrossa.

Het moorden hield op toen Capra in Catherine Cordells slaapkamer werd doodgeschoten.

In elk van de gevallen was sperma gevonden in de vagina van het slachtoffer en kwam het DNA overeen met dat van Capra. Haren die waren achtergebleven bij Fox en Torregrossa waren identiek aan die van Capra. Het eerste slachtoffer, Ciccone, was in Atlanta vermoord in het jaar dat Capra in zijn laatste jaar medicijnenstudie zat aan Atlanta's Emory University.

De moorden waren Capra gevolgd naar Savannah.

Iedere draad van het bewijsmateriaal paste keurig in een strak patroon en de stof leek onverwoestbaar. Maar Moore besefte dat hij alleen maar een samenvatting van de zaak zat te lezen, die de afzonderlijke delen van de zaak samenbracht ten gunste van Singers conclusies. Misschien waren tegenstrijdige details weggelaten. En juist die details, de kleine maar belangrijke onverenigbaarheden, hoopte hij uit deze bewijsdozen te kunnen lichten. Ergens in deze berg informatie, dacht hij, heeft de Chirurg zijn voetafdrukken achtergelaten.

Hij deed de eerste harmonicamap open en begon te lezen.

Toen hij drie uur later opstond en zich uitrekte om de knik uit zijn rug te krijgen, was het twaalf uur en was hij nog maar amper begonnen de berg van papier te beklimmen. Hij had nog niet eens een vleugje van de geur van de Chirurg opgevangen. Hij liep om de tafel heen, bekeek de etiketten op de dozen die nog niet waren geopend en zag er een waarop stond: '#12 Fox/Torregrossa/Voorhees/Cordell. Persberichten/video's, div.'

Hij deed de doos open en zag een zestal videocassettes boven op een dikke stapel dossiermappen. Hij haalde de video eruit waarop stond: 'Huis van Capra.' De datum was 16 juni. De dag nadat Catherine was verkracht.

Hij ging op zoek naar Singer en vond hem achter zijn bureau, waar hij een broodje at dat dubbeldik was belegd met rosbief. Het bureau vertelde hem veel over Singer. Het was met militaire precisie ingericht, de stapels papier keurig in het gelid, de hoekjes op elkaar. Een politieman die op de details lette, maar waarschijnlijk geen prettige collega was om mee te werken.

'Heb je ergens videoapparatuur die ik kan gebruiken?' vroeg Moore.

'Die zit achter slot en grendel.'

Moore wachtte, zijn volgende verzoek was zo duidelijk dat hij niet de moeite nam het onder woorden te brengen. Met een dramatische zucht haalde Singer de sleutels uit zijn bureaula en stond op. 'Je wilt hem zeker nu meteen?'

Singer haalde het karretje met de videoapparatuur en het televisietoestel uit de voorraadkamer en duwde het naar de kamer waar Moore zat te werken. Hij deed de stekkers in de stopcontacten, drukte op de knoppen en gromde tevreden toen alles bleek te werken.

'Bedankt,' zei Moore. 'Ik heb het denk ik een paar dagen nodig.'

'Heb je al een grote ontdekking gedaan?' Het sarcasme in Singers stem was onmiskenbaar.

'Ik ben nog maar net begonnen.'

'Ik zie dat je met de video over Capra wilt beginnen.' Singer schudde zijn hoofd. 'Man, wat een rare dingen hebben we in dat huis gevonden.'

'Ik ben er gisteravond langsgereden. Er is niets van over.'

'Het huis is ongeveer een jaar geleden afgebrand. Na Capra lukte het de eigenares niet meer de bovenverdieping te verhuren.

Dus is ze begonnen tegen betaling rondleidingen te geven en er kwamen nog mensen op af ook. Van die ziekelijke Anne Rice-figuren die bij het hol van het monster hun eerbied komen tonen. De eigenares was zelf trouwens ook een beetje eigenaardig.'

'Ik wil haar graag spreken.'

'Dat kan alleen als je met de doden kunt communiceren.'

'De brand?'

'Kettingrookster.' Singer lachte. 'Roken is slecht voor je gezondheid. Dat heeft ze duidelijk bewezen.'

Moore wachtte tot Singer de kamer uit was. Toen stopte hij de video met 'Huis van Capra' in de videorecorder.

De eerste beelden waren van de buitenkant, overdag. Je zag de voorkant van het huis waar Capra had gewoond. Moore herkende de boom met het Spaanse mos in de voortuin.

Degene die de camera bediende gaf hardop de datum, het tijdstip en de plaats aan, en zei dat hij rechercheur Spiro Pataki van de politie van Savannah was. Te oordelen naar het daglicht was de video vroeg in de ochtend gemaakt. De camera liet de straat zien en Moore zag een joggende vrouw langskomen, haar gezicht nieuwsgierig naar de lens gedraaid. Er reden veel auto's (spitsuur?) en een paar buren stonden op de stoep en keken naar de cameraman.

Nu zwenkte het beeld terug naar het huis en ging het met de schokkerigheid van een handcamera op de voordeur af. Eenmaal binnen liet rechercheur Pataki eerst kort de benedenverdieping zien, waar de eigenares, mevrouw Poole, woonde. Moore ving glimpen op van versleten tapijten, donkere meubels, een asbak boordevol peuken. De fatale gewoonte van een kettingrookster. De beelden gingen een smalle trap op en een deur door waarop een zwaar slot zat, naar de bovenverdieping waar Andrew Capra had gewoond.

Moore kreeg het claustrofobisch benauwd toen hij ernaar keek. De bovenverdieping was opgedeeld in kleine kamers en degene die de 'renovatie' had uitgevoerd, moest een flinke korting hebben gekregen op lambrisering, want alle muren waren bedekt met donker fineer. De camera volgde een gang zo smal dat het was alsof ze door een tunnel liepen. 'Rechts de slaapkamer,' zei Pataki op de film en hij zwenkte de lens door een deuropening om een keurig opgemaakt lits-jumeaux te laten zien, een nachtkastje, een commode. Meer meubilair had men niet in die sombere grot kunnen stouwen.

'Door naar de woonkamer,' zei Pataki en het beeld gleed schokkerig terug naar de tunnel. Ze kwamen nu uit in een grotere kamer waar mensen met grimmige gezichten stonden. Moore zag Singer bij de deur van een kast staan. Dit was duidelijk de belangrijkste kamer in het huis.

De camera werd op Singer gericht. 'Aan deze deur hing een hangslot,' zei Singer en hij wees naar het gebroken slot. 'We hebben de scharnieren eraf moeten schroeven. In de kast hebben we dit gevonden.' Hij deed de deur van de kast open en trok aan de lichtschakelaar.

Het beeld verloor even aan scherpte, werd snel bijgesteld en vulde het scherm met schrikbarende helderheid. Wat Moore zag, was een zwartwitfoto van een vrouwengezicht, de ogen open en levenloos, de hals zo diep doorgesneden dat de luchtpijp openlag.

'Ik meen dat dit Dora Ciccone is,' zei Singer. 'Richt de camera nu even op deze.'

De camera gleed naar rechts. Nog een foto, een andere vrouw.

'Zo te zien zijn deze foto's genomen toen de vrouwen al dood waren; vier slachtoffers in totaal. We kijken naar de dodenfoto's van Dora Ciccone, Lisa Fox, Ruth Voorhees en Jennifer Torregrossa.'

Het was Andrew Capra's persoonlijke fotocollectie. In een hol waar hij het genot van de slachtingen nog eens opnieuw kon beleven. Wat Moore nog erger vond dan de foto's zelf waren de lege plekken aan de muren en het doosje punaises op een plank. Ruimte genoeg voor nog veel meer foto's.

De camera gleed met een duizelingwekkende zwaai de kast uit en nam weer beelden op van de woonkamer. Langzaam draaide Pataki in het rond en legde een bank, een televisietoestel, een bureau en een telefoon op de film vast. Boekenplanken gevuld met medische vakliteratuur. De camera bleef draaien en werd nu op de keukenhoek gericht. Op de koelkast.

Moore leunde naar voren, zijn keel opeens droog. Hij wist al wat er in de koelkast zat, maar zijn hart begon evengoed te bonken en hij werd misselijk toen hij Singer naar de koelkast zag lopen. Singer bleef staan en keek in de camera.

'En dit is wat we in de koelkast hebben aangetroffen,' zei hij en hij trok de deur open.

19

Hij liep een blokje om en ditmaal had hij nauwelijks erg in de hitte, zo verkild voelde hij zich door de beelden op de video. Het was een opluchting om even weg te zijn uit de vergaderkamer, die voor hem nu puur afgrijzen vertegenwoordigde. Ook Savannah zelf, met die stroperige lucht en dat groenige licht, bezorgde hem een onaangenaam gevoel. Boston had harde randen en schelle stemmen; je zag ieder gebouw, ieder fronsend gezicht haarscherp. In Boston wist je dat je leefde, al was het maar omdat je je constant ergerde. Hier leek niets scherp afgebeeld te zijn. Hij zag Savannah als door een nevel, een stad van vriendelijke glimlachjes en lome stemmen en hij vroeg zich af welke duistere praktijken er allemaal aan het oog onttrokken bleven.

Toen hij terugkeerde naar de rechercheurskamer zat Singer op een laptop te tikken. 'Momentje,' zei Singer en hij drukte op de spellingcontrole. God verhoede dat er in zijn rapporten een tikfoutje bleef zitten. Toen hij tevreden was, keek hij op naar Moore. 'Ja?'

'Hebben jullie indertijd Capra's adresboek gevonden?'

'Welk adresboek?'

'De meeste mensen hebben een adresboekje bij hun telefoontoestel liggen. Ik heb op de videofilm van zijn woning niets gezien en er staat ook niets over op jullie lijst van zijn bezittingen.'

'De zaak is twee jaar oud. Als er geen adresboek op onze lijst staat, had hij er geen.'

'Of het is uit zijn woning weggehaald voordat jullie daar aankwamen.'

'Waar ben je eigenlijk naar op zoek? Ik dacht dat je was gekomen om Capra's techniek te bestuderen, niet om de zaak nog een keer op te lossen.'

'Ik ben geïnteresseerd in Capra's vrienden. In iedereen die hem goed heeft gekend.'

'Niemand kende hem goed. We hebben de artsen en verpleegsters met wie hij werkte, allemaal ondervraagd. Evenals zijn hospita en de buren. Ik ben zelf naar Atlanta gegaan om met zijn tante te praten. De enige familie die hij had.'

'Ja, ik heb de rapporten over die vraaggesprekken gelezen.'

'Dan weet je dat hij iedereen zand in de ogen heeft gestrooid. Ik kreeg steeds hetzelfde te horen: "Zo'n toegewijde arts! En zo'n beleefde jongeman!"' Singer snoof.

'Ze hadden geen idee wie Capra in werkelijkheid was.'

Singer zwenkte terug naar zijn laptop. 'Niemand weet ooit wie de monsters zijn.'

Het was tijd om de laatste videofilm te bekijken. Moore had deze tot het laatst bewaard omdat hij zich doodgewoon niet in staat voelde naar de beelden te kijken. Hij was erin geslaagd de andere banden afstandelijk te bekijken, aantekeningen te maken over de slaapkamers van Lisa Fox, Jennifer Torregrossa en Ruth Voorhees. Hij had het patroon van de bloedspatten uitgebreid bestudeerd, evenals de knopen in het nylonkoord rond de polsen van de slachtoffers, de glazige blik van de dood in hun ogen. Hij had met een minimum aan emoties naar die films kunnen kijken omdat hij deze vrouwen niet had gekend en geen echo van hun stemmen in zijn geheugen had. Hij had zich niet op de slachtoffers geconcentreerd, maar op de kwaadaardige geest die door hun kamers was getrokken. Nu haalde hij de film van de slaapkamer van Voorhees uit de recorder en legde hem op de tafel. Met tegenzin pakte hij de laatste videocassette. Op het etiket stonden de datum, het nummer van de zaak en de woorden: 'Woning van Catherine Cordell'.

Hij overwoog het uit te stellen, tot morgenochtend te wachten, tot hij weer fris zou zijn. Het was negen uur en hij had de hele dag in deze kamer gezeten. Hij hield de film in zijn hand terwijl hij afwoog wat hij zou doen.

Het duurde even voor het tot hem doordrong dat Singer in de deuropening stond en naar hem keek.

'God, ben je er nog steeds?' vroeg Singer nu.

'Ik heb veel te lezen.'

'Heb je alle films bekeken?'

'Op deze na.'

Singer keek naar het etiket. 'Cordell.'

'Ja.'

'Nou, toe dan, stop hem er maar in. Misschien kan ik er nog wat bij vertellen.'

Moore deed de film in de sleuf en drukte op Play.

Ze keken naar de voorkant van Catherines huis. Het was avond. De veranda was verlicht en alle buitenlampen waren aan. Op de geluidsband van de film hoorde hij de cameraman de datum en het tijdstip inspreken – twee uur 's nachts – en zijn naam. Het was wederom Spiro Pataki, die ieders favoriete cameraman scheen te zijn. Moore hoorde veel achtergrondgeluiden – stemmen, het afnemende gejank van een sirene. Zoals gebruikelijk nam Pataki eerst de omgeving op en Moore zag een groepje somber kijkende buren achter het gele lint, hun gezichten verlicht door de lampen van de politiewagens die in de straat geparkeerd stonden. Dat verbaasde hem, gezien het uur van de nacht. Er moest een hoop kabaal zijn gemaakt om zoveel buren wakker te krijgen.

Pataki richtte de camera op het huis en liep naar de voordeur.

'Schoten,' zei Singer. 'Dat was de eerste melding die bij ons binnenkwam. De vrouw aan de overkant had een schot gehoord, toen een lange stilte en toen nog een schot. Toen heeft ze de politie gebeld. De eerste agent was hier binnen zeven minuten. Twee minuten later heeft hij om een ambulance gebeld.'

Moore herinnerde zich de vrouw aan de overkant die vanachter haar raam naar hem had staan kijken.

'Ik heb de verklaring van de buurvrouw gelezen,' zei Moore. 'Ze zei dat ze niemand de voordeur uit had zien komen.'

'Dat klopt. Ze heeft alleen de twee schoten gehoord. Ze is na het eerste schot uit bed gestapt en heeft uit het raam gekeken. Ongeveer vijf minuten later hoorde ze het tweede schot.'

Vijf minuten, dacht Moore. Wat was er in de tussentijd gebeurd?

Op het scherm ging de camera via de voordeur naar binnen en was nu in het huis. Moore zag een kast en toen de deur ervan openging zag hij een paar jassen aan hangertjes, een paraplu, een stofzuiger. Het beeld verschoof om de woonkamer te laten zien. Op de lage tafel bij de bank stonden twee hoge glazen met in één daarvan iets wat op een restantje bier leek.

'Cordell had hem uitgenodigd binnen te komen,' zei Singer. 'Ze hebben wat gedronken. Ze is naar de wc gegaan, teruggekomen, heeft het restje van haar bier opgedronken. Binnen een uur begon de Rohypnol te werken.'

De bank was perzikkleurig met een subtiel bloemetjespatroon in de stof geweven. Moore had zich Catherine niet voorgesteld als een vrouw van bloemetjespatroontjes, maar dat bleek ze dus wel te zijn. Bloemen op de gordijnen, op de kussens in de fauteuil. Kleur. In Savannah had ze veel kleuren om zich heen gehad. Hij beeldde zich in hoe ze met Andrew Capra op die bank had gezeten, meelevend had geluisterd naar zijn zorgen over zijn werk, terwijl de Rohypnol langzaam vanuit haar maag in haar bloedsomloop terecht was gekomen. Terwijl de moleculen van het verdovende middel hun weg hadden gezocht naar haar hersenen. Terwijl Capra's stem steeds vager was geworden.

De camera ging nu op weg naar de keuken, zwenkte naar links en rechts, nam alle kamers op zoals die er op die zaterdagnacht om twee uur hadden uitgezien. In de keuken stond een glas in de gootsteen.

Moore leunde naar voren. 'Dat glas – heb je een DNA-analyse van het speeksel?'

'Nee, waarom zouden we?'

'Je weet niet wie eruit heeft gedronken?'

'Er waren maar twee mensen in het huis toen de eerste agent op de melding reageerde. Capra en Cordell.'

'Er stonden twee glazen op de salontafel. Wie heeft uit dit derde glas gedronken?'

'Jezus, man, het kan de hele dag in die gootsteen hebben gestaan. Het had niets te maken met de situatie die we hebben aangetroffen.'

De cameraman had inmiddels de hele keuken gefilmd en draaide zich weer om naar de gang.

Moore greep de afstandsbediening en drukte op Rewind. Hij spoelde de film terug tot het begin van de keukenscène.

'Wat is er?' vroeg Singer.

Moore gaf geen antwoord. Hij leunde naar voren en keek naar de beelden die nogmaals op het scherm verschenen. De koelkast met de gekleurde fruitmagneten. De bussen met bloem en suiker op het aanrecht. De gootsteen met daarin dat glas. De camera zwenkte langs de keukendeur terug naar de gang.

Moore drukte weer op Rewind.

'Wat zoek je?' vroeg Singer.

Op de film was het glas weer te zien. De camera begon weg te draaien naar de gang. Moore drukte op Pause. 'Dit,' zei hij. 'De keukendeur. Waar leidt die naartoe?'

'Eh – de achtertuin. Een klein gazon.'

'En wat ligt er achter de tuin?'

'Nog een tuin. Nog een rij huizen.'

'Hebben jullie met de eigenaar van de aangrenzende tuin gesproken? Heeft hij of zij de schoten gehoord?'

'Wat maakt dat uit?'

Moore stond op en liep naar het televisietoestel. 'De keukendeur,' zei hij terwijl hij op het scherm tikte, 'heeft een ketting. Maar die zit er niet op.'

Singer antwoordde: 'Maar de deur zit op slot. Kijk maar naar de knop.'

'Het is het soort knop dat je gebruikt wanneer je naar buiten gaat, om de deur achter je op slot te doen.'

'En wat wil je daarmee zeggen?'

'Waarom zou ze op die knop drukken, maar niet de ketting erop doen? Mensen die hun huis afsluiten wanneer ze gaan slapen, doen dat tegelijkertijd. Ze drukken op de knop en schuiven de ketting erop. Ze heeft die tweede stap overgeslagen.'

'Misschien heeft ze het gewoon vergeten.'

'Er waren in Savannah al drie vrouwen vermoord. Ze was zo ongerust dat ze een pistool onder haar bed had neergelegd. Ik geloof niet dat ze zoiets zou vergeten.' Hij keek naar Singer. 'Misschien is iemand via die keukendeur naar *buiten* gegaan.'

'Er waren maar twee mensen in dat huis. Cordell en Capra.'

Moore dacht na over wat hij nu moest zeggen. Of hij er meer mee zou winnen of juist verliezen als hij openhartig was.

Singer had inmiddels door waar hij naartoe wilde. 'Jij denkt dat Capra een partner had.'

'Ja.'

'Het is nogal wat om zoiets te concluderen uit het feit dat iemand niet de ketting op de deur heeft gedaan.'

Moore haalde diep adem. 'Er is meer. In de nacht dat Catherine Cordell is verkracht, heeft ze een tweede stem in haar huis gehoord. Een man die met Capra sprak.'

'Dat heeft ze mij nooit verteld.'

'Het is naar boven gekomen tijdens een forensische hypnosesessie.'

Singer barstte in lachen uit. 'Heb je een medium om die theorie te ondersteunen? Want dan ben ik pas echt overtuigd.'

'Het verklaart waarom de Chirurg zoveel over Capra's techniek weet. De twee mannen waren partners. En de Chirurg zet de traditie niet alleen voort, maar is bovendien bezig het enige slachtoffer dat het heeft overleefd, te terroriseren.'

'De wereld zit vol vrouwen. Waarom zou hij zich juist op haar concentreren?'

'Omdat zij een onafgemaakte zaak is.'

'Ja, nou, ik heb een betere theorie.' Singer kwam overeind. 'Cordell heeft vergeten de ketting op de deur te doen. Jullie jongen in Boston kopieert wat hij in de kranten heeft gelezen. En jouw forensische hypnotiseur heeft een foutieve herinnering naar boven gehaald.' Hoofdschuddend liep hij naar de deur. Hij wierp Moore nog een laatste sarcastische opmerking toe: 'Laat het me even weten wanneer je de *ware* moordenaar te pakken hebt.'

Moore zette het gesprek snel van zich af. Hij wist dat Singer zijn eigen werk aan de zaak verdedigde en hij kon het hem niet kwalijk nemen dat hij sceptisch was. Hij begon echter vraagtekens te zetten bij zijn eigen instincten. Hij was naar Savannah gekomen om naar bewijzen te zoeken dat de partnertheorie juist of onjuist was en tot nu toe had hij niets ontdekt wat zijn theorie ondersteunde.

Hij richtte zijn aandacht weer op het televisiescherm en drukte op Play.

De cameraman verliet de keuken en liep de gang door. Keek in de badkamer – roze handdoeken, een douchegordijn met kleurige vissen. Het zweet stond Moore in de handen. Hij wilde niet zien wat er nu zou komen, maar kon zijn ogen niet van het scherm halen. De camera zwenkte de badkamer uit en vervolgde zijn weg door de gang, langs een ingelijste aquarel van roze pioenen. Op de houten vloer waren bloederige schoenafdrukken te zien, uitgesmeerd door de agenten die als eersten op de plaats van het misdrijf waren aangekomen, en later ook nog eens door het gejaagde ambulancepersoneel. Het gevolg was een verwarrend abstract in rood. Verderop was een deur te zien en nu beefde het beeld in een onvaste hand.

De camera ging de slaapkamer binnen.

Moore voelde zijn maag omdraaien, maar niet omdat datgene waar hij nu naar keek meer shockerend was dan de beelden van de andere kamers waar vrouwen waren vermoord. Nee, zijn afgrijzen zat zo diep omdat hij de vrouw die hier had geleden, kende en omdat hij veel om haar gaf. Hij had foto's van deze kamer bestudeerd, maar die haalden het niet bij het lugubere karakter van de film. Hoewel Catherine niet te zien was – tegen de tijd dat de film was gemaakt, was ze al naar het ziekenhuis vervoerd – schreeuwden de bewijzen van haar lijden hem toe vanaf het televisiescherm. Hij zag het nylonkoord waarmee haar polsen en enkels vastgebonden hadden gezeten en dat nog aan de vier spijlen van het bed hing. Hij zag de chirurgische instrumenten – een scalpel en retractors – op het nachtkastje. Hij zag dat allemaal en de beelden kwamen zo hard aan dat hij letterlijk achteruitdeinsde in zijn stoel, alsof hij door een vuist was getroffen.

Toen de camera tot slot naar het op de grond liggende lichaam van Andrew Capra gleed, voelde hij amper een zweem van emotie; hij was te verdoofd door wat hij allemaal had gezien. Capra's buikwond had hevig gebloed, zodat zich een grote plas bloed onder zijn lichaam had gevormd. De tweede kogel, in zijn oog, had hem gedood. Hij dacht aan de vijf minuten die waren verstreken tussen het eerste en het tweede schot. Wat hij op het scherm zag, benadrukte dat tijdschema. Aan de grootte van de plas bloed te zien, had Capra minstens een paar minuten levend op de grond liggen bloeden.

En daarmee was de film afgelopen.

Hij staarde nog een poosje naar het blanco scherm, maakte zich toen los uit zijn verdoving en zette de video uit. Hij voelde zich zo leeg dat hij geen kracht had om op te staan. En toen hij uiteindelijk toch overeind kwam, deed hij dat alleen om aan deze kamer te kunnen ontsnappen. Hij pakte de doos met de documenten over het onderzoek dat in Atlanta was gedaan. Aangezien dat geen originelen waren, maar kopieën, kon hij ze elders lezen.

Terug in zijn hotel ging hij eerst onder de douche en at toen een hamburger met patat die hij via roomservice bestelde. Hij gunde zichzelf een uur om tot rust te komen, maar terwijl hij zat te zappen, jeukte zijn hand om Catherine te bellen. De video van de laatste misdaad had eens te meer duidelijk gemaakt wat voor monster op haar loerde en hij had geen rust.

Tweemaal pakte hij de telefoon, maar legde hem weer neer. Hij pakte hem nogmaals en ditmaal bewogen zijn vingers als uit eigen beweging, toetsten het nummer in dat hij zo goed kende. Vier keer ging de telefoon over, toen kreeg hij Catherines antwoordapparaat.

Hij hing op zonder een bericht achter te laten.

Hij staarde naar de telefoon, beschaamd dat zijn vastberadenheid zo snel verkruimelde. Hij had zichzelf beloofd vol te houden, had ingestemd met Marquettes eis dat hij tot het eind van het onderzoek bij Catherine uit de buurt zou blijven. *Zodra dit voorbij is, zal ik alles goedmaken tussen ons.*

Hij keek naar de doos met documenten over het Atlanta-onderzoek die hij op het bureautje had neergezet. Het was elf uur en hij was nog niet eens begonnen. Met een zucht deed hij de eerste map open.

De documentatie over Dora Ciccone, Andrew Capra's eerste slachtoffer, was geen prettig leesvoer. Hij kende de algemene details; die waren samengevat in Singers eindrapport. Maar hij had de rapporten nog niet gelezen en nu keerde hij terug in de tijd, naar het vroege werk van Andrew Capra. Daar was het allemaal begonnen. In Atlanta.

Hij las eerst het misdaadrapport en daarna de uitgetypte vraaggesprekken. Hij las verklaringen van Ciccones buren, van de barman van het café waar ze voor het laatst in leven was gezien, en van de vriendin die haar lichaam had gevonden. Er zat een map in het dossier met een lijst van verdachten en hun foto's; Capra zat daar niet bij.

Dora Ciccone was tweeëntwintig jaar oud geweest en had op Emory gestudeerd. Op de avond van haar dood was ze voor het laatst rond middernacht gezien, toen ze in La Cantina een margarita had gedronken. Veertig uur later was haar lijk in haar huis aangetroffen, naakt en met nylonkoord aan het bed vastgebonden. Haar baarmoeder was verwijderd en haar hals doorgesneden.

Hij keek naar het tijdschema dat de politie had gemaakt. Het was slechts een ruwe schets in een moeilijk leesbaar handschrift, alsof de rechercheur hem alleen maar had gemaakt om aan een interne checklist te voldoen. Hij kon het falen bijna ruiken aan deze pagina's, las het in de neergaande lijn van het handschrift van de rechercheur. Hij kende dat drukkende gevoel dat zich in je borst ophoopt wanneer je eerst de vierentwintiguurslijn passeert, dan een week, dan een maand, en nog steeds niets hebt, geen enkel tastbaar bewijs. Dat was wat de rechercheur in Atlanta had gehad: niets. De moordenaar van Dora Ciccone bleef een onbekende.

Hij sloeg het autopsierapport op.

Dora Ciccone was lang niet zo snel en behendig afgeslacht als Capra's latere slachtoffers. De wondranden lieten zien dat het Capra toen nog aan voldoende zelfvertrouwen had ontbroken om de buik in één haal open te leggen. Hij had geaarzeld, zijn scalpel had af en toe gestokt waardoor er zijdelingse wondjes in het vlees waren gemaakt. Toen hij eenmaal door de huidlaag heen was, was de operatie gedegenereerd tot een amateuristisch gehak waarbij het mes in de jacht op de hoofdprijs diep in de blaas en darmen was doorgedrongen. Bij zijn eerste slachtoffer had hij geen hechtdraad gebruikt om aderen af te binden. De wonden hadden hevig gebloed en Capra moest blindelings te werk zijn gegaan, zijn anatomische bakens ondergedompeld in een steeds dieper wordende poel van rood.

Alleen de coup de grâce was vrij behendig uitgevoerd, met één haal, van links naar rechts, alsof hij, nu zijn honger was gestild en de druk gezakt, eindelijk zijn zelfbeheersing terug had en het werk met kille nauwgezetheid had kunnen afmaken.

Moore legde het lijkschouwingsrapport opzij en keek naar het restant van zijn avondmaal op het blad naast hem. Een beetje misselijk liep hij met het blad naar de deur en zette het buiten op de gang. Toen keerde hij terug naar het bureau en deed de volgende map open, waarin de rapporten zaten van het forensisch laboratorium.

De aantekening op het eerste vel papier was zeer beknopt: *Spermatozoïden gevonden in uitstrijkje uit vagina van slachtoffer.*

Hij wist dat de DNA-analyse van dit sperma later had bevestigd dat het van Capra was. Capra had Dora Ciccone eerst verkracht en toen vermoord.

Moore sloeg een pagina om en vond een aantal bevindingen van de afdeling Haar en Weefsel. Het schaamhaar van het slachtoffer was gekamd en de haren onderzocht. Tussen de losse haren had een roodbruine gezeten die overeenkwam met Capra's haar. Hij bladerde verder in het rapport van Haar en Weefsel over diverse losse haren die op de plaats van het misdrijf waren gevonden. De meeste daarvan waren afkomstig van het slachtoffer zelf, hoofd- en schaamharen. Er was ook een korte, blonde haar uit de deken gehaald die later geïdentificeerd was als niet-menselijk, gebaseerd op het ingewikkelde structurele patroon van het merg ervan. Met de hand was aan het rapport toegevoegd: 'Moeder van slachtoffer heeft golden retriever. Gelijksoortige haren aangetroffen op de achterbank van de auto van het slachtoffer.'

Hij sloeg de laatste pagina op en stopte. Het was de analyse van nóg een haar, ditmaal een menselijke, die niet was geïdentificeerd. Hij was gevonden op het kussen. In ieder willekeurig huis kon je altijd een verscheidenheid aan haren vinden. Mensen verloren per dag tientallen haren en afhankelijk van hoe vaak je schoonmaakte, hoe vaak je stofzuigde, bleef op dekens, tapijten en meubels een microscopisch verslag achter van iedere bezoeker die enige tijd in je huis had doorgebracht. Deze haar, die op het kussen was gevonden, kon afkomstig zijn van een minnaar, een logé, een familielid. Hij was in ieder geval niet afkomstig van Andrew Capra.

Menselijke haar, lichtbruin, A0 (gebogen), lengte: 5 centimeter. Telogeenfase. Bijzonderheid: *trichorrhexis invaginata*. Origine onbekend.'

Trichorrhexis invaginata. Bamboehaar.

De Chirurg was daar geweest.

Hij leunde verbluft achterover. Eerder op de dag had hij de laboratoriumrapporten over Fox, Voorhees, Torregrossa en Cordell gelezen. Bij geen van hen was een haar met *trichorrhexis invaginata* gevonden.

Maar Capra's partner was erbij geweest. Hij bleef onzichtbaar, liet geen sperma achter, geen DNA. Het enige bewijs van zijn aanwezigheid was deze haar en Catherines diep begraven herinnering aan zijn stem.

Ze waren bij de eerste moord al partners geweest. In Atlanta.

20

Peter Falco zat tot aan zijn ellebogen onder het bloed. Hij keek op van de tafel toen Catherine de traumakamer inkwam. Alle spanningen die tussen hen waren gegroeid, het onbehagen dat ze in Peters aanwezigheid was gaan voelen, werden onmiddellijk opzijgeschoven. Ze vervulden hier de rol van twee experts die op het hoogtepunt van de strijd samenwerkten.

'Er komt er straks nog een!' zei Peter. 'Vier in totaal. Ze zijn nog bezig hem uit de auto te snijden.'

Bloed spoot uit de incisie. Hij greep een klem van het blad en stak hem in de open buik.

'Ik assisteer wel,' zei Catherine en ze verbrak het zegel van een steriel schort.

'Nee, ik red me hier wel. Kimball heeft je nodig in Kamer Twee.'

Als om dat te benadrukken, sneed de sirene van een ambulance door het geroezemoes in de kamer.

'Die is voor jou,' zei Falco. 'Veel plezier.'

Catherine holde naar de ambulance-ingang. Dokter Kimball en twee verpleegsters stonden daar al te wachten terwijl de ambulance piepend achteruitreed. Al voordat Kimball het portier openrukte, hoorden ze de patiënt schreeuwen.

Het was een jongeman, zijn armen en schouders bedekt met tatoeages. Hij vloekte en ging tekeer toen het ambulancepersoneel de brancard naar buiten trok. Catherine wierp een blik op het met bloed doordrenkte laken dat zijn onderlichaam bedekte en wist meteen waarom hij zo schreeuwde.

'We hebben hem al een stoot morfine gegeven,' zei de verpleger terwijl ze hem naar Trauma Twee reden. 'Maar het had helemaal geen invloed op hem!'

'Hoeveel?' vroeg Catherine.

'Veertig, vijfenveertig milligram per infuus. We zijn ermee opgehouden toen zijn bloeddruk begon te zakken.'

'Overhevelen op drie!' zei een verpleegster. 'Een, twee drie!'

'Godver*klote! Dat doet zeer!*'

'Ik weet het, lieverd, ik weet het.'

'Je weet *helemaal niks!*'

'Het komt zo dadelijk allemaal goed. Hoe heet je?'

'Rick... O Jezus, mijn been –'

'Achternaam?'

'Roland!'

'Ben je ergens allergisch voor, Rick?'

'Wat is dat nou voor *kutvraag*?'

'Hebben we vitale gegevens?' vroeg Catherine, terwijl ze handschoenen aantrok.

'Bloeddruk één nul twee op zestig. Pols honderddertig.'

'Tien milligram morfine, per infuus,' zei Kimball.

'*Jezus klote! Geef me honderd!*'

Terwijl de rest van de ploeg zich bezighield met het nemen van bloedmonsters en het ophangen van infuuszakjes, trok Catherine voorzichtig het met bloed doordrenkte laken weg. Haar adem stokte toen ze de noodtourniquet zag op wat nauwelijks herkenbaar was als een been. 'Geef hem dertig,' zei ze. Het onderbeen zat alleen nog maar met wat repen huid aan de rest van het lichaam vast. Het bijna geamputeerde lichaamsdeel was een papperige rode massa, de voet was bijna achterwaarts gedraaid.

Ze raakte de tenen aan; die waren ijskoud. Een hartslag zou ze er niet in vinden.

'Ze zeiden dat de slagader spoot,' zei de ziekenbroeder. 'De eerste agent ter plaatse heeft de tourniquet aangelegd.'

'Die agent heeft zijn leven gered.'

'Morfine is toegediend!'

Catherine richtte een felle lamp op de wond. 'Zo te zien is zowel de kniezenuw als de slagader doorgesneden. Hij is de bloedtoevoer naar zijn been kwijtgeraakt.' Ze keek Kimball aan en ze begrepen beiden wat er gebeuren moest.

'Breng hem naar de operatiezaal,' zei Catherine. 'Hij is stabiel genoeg om vervoerd te kunnen worden. Dan is deze traumakamer weer beschikbaar.'

'Net op tijd,' zei Kimball toen ze weer een ambulancesirene

hoorden naderen. Hij draaide zich om en wilde de kamer uitlopen.

'Hé. *Hé!*' De patiënt greep Kimballs arm. 'Ben jij niet de dokter? Het doet allejezus *zeer*, man! Zeg eens tegen die kutwijven dat ze daar iets aan moeten *doen*!'

Kimball keek Catherine met een wrange blik aan en zei: 'Je kunt je beter een beetje gedragen, vriend. Deze kutwijven hebben het hier voor het zeggen.'

Amputatie was niet iets waar Catherine snel voor koos. Als een lichaamsdeel gered kon worden, deed ze alles wat in haar macht lag om het weer aan het lichaam te bevestigen. Maar toen ze een halfuur later in de operatiezaal stond, een scalpel in haar hand, en neerkeek op wat er van het rechterbeen van haar patiënt over was, was het duidelijk welke keuze ze moest maken. De kuit was verbrijzeld, het scheenbeen en het kuitbeen waren beide versplinterd. Te oordelen naar het ongeschonden linkerbeen was het rechter een goedgevormd, gespierd been geweest, diepgebruind door de zon. Op de blote voet – eigenaardig intact ondanks de griezelige hoek waaronder hij gedraaid was – zag je de lichtere strepen van sandaalbandjes en er zat zand onder de nagels. Ze mocht deze patiënt niet, had weinig geduld voor zijn gevloek en de beledigingen die hij haar en de andere vrouwen op de afdeling in zijn pijn naar het hoofd had geslingerd, maar toen haar scalpel in zijn vlees sneed om een huidflap te creëren waarmee de wond bedekt zou worden, en ze de scherpe randen van het gebroken scheenbeen en kuitbeen afzaagde, had ze een triest gevoel.

De operatiezuster pakte het geamputeerde been van de tafel en wikkelde het in een laken. Een voet die de warmte van het zand op het strand had gekend, zou over niet al te lange tijd veranderen in as, wanneer hij samen met alle andere verwijderde organen en geamputeerde ledematen die op de forensische afdeling van het ziekenhuis terechtkwamen, gecremeerd zou worden.

Met een gedeprimeerd, uitgeput gevoel rondde ze de operatie af. Toen ze haar handschoenen en schort van zich afstroopte en de operatiezaal uitliep, was ze niet in de stemming voor Jane Rizzoli, die op haar zat te wachten.

Ze liep naar de gootsteen om de geur van talk en latex van haar handen te schrobben. 'Het is middernacht, rechercheur. Slaapt u nooit?'

'Waarschijnlijk even weinig als u. Ik heb een paar vragen voor u.'

'Ik dacht dat u niet meer aan deze zaak werkte.'
'Ik zal altijd aan deze zaak blijven werken. Wat ze ook zeggen.'
Catherine droogde haar handen en draaide zich om naar Rizzoli. 'U mag mij niet, hè?'
'Of ik u mag of niet, is niet belangrijk.'
'Heb ik iets verkeerds tegen u gezegd? Of iets verkeerd gedaan?'
'Bent u klaar met uw werk hier?'
'Het is zeker vanwege Moore. Daarom hebt u een hekel aan me.'
Rizzoli's kin kwam naar voren. 'Rechercheur Moore's privé-leven is zijn eigen zaak.'
'Maar u bent erop tegen.'
'Hij heeft me niet om mijn mening gevraagd.'
'Uw mening is meer dan duidelijk.'
Rizzoli bekeek haar met onverholen afkeer. 'Ik heb Moore altijd bewonderd. Ik dacht dat hij uniek was. Een politieman die nooit over de schreef ging. Nu blijkt hij geen haar beter te zijn dan de rest. Wat ik moeilijk te pruimen vind, is dat hij vanwege een vrouw de mist in is gegaan.'
Catherine trok haar chirurgenmutsje af en gooide het in de prullenbak. 'Hij weet dat het een vergissing was,' zei ze. Ze duwde de brede deur van de operatiezaal open en liep de gang in.
Rizzoli volgde haar. 'Sinds wanneer?'
'Sinds hij zonder een woord te zeggen de stad heeft verlaten. Ik neem aan dat ik voor hem niets meer was dan een tijdelijke beoordelingsfout.'
'Is hij dat voor u? Een fout in *uw* beoordeling?'
Catherine bleef staan en knipperde haar tranen weg. *Ik weet het niet. Ik weet niet wat ik moet denken.*
'U schijnt voortdurend in het middelpunt van de belangstelling te staan, dokter Cordell. Hoog op het podium, waar iedereen u kan zien. Moore. De Chirurg.'
Catherine keek Rizzoli woedend aan. 'Denkt u soms dat ik dat wil? Ik heb er niet om gevraagd als slachtoffer uitgekozen te worden!'
'Maar toch bent u dat, steeds weer. Er bestaat een eigenaardige band tussen u en de Chirurg. In het begin had ik dat niet door. Ik dacht dat hij die andere vrouwen had vermoord om zijn ziekelijke fantasieën waar te maken. Nu denk ik dat het allemaal om u gaat.

Hij is als een kat die vogels doodt en naar huis brengt om aan het vrouwtje te laten zien, als bewijs wat een goede jager hij is. Die andere vrouwen waren bedoeld om indruk op u te maken. Hoe banger u wordt, hoe geslaagder hij zich voelt. Daarom heeft hij Nina Peyton pas vermoord toen ze in dit ziekenhuis lag en u haar arts was. Hij wilde dat u er vanaf de eerste rij getuige van zou zijn. Hij wordt door u geobsedeerd. En ik wil weten waarom.'

'Hij is de enige die daarop antwoord kan geven.'

'U hebt geen enkel idee?'

'Hoe zou ik dat moeten weten? Ik weet niet eens wie hij is!'

'Hij was in uw huis, samen met Andrew Capra. Als wat u onder hypnose hebt gezegd, waar is.'

'Andrew is de enige die ik die avond heb gezien. Andrew is de enige...' Ze stopte. 'Misschien wordt hij niet door *mij* geobsedeerd, rechercheur. Hebt u daar wel eens aan gedacht? Misschien wordt hij geobsedeerd door *Andrew*.'

Rizzoli fronste haar wenkbrauwen, verbluft door die laatste opmerking. Catherine besefte opeens dat ze op de waarheid was gestuit. Niet zij was het centrum van de wereld van de Chirurg, maar Andrew Capra. De man met wie hij wedijverde, die hij misschien zelfs aanbad. De partner die Catherine hem had ontnomen.

Ze keek op toen haar naam werd omgeroepen.

'Dokter Cordell met spoed naar de eerste hulp. Dokter Cordell met spoed naar de eerste hulp.'

God, wanneer zullen ze me eens met rust laten?

Ze drukte op de knop van de lift.

'Dokter Cordell?'

'Ik heb geen tijd voor uw vragen. Ik moet patiënten behandelen.'

'Wanneer hebt u wel tijd?'

De deur gleed open en Catherine stapte in de lift, de vermoeide soldaat die weer naar het front werd gestuurd. 'Mijn nacht is nog maar net begonnen.'

Via hun bloed zal ik hen kennen.

Ik bekijk de rekjes vol bloedbuisjes zoals een ander likkebaardend naar chocolaatjes in een doos kijkt en zich afvraagt welke de lekkerste is. Ons bloed is even uniek als wijzelf en mijn blote oog ontwaart nuances in het rood, van kardinaalrood tot donker ker-

sen. *Ik weet precies wat dit brede palet aan kleuren ons biedt; ik weet dat het rood afkomstig is van hemoglobine met variërende zuurstofgehaltes. Het is chemie, niets meer, maar o, dergelijke chemie heeft de macht te shockeren, afgrijzen op te wekken. We schrikken allemaal wanneer we bloed zien.*

Hoewel ik het iedere dag zie, ben ik er nog steeds door gefascineerd.

Ik bekijk de rekjes met een hongerige blik. De buisjes komen uit heel Boston en omstreken; ze worden doorgesluisd vanuit spreekkamers en klinieken en het ziekenhuis hiernaast. Wij zijn het grootste diagnoselaboratorium in de stad. Waar je je arm in Boston ook blootstelt aan de naald van een aderlater, tien tegen één dat je bloed uiteindelijk hier terechtkomt. Bij mij.

Ik zet over het eerste rek een aantekening in het logboek. Op ieder buisje zit een etiket met de naam van de patiënt en de arts, en de datum. Naast het rek ligt het stapeltje bijbehorende formulieren. Ik pak de formulieren, blader ze door, bekijk de namen.

Halverwege de stapel stop ik. Ik zie een formulier voor Karen Sobel, 25 jaar, wonend op 7536 Clark Road in Brookline. Ze is blank en ongetrouwd. Dat weet ik omdat het op het formulier staat, samen met haar sofinummer, de naam van haar werkgever en die van haar verzekeringsmaatschappij.

De arts heeft twee bloedonderzoeken aangevraagd: een HIV-test en een VDRL, voor syfilis.

Op de regel voor de diagnose heeft de arts geschreven: 'Verkrachting.'

Ik zoek het buisje met Karen Sobels bloed in het rek. Het heeft een sombere donkerrode kleur, het bloed van een gewond beest. Ik hou het in mijn hand en terwijl het warm wordt door mijn aanraking, zie ik haar, voel ik haar, deze vrouw die Karen heet. Gebroken en wankelend. Wachtend om opgeëist te worden.

Dan hoor ik een stem waar ik van schrik en ik kijk op.

Catherine Cordell is mijn lab binnengekomen.

Ze staat zo dicht bij me dat ik haar zou kunnen aanraken als ik mijn hand zou uitsteken. Ik ben stomverbaasd haar hier te zien, zeker op dit eenzame uur tussen de duisternis en de dageraad. Artsen komen zelden naar onze ondergrondse wereld en haar hier te zien is een onverwacht opwindend genoegen, even adembenemend als het zien van Persephone die naar Hades afdaalde.

Ik vraag me af waarom ze hierheen is gekomen. Dan zie ik dat ze een aantal buisjes strokleurige vloeistof overhandigt aan de laborant aan de tafel naast me en hoor ik de woorden 'longvocht' en begrijp ik waarom ze zich heeft verwaardigd ons een bezoek te brengen. Zoals veel artsen wil ze bepaalde belangrijke lichaamssappen niet toevertrouwen aan de ziekenhuisbodes en heeft ze de buisjes zelf meegenomen, de tunnel door die het Pilgrim Hospital verbindt met het Interpath Lab.

Ik zie haar weglopen. Ze komt vlak langs mijn tafel. Haar schouders hangen af, ze zwaait heen en weer, loopt waggelend, alsof ze door diepe modder waadt. Vermoeidheid en de tl-buizen doen haar huid eruitzien als een melkachtig waas over de tere botten van haar gezicht. Ze verdwijnt door de deur zonder te weten dat ik naar haar heb zitten kijken.

Ik kijk neer op het buisje van Karen Sobel, dat ik nog steeds in mijn knuist heb, en opeens lijkt het bloed dof en levenloos. Een prooi die de jacht niet waard is. Niet wanneer ik hem vergelijk met wat zojuist langs is gekomen.

Ik kan de geur van Catherine nog ruiken.

Ik draai me naar de computer en tik onder 'naam arts': 'C. Cordell.' Op het scherm verschijnen alle labonderzoeken die ze de afgelopen vierentwintig uur heeft besteld. Ik zie dat ze sinds tien uur gisteravond in het ziekenhuis is. Het is nu halfzes 's ochtends, een vrijdag. Er ligt nog een lange dag voor haar in het verschiet.

Mijn werkdag loopt ten einde.

Wanneer ik het gebouw verlaat is het zeven uur en de ochtendzon schijnt recht in mijn ogen. Het is nu al warm. Ik loop naar de parkeergarage van het medisch centrum, neem de lift naar de vijfde etage en loop langs de rij auto's naar nummer 541, waar haar auto geparkeerd staat. Het is een citroengele Mercedes, het allernieuwste model. Ze houdt hem brandschoon.

Ik haal de sleutelring uit mijn zak, de sleutelring die ik nu al twee weken bij me heb, en steek een van de sleutels in het slotje van de kofferbak.

Het deksel klikt open.

Ik kijk in de kofferbak en zie de hendel waarmee het deksel losgezet kan worden, een uitstekend beveiligingsmiddel om te voorkomen dat kinderen per ongeluk in de kofferbak opgesloten raken.

Een andere auto komt grommend naar boven. Ik doe snel de kofferbak van de Mercedes dicht en loop weg.

De Trojaanse Oorlog duurde tien wrede jaren. Dankzij het maagdelijke bloed van Iphigenia dat op het altaar in Aulis werd vergoten, konden de duizend Griekse schepen met bollende zeilen naar Troje varen, waar de Grieken geen snelle victorie wachtte, want op Olympus waren de goden verdeeld. Aan de kant van Troje stonden Afrodite en Ares, Apollo en Artemis. Aan de Griekse kant stonden Hera, Athena en Poseidon. Victorie fladderde van de ene kant naar de andere en weer terug, wispelturig als de bries zelf. Helden sloegen vijanden neer en werden zelf neergeslagen, en de dichter Vergilius zegt dat grote stromen bloed over de aarde liepen.

Uiteindelijk is Troje niet door kracht maar door een list op de knieën gedwongen. Toen de laatste van Trojes dagen aanbrak, zagen de soldaten een groot houten paard dat was achtergelaten bij haar zeepoorten.

Wanneer ik denk aan het Paard van Troje, verbaas ik me over de domheid van Trojes soldaten. Waarom hadden ze niet door dat de vijand erin zat, toen ze het beest de stad in trokken? Waarom hebben ze het binnen de stadsmuren gehaald? Waarom hebben ze die nacht feestgevierd, hun hersens beneveld in een dronken viering van de victorie? Ik mag graag denken dat ik zelf wel beter zou hebben geweten.

Misschien waren ze vanwege hun ondoordringbare muren in slaap gesust. Hoe zou de vijand kunnen aanvallen wanneer de poorten dicht zaten en de grendels ervoor waren geschoven? De vijand is buitengesloten, achter die muren.

Niemand staat stil bij de mogelijkheid dat de vijand binnen de poorten is. Dat hij hier is, vlak naast je.

Ik denk aan het houten paard terwijl ik melk en suiker door mijn koffie roer.

Ik pak de telefoon.

'Afdeling Chirurgie, met Helen,' antwoordt de receptioniste.

'Zou ik voor vanmiddag een afspraak kunnen maken met dokter Cordell?' vraag ik.

'Is het een spoedgeval?'

'Dat geloof ik niet. Ik heb een zachte verdikking op mijn rug. Het doet geen pijn, maar ik had graag dat ze ernaar keek.'

'Ik kan een afspraak voor u maken voor over ongeveer twee weken.'

'Kan ik echt vanmiddag niet komen? Na haar laatste patiënt?'

'Het spijt me, meneer – wat is uw naam?'

'Troje.'

'Meneer Troje. Dokter Cordell is vandaag tot vijf uur helemaal volgeboekt en daarna gaat ze naar huis. Ik kan u alleen noteren voor over veertien dagen.'

'Laat dan maar zitten. Dan zoek ik wel een andere arts.'

Ik hang op. Ik weet dat ze na vijven haar kantoor zal verlaten. Ze is moe; ze zal wel rechtstreeks naar huis gaan.

Tien bloederige jaren hebben de Grieken Troje belegerd. Tien jaar hebben ze volgehouden, zich tegen de vijandelijke muren gesmeten, terwijl hun voorspoed rees en daalde al naar gelang de goden beschikten.

Ik heb slechts twee jaar gewacht tot ik mijn prijs kon opeisen.

Dat is lang genoeg geweest.

21

De secretaresse van het bureau Studentenzaken van de medische faculteit van de Emory University was een kopie van Doris Day, een zonnige blondine die gerijpt was tot een bevallige matrone. Winnie Bliss had altijd een volle pot koffie klaarstaan bij de postvakjes van de studenten en een kristallen kom met boterbabbelaars op haar bureau en Moore kon zich heel goed voorstellen dat gestresste medische studenten deze kamer als een welkom toevluchtsoord beschouwden. Winnie werkte hier al twintig jaar en aangezien ze zelf geen kinderen had, richtte ze al haar moederlijke instincten op de studenten die iedere dag haar kantoor binnenliepen om hun post op te halen. Ze stopte ze koekjes toe, gaf tips door over kamers die te huur waren, troostte hen bij ongelukkige liefdes en slechte cijfers. En ieder jaar huilde ze bij de diploma-uitreiking tranen met tuiten omdat 110 van haar kinderen haar gingen verlaten. Dit alles vertelde ze Moore met haar zangerige zuidelijke accent, terwijl ze hem koekjes gaf en koffie voor hem inschonk, en hij geloofde haar. Winnie Bliss, een en al magnolia, zonder staal.

'Ik wist gewoon niet wat ik hoorde toen de politie van Savannah me twee jaar geleden belde,' zei ze, terwijl ze bevallig ging zitten. 'Ik heb meteen gezegd dat het een vergissing moest zijn. Ik heb Andrew iedere dag dit kantoor in zien komen voor zijn post en het was zo'n aardige jongen. Beleefd, nooit een onvertogen woord. Ik kijk de mensen altijd in de ogen, rechercheur Moore, om duidelijk te maken dat ik ze echt *zie*. En in Andrews ogen zag ik een goede jongen.'

Een bewijs, dacht Moore, hoe makkelijk we door het kwaad misleid worden.

'Kunt u zich herinneren of Capra in de vier jaar dat hij hier heeft gestudeerd met iemand in het bijzonder bevriend was?' vroeg Moore.

'U bedoelt een meisje?'

'Ik ben meer geïnteresseerd in zijn mannelijke vrienden. Ik heb met zijn voormalige hospita hier in Atlanta gesproken. Ze zei dat er af en toe een jongeman bij hem op bezoek kwam. Ze meende dat die ook medicijnen studeerde.'

Ze stond op en liep naar de dossierkast, waar ze een computer-uitdraai uit haalde. 'Dit is de studentenlijst van Andrews jaar. Er zaten honderdtien studenten in zijn eerste jaar. Ongeveer de helft daarvan waren jongens.'

'Had hij onder hen goede vrienden?'

Ze bekeek de drie pagina's namen en schudde haar hoofd. 'Het spijt me, maar ik kan me niet herinneren dat iemand op deze lijst echt goed met hem bevriend was.'

'Bedoelt u dat hij geen vrienden had?'

'Ik zeg dat ik niet *weet* of hij vrienden had.'

'Mag ik die lijst even zien?'

Ze gaf hem de lijst. Hij liep de namen langs, maar afgezien van die van Capra was er niet één bij die hem bekend voorkwam. 'Weet u toevallig waar deze studenten nu wonen?'

'Jazeker. Ik hou hun adressen bij voor de nieuwsbrieven van de oud-studenten.'

'Woont iemand van hen in Boston of omgeving?'

'Dat zal ik even nakijken.' Ze draaide zich om naar haar computer en tikte met haar gepolijste roze nagels op de toetsen. Winnie Bliss' onschuld deed haar lijken op een vrouw uit een ouder, eleganter tijdperk en het kwam als eigenaardig op hem over dat ze zo behendig met haar computerdossiers omsprong. 'Er is er eentje in Newton, Massachusetts. Is dat dicht bij Boston?'

'Ja.' Moore leunde naar voren, opeens met sneller kloppend hart. 'Hoe heet hij?'

'Het is een zij. Latisha Green. Heel aardig meisje. Ze bracht me altijd grote zakken pecannoten. Dat was erg flauw van haar, omdat ze wist dat ik aan de lijn deed, maar ik geloof dat ze het gewoon leuk vond om mensen te eten te geven. Zo was ze.'

'Was ze getrouwd? Had ze een vriend?'

'O, ze heeft een *geweldige* man! Een reus van een vent! Eén meter tweeënnegentig lang met zo'n prachtige zwarte huid.'

'Zwart,' herhaalde hij.

'Ja. Zo mooi als lakleer.'

Moore zuchtte en keek weer naar de lijst. 'En er woont verder niemand uit Capra's klas in Boston, voorzover u weet?'

'Volgens mijn lijst niet.' Ze draaide zich weer naar hem toe. 'Wat kijkt u teleurgesteld.' Ze zei het een beetje ontdaan, alsof ze zich er persoonlijk voor verantwoordelijk voelde dat ze hem niet had kunnen helpen.

'Ik krijg vandaag overal nul op het rekest,' gaf hij toe.

'Neem een snoepje.'

'Nee, dank u.'

'Doet u ook al aan de lijn?'

'Nee, maar ik hou niet van zoet.'

'Dan komt u duidelijk niet uit het Zuiden, rechercheur.'

Hij moest onwillekeurig lachen. Winnie Bliss, met haar grote ogen en zachte stem, had hem gecharmeerd, net zoals ze alle studenten, jongens én meisjes, die ooit haar kantoor waren binnengewandeld, had gecharmeerd. Zijn blik gleed naar de muur achter haar, waar een reeks groepsfoto's hing. 'Zijn dat de medische studenten?'

Ze keek om naar de muur. 'Ik laat mijn man ieder jaar bij de diploma-uitreiking een foto nemen. Al is het niet makkelijk om al die studenten bij elkaar te krijgen. Het is alsof je katten bij elkaar moet drijven, zegt mijn man altijd. Maar ik wil die foto's per se, dus dwing ik ze gewoon. En zijn het geen geweldige jonge mensen?'

'Welke is Andrew Capra's jaar?'

'Ik zal u het jaarboek laten zien. Daar staan de namen ook bij.' Ze stond op en liep naar een boekenkast met glazen deurtjes. Bevallig nam ze een dun boek van de plank en liet haar hand over het omslag glijden, alsof ze stof wegveegde. 'Deze is van het jaar dat Andrew is afgestudeerd. De foto's van al zijn klasgenoten staan erin en ook waar ze zijn aangenomen voor hun stage.' Ze zweeg en stak hem het boek toe. 'Het is het enige exemplaar dat ik heb, dus wilt u het alstublieft hier bekijken en niet meenemen?'

'Ik ga wel daar in de hoek zitten, dan hebt u geen last van me en kunt u me in de gaten houden. Goed?'

'O, ik zeg niet dat ik u niet vertrouw!'

'Een beetje wantrouwen zou anders geen kwaad kunnen,' zei

hij en hij knipoogde tegen haar. Ze bloosde als een schoolmeisje.

Hij liep met het boek naar de zithoek, waar de koffiepot en het schaaltje koekjes stonden. Hij liet zich in een versleten fauteuil zakken en deed het jaarboek van de Emory Medical School open. Om twaalf uur kwam een parade van studenten met frisse gezichten in witte jassen binnen om te kijken of er post voor hen was. Sinds wanneer waren kinderen artsen? Hij kon zich niet voorstellen dat hij zijn middelbare lijf zou overdragen aan de zorgen van een van deze jongelingen. Hij zag hun nieuwsgierige blikken, hoorde Winnie Bliss fluisteren: 'Hij is een rechercheur van *moordzaken*, uit Boston.' Jaja, die afgeleefde ouwe kerel in de hoek.

Moore zakte iets dieper weg in de stoel en concentreerde zich op de foto's. Naast elk ervan stond de naam van de student, de stad waar hij vandaan kwam en het ziekenhuis waar hij stage zou lopen. Toen hij bij Capra's foto kwam, pauzeerde hij. Capra keek recht in de camera, een glimlachende jongeman met ernstige ogen die niets verborg. Dit was wat Moore het griezeligst vond – dat roofdieren onopgemerkt tussen de kudden konden lopen.

Naast Capra's foto stond de naam van het ziekenhuis en de afdeling waar hij voor zijn stage was aangenomen. *Chirurgie, Riverland Medical Center, Savannah, Georgia.*

Hij vroeg zich af wie van Capra's jaar er nog meer stage hadden gelopen in Savannah, wie er nog meer in die stad hadden gewoond terwijl Capra vrouwen aan het vermoorden was. Hij bladerde verder, las de bijschriften en zag dat er nog drie medische studenten als stagiairs in Savannah terecht waren gekomen. Twee van hen waren vrouwen; de derde een man van Aziatische afkomst.

Alweer een doodlopend spoor.

Hij leunde ontmoedigd achterover. Het boek viel open op zijn schoot en hij zag de foto van de decaan van de medische faculteit naar zich glimlachen. Eronder stond de boodschap die hij de afgestudeerde studenten meegaf: *De wereld te genezen.*

Vandaag leggen 108 geweldige jonge mensen de eed af die de afronding vormt van een lange, moeilijke weg. Deze eed, als arts en genezer, mag niet licht worden opgevat, want hij moet een heel leven mee...

Moore ging rechtop zitten en las de verklaring van de decaan nogmaals.

Vandaag leggen 108 geweldige jonge mensen...
Hij stond op en liep naar Winnies bureau. 'Mevrouw Bliss?'
'Ja, rechercheur?'
'U zei dat er in het eerste jaar dat Andrew hier studeerde honderdtien studenten in zijn jaar zaten.'
'We laten ieder jaar honderdtien studenten toe.'
'In zijn speech zegt de decaan hier dat er maar honderdacht zijn afgestudeerd. Wat is er met de andere twee gebeurd?'
Winnie schudde bedroefd haar hoofd. 'Ik ben er nog steeds niet overheen, wat er met dat arme meisje is gebeurd.'
'Welk meisje?'
'Laura Hutchinson. Ze werkte in een kliniek in Haïti. Een van onze keuzebestemmingen. De wegen waren, dat wil zeggen, ik heb gehoord dat ze abominabel waren. De vrachtwagen is in een greppel geraakt en op zijn kop terechtgekomen.'
'Het was dus een ongeluk.'
'Ze zat achterin. Het heeft tien uur geduurd voor ze haar eruit kregen.'
'En de andere student? Er is er nóg een die niet met de rest is afgestudeerd.'
Winnies blik zakte naar haar bureau en hij kon zien dat ze niet graag over dit onderwerp sprak.
'Mevrouw Bliss?'
'Het gebeurt zo nu en dan,' zei ze, 'dat een student ermee ophoudt. We proberen ze te helpen hun studie voort te zetten, maar sommigen hebben nu eenmaal moeite met de leerstof.'
'En deze student – hoe heette hij?'
'Warren Hoyt.'
'Die heeft zijn studie afgebroken?'
'Ja, dat kun je wel zeggen.'
'Ging het om een academisch probleem?'
'Nou...' Ze keek om zich heen alsof ze naar hulp zocht maar die niet kon vinden. 'Misschien kunt u even met een van onze docenten, dr. Kahn, praten. Die zal wel antwoord kunnen geven op uw vragen.'
'Weet u de antwoorden niet?'
'Het is nogal persoonlijk. Ik vind dat dr. Kahn het u moet vertellen.'
Moore keek op zijn horloge. Hij had gehoopt vanavond een vliegtuig terug te kunnen nemen naar Savannah, maar het zag er-

naar uit dat hij dat niet zou halen. 'Waar kan ik dr. Kahn vinden?'
'In het anatomielaboratorium.'

Hij rook de formaline al vanaf de gang. Hij bleef staan voor de deur waarop ANATOMIE stond en zette zich schrap voor wat hem daar te wachten stond. Hij dacht dat hij er gereed voor was, maar toen hij naar binnen ging, kreeg hij toch een schok toen hij het tafereel zag. Achtentwintig tafels, in rijen van vier, stonden over de lengte van de zaal opgesteld. Op de tafels lagen lijken in diverse stadia van ontleding. In tegenstelling tot de lijken die Moore gewend was op het laboratorium van de forensische lijkschouwer te zien, zagen deze lichamen er onecht uit, de huid zo sterk als vinyl, de blootgelegde bloedvaten helderblauw of -rood gebalsemd. Vandaag concentreerden de studenten zich op de hoofden en waren ze bezig de spieren van het gezicht uit elkaar te halen. Bij elk van de lijken stonden vier studenten en de zaal echode van de stemmen die dingen voorlazen uit studieboeken, vragen stelden en suggesties deden. Zonder de naargeestige lijken op de tafels hadden deze studenten net zo goed fabrieksarbeiders kunnen zijn die mechanische onderdelen in elkaar zetten.

Een jonge vrouw keek nieuwsgierig op naar Moore, de in burgerkleding gestoken vreemdeling die hun zaal was binnengekomen. 'Zoekt u iemand?' vroeg ze, haar scalpel gereed om de wang van een lijk open te snijden.

'Ja. Dr. Kahn.'

'Die is aan de andere kant van de zaal. Ziet u die grote man met de witte baard?'

'Ik zie hem, dank je.' Hij liep langs de rij tafels, zijn blik onweerstaanbaar naar ieder lijk getrokken dat hij passeerde. De vrouw met de verschrompelde ledematen als broze stokjes op de stalen tafel. De neger, zijn huid opengesneden om de dikke spieren van zijn dijbeen bloot te leggen. Aan het eind van de rij luisterde een groep studenten aandachtig naar een man die eruitzag als de kerstman en die de tere vezels van de gezichtszenuwen aanwees.

'Dokter Kahn?' zei Moore.

Kahn keek op en iedere gelijkenis met de kerstman verdween. De man had donkere, indringende ogen, zonder een spoortje humor. 'Ja?'

'Ik ben rechercheur Moore. Mevrouw Bliss van Studentenzaken heeft me gestuurd.'

Kahn rechtte zijn rug en opeens keek Moore op naar een reus van een man. De scalpel zag er in zijn enorme vuist ongerijmd teer uit. Hij legde het instrument neer en trok zijn handschoenen uit. Toen hij zich omdraaide om boven een gootsteen zijn handen te wassen, zag Moore dat Kahns witte haar van achteren tot een staartje was gebonden.

'Wat is er aan de hand?' vroeg Kahn. Hij stak zijn hand uit naar een papieren handdoek.

'Ik heb een paar vragen over een medische student aan wie u hier zeven jaar geleden les hebt gegeven. Warren Hoyt.'

Kahn stond met zijn rug naar hem toe, maar Moore zag de massieve arm boven de gootsteen bevriezen, druipend van het water. Toen trok Kahn een papieren handdoek uit de automaat en droogde zwijgend zijn handen.

'Kunt u zich hem nog herinneren?' vroeg Moore.

'Ja.'

'Herinnert u hem zich goed?'

'Hij was een gedenkwaardige student.'

'Zou u me iets meer willen vertellen?'

'Liever niet.' Kahn gooide de handdoekprop in de prullenbak.

'Het gaat om een crimineel onderzoek, dr. Kahn.'

Een aantal studenten keek nu naar hen. Het woord *crimineel* had hun aandacht getrokken.

'Laten we even naar mijn kantoor gaan.'

Moore liep achter hem aan naar een aangrenzende kamer. Door een glazen tussenwand hadden ze zicht op het laboratorium en alle 28 tafels. Een dorp van lijken.

Kahn deed de deur dicht en draaide zich naar hem om. 'Waarom al die vragen over Warren? Wat heeft hij gedaan?'

'Niets, voorzover we weten. Ik wil alleen meer weten over zijn relatie tot Andrew Capra.'

'Andrew Capra,' snoof Kahn. 'Onze beroemdste leerling. Daar wil iedere medische faculteit bekendheid door krijgen. Hoe psychopaten kunnen leren mensen te ontleden.'

'Denkt u dat Capra een psychopaat was?'

'Ik weet niet of er wel een psychiatrische diagnose bestaat voor mensen als Capra.'

'Hoe kwam hij op u over?'

'Er is me nooit iets bijzonders aan hem opgevallen. Andrew leek me een volkomen normale jongen.'

Een beschrijving die iedere keer dat Moore haar hoorde, nog griezeliger leek.

'En Warren Hoyt?'

'Waarom vraagt u naar Warren?'

'Ik wil weten of hij en Capra bevriend waren.'

Kahn dacht daarover na. 'Dat weet ik niet. Ik kan u niets vertellen over wat er buiten dit laboratorium allemaal gaande is. Het enige wat ik zie, is wat er in deze zaal gebeurt. En ik zie studenten die worstelen om een enorme hoeveelheid informatie in hun toch al overwerkte brein te proppen. Niet iedereen kan de stress aan.'

'Was dat het geval met Warren? Is dat de reden waarom hij zijn studie heeft opgegeven?'

Kahn draaide zich naar de glazen tussenwand en keek naar het anatomielab. 'Hebt u zich ooit afgevraagd waar de kadavers vandaan komen?'

'Pardon?'

'Hoe de medische faculteiten eraan komen? Hoe de kadavers op die tafels daar terechtkomen, om opengesneden te worden?'

'Ik neem aan dat die mensen hun lichaam hebben afgestaan aan de wetenschap.'

'Juist. Ieder van die lijken is een mens geweest die een opmerkelijk gul besluit heeft genomen. Ze hebben hun lichamen aan ons afgestaan. In plaats van tot in de eeuwigheid in een rozenhouten doodskist te liggen, hebben ze ervoor gekozen iets nuttigs te doen met hun stoffelijk overschot. Ze geven onze volgende generatie genezers les. Dat kan niet zonder echte lijken. Studenten moeten alle variaties van het menselijk lichaam in drie dimensies zien. Ze moeten met een scalpel op zoek gaan naar de vertakkingen van de halsslagader, de spieren van het gezicht. Ja, je kunt dat gedeeltelijk leren via een computer, maar dat is toch niet hetzelfde als het snijden in de huid. Het speuren naar een tere zenuw. Daarvoor heb je een menselijk lijk nodig. Je hebt mensen nodig die goedgeefs genoeg zijn om het meest persoonlijke deel van zichzelf op te geven – hun eigen lichaam. Voor mij is ieder van deze lijken hier een opmerkelijk mens geweest. Ik behandel ze als zodanig en verwacht van mijn studenten dat ze dat ook doen. In deze zaal worden geen grapjes gemaakt, en wordt geen flauwekul uitgehaald. Ze dienen de lijken en alle onderdelen ervan met eerbied te behandelen. Wanneer de ontleding is voltooid, wordt het stoffelijk overschot gecremeerd en op een waardige manier begraven.' Hij draaide zich om naar Moore. 'Zo gaat het in mijn lab.'

'Wat heeft dat te maken met Warren Hoyt?'

'Het heeft alles met hem te maken.'

'De reden waarom hij is vertrokken?'

'Ja.' Hij draaide zich weer terug naar het raam.

Moore wachtte, zijn blik gericht op de brede rug van de docent, hem de tijd gunnend om naar de juiste woorden te zoeken.

'Ontleding,' zei Kahn, 'is een tijdrovend proces. Sommige studenten krijgen de opdrachten niet af in de normale lesuren. Sommigen van hen hebben extra tijd nodig om een ingewikkeld deel van de anatomie nader te bestuderen. Dus mogen ze van mij op ieder uur van de dag naar het lab komen. Ze hebben allemaal een sleutel van dit gebouw en kunnen zelfs midden in de nacht hier komen werken als dat nodig mocht zijn. En sommigen doen dat ook.'

'Deed Warren dat?'

Een korte stilte. 'Ja.'

Een afgrijselijk voorgevoel begon in Moore's nek te prikken.

Kahn liep naar de dossierkast, trok de la open en begon tussen de opeengepakte mappen te zoeken. 'Het was een zondag. Ik was het weekend de stad uit geweest en ben 's avonds hierheen gekomen om een lijk voor te bereiden voor de les van maandag. Er zitten tussen deze kinderen veel onhandige ontleders, die gehakt maken van hun kadaver. Dus zorg ik er altijd voor een goed exemplaar gereed te hebben, zodat ik ze de anatomie kan laten zien die ze bij hun eigen kadavers hebben beschadigd. We waren bezig met de voortplantingsorganen en ze waren al begonnen die organen te ontleden. Ik weet nog dat het al laat was toen ik de campus opreed, even na middernacht. Ik zag licht branden in het laboratorium en dacht dat het een overijverige student was die zijn klasgenoten een stap voor wilde zijn. Ik ging het gebouw binnen. Liep de gang door. Deed de deur open.'

'En u zag Warren Hoyt,' gokte Moore.

'Ja.' Kahn had in de dossierla gevonden waarnaar hij op zoek was geweest. Hij haalde de map eruit en draaide zich om naar Moore. 'Toen ik zag wat hij aan het doen was, heb ik... ben ik mijn zelfbeheersing kwijtgeraakt. Ik heb hem bij zijn overhemd gegrepen en tegen de spoelbak gedrukt. Ik was niet zachtzinnig, dat geef ik toe, maar ik was zo kwaad dat ik me niet kon beheersen. Ik word nog steeds kwaad wanneer ik eraan terugdenk.' Hij haalde diep adem, maar zelfs nu, bijna zeven jaar later, wist hij zijn kalmte niet te bewaren. 'Nadat – nadat ik een poosje tegen hem had staan schreeuwen, heb ik hem meegesleurd hiernaartoe, naar mijn kantoor. Ik heb hem gedwongen een verklaring te ondertekenen dat hij om acht uur de volgende ochtend de opleiding zou verlaten. Ik verlangde niet van hem dat hij daarvoor een reden zou opgeven, maar hij moest gaan, anders zou ik een schriftelijke verklaring publiceren van wat ik in dit laboratorium had gezien. Hij stemde er uiteraard mee in. Hij had geen keus. En het leek hem ook niet veel te doen. Dat vond ik nog het vreemdste – dat niets hem iets deed. Hij accepteerde het allemaal rustig en rationeel. Maar zo was Warren. Erg rationeel. Nooit ergens door van streek. Hij was bijna...' Kahn zocht naar het woord. 'Mechanisch.'

'Wat hebt u gezien? Wat was hij in het lab aan het doen?'

Kahn gaf Moore de map. 'Het staat hierin. Ik heb het al die jaren bewaard, voor het geval Warren ooit mocht besluiten gerechtelijke stappen te nemen. Weet u, studenten kunnen je tegenwoordig voor van alles aanklagen. Als hij ooit zou proberen opnieuw op deze opleiding te komen, wilde ik een antwoord gereed hebben.'

Moore pakte de map aan. Er stond alleen maar op: 'Hoyt, Warren.' Erin zaten drie getypte velletjes papier.

'Warren had een vrouwelijk kadaver toegewezen gekregen,' zei Kahn. 'Hij en zijn groepsgenoten waren begonnen het bekken te ontleden en de blaas en baarmoeder bloot te leggen. De organen moesten niet verwijderd worden, alleen maar blootgelegd. Die zondagnacht was Warren hierheen gekomen om het werk af te maken. Maar wat een zorgvuldige ontleding had moeten zijn, veranderde in verminking. Alsof hij de scalpel ter hand had genomen en zijn zelfbeheersing was kwijtgeraakt. Hij heeft de organen niet alleen maar blootgelegd. Hij heeft ze uit het lijk gesneden. Eerst heeft hij de blaas losgesneden en tussen de benen van het kadaver laten liggen. Toen heeft hij de baarmoeder losgehakt. Hij deed dat zonder handschoenen, alsof hij de organen op zijn eigen huid wilde *voelen*. Zo heb ik hem gevonden. In zijn ene hand had hij het druipende orgaan. En in zijn andere hand...' Kahns stem stierf in walging weg.

Wat Kahn niet over zijn lippen kon krijgen, stond geschreven op de pagina die Moore nu las. Moore maakte de zin voor hem af. 'Hij was aan het masturberen.'

Kahn liep naar het bureau en zakte neer op zijn stoel. 'Daarom kon ik hem niet laten afstuderen. God, wat voor soort arts zou hij geworden zijn? Als hij zoiets met een lijk deed, wat zou hij dan doen met levende patiënten?'

Ik weet wat hij doet. Ik heb zijn werk met mijn eigen ogen gezien.

Moore sloeg de derde pagina van Hoyts dossier op en las de laatste paragraaf die dr. Kahn had geschreven.

Meneer Hoyt heeft erin toegestemd morgenochtend om acht uur vrijwillig de opleiding te verlaten. In ruil daarvoor zal ik dit incident geheimhouden. Vanwege de beschadiging aan het kadaver, zullen zijn groepsgenoten van tafel 19 ingedeeld worden bij andere groepen voor dit onderdeel van de ontleding.

Groepsgenoten.

Moore keek naar Kahn. 'Hoeveel groepsgenoten had Warren?'

'Er werken vier studenten aan iedere tafel.'

'Wie waren de andere drie studenten?'

Kahn fronste. 'Dat weet ik niet meer. Het is zeven jaar gelden.'

'Wordt dat niet ergens genoteerd?'

'Nee.' Hij zweeg even en zei toen: 'Maar ik kan me een van zijn partners nog herinneren. Een jonge vrouw.' Hij draaide zich naar zijn computer en riep de studentendossiers op. De namenlijst van Warren Hoyts eerste studiejaar verscheen op het scherm. Kahn liep de namen langs en zei toen: 'Hier heb ik haar. Emily Johnstone. Ik herinner me haar nog goed.'

'Waarom?'

'Nou, om te beginnen was het een schattig meisje om te zien. Een tweede Meg Ryan. En de tweede reden is dat ze wilde weten waarom Warren was vertrokken. Ik wilde haar dat niet vertellen, dus heeft ze me ronduit gevraagd of het iets te maken had met vrouwen. Toen bleek dat Warren op de campus voortdurend achter Emily aan had gelopen en ze het daarvan op haar zenuwen had gekregen. Het was voor haar dan ook een hele opluchting toen hij van school ging.'

'Denkt u dat zij zich nog herinnert wie de andere twee studenten in hun groep waren?'

'Dat zou best kunnen.' Kahn pakte de telefoon en belde Studentenzaken. 'Winnie? Heb je soms een telefoonnummer waar ik

Emily Johnstone kan bereiken?' Hij pakte een pen, noteerde het nummer en hing op. 'Ze heeft een eigen praktijk in Houston,' zei hij terwijl hij het nummer intikte. 'Het is bij haar nu elf uur, dus zal ze er wel zijn... Hallo, Emily? Dit is een stem uit je verleden. Dr. Kahn van Emory. Juist, het anatomielab. Lang geleden alweer, hè?'

Moore leunde met bonzend hart naar voren.

Toen Kahn even later ophing en naar hem keek, zag Moore het antwoord in zijn ogen.

'Ze kon zich de andere twee studenten inderdaad herinneren,' zei Kahn. 'De ene was een meisje dat Barb Lippman heette. En de andere...'

'Capra?'

Kahn knikte. 'Het vierde lid van de groep was Andrew Capra.'

22

Catherine bleef in de deuropening van Peters kantoor staan. Hij zat achter zijn bureau, zich er niet van bewust dat ze naar hem keek, en schreef iets op een kaart. Ze had tot nu toe nooit de tijd genomen hem echt te bekijken, en wat ze zag deed haar nu flauwtjes glimlachen. Hij werkte met verbeten concentratie, het toonbeeld van de toegewijde arts, op één speels facet na: het papieren vliegtuigje dat op de grond lag. Peter en zijn malle vliegmachines.

Ze klopte op de deurpost. Hij keek op over zijn bril, geschrokken haar daar te zien staan.

'Kan ik je even spreken?' vroeg ze.

'Natuurlijk. Kom erin.'

Ze ging in de stoel tegenover zijn bureau zitten. Hij zei niets, wachtte af tot ze zou beginnen. Ze had de indruk dat ongeacht hoe lang ze erover zou doen, hij rustig zou blijven zitten, op haar wachtend.

'Er bestaan wat... spanningen tussen ons,' zei ze.

Hij knikte.

'Ik weet dat dat jou net zo dwarszit als mij. En het zit me erg dwars. Omdat ik je altijd graag heb gemogen, Peter. Dat lijkt misschien niet zo, maar het is wel zo.' Ze haalde diep adem, zocht naar de juiste woorden. 'De problemen tussen ons hebben niets met jou te maken. Alleen met mij. Er gebeurt op dit moment erg veel in mijn leven. Ik kan het alleen niet allemaal uitleggen.'

'Dat hoeft ook niet.'

'Ik weet dat er tussen ons iets wringt. Niet alleen tussen ons als partners, maar ook als vrienden. Het is gek, maar ik heb nooit beseft wat een goede vrienden we waren, tot dat veranderde. Ik heb nooit beseft hoe belangrijk onze vriendschap voor me was, tot ik voelde dat die me begon te ontglippen.' Ze stond op. 'En dat spijt me. Dat wilde ik alleen maar zeggen.' Ze liep naar de deur.

'Catherine,' zei hij zachtjes. 'Ik weet het, van Savannah.'

Ze draaide zich om en staarde hem aan. Zijn blik was volkomen neutraal.

'Ik heb het van rechercheur Crowe gehoord,' zei hij.

'Wanneer?'

'Een paar dagen geleden, toen ik met hem sprak over de inbraak hier. Hij dacht dat ik het al wist.'

'Daar heb je niets over gezegd.'

'Het was niet aan mij om erover te beginnen. Ik vond dat je zelf moest bepalen of je klaar was het mij te vertellen. Ik wist dat je tijd nodig had en ik was bereid te wachten, zo lang als nodig is, tot je me zou vertrouwen.'

Ze liet haar adem ontsnappen. 'Dan ken je me nu dus van mijn slechtste kant.'

'Nee, Catherine.' Hij stond op. 'Ik ken je van je *beste* kant! Ik weet hoe sterk je bent, hoe dapper. Ik had geen idee waaraan je het hoofd moest bieden. Je had het me kunnen vertellen. Je had me kunnen vertrouwen.'

'Ik dacht dat alles tussen ons dan zou veranderen.'

'Waarom?'

'Ik wilde niet dat je medelijden met me zou hebben. Ik wil geen medelijden.'

'Medelijden? Waarvoor? Dat je hebt teruggevochten? Dat je het er levend hebt afgebracht? Waarom zou ik medelijden met je moeten hebben?'

Ze knipperde de tranen weg. 'Andere mannen zouden wel medelijden met me hebben.'

'Dan kennen ze je niet echt. Niet zoals ik.' Hij liep om zijn bureau heen, zodat het niet meer tussen hen in stond. 'Kun je je de dag nog herinneren dat we elkaar hebben ontmoet?'

'Toen ik voor het sollicitatiegesprek kwam.'

'Wat kun je je daarvan herinneren?'

Ze schudde verbaasd haar hoofd. 'We hebben het over het werk gehad. Over hoe ik in het team zou passen.'

'Jij herinnert je dat gesprek dus als een zakelijk gesprek.'

'Dat was het ook.'

'Gek. Ik denk daar op een heel andere manier aan terug. Ik kan me nauwelijks herinneren welke vragen ik je heb gesteld of wat je mij hebt gevraagd. Wat ik me herinner, is dat ik opkeek van mijn bureau en jou mijn kantoor zag binnenkomen. Ik was volkomen van de kaart. Ik wist niet wat ik moest zeggen. Alles zou in mijn oren afgezaagd of dom of gewoon saai hebben geklonken. En ik wilde niet saai overkomen, niet tegenover jou. Ik dacht: dit is een vrouw die alles heeft. Ze is intelligent, ze is mooi. En ze staat vlak voor mijn neus.'

'O god, dat had je dan helemaal mis. Ik had niet alles.' Ze knipperde tegen haar tranen. 'Dat is nooit zo geweest. Ik weet me maar nauwelijks op de been te houden...'

Zwijgend nam hij haar in zijn armen. Het gebeurde volkomen natuurlijk, heel eenvoudig, zonder de stuntelheid van een eerste omhelzing. Hij hield haar gewoon vast, zonder eisen te stellen. Een vriend in nood.

'Wat kan ik voor je doen?' vroeg hij. 'Ik ben overal toe bereid.'

Ze zuchtte. 'Ik ben zo moe, Peter. Zou je even met me willen meelopen naar mijn auto?'

'Is dat alles?'

'Dat is waar ik op dit moment de grootste behoefte aan heb. Iemand die met me meeloopt.'

Hij deed een stapje achteruit en glimlachte tegen haar. 'Daarvoor ben ik de uitgelezen persoon.'

De vijfde etage van de ziekenhuisgarage was verlaten en het beton liet hun voetstappen weergalmen als geluiden van rondwarende spoken. Als ze alleen was geweest, zou ze voortdurend over haar schouder hebben gekeken. Maar met Peter naast zich voelde ze geen angst. Hij liep met haar mee naar haar Mercedes. Bleef staan terwijl ze achter het stuur ging zitten. Deed het portier dicht en wees naar het slot.

Ze knikte en drukte op de knop van de centrale portiervergrendeling.

'Ik bel je nog,' zei hij.

Toen ze wegreed, zag ze hem in het spiegeltje, zijn hand opgeheven in een groet. Hij verdween uit het zicht toen ze de helling afreed.

Ze merkte dat ze glimlachte toen ze naar Back Bay reed.

Sommige mannen verdienen je vertrouwen, had Moore tegen haar gezegd.

Maar welke?

Dat weet je pas wanneer puntje bij paaltje komt. Dan zal hij degene zijn die naast je staat.

Als vriend of als minnaar, Peter zou een van die mannen zijn.

Ze minderde vaart bij Commonwealth Avenue, draaide de oprit van haar flatgebouw in en drukte op de afstandsbediening van de garage. Het hek ging ratelend open en ze reed erdoorheen. In haar achteruitkijkspiegeltje zag ze het hek weer dichtgaan. Toen pas reed ze door naar haar parkeerplaats. Voorzichtigheid was een tweede natuur geworden en dit waren rituelen die ze nooit zou overslaan. Ze keek eerst in de lift voordat ze erin stapte. Speurde links en rechts de gang af voordat ze uit de lift stapte. Deed de deur achter zich zorgvuldig op slot toen ze in haar flat was. Het fort zat dicht. Toen pas kon ze het zich veroorloven het laatste restje spanning van zich af te laten glijden.

Ze ging met een glas ijsthee voor het raam staan, genietend van de koelte van de flat terwijl ze neerkeek op de mensen op straat, zweet glinsterend op hun voorhoofd. Ze had de afgelopen zesendertig uur maar drie uur geslapen. Ik heb dit ogenblik van rust verdiend, dacht ze toen ze het ijskoude glas tegen haar wang drukte. Ik heb het verdiend om vroeg naar bed te gaan en een heel weekend niets te doen. Ze zou niet aan Moore denken. Ze zou zichzelf niet toestaan de pijn te voelen. Nog niet.

Ze dronk het glas leeg en had het net op het aanrecht gezet toen haar pieper ging. Een oproep uit het ziekenhuis was het laatste waar ze behoefte aan had. Toen ze de centrale van het Pilgrim Hospital belde, kon ze de ergernis niet uit haar stem houden.

'Met dokter Cordell. Ik weet dat u me heb gepiept, maar ik heb vanavond geen dienst. Ik zet mijn pieper nu dan ook af.'

'Het spijt me dat ik u stoor, dokter Cordell, maar we hebben een telefoontje gekregen van de zoon van ene Herman Gwadowski. Hij wil u per se vanmiddag nog spreken.'

'Dat kan niet. Ik ben al thuis.'

'Ik heb tegen hem gezegd dat u dit weekend vrij hebt, maar hij zei dat dit zijn laatste dag in de stad is en dat hij u wil spreken voordat hij naar zijn advocaat gaan.'

Advocaat?

Catherine leunde vermoeid tegen het aanrecht. God, ze had geen kracht hiervoor. Niet nu. Niet nu ze zo moe was dat ze amper kon nadenken.

'Dokter Cordell?'

'Heeft meneer Gwadowski gezegd wanneer hij me wil spreken?'

'Hij zei dat hij tot zes uur in de cafetaria van het ziekenhuis zou blijven.'

'Dank u.' Catherine hing op en staarde als verdoofd naar de glanzende tegeltjes. Wat deed ze haar best om die tegels schoon te houden! Maar hoe hard ze ook schrobde en hoe nauwgezet ze alle aspecten van haar leven ook organiseerde, ze kon niet berekend zijn op de Ivan Gwadowski's van de wereld.

Ze pakte haar tas en autosleutels en verliet wederom de veiligheid van haar flat.

In de lift keek ze op haar horloge en zag tot haar schrik dat het al kwart voor zes was. Ze kon nooit op tijd bij het ziekenhuis zijn. Meneer Gwadowski zou denken dat ze met opzet niet was gekomen.

Zodra ze in de Mercedes zat, pakte ze de autotelefoon en drukte het nummer in van de centrale van Pilgrim.

'Nog even met dokter Cordell. Ik moet meneer Gwadowski bellen om hem te laten weten dat ik niet op tijd kan zijn. Weet u toevallig vanaf welke telefoon hij heeft gebeld?'

'Dat kan ik opzoeken in het logboek... Ja, hier heb ik het. Het was geen telefoon in het ziekenhuis.'

'Een mobieltje soms?'

Het bleef even stil. 'Dit is vreemd.'

'Wat is er?'

'Hij belde vanaf het nummer dat u nu zelf gebruikt.'

Catherine bleef doodstil zitten. Angst joeg als een ijskoude wind over haar ruggengraat. *Mijn auto. Er is vanuit mijn auto gebeld.*

'Dokter Cordell?'

Toen zag ze hem, oprijzend als een cobra, in het achteruitkijkspiegeltje. Ze haalde adem om te gillen en meteen brandde haar keel van de chloroformdampen.

De telefoon viel uit haar hand.

Jerry Sleeper stond bij de aankomsthal op hem te wachten. Moore gooide zijn weekendtas op de achterbank, stapte in en trok met een ruk het portier dicht.

'Hebben jullie haar al gevonden?' was de eerste vraag die Moore stelde.

'Nog niet,' zei Sleeper terwijl hij optrok. 'Haar Mercedes is verdwenen en in haar flat was niets bijzonders te zien. Wat er ook is gebeurd, het is snel gegaan en het is in of dicht bij haar auto gebeurd. Peter Falco is de laatste die haar heeft gezien, om ongeveer kwart over vijf in de ziekenhuisgarage. Een halfuur later heeft de centrale van Pilgrim Cordell opgepiept. Ze heeft meteen teruggebeld. Even later heeft ze nogmaals gebeld, vanuit haar auto. Dat gesprek werd abrupt onderbroken. De telefoniste zegt dat het de zoon van Herman Gwadowski was die haar wilde spreken.'

'Is dat bevestigd?'

'Ivan Gwadowski is vanmiddag om twaalf uur in een vliegtuig naar Californië gestapt. Hij is dus niet degene die heeft gebeld.'

Ze hoefden niet hardop te zeggen wie *wel* had gebeld. Dat wisten ze allebei. Moore staarde nerveus naar de rij achterlichten die een heldere kralenketting vormden in de nacht.

Hij heeft haar al sinds zes uur vanmiddag. Wat heeft hij in die vier uur met haar gedaan?

'Ik wil zien waar Warren Hoyt woont,' zei Moore.

'Daar zijn we naar onderweg. We weten dat hij rond zeven uur vanochtend zijn nachtdienst bij Interpath Labs erop had zitten. Om tien uur heeft hij zijn baas gebeld om te zeggen dat er een spoedgeval in de familie was en dat hij minstens een week niet op zijn werk zou verschijnen. Sindsdien heeft niemand hem gezien. Niet bij hem thuis en niet op het lab.'

'En het spoedgeval in de familie?'

'Hij heeft geen familie. Zijn enige tante is in februari overleden.'

De rij achterlichtjes vervaagde tot een rode streep. Moore knipperde en wendde zijn gezicht af zodat Sleeper zijn tranen niet zou zien.

Warren Hoyts adres was in North End, een lieflijke doolhof van smalle straten met huizen van rode baksteen die het oudste deel van Boston vormden. Het werd beschouwd als een veilige wijk, dankzij de waakzame ogen van de plaatselijke Italiaanse bevolking, die eigenaar was van veel van de zaken daar. Hier, in een straat waar zowel toeristen als bewoners konden wandelen zonder bang te hoeven zijn voor misdadigers, had een monster gewoond.

Hoyts flat bevond zich op de derde verdieping van een van de bakstenen huizen. Het onderzoeksteam had een paar uur geleden de flat al uitgekamd en toen Moore er binnenging en naar het spaarzame meubilair en de bijna lege planken keek, kreeg hij het gevoel dat hij in een kamer stond waar de ziel al uit was weggehaald. Dat er niets over was van wie – of wat – Warren Hoyt ook mocht zijn.

Dr. Zucker kwam de slaapkamer uit en zei tegen Moore: 'Er klopt iets niet.'

'Is Hoyt onze man of niet?'

'Ik weet het niet.'

'Wat hebben we?' Moore keek naar Crowe, die bij de deur op hen had gewacht.

'We hebben de juiste schoenmaat. 42. Zelfde maat als de voetafdrukken bij Ortiz. We hebben een aantal haren van het kussen gehaald – kort, lichtbruin. Ziet er ook uit als de haren die we moeten hebben. En we hebben een lange, zwarte haar op de vloer van de badkamer gevonden. Schouderlengte.'

Moore fronste. 'Is hier dan een vrouw geweest?'

'Misschien een kennis.'

'Of nog een slachtoffer,' zei Zucker. 'Waar we nog niets van weten.'

'Ik heb met de hospita gesproken. Die woont beneden,' zei Crowe. 'Ze heeft Hoyt voor het laatst gezien toen hij vanochtend thuiskwam van zijn werk. Ze heeft geen idee waar hij nu is. Maar je weet zeker al wat ze over hem te zeggen heeft. *Prettige huurder. Rustige man die nooit problemen veroorzaakt.*'

Moore keek naar Zucker. 'Wat bedoelde je toen je zei dat er iets niet klopte?'

'Er zijn geen moordwapens. Geen werktuigen. Zijn auto staat voor de deur en daar ligt ook niets in.' Zucker gebaarde naar de bijna lege woonkamer. 'Deze flat ziet er bijna onbewoond uit. Er liggen maar een paar dingen in de koelkast. In de badkamer hebben we alleen zeep, een tandenborstel en een scheermes gevonden. Het is net een hotelkamer. Een plaats om te slapen, meer niet. Dit is niet de plek waar hij zijn fantasieën in leven hield.'

'Dit *is* de plek waar hij woonde,' zei Crowe. 'Hij krijgt zijn post hier. Zijn kleren zijn hier.'

'Maar het belangrijkste van alles ontbreekt,' zei Zucker. 'Zijn trofeeën. Er zijn geen trofeeën.'

Een gevoel van diepe angst nestelde zich in Moore's botten. Zucker had gelijk. De Chirurg had uit ieder van zijn slachtoffers een anatomische trofee gesneden; die zou hij bewaren om aan zijn daden herinnerd te worden. Om de tijd te overbruggen tot hij het volgende slachtoffer had gevonden.

'We kijken niet naar het volledige beeld,' zei Zucker. Hij wendde zich tot Moore. 'Ik wil zien waar Warren Hoyt werkte. Ik wil het laboratorium zien.'

Barry Frost ging voor de computer zitten en tikte de naam van de patiënt in: Nina Peyton. Een nieuw scherm verscheen, gevuld met gegevens.

'Deze terminal is een visstek,' zei Frost. 'Hier heeft hij zijn slachtoffers gevonden.'

Moore staarde naar de monitor, onthutst door wat hij zag. In het hele laboratorium gonsden machines, rinkelden telefoons en liepen laboranten rond met ratelende rekjes vol buisjes bloed. Hier, in deze antiseptische wereld van roestvrij staal en witte jassen, een wereld die was gericht op de helende wetenschappen, had de Chirurg stilletjes op zijn prooi gejaagd. Via deze computer kon hij de namen opvragen van alle vrouwen van wie bloed of andere lichaamssappen bij Interpath Labs was geanalyseerd.

'Dit is het voornaamste diagnoselaboratorium in de stad,' zei Frost. 'Laat je bij je huisarts of in een kliniek wat bloed aftappen, dan is de kans groot dat het hierheen wordt gestuurd om geanalyseerd te worden.'

Hier, door Warren Hoyt.

'Hij had haar adres,' zei Moore, die de informatie over Nina Peyton bekeek. 'De naam van haar werkgever. Haar leeftijd en huwelijkse staat –'

'En haar diagnose,' zei Zucker. Hij wees naar het woord op het scherm: *aanranding*. 'Dit is waar de Chirurg op loert. Dit is waar hij op geilt. Emotioneel beschadigde vrouwen. Vrouwen die getekend zijn door seksuele geweldpleging.'

Moore hoorde het zangerige ondertoontje van opwinding in Zuckers stem. Het was het spel waar Zucker door gefascineerd was, de krachtmeting tussen de slimmen. Eindelijk had hij zicht op de zetten van zijn tegenstander, en kon hij het genie dat erachter zat, doorzien.

'Hij werkte hier,' zei Zucker, 'met hun bloed. Hij kende hun meest beschamende geheimen.' Hij rechtte zijn rug en keek het laboratorium rond alsof hij het voor het eerst zag. 'Heb je er ooit bij stilgestaan hoeveel een medisch laboratorium over je weet?'

zei hij. 'Hoeveel persoonlijke informatie je afstaat wanneer je je arm uitstrekt en een naald in je ader laat steken? Je bloed onthult je intiemste geheimen. Ga je dood aan leukemie of aids? Heb je de afgelopen paar uur een sigaret gerookt of een glas wijn gedronken? Slik je Prozac omdat je gedeprimeerd bent of Viagra omdat je hem niet omhoog kunt krijgen? Hij had niet minder dan het *wezen* van die vrouwen in zijn bezit. Hij kon hun bloed bestuderen, aanraken, ruiken. En ze hadden er geen idee van. Ze hebben nooit geweten dat een deel van hun lichaam werd bezoedeld door een vreemdeling.'

'De slachtoffers kenden hem niet,' zei Moore. 'Hadden hem nooit ontmoet.'

'Maar de Chirurg kende *hen* wel. Tot in de intiemste details.' Zuckers ogen schitterden koortsachtig. 'De Chirurg jaagt niet zoals de andere seriemoordenaars die ik tot nu toe heb meegemaakt. Hij is uniek. Hij blijft buiten beeld, omdat hij zijn prooi ongezien kiest.' Hij staarde verwonderd naar een rekje buisjes op de tafel. 'Dit laboratorium is zijn jachtterrein. Hier spoort hij ze op. Via hun bloed. Via hun leed.'

Toen Moore het medische centrum uitliep voelde de nachtelijke lucht koeler, frisser aan dan in weken. In heel Boston zouden vannacht minder ramen opengelaten worden, minder vrouwen blootgesteld zijn aan aanranders.

Maar vannacht zou de Chirurg niet op jacht gaan. Vannacht genoot hij van zijn laatste vangst.

Moore bleef abrupt bij zijn auto staan, verlamd door angst. Op dit moment stak Warren Hoyt misschien zijn hand uit naar zijn scalpel. Op dit moment...

Voetstappen naderden. Hij wist de kracht op te brengen zijn hoofd op te heffen en te kijken naar de man die een paar meter bij hem vandaan in de schaduw was blijven staan.

'Hij heeft haar te pakken, hè?' zei Peter Falco.

Moore knikte.

'God. O god.' Falco keek vertwijfeld op naar de nachtelijke hemel. 'Ik heb haar naar haar auto gebracht. Ze was *bij me* en ik heb haar naar huis laten gaan. Ik heb haar laten wegrijden...'

'We doen al het mogelijke om haar te vinden.' Het was een standaardzin, en toen hij hem uitsprak, hoorde Moore zelf hoe hol zijn woorden klonken. Het was wat je zei wanneer de zaak er niet goed uitzag, wanneer je wist dat hoezeer je ook je best deed, er waarschijnlijk niets uit zou komen.

'Wat bent u precies aan het doen?'

'We weten wie het is.'

'Maar u weet niet waar hij haar heen heeft gebracht.'

'Het zal even duren voor we hem op het spoor zijn.'

'Vertel me wat ik kan doen. Het maakt niet uit wat.'

Moore vocht om zijn stem kalm te houden, zijn eigen angst, zijn eigen doodsangst te verbergen. 'Ik weet hoe moeilijk het is om aan de zijlijn te staan en anderen het werk te laten doen, maar wij zijn hiervoor opgeleid.'

'Jaja, *u* bent de beroeps. Wat is er dan misgegaan?'

Daar had Moore geen antwoord op.

Falco liep geagiteerd naar Moore toe en bleef onder de lantaarnpaal van het parkeerterrein staan. Het licht viel op zijn gezicht, dat vertrokken was van bezorgdheid. 'Ik weet niet wat er tussen u en haar is voorgevallen,' zei hij, 'maar ik weet dat ze u vertrouwde. Ik hoop bij god dat dat iets voor u betekent. Ik hoop dat ze méér is dan de zoveelste zaak. Méér dan een van de vele namen op de lijst.'

'Zeker weten,' zei Moore.

De mannen staarden elkaar aan, zwijgend bekennend wat ze allebei wisten. Wat ze allebei voelden.

'Ik geef meer om haar dan u ooit zult weten,' zei Moore.

En Falco zei zachtjes: 'Ik ook.'

23

'Hij zal haar een tijdje in leven houden,' zei dr. Zucker. 'Net zoals hij Nina Peyton een hele dag in leven heeft gehouden. Hij beheerst de situatie volkomen. Hij kan er net zoveel tijd voor uittrekken als hij wil.'

Een huivering trok door Rizzoli heen toen ze nadacht over wat dat betekende, *zoveel tijd als hij wil*. Ze dacht aan hoeveel gevoelige zenuwuiteinden het menselijk lichaam bezat en vroeg zich af hoeveel pijn er geleden moest worden voordat de Dood medelijden kreeg. Ze keek naar de overkant van de vergaderzaal en zag dat Moore zijn hoofd tussen zijn handen liet zakken. Hij zag eruit alsof hij kotsmisselijk was, en dodelijk vermoeid. Het was na middernacht en de gezichten die ze rond de vergadertafel zag, zagen er bleek en ontmoedigd uit. Rizzoli stond buiten die cirkel, met haar rug tegen de muur geleund. De onzichtbare vrouw, met wie niemand sprak; die mocht luisteren, maar niet aan het gesprek deelnemen. Nu ze zich alleen nog maar mocht bezighouden met administratieve taken en haar dienstpistool had moeten inleveren, was ze niets anders dan een toeschouwer in een zaak die ze beter kende dan alle anderen rond de tafel.

Moore hief zijn hoofd op en keek in haar richting, maar leek dwars door haar heen te kijken, alsof hij haar niet zag. Alsof hij niet naar haar *wilde* kijken.

Dr. Zucker vatte samen wat ze over Warren Hoyt te weten waren gekomen. Over de Chirurg.

'Hij heeft lang naar dit doel toe gewerkt,' zei Zucker. 'En nu hij het heeft bereikt, zal hij het genot zo lang mogelijk rekken.'

'Cordell is dus al die tijd zijn doelwit geweest?' vroeg Frost. 'Op de andere slachtoffers heeft hij alleen maar... geoefend?'

'Nee, ook zij hebben hem genot bezorgd. Ze hielpen hem door de wachttijd heen, hielpen hem lucht te geven aan seksuele spanningen terwijl hij naar zijn doel toe werkte. Bij iedere jacht is de opwinding van de jager het grootst wanneer hij achter de allermoeilijkste prooi aangaat. En Cordell was waarschijnlijk de enige vrouw die moeilijk te pakken was. Ze was voortdurend op haar hoede, nam goede veiligheidsmaatregelen. Ze barricadeerde zichzelf achter sloten en alarmsystemen. Ze meed hechte relaties. Ze ging 's avonds zelden uit, behalve naar haar werk in het ziekenhuis. Ze was het meest uitdagende doelwit dat hij ooit had gevonden en de prooi die hij het liefst wilde hebben. Hij maakte het zichzelf nog moeilijker door haar te laten *weten* dat ze een doelwit was. Hij gebruikte terreur als onderdeel van het spel. Hij wilde dat ze voelde dat hij naderbij kwam. De andere vrouwen waren slechts een aanloopje. Cordell was de hoofdmoot.'

'*Is*,' zei Moore, zijn stem strak van woede. 'Ze is nog niet dood.'

Er daalde een stilte over de kamer neer. Niemand durfde naar Moore te kijken.

Zucker knikte, zijn ijzige kalmte ongebroken. 'Dank je voor die correctie.'

Marquette vroeg: 'Heb je zijn achtergronddossier gelezen?'

'Ja,' zei Zucker. 'Warren was enig kind. Blijkbaar een kind dat op handen werd gedragen. Hij is geboren in Houston. Zijn vader was ruimtevaartdeskundige. Zijn moeder kwam uit een familie van oliemagnaten. Ze zijn nu allebei dood. Warren was dus gezegend met intelligente genen en familiekapitaal. Als tiener is hij nooit met de politie in aanraking geweest. Geen arrestaties, geen bekeuringen, niets waardoor er een rood lampje ging branden. Afgezien van dat incident op de universiteit, in het anatomielab, heb ik geen waarschuwingstekens gevonden. Geen aanwijzingen dat hij was voorbestemd een roofdier te worden. Hij was in alle opzichten een volkomen normale jongen. Beleefd en betrouwbaar.'

'Doodgewoon,' zei Moore zachtjes. 'Onopvallend.'

Zucker knikte. 'Een jongen die nooit opzienbarende dingen deed, nooit iemand schrik aanjoeg. Dat is het meest angstaanjagende aan deze moordenaar, dat er geen pathologie is, geen psychiatrische diagnose. Hij is als Ted Bundy. Intelligent, beheerst en op het oog erg functioneel. Maar hij heeft één afwijking: hij vindt het leuk om vrouwen te martelen. Het is iemand met wie ieder van ons dagelijks zou kunnen werken zonder dat we ooit zouden vermoeden dat hij wanneer hij naar je kijkt en tegen je glimlacht, nadenkt over een nieuwe, creatieve manier om je ingewanden te verwijderen.'

Rizzoli huiverde weer toen Zucker dat laatste bijna fluisterend zei en keek de kamer rond. *Wat hij zegt, is waar. Ik zie Barry Frost iedere dag. Hij lijkt een aardige vent. Gelukkig getrouwd. Nooit in een slechte bui. Maar ik heb geen idee wat hij denkt.*

Frost ving haar blik op en kreeg een kleur.

Zucker ging door. 'Na het incident op de universiteit was Hoyt gedwongen zijn studie op te geven. Hij is toen voor laborant gaan studeren en met Andrew Capra meegegaan naar Savannah. Ze zijn een aantal jaren partners geweest. Vliegtickets en creditcardafschriften hebben uitgewezen dat ze vaak samen reisden. Naar Griekenland en Italië. Ook naar Mexico, waar ze samen vrijwilligerswerk deden in een afgelegen kliniek. Het was een verbond tussen twee jagers. Bloedbroeders die dezelfde gewelddadige fantasieën koesterden.'

'De kattendarmhechtingen,' zei Rizzoli.

Zucker keek verbaasd naar haar op. 'Wat?'

'In derdewereldlanden gebruiken ze nog steeds kattendarmhechtingen bij operaties. Daar haalde hij het vandaan.'

Marquette knikte. 'Daar kun je wel eens gelijk in hebben.'

Ik *heb* gelijk, dacht Rizzoli, inwendig briesend van woede.

'Toen Cordell Andrew Capra doodschoot,' zei Zucker, 'vernietigde ze het perfecte moordenaarsteam. Ze had de enige persoon ter wereld die Hoyt na stond, weggenomen. Daarom werd ze zijn ultieme doelwit. Zijn ultieme slachtoffer.'

'Als Hoyt op de avond dat Capra is gestorven in dat huis was, waarom heeft hij haar dan niet meteen vermoord?' vroeg Marquette.

'Dat weet ik niet. Er zijn veel dingen over die avond in Savannah die alleen aan Warren Hoyt bekend zijn. We weten wel dat hij twee jaar geleden naar Boston is verhuisd, kort nadat Catherine Cordell hierheen was gekomen. Binnen een jaar was Diana Sterling dood.'

Nu sprak Moore, op holle toon. 'Hoe kunnen we hem vinden?'

'We kunnen zijn flat laten bewaken, maar ik denk dat hij daar niet snel zal terugkeren. Het is niet zijn hol. Het is niet de plaats waar hij zijn fantasieën uitleeft.' Zucker leunde achterover, zijn blik op oneindig. Hij vormde alles wat hij over Warren Hoyt wist om in woorden en beelden. 'Zijn echte hol is een plaats die hij gescheiden houdt van zijn dagelijks leven. Een plaats waar hij anoniem naartoe gaat, mogelijk vrij ver van zijn flat. Een plaats die hij misschien niet onder zijn eigen naam heeft gehuurd.'

'Als je een huis huurt, moet je ervoor betalen,' zei Frost. 'We zijn het geldspoor al aan het napluizen.'

Zucker knikte. 'We zullen weten dat het zijn hol is zodra we het hebben gevonden, want hij bewaart daar al zijn trofeeën. De souvenirs van de moorden. Het is mogelijk dat hij dit hol zelfs heeft ingericht als een plek om zijn slachtoffers naartoe te brengen. Een martelkamer. Een plek waar privacy verzekerd is, waar hij niet gestoord zal worden. Een vrijstaand huis. Of een flat die geluiddicht is gemaakt.'

Zodat niemand Cordell zal horen schreeuwen, dacht Rizzoli.

'Op die plek kan hij het schepsel worden dat hij in werkelijkheid is. Hij kan zich daar ontspannen en ongedwongen gedragen. Hij heeft bij geen van de andere misdrijven sperma achtergelaten, wat volgens mij wil zeggen dat hij in staat is seksuele bevrediging uit te stellen tot hij op een veilige plek is. Dit hol is die veilige plek. Hij gaat er waarschijnlijk af en toe naartoe, om de opwinding van de slachtingen opnieuw te beleven. Om de tijd tussen de moorden te overbruggen.' Zucker kijkt de kamer rond. 'Naar dat hol heeft hij Catherine Cordell gebracht.'

De Grieken noemen het derè, *wat duidt op de voorkant van de nek, oftewel de hals, en het is het mooiste, kwetsbaarste deel van het vrouwenlichaam. In de hals kloppen het leven en de adem, en onder de melkwitte huid van Iphigenia moeten blauwe aderen geklopt hebben onder de punt van haar vaders mes. Had Agamemnon, toen Iphigenia op het altaar uitgestrekt lag, de tijd genomen om de tere lijnen van zijn dochters hals te bekijken? Heeft hij de oriëntatiepunten bestudeerd, op zoek naar de plek waar zijn mes haar huid op de efficiëntste wijze zou doorboren? Hij moet hartzeer hebben gehad over het offer, maar heeft hij op het moment dat zijn mes naar binnen drong, niet een minieme rilling door zijn lendenen voelen gaan, een schokje van seksueel genot toen hij het lemmet in haar vlees liet zinken?*

Zelfs de oude Grieken, met hun weerzinwekkende verhalen over ouders die hun kroost opvraten en zonen die met hun moeder neukten, maken geen gewag van details over dergelijke verdorvenheid. Dat hoefden ze ook niet te doen; het is een van die stille waarheden die we allemaal kennen zonder ze onder woorden te hoeven brengen. En de soldaten die er met strakke gezichten en hun harten gepantserd tegen de kreten van het meisje bij stonden, de soldaten die toekeken toen Iphigenia van haar kleren werd ontdaan en haar zwanenhals werd blootgesteld aan het mes, hoeveel van die soldaten voelden de onverwachte hitte van genot door hun kruis vloeien? Hoeveel voelden hun penis hard worden?

Hoeveel van hen zouden daarna naar de hals van een vrouw kunnen kijken zonder de aandrang voelen die door te snijden?

Haar hals is zo blank als die van Iphigenia moet zijn geweest. Ze heeft zichzelf tegen de zon beschermd, zoals roodharigen behoren te doen, en slechts een paar sproetjes ontsieren de albasten doorschijnendheid van haar huid. Ze heeft haar hals de afgelopen twee jaar smetteloos gehouden voor mij. Dat stel ik op prijs.

Ik heb geduldig gewacht tot ze bij bewustzijn zou komen. Ik weet dat ze nu wakker is en zich van mij bewust is, want haar hartslag is versneld. Ik raak haar keel aan, in de holte vlak boven het borstbeen, en haar adem stokt. Ze houdt haar adem in wanneer ik de zijkant van haar nek streel, met mijn vingers de loop van haar halsslagader volg. Haar hart bonkt en doet de huid met ritmische bonkjes opveren. Ik voel het vocht van haar zweet onder mijn vinger. Het is als mist op haar huid verschenen en haar gezicht is met een glanzend laagje bedekt. Wanneer ik mijn vinger naar de rand van haar kaak laat glijden, laat ze eindelijk haar adem gaan; die ontsnapt sidderend, gedempt door de tape over haar mond. Het is niets voor mijn Catherine om te sidderen. De anderen waren domme gazellen, maar Catherine is een tijgerin, de enige die ooit heeft teruggevochten en bloed heeft doen vloeien.

Ze doet haar ogen open en kijkt naar me en ik zie dat ze het begrijpt. Ik heb eindelijk gewonnen. Zij, de waardigste van allen, is verslagen.

Ik leg mijn instrumenten klaar. Ze maken een prettig tikkend geluid wanneer ik ze op het metalen blad naast het bed leg. Ik voel dat ze naar me kijkt en weet dat haar blik wordt getrokken naar de heldere weerspiegeling op het roestvrij staal. Ze weet waar ieder van de instrumenten voor dient, omdat ze zulke instrumenten vaak heeft gebruikt. De retractor dient om de randen van een snede wij-

der te maken. De hemostaat om aderen dicht te knijpen. En de scalpel – we weten allebei waar een scalpel voor wordt gebruikt.

Ik zet het blad dicht bij haar hoofd, zodat ze het kan zien en nadenken over wat er gaat gebeuren. Ik hoef geen woord te zeggen; de glanzende instrumenten zeggen voldoende.

Ik raak haar naakte buik aan en haar buikspieren trekken meteen strak. Het is een maagdelijke buik, zonder littekens die de platte oppervlakte ontsieren. Het mes zal in haar huid snijden als in boter.

Ik pak de scalpel en druk de punt tegen haar buik. Haar adem stokt en haar ogen worden groot.

Ik heb ooit een foto gezien van een zebra op het moment dat de tanden van een leeuwin in zijn hals zonken. De ogen van de zebra rollen van angst naar achteren. Het is een foto die ik nooit zal vergeten. Dat is de blik die ik nu zie in Catherines ogen.

O god, o god, o god.

Catherines adem jaagt haar longen in en uit wanneer ze de punt van de scalpel in haar huid voelt prikken. Badend in het zweet doet ze haar ogen dicht, bang voor de pijn die gaat komen. Een snik blijft in haar keel steken, een smeekbede aan de hemel om genade, zelfs om een snelle dood, om alles behalve dit. Alles behalve het snijden in vlees.

Dan wordt de scalpel weggehaald.

Ze doet haar ogen open en kijkt naar zijn gezicht. Zo gewoon, zo onopmerkelijk. Een man die ze honderd keer kan hebben gezien zonder op hem te letten. Maar hij kende *haar* wel. Hij had aan de rand van haar wereld rondgehangen, had haar in het centrum van zijn universum geplaatst, terwijl hij om haar heen cirkelde, ongezien in de duisternis.

En ik wist niet eens dat hij er was.

Hij legde de scalpel terug op het blad. En zei met een glimlach: 'Nog niet.'

Pas toen hij de kamer uitliep, drong het tot haar door dat de marteling was uitgesteld en slaakte ze een zucht van verlichting.

Zo wil hij het dus spelen. De terreur rekken, het genot verlengen. Hij zou haar nog een tijdje in leven laten, haar de tijd geven na te denken over wat er voor haar in het verschiet lag.

Iedere minuut die ik nog leef, is een minuut waarin ik kan ontsnappen.

De uitwerking van de chloroform was geheel verdwenen en ze was klaarwakker. Haar geest racete op de krachtige brandstof van de paniek. Ze lag met haar armen en benen gespreid op een bed met een stalen frame. Haar kleren waren verwijderd; haar polsen en enkels waren met tape aan het bed vastgebonden. Ze rukte en trok tot haar spieren trilden van uitputting, maar kon niet loskomen. Vier jaar geleden, in Savannah, had Capra nylonkoord gebruikt om haar polsen vast te binden en was ze erin geslaagd één hand los te krijgen; de Chirurg had die fout niet herhaald.

Badend in het zweet, te moe om nog langer te proberen zich los te rukken, concentreerde ze zich op haar omgeving.

Boven het bed hing een kale lamp. De geur van aarde en natte steen vertelde haar dat ze in een kelder lag. Toen ze haar hoofd opzij draaide, kon ze, net buiten de lichtcirkel, de onregelmatige oppervlakte zien van de stenen fundering.

Voetstappen kraakten boven haar hoofd en ze hoorde stoelpoten schrapen. Een houten vloer. Een oud huis. Boven ging een televisie aan. Ze kon zich niet herinneren hoe ze in deze kamer terecht was gekomen of hoe lang de rit had geduurd. Ze konden kilometers ver van Boston zitten, op een plek waar niemand ooit zou zoeken.

De glans van het blad trok haar aandacht. Ze staarde naar de rij instrumenten, keurig neergelegd voor de operatie. Talloze malen had ze zelf dergelijke instrumenten ter hand genomen, ze beschouwd als instrumenten om mensen mee te helen. Met scalpels en klemmen had ze kankergezwellen en kogels verwijderd, bloedingen uit gehavende aderen gestelpt en met bloed volgelopen borstkassen leeggezogen. Nu staarde ze naar de instrumenten die ze had gebruikt om levens te redden en zag ze de instrumenten voor haar eigen dood. Hij had ze dicht bij het bed gelegd, zodat ze ze kon bekijken, de scherpe snede van de scalpel zien, de stalen tanden van de hemostaten.

Niet in paniek raken. Nadenken. Nadenken.

Ze deed haar ogen dicht. Angst was als een levend ding dat zijn tentakels rond haar keel wikkelde.

Je hebt ze al eens verslagen. Dat kun je nu weer doen.

Ze voelde een druppel zweet over haar borst glijden en in het met zweet doordrenkte matras zinken. Er was een uitweg. Er moest een uitweg zijn, een manier om terug te vechten. Het alternatief was te afgrijselijk om er zelfs maar aan te denken.

Ze deed haar ogen weer open en keek naar de lamp boven haar hoofd. Ze concentreerde haar scalpel-scherpe geest op wat ze moest doen. Ze dacht terug aan wat Moore haar had verteld: dat de Chirurg zich voedde met terreur. Hij viel vrouwen aan die geschonden waren, die slachtoffer waren. Vrouwen tegenover wie hij zich superieur voelde.

Hij zal me pas doden nadat hij me heeft overwonnen.

Ze haalde diep adem toen ze begreep welk spel er gespeeld moest worden. *Vechten tegen de angst. De woede verwelkomen. Hem laten zien dat je je nooit gewonnen zult geven, wat hij ook met je doet.*

Zelfs niet in de dood.

24

Rizzoli schrok wakker. Pijn schoot door haar nek als een mes. Jezus, niet weer een verrekte spier, dacht ze, toen ze langzaam haar hoofd ophief en knipperde tegen het zonlicht dat door het raam van het kantoor naar binnen viel. De andere werkplekken op haar afdeling waren verlaten; ze was de enige die nog achter haar bureau zat. Rond zes uur had ze uitgeput haar hoofd op haar armen laten zakken voor een klein dutje. Het was nu halftien. De stapel computeruitdraaien die ze als kussen had gebruikt, was vochtig van haar speeksel.

Ze keek naar Frosts werkplek en zag zijn jasje over de rugleuning van zijn stoel hangen. Een donutzak stond op Crowes bureau. De rest van het team was dus binnengekomen terwijl ze sliep en iedereen had haar zien kwijlen. Daar zouden ze wel van genoten hebben.

Ze stond op en rekte zich uit. Ze probeerde de knik uit haar nek te krijgen, maar dat lukte niet. Ze zou de rest van de dag met haar hoofd scheef moeten lopen.

'Hallo, Rizzoli. Een schoonheidsslaapje gedaan?'

Ze draaide zich om en zag een rechercheur van een van de andere teams over het schot heen naar haar grijnzen.

'Is me dat niet aan te zien?' gromde ze. 'Waar is iedereen?'

'Jouw team is al vanaf acht uur in vergadering.'

'Wat?'

'Ik geloof dat ze net klaar zijn.'

'Daar hebben ze *mij* niks over verteld.' Ze liep de gang in en de laatste spinnenwebben van de slaap werden ruw weggeslagen door haar woede. Ze wist precies wat er aan de hand was. Dit was de manier waarop je opzij werd geduwd, niet met brute kracht, maar met het drup-drup van de vernedering. Ze roepen je niet voor vergaderingen, houden je niet op de hoogte. Voor je het weet sta je volledig buitenspel.

Ze liep de vergaderkamer in. Alleen Barry Frost zat er nog. Hij was bezig zijn paperassen bij elkaar te pakken. Hij keek op en een lichte blos verspreidde zich over zijn gezicht toen hij haar zag.

'Bedankt dat je me hebt geroepen voor de vergadering,' zei ze.

'Je zag er zo moe uit. Ik vond dat ik je er later wel over kon vertellen.'

'Wanneer, volgende week?'

Frost boog zijn hoofd om aan haar blik te ontsnappen. Ze kende hem inmiddels goed genoeg om de schuldgevoelens van zijn gezicht te kunnen aflezen.

'Ik ben dus buitenspel gezet,' zei ze. 'Heeft Marquette daartoe besloten?'

Frost knikte met een ongelukkig gezicht. 'Ik heb geprotesteerd. Gezegd dat we je nodig hebben. Maar hij zei dat vanwege de schietpartij...'

'Ja?'

Met grote tegenzin maakte Frost zijn zin af: 'Dat je in het team niet meer van nut was.'

Niet meer van nut. Vertaling: het was afgelopen met haar carrière.

Frost liep de kamer uit. Opeens duizelig van het tekort aan slaap en voedsel, liet ze zich op een stoel neervallen en bleef naar de lege tafel zitten staren. Heel even kreeg ze een flashback van zichzelf als negenjarige, het veronachtzaamde zusje dat zo graag net als de jongens wilde zijn. Maar de jongens hadden haar verworpen, zoals altijd. Ze wist dat de dood van Pacheco niet de ware reden was waarom ze buitenspel was gezet. Ongelukkige schietpartijen hadden niet altijd de carrière van een agent verwoest. Maar wanneer je niet alleen een vrouw was, maar bovendien beter was dan alle anderen en wanneer je zo brutaal was ze dat te laten merken, was een enkel foutje als Pacheco genoeg.

Toen ze naar haar bureau terugkeerde, was de afdeling uitgestorven. Frosts jasje was weg, evenals Crowes donutzak. Ze kon zelf net zo goed ook weggaan. Ze kon net zo goed haar bureau uitruimen en oprotten, want hier had ze geen toekomst meer.

Ze deed haar la open om haar tas te pakken en stokte. Een autopsiefoto van Elena Ortiz staarde haar aan op een stapel paperassen. Ook ik ben zijn slachtoffer, dacht ze. Wat voor wroeging ze ook koesterde tegenover haar collega's, ze mocht niet vergeten dat de Chirurg degene was die haar ondergang teweeg had gebracht. De Chirurg was degene die haar had vernederd.

Ze deed de la met een klap dicht. *Nog niet. Ik ben er nog niet klaar voor me over te geven.*

Ze keek naar het bureau van Frost en zag de stapel paperassen die hij op de vergadertafel bij elkaar had gepakt. Ze keek om zich heen om te zien of er iemand naar haar keek. Alleen in een werkruimte aan het eind van de grote zaal zaten rechercheurs.

Ze greep Frosts papieren, liep ermee naar haar bureau en begon te lezen.

Het waren financiële documenten betreffende Warren Hoyt. Hier waren ze dus op teruggevallen: het papierspoor. Volg het geld, en je zult Hoyt vinden. Ze zag afschriften van creditcards, cheques, bij- en afschrijvingen. Een hoop grote getallen. Hoyts ouders hadden hem veel geld nagelaten en hij had iedere winter een reis gemaakt naar het Caribisch gebied en Mexico. Ze vond geen bewijs van een tweede woning, geen overmakingen voor huur, geen vaste maandelijkse overschrijvingen.

Natuurlijk niet. Hij was niet dom. Als hij een hol had, betaalde hij daarvoor contant.

Contant geld. Je kon niet altijd voorzien wanneer je contant geld nodig had. Opnamen uit geldautomaten waren vaak niet-geplande of spontane transacties.

Ze bladerde in de bankafschriften, speurend naar de afschriften van de geldopnamen via automaten, en noteerde ze op een apart velletje papier. De meeste waren afkomstig van locaties dicht bij Hoyts flat en het laboratorium, binnen zijn dagelijkse leefterrein. Waar ze naar zocht, waren afwijkende afschriften, transacties die niet in het patroon pasten.

Ze vond er twee. Een van een bank in Nashua, New Hampshire, op 26 juni. En een van een geldautomaat in Hobb's Food Mart in Lithia, Massachusetts, op 13 mei.

Ze leunde achterover en vroeg zich af of Moore al achter deze twee transacties aan was. Nu ze zoveel andere details hadden die nagetrokken moesten worden, en alle collega's van Hoyt op het laboratorium ondervraagd moesten worden, stonden twee afschriften van geldautomaten misschien helemaal onder aan de lijst van dingen die nog gedaan moesten worden.

Ze hoorde voetstappen en keek met een ruk op, bang dat ze betrapt zou worden met Frosts paperassen, maar het was slechts een man van het lab die de kamer inkwam. Hij glimlachte tegen Rizzoli, legde een map op Moore's bureau en liep weer weg.

Even later stond Rizzoli op en liep naar Moore's bureau om te kijken wat er in de map zat. De eerste pagina was een rapport van de afdeling Haar en Vezel, een analyse van de lichtbruine haren die op het kussen van Warren Hoyt waren gevonden.

Trichorrhexis invaginata, gelijk aan de haar die is gevonden in de wond van slachtoffer Elena Ortiz. Bingo. De bevestiging dat Hoyt de dader was.

Ze sloeg de tweede pagina op. Ook dat was een rapport van Haar en Vezel, over een haar die op de vloer van Hoyts badkamer was gevonden. En daarmee klopte iets niet. Die paste niet in het geheel.

Ze deed de map dicht en liep naar het laboratorium.

Erin Volchko zat voor het gammatechprisma een stapeltje microfoto's te bekijken. Toen ze Rizzoli het laboratorium binnen zag komen, hield ze een foto omhoog en vroeg uitdagend: 'Snel! Wat is dit?'

Rizzoli keek fronsend naar de zwartwitfoto van een schubbige lijn. 'Iets lelijks.'

'Ja, maar wat *is* het?'

'Waarschijnlijk iets onaangenaams. De poot van een kakkerlak of zo.'

'Het is een haar van een hert. Hoe vind je dat? Lijkt absoluut niet op een menselijke haar.'

'Over menselijk haar gesproken.' Rizzoli gaf haar het rapport dat ze zojuist had gelezen. 'Kun je me hierover iets meer vertellen?'

'De haren uit Warren Hoyts flat?'

'Ja.'

'De korte bruine haren op Hoyts kussen tonen sporen van *Trichorrhexis invaginata*. Zo te zien is hij de man die jullie zoeken.'

'En de andere? De zwarte haar die op de vloer van zijn badkamer lag?'

'Ik zal je de foto laten zien.' Erin stak haar hand uit naar een stapeltje microfoto's, liet ze ritselen als speelkaarten en trok er een uit. 'Dit is de haar uit de badkamer. Zie je de numerieke reeks?'

Rizzoli keek naar het vel papier, naar Erins keurige handschrift. A00-B00-C05-D33. 'Ja. Wat betekent dat?'

'De eerste twee reeksen, A00 en B00 vertellen je dat de haar steil en zwart is. Onder de samengestelde microscoop kun je meer details zien.' Ze gaf Rizzoli de foto. 'Kijk eens naar de schacht. Die is nogal dik. En je ziet dat de vorm bij de dwarsdoorsnede bijna rond is.'

'Wat wil dat zeggen?'

'Het is een kenmerk dat ons helpt onderscheid te maken tussen rassen. Een haarschacht van een Afrikaan, bijvoorbeeld, is bijna plat, als een lint. Kijk nu eens naar de pigmentatie, dan zie je dat die erg dicht is. Zie je de dikke opperhuid? Dat alles leidt ons naar één en dezelfde conclusie.' Erin keek haar aan. 'Deze haar is karakteristiek voor mensen van Oost-Aziatische afkomst.'

'Wat bedoel je met Oost-Aziatisch?'

'Chinees of Japans. Het Indiase schiereiland. Mogelijk een indiaanse.'

'Kan dat bevestigd worden? Is er genoeg haarwortel voor DNA-onderzoek?'

'Helaas niet. De haar lijkt afgeknipt te zijn en niet op een natuurlijke wijze uitgevallen. Hij bevat geen folliculair weefsel. Maar ik ben er zeker van dat deze haar afkomstig is van iemand die niet van Europese of Afrikaanse afkomst is.'

Een Aziatische vrouw, dacht Rizzoli toen ze terugliep naar Moordzaken. Hoe past dat in het geheel? Bij de glazen gang die naar de noordvleugel liep, bleef ze staan. Haar vermoeide ogen knipperden tegen het zonlicht toen ze uitkeek over de wijk Roxbury. Was er een slachtoffer van wie ze het lijk nog moesten vinden? Had Hoyt haar haar afgeknipt als souvenir, net zoals hij bij Catherine Cordell had gedaan?

Ze draaide zich om en zag tot haar stomme verbazing Moore straal langs zich heen lopen, op weg naar de zuidvleugel. Hij zou niet eens hebben laten merken dat hij haar had gezien als ze hem niet had geroepen.

Hij bleef staan en draaide zich met tegenzin naar haar toe.

'Die lange zwarte haar op Hoyts badkamervloer,' zei ze. 'Volgens het lab is die afkomstig van een Oost-Aziatische persoon. Het kan zijn dat er nog een slachtoffer is.'

'We hebben die mogelijkheid besproken.'

'Wanneer?'

285

'Tijdens de vergadering van vanochtend.'

'Godverdomme, Moore! Sluit me toch niet buiten!'

Door zijn kille zwijgen kwam de schrilheid van haar uitroep eens zo hard over.

'Ik wil hem net zo goed te pakken zien te krijgen als jij,' zei ze. Langzaam, meedogenloos, liep ze op hem af, tot ze vlak voor hem stond. 'Laat me weer meedoen.'

'Daar heb ik niets over te zeggen. Het was Marquettes besluit.' Hij draaide zich om en wilde weglopen.

'Moore?'

Weerspannig bleef hij weer staan.

'Ik vind dit vreselijk,' zei ze. 'Deze vete tussen ons.'

'Dit is niet het juiste moment om dat te bespreken.'

'Het spijt me, oké? Ik was woedend op je vanwege Pacheco. Ik weet dat het geen excuus is voor wat ik heb gedaan. Dat ik Marquette over jou en Cordell heb verteld.'

Hij draaide zich weer naar haar toe. 'Waarom heb je dat gedaan?'

'Dat zeg ik toch. Ik was kwaad.'

'Nee, het gaat niet alleen om Pacheco. Het gaat om Catherine. Vanaf het allereerste moment had je iets tegen haar. Je kon het niet uitstaan –'

'Dat je verliefd op haar aan het worden was?'

Er bleef een stilte hangen.

Toen Rizzoli weer sprak, kon ze het sarcasme niet uit haar stem houden. 'Weet je, Moore, ondanks al je hoogdravende praatjes over respect voor het *intellect* van vrouwen, bewondering voor de *bekwaamheden* van vrouwen, val je nog steeds voor precies dezelfde dingen als iedere andere man. Tieten en billen.'

Hij werd bleek van woede. 'Je haat haar dus om haar uiterlijk. En je bent woedend op mij omdat ik daarvoor bezweken ben. Maar zal ik je eens iets vertellen, Rizzoli? Welke man zal er ooit voor jou vallen als je jezelf niet eens mag?'

Ze keek hem verbitterd na toen hij wegliep. Nog maar een week geleden had ze gedacht dat Moore de laatste persoon op de wereld was die iets zo wreeds zou kunnen zeggen. Zijn woorden staken haar veel meer dan wanneer ze door iemand anders waren uitgesproken.

En dat hij misschien de waarheid had gesproken, was iets waar ze weigerde over na te denken.

Beneden, in de hal, bleef ze staan bij de gedenkplaat voor de agenten van het korps van Boston die waren gevallen. De namen van de doden waren in chronologische volgorde in de muur gegraveerd, beginnend met Ezekiel Hodson in 1854. Een vaas met bloemen stond voor de plaat op de vloer. Laat je tijdens je werk doodschieten en je bent een held. Hoe eenvoudig, hoe permanent. Ze wist niets over de mannen van wie de namen waren vereeuwigd. Het konden net zo goed corrupte agenten zijn geweest, maar de dood had hun namen en reputaties onaantastbaar gemaakt. En terwijl ze daar voor de plaquette stond, benijdde ze hen bijna.

Ze liep de deur uit naar haar auto. Zocht in het handschoenenkastje naar een kaart van New England. Spreidde hem uit op de stoel naast haar en bekeek de twee keuzemogelijkheden: Nashua in New Hampshire of Lithia in West-Massachusetts. Warren Hoyt had in beide stadjes gebruikgemaakt van een geldautomaat. Het was nu een kwestie van puur giswerk. Kruis of munt.

Ze startte de motor. Het was halfelf; het was bijna twaalf uur toen ze in Lithia aankwam.

Water. Dat was het enige waar Catherine aan kon denken, de koele, schone smaak van water dat in haar mond stroomde. Ze dacht aan alle kraantjes waaruit ze had gedronken, de roestvrij-stalen oases in de ziekenhuisgangen die ijskoud water deden opspuiten naar haar lippen, haar kin. Ze dacht aan gestampt ijs en de manier waarop patiënten na een operatie hun nek rekten en hun uitgedroogde mond openden als jonge vogels om er een paar stukjes van binnen te krijgen.

En ze dacht eraan hoe Nina Peyton, vastgebonden in haar slaapkamer, wetend dat ze gedoemd was te sterven, waarschijnlijk toch alleen maar aan haar afgrijselijke dorst had kunnen denken.

Dit is de manier waarop hij ons martelt. Waarop hij ons klein weet te krijgen. Hij wil dat we hem smeken om water, om ons leven. Hij wil ons volledig in zijn macht hebben. Hij wil dat we zijn macht erkennen.

De hele nacht had ze naar de kale lamp liggen staren. Ze was een paar keer in slaap gevallen, maar meteen weer wakker geschrokken, haar maag samengebald van paniek. Maar het is moeilijk om in paniek te volharden en naarmate de uren verstreken, was het alsof haar lichaam zich overgaf aan een staat van schijndood. Ze hing in de spookachtige schemering tussen ontkenning en werkelijkheid, haar denken gespitst op haar verlangen naar water.

Voetstappen kraakten. Een deur ging piepend open.

Ze was meteen klaarwakker. Haar hart bonkte opeens als een dier dat probeerde uit haar borst los te komen. Ze snoof de vochtige lucht in haar longen, koele kelderlucht die rook naar grond en vochtige stenen. Ze begon te hijgen toen de voetstappen de trap afkwamen. En toen stond hij daar, naast haar. Het licht van de kale lamp wierp schaduwen op zijn gezicht, veranderde het in een glimlachende schedel met holtes als ogen.

'Je wilt water, hè?' zei hij. Zo'n rustige stem. Zo'n doodnormale stem.

Ze kon niet praten vanwege het plakband op haar mond, maar hij zag het antwoord in haar koortsachtige ogen.

'Kijk eens wat ik hier heb, Catherine.' Hij hief een glas op en ze hoorde het heerlijke geklingel van ijsblokjes en zag heldere waterdruppeltjes op het koude glas. 'Wil je een slokje?'

Ze knikte, haar ogen niet op hem gericht, maar op het glas. Ze was gek van dorst, maar ze dacht ook vooruit, verder dan die eerste heerlijke slok water. Ze stippelde haar strategie uit, woog haar kansen af.

Hij liet het water in de rondte draaien en het ijs klingelde als klokjes tegen het glas. 'Alleen als je je netjes gedraagt.'

Dat zal ik doen, beloofden haar ogen.

Het plakband schrijnde toen het werd weggetrokken. Ze bleef volkomen passief liggen, liet hem een rietje in haar mond steken. Ze nam een gulzige slok, maar het was niet meer dan een druppel in vergelijking met het laaiende vuur van haar dorst. Ze dronk weer en begon meteen te hoesten. Het kostbare water droop langs haar wang.

'Kan niet – kan niet liggend drinken,' hijgde ze. 'Laat me alsjeblieft zitten. Alsjeblieft.'

Hij zette het glas neer en bekeek haar, zijn ogen bodemloze zwarte poelen. Hij zag een vrouw die op het punt stond flauw te vallen. Een vrouw die weer bijgebracht moest worden als hij volledig van haar doodsangst wilde genieten.

Hij begon het tape door te snijden waarmee haar rechterpols aan het bed was vastgebonden.

Haar hart bonkte zo dat ze ervan overtuigd was dat hij het tegen haar borstbeen kon zien opspringen. De rechterboei was los en haar hand lag er slap bij. Ze bewoog zich niet, spande geen enkele spier.

Er volgde een eindeloze stilte. *Vooruit. Snij mijn linkerhand los. Doe het!*

Te laat besefte ze dat ze haar adem inhield en hij dat had gemerkt. In wanhoop hoorde ze het knerpen van een nieuw stuk tape dat werd afgerold.

Nu of nooit.

Ze tastte blindelings naar het blad met instrumenten, zwiepte het glas water eraf. De ijsklontjes vlogen door de lucht. Haar vingers sloten zich rond staal. De scalpel!

Toen hij zich op haar stortte, haalde ze uit met de scalpel en voelde het mes in zijn vlees dringen.

Hij deinsde brullend achteruit en greep met zijn ene hand zijn andere vast.

Ze draaide zich op haar zij en haalde de scalpel hard over de tape waarmee haar linkerpols vastgebonden was. Nog een hand vrij!

Ze schoot overeind in bed en zag opeens alles wazig. Een dag zonder water had haar verzwakt en ze kon niet scherp zien. Ze stak het mes in de richting van de tape rond haar rechterenkel en deed blindelings een haal. Pijn vlamde door haar huid. Een harde trap en haar rechterenkel was los.

Ze bukte zich naar de laatste boei.

De zware rectractor raakte haar slaap, zo hard dat ze lichtflitsen zag.

De tweede slag raakte haar wang en ze hoorde botten breken.

Ze wist zelf niet dat ze de scalpel liet vallen.

Toen ze weer bij bewustzijn kwam, deed haar hele gezicht bonkend pijn en kon ze haar rechteroog niet open krijgen. Ze probeerde haar armen en benen te bewegen en merkte dat haar polsen en enkels weer aan het bed waren vastgebonden. Maar hij had haar mond nog niet afgeplakt; hij had haar nog niet het zwijgen opgelegd.

Hij torende boven haar uit. Ze zag de vlekken op zijn overhemd. *Zijn* bloed, besefte ze met een dierlijk gevoel van tevredenheid. De prooi had teruggeslagen en hem tot bloedens toe verwond. *Ik laat me niet zo makkelijk kisten. Hij leeft op angst; daar zal hij bij mij niets van te zien krijgen.*

Hij pakte een scalpel van het blad en kwam naar haar toe. Hoewel haar hart in haar borst bonkte, bleef ze volkomen stil liggen,

289

haar ogen op de zijne gericht. Ze tartte hem, daagde hem uit. Ze wist nu dat haar dood onvermijdelijk was en met die aanvaarding kwam de bevrijding. De moed van de veroordeelden. Twee jaar had ze ineengedoken gezeten, als een gewond dier. Twee jaar had ze het spook van Andrew Capra over haar leven laten heersen. Dat was nu afgelopen.

Ga je gang, snij gerust. Maar je zult niet winnen. Je zult me niet verslagen zien sterven.

Hij zette het mes op haar buik. Onwillekeurig trokken haar spieren strak. Hij wachtte tot hij angst op haar gezicht zou zien.

Ze toonde hem alleen uitdaging. 'Je kunt het zonder Andrew niet doen, hè?' zei ze. 'Je kunt hem niet eens omhoog krijgen. Het neuken moest je aan Andrew overlaten. Het enige wat jij kon doen, was toekijken.'

Hij drukte op het mes, het drong in haar huid. Ondanks de pijn, zelfs toen de eerste bloeddruppels opwelden, bleef ze naar hem kijken, zonder angst te tonen, hem alle bevrediging ontnemend.

'Je kunt niet eens een vrouw neuken. Nee, dat moest je held Andrew doen. Maar ook hij was een slappeling.'

De scalpel aarzelde. Kwam omhoog. Ze zag hem in het zwakke licht.

Andrew. De sleutel is Andrew, de man die hij aanbidt. Zijn god.

'Een slappeling. Andrew was een slappeling,' zei ze. 'Je weet waarom hij die avond bij me was gekomen. Om bij me te soebatten.'

'Nee.' Het woord was nauwelijks een fluistering.

'Hij verzocht me hem niet te ontslaan. Hij smeekte me.' Ze lachte, een rauw, verrassend geluid in die schemerige kamer des doods. 'Het was meelijwekkend. Dat was Andrew, jouw held. Hij smeekte *mij* hem te helpen.'

De hand klemde zich vaster om de scalpel. Het mes werd weer op haar buik gezet en vers bloed gutste naar buiten en droop over haar zij. Verbeten onderdrukte ze het instinct ineen te krimpen, het uit te schreeuwen. In plaats daarvan bleef ze praten, haar stem zo sterk en zelfverzekerd alsof *zij* degene was die de scalpel vasthad.

'Hij heeft me alles over je verteld. Dat wist je niet, hè? Hij zei dat je niet eens met een vrouw kon *praten*, zo'n lafaard ben je. *Hij* moest ze voor je zoeken.'

'Dat liegt je.'

'Je betekende niets voor hem. Je was een parasiet. Een worm.'

'*Dat lieg je.*'

Het mes zonk in haar vlees en hoewel ze ertegen vocht, ontsnapte een onderdrukte kreet aan haar keel. *Je zult het niet winnen, schoft. Omdat ik niet meer bang voor je ben. Ik ben nergens bang voor.*

Ze staarde naar hem, haar ogen brandend met de uitdaging van hen die verdoemd zijn, toen hij de volgende snede maakte.

25

Rizzoli keek naar de rijen cakemix en vroeg zich af in hoeveel van de dozen schildluis zat. Hobb's Food Mart was zo'n soort winkel – donker en schimmelig, een echte winkel van Sinkel, als je je Sinkel voorstelde als een gemene vent die bedorven melk aan schoolkinderen verkocht. Deze Sinkel heette Dean Hobbs, en was een oude yankee met achterdochtige ogen die de kwartjes van de klanten nauwkeurig bekeek voordat hij ze als betaalmiddel accepteerde. Met tegenzin gaf hij haar wat wisselgeld terug en duwde de la van de kassa met een klap dicht.

'Ik hou niet bij wie die geldautomaat gebruikt,' zei hij tegen Rizzoli. 'De bank heeft dat ding hier neergezet om het mijn klanten makkelijk te maken. Ik heb er verder niks mee te maken.'

'Het geld is er in mei uitgehaald. Tweehonderd dollar. Ik heb een foto van de man die –'

'Dat was in mei en nu is het augustus. Dat heb ik ook al tegen die andere agent gezegd. Denkt u dat ik me van zo lang geleden een klant kan herinneren?'

'Zijn er dan nog meer agenten geweest?'

'Ja, van het bureau uit de stad. Vanochtend, en ze hebben me precies dezelfde vragen gesteld. Houden jullie geen contact met elkaar?'

De geldautomaattransactie was dus al onderzocht, niet door de politie van Boston maar door het plaatselijke bureau. Godverdomme, dan zat ze hier haar tijd te verdoen.

De blik van meneer Hobbs schoot naar een puber die het rek met snoepgoed bekeek. 'Was je van plan voor die Snickers te betalen?'

'Eh... ja.'

'Haal hem dan maar gauw uit je zak.'

De jongen legde de Snickers terug in het rek en stommelde de winkel uit.

Dean Hobbs gromde. 'Met hem moet je altijd oppassen.'

'Kent u die jongen?' vroeg Rizzoli.

'Ik ken zijn ouders.'

'Hoe zit het met de rest van uw klanten? Kent u de meesten van hen?'

'Hebt u het dorp al bekeken?'

'Vluchtig.'

'Nou, vluchtig is meer dan genoeg. Lithia heeft zegge en schrijve twaalfhonderd inwoners. Veel valt er niet te zien.'

Rizzoli haalde de foto van Warren Hoyt tevoorschijn. Het was de beste die ze hadden kunnen vinden, een twee jaar oude foto van zijn rijbewijs. Hij keek recht in de camera, een man met een mager gezicht, kort haar en een eigenaardig lege glimlach. Ze gaf de foto aan Dean Hobbs, ook al had hij die blijkbaar al gezien. 'Zijn naam is Warren Hoyt.'

'Ja, ik heb die foto gezien. Die agenten van vanochtend hadden 'm ook.'

'Herkent u de man?'

'Ik heb hem vanochtend niet herkend en ik herken hem nu ook niet.'

'Weet u dat zeker?'

'Klink ik alsof ik het niet zeker weet?'

Nee, allerminst. Hij klonk als een man die nooit ergens over van gedachten verandert.

Een bel rinkelde toen de deur openging en twee tienermeisjes binnenkwamen, zomerblond met lange, blote, bruine benen in korte shortjes. Dean Hobbs werd afgeleid toen ze giechelend langsliepen naar het schemerige binnenste van de winkel.

'Die zijn groot geworden,' mompelde hij verwonderd.

'Meneer Hobbs.'

'Huh?'

'Wilt u me alstublieft onmiddellijk bellen als u de man op deze foto ziet?' Ze gaf hem haar kaartje. 'Ik ben vierentwintig uur per dag bereikbaar. Via pieper en mobieltje.'

'Ja, goed.'

De meisjes kwamen terug naar de toonbank met een zak chips en een six-pack Diet Pepsi. Ze stonden daar in al hun bh-loze tienerpracht, harde tepels waarneembaar onder de stof van hun mouwloze T-shirtjes. Dean Hobbs gaf zijn ogen de kost, en Rizzoli vermoedde dat hij al was vergeten dat ze er was.

Zo gaat het nu altijd. Er komt een mooi meisje binnen en ik word onzichtbaar.

Ze verliet de kruidenierszaak en liep terug naar haar auto. Zelfs zo'n korte tijd in de zon was voldoende om de temperatuur in de wagen op te laten lopen, dus zette ze het portier open en wachtte tot de auto wat zou zijn afgekoeld. In de hoofdstraat van Lithia bewoog zich niets. Ze zag een pompstation, een ijzerwarenzaak en een café, maar geen mensen. De hitte hield iedereen binnenshuis en ze hoorde in de hele straat het geratel van airco's. Zelfs in een klein dorp zat niemand zich buiten nog koelte toe te waaien. Het wonder van de elektriciteit had de veranda overbodig gemaakt.

Ze hoorde de deur van de kruidenierszaak rinkelend dichtgaan en zag de twee meisjes loom de zon in lopen, de enige twee wezens die zich bewogen. Terwijl ze de straat doorliepen, zag Rizzoli gordijnen achter ramen bewegen. In dergelijke dorpen letten de mensen overal op. Zeker op mooie jonge vrouwen.

Zou het hun opvallen als er eentje verdween?

Ze deed het portier dicht en liep de kruidenierszaak weer in.

Meneer Hobbs stond bij de groenteafdeling, waar hij sluw de verse kroppen sla achter in het koelvak legde en de verlepte exemplaren naar voren haalde.

'Meneer Hobbs?'

Hij draaide zich om. 'Bent u daar nou alweer?'

'Nog één vraag.'

'Ik garandeer niet dat ik een antwoord heb.'

'Woont er soms een Aziatische vrouw in deze stad?'

Dit was een vraag waar hij niet op had gerekend en hij keek haar verbluft aan. 'Wat?'

'Een Chinese of Japanse vrouw. Of misschien een indiaanse.'

'We hebben een paar zwarte gezinnen,' zei hij, alsof hij dacht dat ze daar ook wel mee geholpen zou zijn.

'Er is een vrouw die misschien vermist wordt. Lang zwart haar, erg steil, tot over haar schouders.'

'En u zegt dat ze oosters is?'

'Of misschien indiaans.'

Hij lachte. 'Nou, dat is ze volgens mij niet, hoor.'

Rizzoli spitste haar oren. Hij draaide zich weer om naar de

groenten en begon nu oude courgettes op de nieuwe voorraad te stapelen.

'Wie is het, meneer Hobbs?'

'Nou, oosters is ze niet, dat weet ik zeker. En ze is ook niet indiaans.'

'Kent u haar?'

'Ik heb haar hier een of twee keer gezien. Ze huurt 's zomers de oude Sturdee Farm. Lang mens. Niet wat je noemt een schoonheid.'

Ja, dát was hem natuurlijk opgevallen.

'Wanneer hebt u haar voor het laatst gezien?'

Hij draaide zich om en riep: 'Hé, Margaret!'

De deur naar een achterkamer zwaaide open en mevrouw Hobbs kwam naar buiten. 'Ja?'

'Heb jij vorige week niet een bestelling naar Sturdee Farm gebracht?'

'Ja.'

'Was alles in orde met die vrouw daar?'

'Ze heeft me betaald.'

Rizzoli vroeg: 'Hebt u haar sindsdien nog gezien, mevrouw Hobbs?'

'Daar had ik geen reden voor.'

'Waar is Sturdee Farm?'

'Op West Fork. Laatste huis aan de weg.'

Rizzoli keek naar beneden toen haar pieper ging. 'Mag ik even bellen?' vroeg ze. 'Mijn mobieltje is leeg.'

'Lokaal?'

'Boston.'

Hij gromde en draaide zich weer om naar de berg courgettes. 'Buiten is een telefooncel.'

Binnensmonds vloekend liep Rizzoli de hitte weer in, zag de telefooncel en stopte wat muntjes in de sleuf.

'Rechercheur Frost.'

'Je hebt me opgepiept.'

'Rizzoli? Wat doe jij in West-Massachusetts?'

Tot haar ellende besefte ze dat hij aan de nummerweergave kon zien waar ze zat. 'Ik had zin om een eindje te rijden.'

'Je werkt nog steeds aan de zaak, hè?'

'Ik ben alleen maar een paar vragen aan het stellen. Stelt niets voor.'

'Shit, als –' Frost liep zijn stem dalen. 'Als Marquette daarachter komt –'
'Dat ga jij hem toch niet vertellen?'
'Natuurlijk niet. Maar kom wel snel terug. Hij is naar je op zoek en hij is goed kwaad.'
'Ik moet hier nog één ding bekijken.'
'Rizzoli, luister nou. *Laat de zaak met rust,* anders maak je hier helemaal geen kans meer.'
'Ik maak nu al geen kans meer! Snap je dat niet? Ik ben al genaaid!' Haar tranen wegknipperend draaide ze zich om en staarde verbitterd naar de lege straat, waar stof opwoei als hete as. 'Hij is het enige wat ik nu nog overheb. De Chirurg. Het enige wat ik kan doen, is hem te grazen nemen.'
'De plaatselijke politie heeft al gezocht. En niets gevonden.'
'Dat weet ik.'
'Wat doe je daar dan?'
'Ik stel de vragen die *zij* niet hebben gesteld.' Ze hing op.
Toen stapte ze in haar auto en reed weg om de zwartharige vrouw te zoeken.

26

Sturdee Farm was het enige huis aan het einde van een lange onverharde weg. Het was een oude boerderij met afbladderende witte verf en een veranda die in het midden doorzakte onder het gewicht van een stapel brandhout.

Rizzoli bleef nog even in haar auto zitten, te moe om uit te stappen. En te gedemoraliseerd door waar haar ooit zo veelbelovende carrière opuit was gedraaid: dat ze nu in haar eentje op deze landweg zat, nadenkend over hoe zinloos het was dat pad op te lopen en op die deur te kloppen. Te gaan praten met een verbijsterde vrouw die toevallig zwart haar had. Ze dacht aan Ed Geiger, een collega van het politiekorps van Boston, die op een dag zijn auto op net zo'n landweg had neergezet en op negenenveertigjarige leeftijd had besloten dat het voor hem afgelopen was. Rizzoli was de eerste rechercheur geweest die op de plek was aangekomen. Terwijl alle andere agenten hoofdschuddend rond de auto met de met bloed bespatte ruiten hadden gestaan en bedroefd over de arme Ed spraken, had Rizzoli weinig medeleven gevoeld met de man die zo stom was geweest zichzelf voor de kop te schieten.

Het is zo makkelijk, had ze gedacht, en ze werd zich opeens bewust van het wapen aan haar heup. Niet haar dienstpistool, dat ze aan Marquette had moeten geven, maar haar eigen, van thuis. Een pistool kon je beste vriend of je ergste vijand zijn. Soms allebei tegelijk.

Maar zij was geen Ed Geiger; ze was geen slappeling die een pistool in haar mond stak. Ze zette de motor af en stapte met tegenzin uit de auto om haar werk te doen.

Rizzoli had haar hele leven in de stad gewoond en vond de stilte hier een beetje griezelig. Ze liep het trapje op naar de veranda. Iedere keer dat het hout kraakte, leek het alsof het geluid werd vertienvoudigd. Vliegen zoemden rond haar hoofd. Ze klopte op de deur en wachtte. Duwde de deurknop naar beneden en merkte dat de deur op slot zat. Ze klopte nogmaals en riep toen: 'Hallo?' Haar stem klonk schrikbarend luid.

Inmiddels hadden de muggen haar ontdekt. Ze sloeg naar haar gezicht en zag een donkere smeer van bloed in haar handpalm. Leven op het platteland? Vergeet het maar. In de stad liepen de bloedzuigers tenminste op twee benen en kon je ze zien aankomen.

Ze gaf nog een harde roffel op de deur, sloeg naar een paar muggen en gaf het toen op. Er was blijkbaar niemand thuis.

Ze liep naar de achterkant van het huis, zoekend naar tekenen van inbraak, maar alle ramen waren dicht en alle horren zaten op hun plek. De ramen zaten zo hoog dat een inbreker een ladder zou moeten gebruiken om binnen te komen, omdat het huis op een hoge houten fundering was gebouwd.

Ze draaide zich met haar rug naar het huis en bekeek het erf. Ze zag een oude schuur en een vijver, bedekt met groen schuim. Een eenzame wilde eend dreef bedroefd in het water – waarschijnlijk verstoten door zijn makkers. Aan niets was te zien dat iemand ooit had geprobeerd een tuin aan te leggen – er was alleen maar kniehoog onkruid en gras en nog meer muggen. Een heleboel muggen. Bandensporen leidden naar de schuur. Een baan gras was geplet door een auto die er onlangs overheen was gereden.

Een laatste plek om te onderzoeken.

Ze liep over het geplette gras naar de schuur en aarzelde. Ze had geen huiszoekingsbevel, maar wie zou het ooit te weten komen? Ze wilde alleen maar een kijkje nemen, om er zeker van te zijn dat er geen auto in de schuur stond.

Ze greep de handvatten en trok de zware deuren open.

Zonlicht stroomde naar binnen, een driehoek van licht in de duistere schuur; stofdeeltjes dansten in de plotselinge verstoring van de lucht. Ze bleef als bevroren staan staren naar de auto die in de schuur stond.

Het was een gele Mercedes.

IJzig zweet droop over haar gezicht. Zo stil; afgezien van een vlieg die in de schaduwen zoemde, was het veel te stil.

Ze herinnerde zich niet dat ze haar holster openklikte en haar wapen trok, maar had het opeens in haar hand toen ze op de auto afliep. Ze keek door het raampje aan de kant van de bestuurder en één blik bevestigde dat er niemand in zat. Met een tweede, langere blik bekeek ze het interieur. Haar oog viel op een donker voorwerp op de stoel naast die van de bestuurder. Een pruik.

Waar komt het haar voor de meeste zwarte pruiken vandaan? Uit het Verre Oosten.

De zwartharige vrouw.

Ze dacht terug aan de videofilms uit de bewakingscamera's van het ziekenhuis die gemaakt waren op de dag dat Nina Peyton was vermoord. Op geen van de films hadden ze Warren Hoyt op 5 West zien aankomen.

Omdat hij als een vrouw de chirurgische afdeling op was gekomen en als een man was weggegaan.

Een gil.

Ze draaide zich met een ruk om naar het huis. Haar hart bonkte. *Cordell?*

Ze vloog de schuur uit, sprintte door het kniehoge gras, regelrecht naar de achterdeur van het huis.

Op slot.

Met longen die hijgden als een blaasbalg, liep ze achteruit, de deur bekijkend, de deurpost. Het optrappen van deuren had meer te maken met adrenaline dan met spierkracht. Als jonge agente, en de enige vrouw in haar team, had Rizzoli eens de opdracht gekregen de deur van een verdachte woning in te trappen. Het was een test geweest en de andere agenten hadden verwacht, misschien zelfs gehoopt, dat ze er niet in zou slagen. Terwijl ze afwachtend stonden te kijken hoe ze zich zou vernederen, had Rizzoli al haar weerzin, al haar razernij op die deur gericht. Met slechts twee schoppen had ze hem opengetrapt en was ze als de Tasmaanse duivel naar binnen gestormd.

Diezelfde adrenaline joeg door haar heen nu ze haar pistool op de deurpost richtte en drie schoten afvuurde. Ze trapte met haar hak tegen de deur. Hout versplinterde. Ze trapte nog een keer. Ditmaal vloog de deur open en was ze binnen. Ze zakte meteen op haar hurken en liet haar wapen en haar ogen een baan door de kamer beschrijven. Een keuken. De rolgordijnen zaten dicht, maar er was nog genoeg licht om te zien dat er niemand was. Vuile vaat in de gootsteen. De koelkast zoemde en borrelde.

Is hij hier? Zit hij in de kamer hiernaast op me te wachten?
Jezus, ze had een vest moeten dragen. Maar ze had dit niet verwacht.

Zweet droop tussen haar borsten, drong in haar sport-bh. Ze zag een telefoon aan de muur. Schuifelde er voetje voor voetje naartoe en nam de hoorn van de haak. Geen kiestoon. Geen kans om om versterking te vragen.

Ze liet de hoorn hangen en sloop naar de deur. Gluurde de kamer ernaast in en zag een woonkamer, een versleten bank, een paar stoelen.

Waar was Hoyt? Waar?

Ze liep de woonkamer in. Halverwege slaakte ze een kreet van schrik toen haar pieper vibreerde. Shit. Ze zette hem af en vervolgde haar weg door de woonkamer.

In de hal bleef ze met open mond staan.

De voordeur stond wijdopen.

Hij is ervandoor.

Ze stapte de veranda op. Terwijl muggen rond haar hoofd jankten, liet ze haar ogen over het erf aan de voorkant van het huis glijden, tot aan de ongeplaveide weg, waar haar auto stond. Ze keek naar het hoge gras en het nabijgelegen bos met de ongelijke rand opgeschoten jonge bomen. Te veel plekken waar je je kon verschuilen. Terwijl ze als een idioot de achterdeur had ingetrapt, was hij de voordeur uitgeglipt en in het bos verdwenen.

Cordell is in het huis. Ga haar zoeken.

Ze liep het huis weer in en holde de trap op. Het was warm op de bovenverdieping, en benauwd. Ze zweette zich een ongeluk toen ze snel de drie slaapkamers, de badkamer en de kasten bekeek. Geen Cordell.

God, ze legde het zowat af.

Ze liep de trap weer af. De stilte in huis deed de haren in haar nek overeind komen. Opeens wist ze dat Cordell dood was. Dat wat ze bij de schuur had gehoord een doodskreet was geweest, het laatste geluid uit een stervende keel.

Ze keerde terug naar de keuken. Door het raam boven het aanrecht had ze vrij uitzicht op de schuur.

Hij heeft me over het gras naar de schuur zien lopen. Hij heeft me de deuren open zien maken. Hij wist dat ik de Mercedes zou zien. Hij wist dat zijn tijd om was.

Dus heeft hij het karwei afgerond. En is hij ervandoor gegaan.

De koelkast tikte een paar keer luid en werd stil. Ze hoorde haar eigen hartslag, bonkend als een trom.

Toen ze zich omdraaide zag ze de deur naar de kelder. De enige plek waar ze nog niet had gekeken.

Ze deed de deur open en zag duisternis in de gapende diepte. God, ze vond niets zo erg als om vanuit het licht de duisternis in te moeten gaan, een trap af te moeten dalen naar iets waarvan ze wist dat het afgrijselijk zou zijn. Ze wilde het niet doen, maar ze wist dat Cordell daar beneden moest zijn.

Rizzoli tastte in haar zak naar de mini-Maglite. Geleid door de smalle lichtbundel daalde ze één tree de trap af en nog een. De lucht voelde koeler aan, vochtiger.

Ze rook bloed.

Er streek iets langs haar gezicht. Ze deinsde geschrokken achteruit. Liet een scherpe zucht van verlichting ontsnappen toen ze besefte dat het een trektouw was voor een lamp. Ze stak haar hand uit en trok aan het touw. Er gebeurde niets.

Ze zou genoegen moeten nemen met de zaklantaarn.

Ze richtte de straal weer op de traptreden terwijl ze afdaalde, haar wapen dicht tegen haar lichaam. Na de drukkende hitte boven voelde de lucht hier bijna kil aan en hij maakte het zweet op haar huid ijskoud.

Ze was nu onder aan de trap en haar schoenen kwamen neer op aangestampte aarde. Hier helemaal beneden was het nog kouder en werd de geur van bloed sterker. De lucht was dik en vochtig. Stil, zo stil; stil als de dood. Het hardste geluid was dat van haar eigen ademhaling, die in en uit haar longen stroomde.

Ze beschreef een boog met de zaklantaarn en gilde het bijna uit toen haar reflectie naar haar terugflitste. Ze sprong in positie, met bonkend hart, haar wapen in de aanslag, en zag toen waarin het licht werd weerspiegeld.

Glazen potten. Grote apothekerspotten, op een rijtje op een plank. Ze hoefde niet naar de voorwerpen te kijken die erin dreven om te weten wat erin zat.

Zijn souvenirs.

Er waren zes potten, elk met een etiket, elk met een andere naam. Meer slachtoffers dan ze hadden geweten.

De laatste was leeg, maar de naam stond al op het etiket, de pot stond klaar en wachtte op de prijs. De allermooiste prijs.

Catherine Cordell.

Rizzoli draaide zich met een ruk om. Haar Maglite zwaaide zigzaggend door de kelder, vloog langs dikke palen en funderingsstenen en kwam abrupt tot stilstand op de verste hoek. Daar was iets donkers tegen de muur gespat.

Bloed.

Ze bewoog de lichtbundel tot die rechtstreeks op Cordells lichaam viel, met polsen en enkels met tape aan het bed gebonden. Bloed glansde, vers en nat, op haar flank. Op een van haar witte dijen stond een bloedrode handafdruk. De Chirurg had zijn handschoen op haar vlees gedrukt, alsof hij een brandmerk wilde achterlaten. Het blad met de chirurgische instrumenten stond nog bij het bed, het gereedschap van een beul.

O god. Het had niet veel gescheeld of ik had je kunnen redden...

Misselijk van woede liet ze de lichtbundel over Cordells bebloede torso glijden. Ze stokte bij de hals. Er was geen gapende wond, geen coup de grâce.

Opeens bewoog het licht. Nee, niet het licht; Cordells borst bewoog!

Ze ademt nog.

Rizzoli rukte de tape van Cordells mond en voelde warme adem op haar hand. Ze zag Cordells oogleden trillen.

Ze leeft!

Een triomfantelijk gevoel barstte in haar los, maar tegelijkertijd kreeg ze een tintelend gevoel dat er iets fout zat. Ze had geen tijd om daarover na te denken. Ze moest Cordell hier weg zien te krijgen.

Met de Maglite tussen haar tanden sneed ze snel Cordells polsen los en voelde naar haar hartslag. Die vond ze – zwak, maar haar hart klopte tenminste.

Nog steeds kon ze het gevoel niet van zich afzetten dat er iets mis was. En toen ze de tape lossneed waarmee Cordells rechterenkel was vastgebonden, en haar handen al uitstak naar de linkerenkel, begon in haar hoofd een alarm te rinkelen. En meteen wist ze waarom.

De gil. Ze had Cordells gil bij de schuur gehoord.

Maar Cordells mond was bedekt geweest met tape.

Hij had het eraf gehaald. Hij had gewild dat ze zou gillen. Hij had gewild dat ik het zou horen.

Een valkuil.

Haar hand flitste naar haar pistool, dat ze op het bed had gelegd. Maar ze kreeg het niet te pakken.

De kolf van het pistool beukte tegen haar slaap, zo hard dat ze languit neerviel op de lemen vloer. Ze worstelde om overeind te komen.

Nogmaals kwam het pistool fluitend op haar af en raakte haar nu in haar zij. Ze hoorde haar ribben kraken en alle lucht stroomde uit haar weg. Ze rolde op haar rug, de pijn was zo erg dat ze geen lucht in haar longen kon krijgen.

Een licht ging aan, een naakte lamp die hoog boven haar heen en weer zwaaide.

Hij torende boven haar uit, zijn gezicht een zwarte ovaal onder de lichtkegel. De Chirurg, die zijn nieuwe prooi bekeek.

Ze rolde op haar gezonde zij en probeerde zich overeind te duwen.

Hij schopte haar arm onder haar vandaan. Ze viel weer op haar rug met een klap die haar gebroken ribben deed trillen. Ze slaakte een kreet van pijn en kon zich niet bewegen. Zelfs niet toen hij dichterbij kwam. Zelfs niet toen ze het pistool boven haar hoofd zag.

Zijn schoen kwam neer op haar pols, trapte hem tegen de grond. Ze gilde.

Hij stak zijn hand uit naar het instrumentenblad en pakte een van de scalpels.

Nee. God, nee.

Hij zakte op zijn hurken, zijn schoen nog steeds op haar pols en hief de scalpel op. Bracht hem in een meedogenloze boog neer op haar open hand.

Een ijselijke kreet ditmaal, toen het staal door haar vlees reet en er dwars doorheen in de lemen vloer drong, zodat haar hand aan de grond werd genageld.

Hij pakte nog een scalpel van het blad. Greep haar rechterhand en trok haar rechterarm strak. Hij stampte zijn voet erop neer, drukte haar pols tegen de grond. Weer hief hij de scalpel op. Weer bracht hij hem neer, dwars door haar vlees heen de grond in.

Ditmaal was haar gil zwakker. Verslagen.

Hij stond op en bleef even naar haar staan kijken, zoals een verzamelaar de prachtige nieuwe vlinder bewondert die hij zojuist op het bord heeft vastgeprikt.

Hij liep naar het instrumentenblad en pakte een derde scalpel. Met haar beide armen gestrekt, haar handen aan de grond genageld, kon Rizzoli alleen maar toekijken en op de laatste actie wachten. Hij liep om haar heen en knielde bij haar hoofd. Hij greep haar haar bij haar kruin vast en trok met een ruk haar hoofd achterover, zodat haar hals gestrekt werd. Ze keek naar hem op, maar zijn gezicht was nog steeds weinig meer dan een donkere ovaal. Een zwart gat, waarin alle licht werd opgezogen. Ze kon de aderen van haar keel voelen bonken, kloppend met iedere slag van haar hart. Bloed was het leven zelf, stroomde door haar aderen en slagaderen. Ze vroeg zich af hoe lang ze bij bewustzijn zou blijven nadat het mes zijn werk had gedaan. Of de dood een gestaag vervagen zou zijn tot alles zwart werd. Ze zag de onvermijdelijkheid. Haar hele leven was ze een vechtersbaas geweest, haar hele leven had ze zich woedend verzet tegen nederlagen, maar nu was ze verslagen. Haar hals lag bloot, haar hoofd was achterover gebogen. Ze zag de glans van het mes en deed haar ogen dicht toen hij het tegen haar huid zette.

Heer, laat het snel voorbij zijn.

Ze hoorde hem diep ademhalen, voelde zijn greep op haar haren verstevigen.

Ze schrok zich lam van de knal van het pistool.

Haar oogleden vlogen open. Hij zat nog steeds bij haar hoofd geknield, maar had haar haren niet meer vast. De scalpel viel uit zijn hand. Iets warms drupte op haar gezicht. Bloed.

Niet het hare, maar het zijne.

Hij viel achterover en verdween uit haar gezichtsveld.

Reeds verzoend met haar dood, was Rizzoli nu verbluft over het vooruitzicht dat ze zou blijven leven. Ze deed haar uiterste best zo veel mogelijk details tegelijk in zich op te nemen. Ze zag de lamp als een vollemaan heen en weer bungelen aan een koord. Op de muur bewogen schaduwen. Toen ze haar hoofd omdraaide zag ze Catherine Cordells arm zwakjes terugvallen op het bed.

Zag het pistool uit Cordells hand glijden en met een bons op de vloer terechtkomen.

In de verte gilde een sirene.

27

Rizzoli zat rechtop in haar ziekenhuisbed en keek met een somber gezicht naar de televisie. Haar handen waren zo dik in verband ingepakt dat ze eruitzagen als bokshandschoenen. De zijkant van haar hoofd vertoonde een grote kale plek, want de artsen hadden een deel van haar haar moeten wegscheren om een schedelwond te hechten. Ze worstelde met de afstandsbediening en had niet in de gaten dat Moore in de deuropening stond tot hij aanklopte. Toen ze zich omdraaide en naar hem keek, zag hij heel even een glimp van kwetsbaarheid. Toen kwam haar gebruikelijke afweergeschut in werking en was ze de oude Rizzoli die met een achterdochtige blik toekeek toen hij de kamer inkwam en op de stoel bij het bed ging zitten.

Op de televisie weerklonk het irritante achtergrondmuziekje van een soapserie.

'Kun je die ellende even afzetten?' bromde ze gefrustreerd en ze gebaarde met een ingepakte poot naar de afstandsbediening. 'Ik kan niet op de knopjes drukken. Ze denken zeker dat ik dat met mijn neus zal doen of zo.'

Hij pakte de afstandsbediening en zette de tv uit.

'*Dank* je,' blies ze. En kromp ineen van de pijn aan de drie gebroken ribben.

Zonder de tv ontspon zich tussen hen een lange stilte. Door de open deur hoorden ze dat een arts werd opgeroepen; het geratel van het etenskarretje.

'Word je goed verzorgd?'

'Gaat wel, voor zo'n boerenziekenhuis. Waarschijnlijk beter dan in de stad.'

Catherine en Hoyt waren per helikopter naar het Pilgrim Medical Center in Boston vervoerd omdat ze zwaargewond waren, maar Rizzoli was in een ambulance naar dit kleine provinciale ziekenhuis gebracht. Ondanks de grote afstand tot de stad had bijna iedere rechercheur uit Boston al een pelgrimstocht gemaakt om Rizzoli een bezoekje te brengen.

En ze hadden allemaal bloemen meegebracht. De bos rozen van Moore viel bijna in het niet bij de vele boeketten die op de tafel, het nachtkastje en zelfs de vloer waren uitgestald.

'Wauw,' zei hij. 'Je hebt opeens een hoop bewonderaars.'

'Ja, niet te geloven, hè? Zelfs Crowe heeft bloemen gestuurd. Die lelies daar. Ik geloof dat hij me iets probeert te vertellen. Vind je het niet net een begrafeniskrans? Zie je die mooie orchideeën daar? Die is Frost komen brengen. Al zou ik *hem* eigenlijk bloemen moeten sturen, voor het feit dat hij mijn leven heeft gered.'

Frost was degene die de plaatselijke politie had gewaarschuwd. Toen Rizzoli niet had gereageerd op zijn oproepen via haar pieper, hadden ze contact opgenomen met Dean Hobbs van de Food Mart om uit te zoeken waar ze zat en gehoord dat ze naar Sturdee Farm was gegaan om met een zwartharige vrouw te praten.

Rizzoli vervolgde haar inventarisatie van de boeketten. 'Die enorme vaas met die tropische dingen is van de familie van Elena Ortiz. De anjers zijn van Marquette, de krent. En Sleepers vrouw heeft die hibiscusstruik gebracht.'

Moore schudde verbaasd zijn hoofd. 'Hoe kun je het allemaal onthouden.'

'Nou, niemand stuurt me ooit bloemen, dus heb ik dit allemaal goed in mijn geheugen geprent.'

Weer zag hij een glimp van kwetsbaarheid onder het dappere masker. En hij zag nog iets dat hem nooit eerder was opgevallen: een licht in haar donkere ogen. Ze was bont en blauw, zat half in het verband en had een lelijke kale plek op haar hoofd, maar wanneer je langs de oneffenheden van haar gezicht, de vierkante kin en het stoere voorhoofd heen keek, zag je dat Jane Rizzoli prachtige ogen had.

'Ik heb daarnet Frost gesproken. Hij zit in het Pilgrim,' zei Moore. 'Hij zei dat Warren Hoyt het heeft gered.'

Ze zei niets.

'Ze hebben vanochtend de luchtslang uit zijn keel gehaald. Hij heeft nog een slang in zijn borst vanwege een ingeklapte long, maar hij haalt al op eigen kracht adem.'

'Is hij bij bewustzijn?'
'Ja.'
'Praat hij?'
'Niet tegen ons. Alleen tegen zijn advocaat.'
'God, als ik toch de kans had gekregen die schoft definitief van kant te maken –'
'Dan zou je het niet hebben gedaan.'
'Denk je?'
'Volgens mij ben je een te goede agent om die fout twee keer te maken.'
Ze keek hem recht in de ogen. 'Dat zul je nu nooit weten.'
En jij ook niet. We kunnen het niet weten tot de gelegenheid zich voordoet.
'Dat wilde ik je in ieder geval laten weten,' zei hij en hij stond op om te vertrekken.
'Moore...'
'Ja?'
'Je hebt niets gezegd over Cordell.'
Hij had met opzet het onderwerp Catherine Cordell niet ter sprake gebracht. Ze was de voornaamste bron van onenigheid tussen hen, de nog open wond die hun samenwerking vertroebelde.
'Ik heb gehoord dat het goed gaat met haar,' zei Rizzoli.
'Ze heeft de operatie goed doorstaan.'
'Heeft hij – heeft Hoyt –'
'Nee. Hij heeft de uitsnijding niet voltooid. Jij bent aangekomen voordat hij daar de gelegenheid toe had.'
Ze leunde met een opgelucht gezicht achterover.
'Ik ga nu naar haar toe,' zei hij.
'En wat gebeurt er daarna?'
'Daarna zullen we zorgen dat jij weer snel aan het werk kunt gaan, zodat je zelf je telefoon kunt beantwoorden.'
'Nee, ik bedoel, hoe gaat het verder met jou en Cordell?'
Hij zei niets en keek naar het raam, waardoor zonlicht viel dat over de vaas met lelies speelde en de blaadjes deed gloeien. 'Ik weet het niet.'
'Doet Marquette nog steeds moeilijk?'
'Hij had me gewaarschuwd niet intiem met haar te worden. En hij had gelijk. Ik had het niet moeten doen. Maar ik kon het niet helpen. Nu vraag ik me af...'
'Of je uiteindelijk toch niet de heilige Thomas bent?'

Hij liet een triest lachje zien en knikte.
'Er is niets zo saai als perfectie, Moore.'
Hij zuchtte. 'Er moeten keuzes worden gemaakt. Moeilijke keuzes.'
'De belangrijke keuzes zijn altijd moeilijk.'
Hij dacht daar even over na. 'Misschien moet ík niet kiezen,' zei hij, 'maar zíj.'
Toen hij naar de deur liep, riep Rizzoli hem na: 'Zou je voor mij iets aan Cordell willen doorgeven?'
'Ja, wat dan?'
'Dat ze de volgende keer hoger moet richten.'

Ik weet niet wat er nu gaat gebeuren.
Hij reed oostwaarts naar Boston met het raampje open. De wind die naar binnen kwam, voelde na vele lange weken eindelijk wat koeler aan. Een Canadees front was die nacht komen opzetten en op deze heldere ochtend rook de stad schoon, bijna rein. Hij dacht aan Mary, zijn eigen lieve Mary, en aan alle banden die hem voor altijd met haar zouden verbinden. Een huwelijk van vijfentwintig jaar met ontelbare herinneringen. De fluisteringen 's avonds laat, de grapjes die alleen zij kenden, de geschiedenis. Ja, de geschiedenis. Een huwelijk bestaat uit kleine dingetjes als aangebrand eten en middernachtelijke zwempartijen, maar het zijn juist die kleine dingen die twee levens tot één samenbinden. Ze waren samen jong geweest en ze hadden samen de middelbare leeftijd bereikt. Geen andere vrouw dan Mary kon zijn verleden bezitten.

Het was zijn toekomst waar nog niemand beslag op had gelegd.
Ik weet niet wat er nu gaat gebeuren, maar ik weet wel wat me gelukkig zou maken. En ik geloof dat ik ook haar gelukkig kan maken. Kunnen we op dit punt in ons leven om een grotere zegen vragen?

Bij iedere kilometer die hij reed, gooide hij een nieuwe laag onzekerheid van zich af. Toen hij uiteindelijk bij het Pilgrim Hospital uit zijn auto stapte, liep hij met de zelfverzekerde stap van een man die weet dat hij de juiste beslissing heeft genomen.

Hij nam de lift naar de vijfde verdieping, meldde zich bij de zusterspost en liep door de lange gang naar kamer 523. Hij klopte zachtjes op de deur en ging naar binnen.

Peter Falco zat bij Catherines bed.
Net als Rizzoli's kamer rook die van Catherine naar bloemen.

De ochtendzon scheen gul door het raam en baadde het bed en degene die erin lag in een gouden gloed. Ze sliep. Een IV-zakje hing boven haar bed en de saline gleed als vloeibare diamanten door de slang.

Moore bleef tegenover Falco staan en lange tijd zei geen van beiden iets.

Falco leunde voorover om Catherines voorhoofd te kussen. Toen stond hij op en keek Moore weer aan. 'Zorg goed voor haar.'

'Dat zal ik doen.'

'Daar hou ik je aan,' zei Falco en hij liep de kamer uit.

Moore ging op de stoel bij Catherines bed zitten en pakte haar hand. Eerbiedig bracht hij hem naar zijn lippen. En zei nogmaals: 'Dat zal ik doen.'

Thomas Moore was een man die zich aan zijn beloften hield; hij zou zich ook aan deze houden.

EPILOOG

Het is koud in mijn cel. Buiten waait de straffe februariwind en er is me verteld dat het weer is gaan sneeuwen. Ik zit op mijn bed met een deken rond mijn schouders en denk terug aan de heerlijke warmte die ons als een cape omgaf op de dag dat we door de straten van Livadia liepen. Ten noorden van die Griekse stad zijn twee bronnen die in de Oudheid bekendstonden als Lethe *en* Mnemosynè. *Vergeetachtigheid en Geheugen. We dronken uit beide bronnen, jij en ik, en toen vielen we in slaap in de gespikkelde schaduw van een olijfboomgaard.*

Ik denk daar nu aan, omdat ik niet van deze kou houd. De kou maakt mijn huid droog en doet hem barsten. Geen enkele hoeveelheid crème *kan hem beschermen tegen de bijverschijnselen van de winter. Alleen de verrukkelijke herinneringen aan de warmte, aan hoe jij en ik door Livadia liepen, onze sandalen verwarmd door de in de zon bakkende straatstenen, brengen me troost.*

De dagen verstrijken hier traag. Ik zit helemaal alleen in mijn cel, van de andere gevangenen gescheiden omdat ik zo berucht ben. Alleen de psychiaters praten met me, maar ook zij zijn hun belangstelling aan het verliezen, omdat ik hun geen opwindende glimp aan pathologie te bieden heb. Als kind heb ik geen dieren gemarteld, geen brandjes gesticht en ik heb nooit in mijn bed geplast. Ik ging naar de kerk. Ik was beleefd tegen volwassenen.

Ik gebruikte altijd zonnebrandcrème.

Ik ben net zo goed bij mijn hoofd als zij, en dat weten ze.

Het zijn alleen mijn fantasieën die me apart zetten, mijn fantasieën die er de oorzaak van zijn dat ik nu in deze koude cel zit, in deze koude stad, waar de wind wit is van de sneeuw.

Terwijl ik de deken rond mijn schouders strak trek, kan ik nau-

welijks geloven dat er plaatsen op de wereld zijn waar nu gouden lichamen glanzend van het zweet op warm zand liggen en parasols fladderen in de bries. En juist op zo'n plek is zij nu.

Ik steek mijn hand onder het matras en pak het knipsel dat ik uit de krant heb gescheurd die de gevangenbewaarder tegen een beloning voor me heeft binnengesmokkeld.

Het is een huwelijksaankondiging. Op 15 februari is dokter Catherine Cordell 's middags om drie uur in het huwelijk getreden met Thomas Moore.

De bruid werd weggegeven door haar vader, kolonel Robert Cordell. Ze droeg een ivoorkleurige, met kraaltjes bestikte japon. De bruidegom was in het zwart.

De receptie werd gehouden in het Copley Plaza Hotel in Back Bay. Na een lange huwelijksreis in het Caribische gebied zal het echtpaar zich in Boston vestigen.

Ik vouw het stukje krant op en stop het onder mijn matras, waar het veilig ligt.

Een lange huwelijksreis in het Caribisch gebied.

Daar is ze nu.

Ik zie haar; ze ligt met gesloten ogen op het strand, korreltjes glinsterend zand op haar huid. Haar haar ligt als rode zijde over de handdoek uitgespreid. Ze soest in de warmte, haar armen ontspannen.

En dan, een moment later, schrikt ze wakker. Haar ogen vliegen wijdopen en haar hart bonkt. Angst doet het koude zweet bij haar uitbreken.

Ze denkt aan mij. Net zoals ik aan haar denk.

We zijn voor altijd aan elkaar verbonden, zo intiem als twee minnaars. Ze voelt de tentakels van mijn fantasieën die zich om haar lichaam wikkelen. Ze kan zich nooit van die banden losmaken.

In mijn cel gaat het licht uit; de lange nacht begint, met de echo's van slapende mannen in hokken. Hun gesnurk en gehoest en ademhaling. Hun gemompel wanneer ze dromen. Maar wanneer de avond valt, is het niet Catherine Cordell aan wie ik denk. Dan denk ik aan jou. Aan jou, de bron van mijn diepste leed.

Daarvoor zou ik uit de bron Lethe willen drinken, de bron van de vergeetachtigheid, om de herinnering aan onze laatste avond in Savannah uit te wissen. De nacht dat ik je voor het laatst in leven heb gezien.

De beelden zweven voor mijn ogen, verdringen zich voor mijn netvlies terwijl ik voor me uit staar in de duisternis van mijn cel.

Ik kijk neer op je schouders, vol bewondering voor je huid die zoveel donkerder glanst dan de hare, voor de spieren van je rug die zich spannen wanneer je keer op keer in haar stoot. Ik kijk toe hoe je haar neemt, net zoals je de anderen hebt genomen. En wanneer je klaar bent en je zaad in haar hebt geloosd, kijk je naar me en glimlach je.

En je zegt: 'Zo. Nu is ze voor je gereed.'

Maar het verdovende middel is nog niet uitgewerkt en wanneer ik het mes in haar buik druk, krimpt ze amper ineen.

Geen pijn, geen genot.

'We hebben de hele avond,' zeg je. 'Wacht gewoon een poosje.'

Mijn keel is droog, dus gaan we naar de keuken, waar ik een glas water neem. De nacht is nog jong en mijn handen trillen van opwinding. De gedachte aan wat komen gaat, verslindt me en terwijl ik aan het water nip, hou ik mezelf voor dat ik het genot moet rekken. We hebben de hele nacht en we willen dat zo goed mogelijk uitbuiten.

Eentje zien, eentje doen, eentje leren, zeg je tegen me. Vanavond, heb je me beloofd, is de scalpel van mij.

Maar ik heb dorst, dus blijf ik achter in de keuken, terwijl jij gaat kijken of ze al wakker is. Ik sta nog bij de gootsteen wanneer het pistool afgaat.

Hier bevriest de tijd. Ik herinner me de stilte die daarop volgde. Het tikken van de keukenklok. Het geluid van mijn eigen hart dat in mijn oren bonkt. Ik luister, spits mijn oren om je voetstappen te horen. Je te horen zeggen dat het tijd is om te gaan, en snel. Ik durf me niet te bewegen.

Uiteindelijk dwing ik mezelf de gang door te lopen, naar haar slaapkamer. Ik blijf in de deuropening staan.

Het duurt een moment tot het afgrijselijke tot me doordringt.

Ze ligt met haar lichaam over de rand van het bed en probeert zich weer op het matras te hijsen. Een pistool is uit haar hand gevallen. Ik loop naar het bed, grijp een retractor van het nachtkastje en geef haar een harde klap tegen haar slaap. Ze blijft roerloos hangen.

Ik draai me om en concentreer me op jou.

Je ogen zijn open en je ligt op je rug en kijkt naar me op. Een plas bloed spreidt zich uit rond je lichaam. Je lippen bewegen,

maar ik kan geen woorden horen. Je beweegt je benen niet en ik besef dat de kogel je ruggengraat heeft geraakt. Weer probeer je te praten en ditmaal begrijp ik wat je tegen me zegt:
  Doe het. Maak het af.
  Je hebt het niet over haar, maar over jezelf.
  Ik schud mijn hoofd, onthutst over wat je van me verlangt. Ik kan het niet. Vraag dit alsjeblieft niet van me! Ik zit klem tussen jouw wanhopige verzoek en mijn paniekerige aandrang ervandoor te gaan.
  Doe het nu, *smeken je ogen me.* Voordat ze komen.
  Ik kijk naar je benen, uitgestrekt en nutteloos. Ik denk aan de verschrikkingen die je te wachten staan als je zou blijven leven. Dat kan ik je besparen.
  Alsjeblieft.
  Ik kijk naar de vrouw. Ze beweegt zich niet, geeft geen blijk dat ze zich van mij bewust is. Ik zou het liefst haar hoofd aan haar haren achterovertrekken, haar hals blootleggen en het mes diep in haar keel laten zinken, om wat ze jou heeft aangedaan. Maar ze moeten haar levend vinden. Alleen als ze blijft leven, zal ik in staat zijn weg te komen, zonder achtervolgers.
  Mijn handen zweten in de latexhandschoenen en wanneer ik het pistool oppak, voelt het raar aan. Ik hou het onhandig vast.
  Ik sta aan de rand van de plas bloed en kijk op je neer. Ik denk aan die magische avond, toen we door de tempel van Artemis slenterden. Het was mistig en in de vallende schemering ving ik vluchtige glimpen van je op, toen je tussen de bomen liep. Opeens bleef je staan en glimlachte tegen me in het schemerlicht. En onze ogen leken elkaar te vinden aan weerskanten van die enorme kloof die zich uitstrekt tussen de wereld van de levenden en de wereld van de doden.
  Ik kijk nu ook over die kloof heen en voel je blik op mijn gezicht. Dit is allemaal voor jou, Andrew, denk ik. Ik doe dit voor jou.
  Ik zie dankbaarheid in je ogen. Ik zie die zelfs wanneer ik het pistool met bevende handen ophef. Zelfs wanneer ik de trekker overhaal.
  Je bloed spat tegen mijn gezicht, warm als tranen.
  Ik kijk naar de vrouw die nog steeds bewusteloos over de rand van het bed ligt. Ik leg het pistool bij haar hand. Ik grijp haar haar en snij met de scalpel een lok af, dicht bij haar nek, waar het niemand zal opvallen. Door die lok zal ik me haar herinneren. Door

de geur ervan zal ik me haar angst herinneren, even bedwelmend als de geur van bloed. Daar kan ik me aan vasthouden tot ik haar weer ontmoet.
    Ik loop de achterdeur uit, de nacht in.

Ik heb die kostbare lok haar nu niet meer. Maar ik heb hem ook niet meer nodig, omdat ik haar geur net zo goed ken als mijn eigen. Ik ken de smaak van haar bloed. Ik ken de zijdeachtige glans van zweet op haar huid. Dat draag ik allemaal mee in mijn dromen, waar genot krijst als een vrouw en loopt met bloederige voetstappen. Niet alle souvenirs kun je in je hand houden, of met een streling aanraken. Sommige kunnen we alleen opbergen in dat diepste deel van onze hersenen, onze reptielkern, waar we allen uit zijn ontstaan.
    Dat deel in ons binnenste waarvan zovelen van ons het bestaan willen ontkennen.
    Ik heb het nooit ontkend. Ik erken mijn essentiële natuur; ik omhels die. Ik ben zoals God me heeft gemaakt en God heeft ons allen gemaakt.
    Zoals het lam gezegend is, is ook de leeuw gezegend.
    En de jager.

BEKNOPTE WOORDENLIJST

DIC: disseminated intravascular coagulation; ook DIS: diffuse intravasale stolling – samenklontering van trombocyten en vorming van fibrine in de bloedbaan door de werking van enzymen en stollingsfactoren die onder ernstige pathologische omstandigheden (o.a. sepsis, zwaar trauma) in de circulatie komen.

Hemotocriet – het volume van de bloedcellen in verhouding tot het totale bloedvolume; de hemotocriet(waarde) bedraagt gemiddeld 0,45l/l (45%), dus 0,45 liter bloedcellen per liter bloed.

Heparine – verzamelnaam voor een aantal in de natuur voorkomende anticoagulantia (stoffen die de stolling tegengaan).

Mesenterium – plooi in het buikvlies dat dient als ophangband van de darm en vele andere buikorganen; bevat de darmbloedvaten en lymfevaten, zenuwen en lymfeklieren; vormt de verbinding tussen de achterwand van de buikholte en de ingewanden.

Omentum minus – het kleine net; plooi van het buikvlies tussen de bovenrand van de maag en de lever.

PVC: premature ventrikelcontractie – voortijdige samentrekking van de hartkamer.

Retractor – wondspreider.

Retroperitoneum – het deel van het lichaam dat achter het achterste buikvlies ligt, dat de binnenzijde van de buikholte bekleedt.

Sinustachycardie – versnelde hartactie ten gevolge van meer dan honderd sinusimpulsen per minuut.

Splenectomie – operatieve verwijdering van de milt.

Systole – samentrekking van de hartkamers.

Ventriculaire tachycardie – een levensgevaarlijke aritmie die snelle tussenkomst vereist om een toestand van ventrikelfibrillatie te voorkomen, een toestand waarin de hartkamers niet gecoördineerd werken, wat tot de dood kan leiden.

VICAP – programma voor de opsporing van gewelddadige criminelen.